Mariage sous les flocons

SARAH MORGAN

Mariage sous les flocons

ROMAN

Traduit de l'anglais (Royaume-Uni) par
GAËLLE BRAZON

Titre original :
A WEDDING IN DECEMBER

Ce livre est publié avec l'aimable autorisation de HarperCollins Publishers, LLC, New York, U.S.A.

HARPERCOLLINS FRANCE
83-85, boulevard Vincent-Auriol, 75646 PARIS CEDEX 13.

www.harlequin.fr

ISBN 978-2-2804-4854-3 — ISSN 2271-0256

Ce livre est dédié à Manpreet Grewal,
une source d'inspiration à tous points de vue.

Maggie

Quand son téléphone sonna à 3 heures du matin, la tirant d'un sommeil dont elle avait grandement besoin, Maggie eut un coup au cœur. *Mauvaise nouvelle,* songea-t-elle aussitôt.

Les hypothèses se mirent à défiler dans son esprit, à commencer par les scénarios catastrophes : un décès ou une blessure handicapante ; la police ; les ambulances.

Le cœur battant, l'esprit embrumé, elle saisit son portable posé sur une pile de livres en équilibre instable. Le nom qui s'affichait sur l'écran ne la rassura pas.

Sa cadette était un aimant à ennuis.

— Rosie ?

Elle tâtonna pour trouver l'interrupteur de sa lampe de chevet, puis s'assit. Le livre qu'elle lisait au moment de s'endormir tomba par terre, éparpillant les cartes de vœux qu'elle avait commencé à écrire la veille. Elle avait choisi une scène hivernale, avec des arbres enneigés. Dans le village, il n'était pas tombé le moindre flocon le jour de Noël depuis près de dix ans. Dans la famille, ils plaisantaient souvent qu'ils avaient de la chance de s'appeler White, parce que c'était leur seule chance d'avoir un « *White Christmas* ».

Téléphone à l'oreille, elle se blottit sous les couvertures.

— Il s'est passé quelque chose ?

Elle se sentait frustrée et impuissante à cause de la distance géographique entre elles.

Les voyages planétaires étaient censés rendre le monde plus petit, mais ce n'était pas son impression. Pourquoi sa fille n'avait-elle pas continué ses études plus près de la maison ? Oxford, avec ses célèbres flèches et ses collèges historiques, n'était qu'à quelques kilomètres du village. Rosie y avait fait sa licence, puis son master. Maggie avait adoré l'avoir aussi près d'elle. Par beau temps, elles s'étaient promenées dans les rues pavées, avaient longé les vieux bâtiments couleur miel et traversé Christ Church Meadow, le grand parc parsemé de jonquilles dorées. Elles avaient suivi le lent méandre du fleuve et encouragé les équipes d'aviron. Secrètement, elle avait espéré que sa fille resterait à deux pas d'ici mais, une fois diplômée, Rosie s'était vu offrir une place dans un programme doctoral aux États-Unis, doté d'un financement intégral.

« Tu te rends compte, maman ? » Le jour où elle avait reçu la nouvelle, elle avait dansé à travers le salon, ses cheveux volant autour d'elle, virevoltant jusqu'à s'en faire tourner la tête. Rien qu'à la regarder, Maggie en avait eu le vertige. « Tu es fière de moi ? »

Elle avait éprouvé un mélange de fierté et de désarroi, mais avait dissimulé cette émotion négative. C'était ainsi que l'on agissait quand on était un parent.

Bien sûr, il fallait saisir une telle chance, elle en avait conscience. Cela dit, une petite partie d'elle aurait souhaité que Rosie refuse. Sa fille s'était envolée loin du nid, de l'autre côté de l'Atlantique, et Maggie devait désormais passer par les mails, Skype et les réseaux sociaux pour communiquer avec elle. Rien de tout ça ne lui donnait entière satisfaction. Encore moins au milieu de la nuit. Rosie n'était-elle vraiment partie que depuis quatre mois ? Il lui semblait qu'une éternité s'était écoulée depuis qu'ils l'avaient déposée à l'aéroport, par une étouffante journée d'été.

— C'est ton asthme ? Tu es à l'hôpital ?

Que pouvait-elle faire, si Rosie s'y trouvait ? Rien. L'anxiété était une compagne de tous les instants, et plus encore maintenant.

Si Katie, sa fille aînée, avait déménagé à l'étranger, elle se serait peut-être sentie plus détendue. Katie était sérieuse et raisonnable, mais Rosie ? Rosie avait toujours été impulsive et aventureuse.

— Je ne suis pas à l'hôpital. Pas la peine de paniquer !

À cet instant seulement, Maggie entendit des bruits en arrière-plan. Des vivats, des cris de joie.

— Est-ce que tu as ton inhalateur ? Tu as l'air à bout de souffle.

Ce qui réveillait des souvenirs. Rosie, les yeux exorbités, les lèvres bleutées. Le sifflement de l'air tentant de se frayer un passage à travers des voies aériennes rétrécies. Les appels aux urgences, l'effort pour tenir le téléphone tant ses mains tremblaient, la peur brutale et intense qu'elle devait cacher à son enfant. Le calme, comme elle l'avait appris, était important, même s'il était feint.

Même quand Rosie était entrée dans l'âge adulte, il n'y avait pas eu de répit.

Certains enfants cessaient d'être asthmatiques en grandissant. Pas elle.

À deux ou trois reprises, lorsqu'elle était à l'université, elle était allée faire la fête sans son inhalateur. Après avoir dansé quelques heures, elle avait atterri aux urgences. Là aussi, le téléphone avait sonné à 3 heures du matin, et Maggie avait foncé dans la nuit pour être à ses côtés. Et il ne s'agissait là que des épisodes pour lesquels elle était au courant. Il y en avait sûrement beaucoup d'autres, que Rosie avait gardés pour elle.

— J'ai le souffle coupé parce que je suis tout excitée. J'ai vingt-deux ans, maman. Quand vas-tu cesser de t'inquiéter ?

— Jamais, *a priori*. On continue d'être un parent, peu importe le nombre de bougies sur le gâteau d'anniversaire de notre enfant. Où es-tu ?

— À Aspen, avec la famille de Dan, pour Thanksgiving. Et j'ai une grande nouvelle !

Elle s'interrompit, et Maggie entendit alors un tintement de verres et le rire communicatif de sa fille. C'était impossible de ne pas sourire quand on l'entendait. Le son contrastait avec le silence qui régnait dans sa chambre.

Une bouffée d'air froid la fit frissonner. Elle se leva et prit son peignoir sur le dossier de la chaise. Vu de l'extérieur, Honeysuckle Cottage semblait idyllique, mais c'était un nid à courants d'air. La ventilation était un bienfait en août, mais vous gelait jusqu'à la moelle dès novembre. Elle allait vraiment devoir s'occuper de l'isolation avant même d'envisager de vendre la maison. Le charme historique, les rosiers grimpants et la vue sur le parc communal ne suffiraient pas à compenser les engelures.

Mais ce n'était peut-être pas la maison qui était glacée. C'était peut-être elle.

Submergée par une vague de tristesse, elle s'efforça de se ressaisir.

— Qu'est-ce qui se passe ? Quelle nouvelle ? On dirait que tu fais la fête.

— Dan m'a demandée en mariage. Comme ça, sans prévenir ! On faisait un tour de table pour que chacun exprime sa gratitude et, quand ça a été à lui de parler, il m'a lancé un drôle de regard, puis a mis un genou à terre et… Maman, on va se marier !

Abasourdie, Maggie se laissa retomber sur le matelas.

— Vous marier ? Mais Dan et toi sortez ensemble depuis quelques semaines seulement…

— Onze semaines, quatre jours, six heures et quinze minutes… Oh ! attends. Maintenant, ça fait seize, ou plutôt dix-sept…

Elle se mit à rire de nouveau, et Maggie l'imita. Comment devait-elle gérer cette situation ?

— Ça ne fait pas très longtemps, ma chérie.

C'était caractéristique de Rosie, qui sautait d'une passion à l'autre avec un enthousiasme débordant.

— Je ne peux pas décrire à quel point ça me paraît naturel, s'exclama sa fille. Et je sais que tu vas comprendre, parce que c'est ce qui s'est passé entre papa et toi.

Maggie fixa la tache d'humidité sur le mur.

Dis-lui la vérité.

Ses lèvres bougèrent, mais les mots restèrent bloqués dans sa gorge. Le moment était mal choisi. Elle aurait dû le faire des mois plus tôt, mais elle avait été trop lâche.

Désormais, il était trop tard. Elle ne voulait pas devenir la pourfendeuse de moments heureux.

Elle ne pouvait même pas arguer du « tu es trop jeune », parce qu'elle avait eu Katie au même âge. Ça ferait d'elle une hypocrite. Ou une femme ayant de l'expérience ?

— Tu viens tout juste de commencer ton doct…

— Je ne laisse pas tomber. Je peux étudier tout en étant mariée. Plein de gens le font.

Impossible de dire le contraire.

— Je suis heureuse pour toi.

Avait-elle vraiment l'air heureuse ? Elle fit un effort.

— Woohoo !

Elle croyait avoir passé le cap des moments les plus difficiles à vivre en tant que parent mais, apparemment, quelques surprises l'attendaient encore au tournant. Rosie n'était plus une enfant. Elle avait le droit de prendre ses propres décisions. Et de faire ses propres erreurs.

— Je sais que ça va un peu vite, reprit Rosie, mais tu vas adorer Dan autant que moi. Tu l'as trouvé super quand tu lui as parlé.

Sauf que parler à quelqu'un au cours d'un appel vidéo n'était pas la même chose que de le rencontrer en personne…

Maggie ravala toutes les mises en garde qui lui venaient à la bouche. Pas question qu'elle se transforme en sa propre mère, en jouant les rabat-joie.

— Il semblait charmant, et je suis ravie pour toi. Si je n'en ai pas l'air, c'est qu'on est au beau milieu de la nuit, ici, et tu me connais quand je viens de me réveiller… Quand j'ai vu ton nom s'afficher sur l'écran, j'ai eu peur que ce ne soit ton asthme qui fasse des siennes.

— Je n'ai pas eu de crise depuis des siècles. Je suis désolée de t'avoir réveillée, mais je voulais t'annoncer la nouvelle.

— Je suis contente que tu m'aies réveillée. Raconte-moi tout.

Fermant les yeux, elle essaya d'imaginer que sa fille était dans la chambre avec elle, plutôt qu'à des milliers de kilomètres.

Il n'y avait aucune raison de paniquer. Il s'agissait de fiançailles, voilà tout. Ils avaient amplement le temps de décider si c'était la meilleure chose à faire pour eux.

— On fêtera ça quand ta sœur et toi serez là pour Noël. Est-ce que Dan aimerait se joindre à nous ? J'ai hâte de le rencontrer. On pourra peut-être donner une petite soirée. On invitera les Baxter, et tous tes amis de l'école et de la fac.

Faire des projets lui remonta le moral. Noël était sa période de l'année préférée, la seule occasion où toute la famille se réunissait. Même Katie qui, en tant que médecin, était toujours débordée, parvenait en général à négocier quelques jours. En échange, elle assurait la garde mouvementée du nouvel an. Maggie était impatiente de passer du temps avec elle. Elle avait la sensation grandissante que son aînée l'évitait. Chaque fois qu'elle lui suggérait de se voir, Katie trouvait une excuse, ce qui ne lui ressemblait pas parce qu'elle refusait rarement de déjeuner à l'œil.

Elle aurait l'occasion de creuser la question à Noël.

À ses yeux, Oxford était l'endroit idéal pour passer les fêtes de fin d'année. Certes, il était peu probable qu'il neige, mais qu'y avait-il de mieux qu'une promenade digestive en écoutant le carillon par une froide journée d'hiver ?

Ce serait forcément parfait, hormis une complication.

Nick.

Elle n'avait pas encore trouvé comment gérer cet aspect de la situation.

Des fiançailles étaient peut-être exactement ce qu'il leur fallait pour détourner l'attention d'eux.

— Noël est justement l'un des points dont j'ai besoin de te

parler, déclara Rosie d'un ton hésitant. J'avais l'intention de rentrer à la maison mais, comme Dan a fait sa demande… eh bien, on ne voit pas l'intérêt d'attendre. On a déjà choisi la date : on va se marier la veille de Noël.

Maggie fronça les sourcils.

— Noël l'an prochain, tu veux dire ?

— Non, cette année !

Elle compta les jours, et son cerveau faillit exploser.

— Tu veux te marier dans moins de quatre semaines ? Avec un homme que tu connais à peine ?

Sa cadette avait toujours été impulsive mais, cette fois, il ne s'agissait pas d'une peluche qui serait délaissée au bout de quelques jours ou d'une robe qui n'aurait finalement pas tout à fait la bonne couleur. Le mariage n'était pas une décision rectifiable par simple remboursement ! Il n'y avait aucune raison de se précipiter, à moins que…

— Ma puce…

— Je sais ce que tu penses, et ce n'est pas ça. Je ne suis pas enceinte. On se marie parce qu'on est amoureux. Je l'adore. Je n'avais encore jamais ressenti ça pour quelqu'un.

Tu le connais à peine.

Mal à l'aise, Maggie changea de position. Elle était bien placée pour savoir que connaître quelqu'un sur le bout des doigts ne vaccinait pas contre les problèmes.

— Je suis vraiment contente pour toi !

Apparemment, elle pouvait feindre l'enthousiasme de façon aussi convaincante que le calme.

— Mais je ne pourrai jamais organiser quoi que ce soit aussi vite. Même pour un petit mariage, il faut des mois de préparation. Quand Jennifer Hill s'est mariée, cet été, sa mère m'a dit qu'ils avaient dû réserver le photographe plus d'un an à l'avance. Et où logeraient les invités ? C'est Noël. Les hôtels seront sûrement complets. Même si on arrivait à trouver un lieu, ça coûterait une fortune à cette période de l'année.

Combien de personnes pouvait-elle accueillir dans le cottage ? Et que penserait la famille de Dan de la maison d'enfance de Rosie, avec ses murs un peu tordus et son chauffage vétuste ? Le charme campagnard anglais pouvait-il compenser les orteils gelés ? En été, l'endroit était un véritable décor de carte postale avec son jardin clos et la profusion de rosiers grimpants, mais y habiter en hiver tenait plutôt de l'exercice de survie. Cela dit, Aspen se situait dans les montagnes Rocheuses. Il y faisait sûrement froid en hiver, non ?

La mère de Dan et elle sympathiseraient peut-être en évoquant leurs difficultés à chauffer une propriété par temps glacial.

— Tu n'auras pas à t'occuper de quoi que ce soit, affirma Rosie. On va se marier ici, à Aspen. Je m'en veux de contrarier nos retrouvailles familiales habituelles au cottage, mais ça va être magique de passer les fêtes ici. Tu te rappelles toutes ces années où Katie et moi regardions par la fenêtre en espérant qu'il neige ? Il y a plus de neige ici que tu ne peux l'imaginer ! Ça va être le paradis de passer Noël dans le Colorado Le paysage est incroyable, et ce sera un « *White Christmas* » de toutes les façons possibles.

Noël dans le Colorado.

Maggie contempla les rideaux vieux rose qui bouffaient sur le parquet en chêne sombre. Elle les avait cousus pendant les longues nuits où elle avait veillé sur Rosie.

— Tu ne rentres pas pour Noël ?

Pourquoi avait-elle demandé ça ? Elle n'allait quand même pas se transformer en l'une de ces mères qui cherchaient à faire culpabiliser leurs enfants ?

— Tu peux bien te marier où et quand tu le souhaites, mais j'ai du mal à croire qu'Aspen sera différent d'ici en termes de préparatifs. Il faudrait un miracle pour planifier un tel événement en moins d'un mois.

— On l'a, ce miracle : Catherine, la mère de Dan, est organisatrice de mariages. Elle est fantastique. Il m'a fait sa demande il y a une heure seulement, et elle a déjà passé des coups de fil pour prévoir les fleurs et le gâteau. En général, elle s'occupe de célébrités, alors elle a des tas de contacts.

— Oh ! eh bien… super.

Maggie avait l'impression d'être tombée dans une rivière et entraînée par le courant, tout en se débattant sans succès.

— Ça ne la dérange pas de t'aider ?

— Elle est surexcitée. Et elle a un goût exquis. Tout sera parfait.

Songeant à sa propre vie imparfaite, Maggie éprouva une bouffée de quelque chose qu'elle identifia comme de la jalousie. Comment pouvait-elle être jalouse de quelqu'un qu'elle n'avait jamais rencontré ?

Elle faisait peut-être sa crise de la cinquantaine mais, si c'était le cas, pourquoi n'était-ce pas arrivé quelques années plus tôt, quand Rosie avait quitté la maison ? Pourquoi maintenant ? Elle devait souffrir à retardement du syndrome du nid vide.

Elle cligna des yeux pour éclaircir sa vision brouillée. Comment avait-elle pu penser un jour que ce serait facile d'être mère ?

Se concentrant sur les aspects pratiques, elle dressa une liste mentale de tout ce qu'elle allait devoir faire pour annuler Noël. Le gâteau se conserverait dans le congélateur, tout comme la sauce aux airelles. Elle avait commandé une dinde à un fermier du coin, mais elle pouvait peut-être encore l'appeler pour annuler.

La seule chose qui allait être compliquée à annuler était ses attentes.

La famille White se retrouvait toujours à Noël. Ils avaient leurs traditions, qui paraîtraient peut-être folles aux yeux de certains, mais Maggie les chérissait. Décorer le sapin, chanter des noels, faire un immense puzzle, jouer à des jeux idiots… Être ensemble. Ça n'arrivait pas souvent maintenant que ses filles étaient grandes, et elle s'en réjouissait à l'avance.

— Tu as déjà prévenu ta sœur ?

— Je l'appelle dans la foulée. Même si elle ne va sûrement pas répondre. Elle travaille tout le temps. Je veux qu'elle soit ma demoiselle d'honneur.

Comment Katie allait-elle réagir ?

— Ta sœur ne se considère pas comme romantique, se borna-t-elle à dire.

Maggie se demandait parfois si travailler aux urgences depuis si longtemps n'avait pas déformé la vision de l'humanité de sa fille aînée.

— Je sais, répondit Rosie, mais ce n'est pas n'importe quel mariage. C'est *le mien*, et je suis convaincue qu'elle le fera pour moi.

— Tu as raison, elle le fera.

Katie avait toujours été une grande sœur protectrice et affectueuse.

Maggie jeta un coup d'œil à la photo sur sa table de nuit. Ses deux filles, dans les bras l'une de l'autre, joue contre joue, regardaient l'objectif en souriant. C'était l'un de ses clichés préférés.

— Je sais que tu détestes prendre l'avion, maman, mais tu viendras, hein ? Je veux vraiment que vous soyez tous là.

Prendre l'avion… Rosie avait raison : elle détestait ça.

En société, quand les conversations s'orientaient vers les voyages, elle prétendait éviter l'avion pour protéger la planète mais, en réalité, elle se protégeait elle-même. L'idée d'être propulsée à travers les airs dans une boîte de conserve la terrifiait. Tout lui semblait incontrôlable. Et si le pilote avait trop bu la veille ? Et s'ils percutaient un autre avion ? L'espace aérien était incroyablement encombré. C'était de notoriété publique. Et les drones ? Les impacts avec les oiseaux ?

Quand les filles étaient petites, Nick et elle les emmenaient à la plage en voiture. Un jour, ils avaient pris le ferry pour se rendre en France et avaient roulé jusqu'en Italie. « Plus jamais ça », avait promis Nick étant donné qu'ils avaient été bombardés de « Quand est-ce qu'on arrive ? » tout au long du chemin entre Paris et Pise.

Et voilà qu'on attendait d'elle qu'elle prenne l'avion pour passer Noël dans les Rocheuses !

Oh ! elle le ferait. Bien sûr qu'elle le ferait.

— On sera là. On ne manquerait ça pour rien au monde.

Elle fit ses adieux à ses rêves d'un Noël en famille au cottage.

— Mais… pour ce qui est de la salle ? Vous allez pouvoir trouver un endroit en aussi peu de temps ?

— La cérémonie aura lieu ici. La famille de Dan possède le Snowfall Lodge. C'est un petit hôtel de luxe incroyable, situé juste à la sortie d'Aspen. J'ai hâte que tu le voies ! Il y a des vues extraordinaires sur la forêt et les montagnes, des jacuzzis extérieurs… Ça va être l'endroit idéal pour passer Noël. L'endroit idéal pour se marier. Je suis super contente !

Honeysuckle Cottage était l'endroit idéal pour passer Noël.

Maggie n'arrivait pas à imaginer vivre ce moment dans un lieu qu'elle ne connaissait pas, avec des gens qu'elle ne connaissait pas. Qui plus est, des gens *parfaits* qu'elle ne connaissait pas. Même la perspective qu'il y ait de la neige ne la réconfortait pas.

— On dirait que tout est sous contrôle. Il ne nous reste plus qu'à réfléchir à quoi porter.

— J'allais y venir, maman. Il fait assez froid à cette époque de l'année. Prévois plusieurs couches de vêtements.

— Je parlais de *ta* tenue. Ta robe de mariée.

— Demain, Catherine m'emmène dans sa boutique nuptiale préférée. Elle a pris rendez-vous, et l'a privatisée.

Les quelques fois où Maggie avait pensé au mariage de Rosie, elle s'était vue l'organiser avec elle : étudier les photos dans les magazines, essayer des robes…

Pas une fois elle n'avait envisagé que cela se ferait sans elle.

Maintenant qu'elle y pensait, peu de choses, dans sa vie, ressemblaient à ce qu'elle avait prévu.

Elle observa l'espace vide sur le matelas à côté d'elle.

— C'est… gentil de sa part.

— Elle est très gentille. Elle dit que je suis la fille qu'elle n'a jamais eue. Elle prend plaisir à me gâter.

Mais Rosie était *sa* fille, songea Maggie. C'était à elle de la gâter.

Elle ne pouvait s'empêcher de se sentir blessée et un peu amère.

Elle avait déjà l'impression d'être une invitée plutôt que la mère de la mariée.

Non ! Elle n'allait pas devenir ce genre de mère. C'était le grand jour de Rosie, pas le sien. Ses sentiments n'avaient aucune importance.

— Qu'est-ce que je peux faire pour aider ?

— Rien. Soyez là, c'est tout. Catherine a hâte de vous rencontrer. Je sais qu'elle va vous plaire.

Qu'avait pu raconter Rosie sur elle ? *Ma mère travaille dans l'édition universitaire. Elle aime faire des gâteaux et jardiner.* Aux yeux d'une organisatrice de mariages de haut vol, elle devait sûrement paraître aussi fascinante que la lessive de la veille.

— Moi aussi, j'ai hâte.

— Tu me passes papa ? J'ai envie d'entendre sa voix.

Maggie agrippa le téléphone. Elle n'avait pas anticipé cette question.

— Je… Heu… Il n'est pas là pour l'instant.

— C'est le milieu de la nuit. Comment peut-il ne pas être là ?

Paniquée, Maggie chercha une explication plausible. Elle entendait la voix de Nick dans sa tête : *Bon sang, Mags, c'est absurde ! Il est temps de leur dire la vérité.*

Mais la vérité était la dernière chose que Rosie avait besoin d'entendre le jour de ses fiançailles.

Elle ne gâcherait pas sa joie.

— Il est sorti faire un tour.

— Un tour ? À 3 heures du matin ? Vous vous êtes enfin décidés à acheter un chien, ou quoi ?

— Non. Il a travaillé sur un article jusque tard dans la soirée et n'a pas réussi à s'endormir. Il devrait rentrer d'une minute à l'autre.

Elle était un peu étonnée d'être aussi créative sous la pression. En élevant ses filles, elle leur avait appris qu'il fallait dire la vérité, et voilà qu'elle mentait comme si elle l'avait fait toute sa vie.

— Demande-lui de m'appeler dès qu'il rentre.

— Tu ne risqueras pas de dormir ?

Des verres tintèrent, et Rosie gloussa.

— Il n'est que 20 heures, ici. Tu lui diras de me rappeler ?

Incapable de trouver une excuse, Maggie promit de passer le message à Nick dès que possible. Après quelques derniers échanges enthousiastes, elle raccrocha.

Elle resta assise un moment, puis marcha jusqu'à la fenêtre. Il faisait sombre dehors, mais la lune éclairait le parc communal d'une lueur fantomatique.

En été, c'était le terrain utilisé pour jouer au cricket. En hiver, les arbres étaient décorés de guirlandes lumineuses payées par le conseil municipal. Des propositions de faire passer la circulation dans le centre du village avaient soulevé un tollé.

Ils ne devaient pas avoir ce genre de problèmes à Aspen. Personne ne devait lutter contre la disparition du service de bus municipal ou le projet de n'ouvrir la bibliothèque que deux jours par semaine.

Incapable de trouver une autre solution, elle reprit le téléphone et composa le numéro de Nick.

Les sonneries s'enchaînèrent, mais elle persévéra. La capacité de Nick à dormir envers et contre tout avait suscité en elle autant d'agacement que d'envie quand les filles étaient petites. C'était elle qui s'était arrachée du lit toutes les demi-heures quand Rosie était bébé, elle encore qui avait géré les crises d'asthme, même quand Nick était à la maison, entre deux voyages.

Il finit par décrocher en grommelant :

— Allô…

— Nick ?

— Maggie ?

Il avait la voix enrouée par le sommeil. Elle l'imaginait s'ébrouer pour se réveiller comme un ours sortant d'hibernation.

— Il faut que tu appelles Rosie.

— Maintenant ? Au milieu de la nuit ? Que se passe-t-il ?

Elle pouvait lui reconnaître ça : il manifesta aussitôt son inquiétude.

— Est-ce qu'elle est à l'hôpital ?

— Non. Elle a une nouvelle.

Devait-elle la lui annoncer, ou laisser Rosie le faire elle-même ? Elle finit par décider de lui dire. Nick avait tendance à réagir de façon abrupte. Elle ne voulait pas qu'il gâche la soirée de leur fille.

— Dan et elle vont se marier.

Elle entendit un bruit de verre et un chapelet de jurons.

— Ça va ?

— J'ai renversé un verre d'eau.

Il était professeur d'égyptologie, d'une incroyable intelligence et d'une maladresse charmante avec les objets du quotidien. Du moins avait-elle trouvé ça charmant au début. Au fil des années, ça l'était devenu de moins en moins, étant donné qu'il avait cassé la moitié de sa vaisselle en porcelaine préférée. Autrefois, elle disait en plaisantant qu'il était tellement habitué à manipuler des fragments de poterie qu'il ne savait pas tenir un plat entier.

— Dan et elle se marient dans le Colorado à Noël.

— Ce Noël ? Celui qui a lieu le mois prochain ?

— C'est ça. La famille de Dan possède un hôtel de luxe, dont j'ai oublié le nom.

— Snowfall Lodge.

— Comment le sais-tu ?

— Rosie l'a mentionné quand elle m'a parlé de ses projets de Thanksgiving. Bon Dieu… Mariée. Je ne m'y attendais pas du tout. Notre petite Rosie. Toujours aussi imprévisible.

Il y eut une pause, et Maggie entendit des bruits en arrière-plan, puis le clic d'un interrupteur.

— Comment te sens-tu ? demanda-t-il.

Triste. Perdue. Troublée. Inquiète.

Elle n'était pas sûre de savoir combien de ces émotions pouvaient être attribuées à l'annonce de ce mariage.

— Ça va.

C'était autant un mensonge que de laisser croire à Rosie que Nick partageait toujours son lit.

— C'est la vie de Rosie, ajouta-t-elle, et elle est en droit de faire ce qu'elle veut.

— Et Noël ? Je sais combien ça compte pour toi.

— On passera quand même Noël ensemble, mais pas à la maison. La cérémonie aura lieu le 24, précisa-t-elle, sans tout à fait réussir à masquer le tremblement de sa voix.

— Tu vas y aller ?

— C'est quoi, cette question ? Tu crois vraiment que je n'irais pas au mariage de ma fille ?

— Je n'y avais pas réfléchi du tout jusqu'à il y a deux minutes, quand tu en as parlé. Je sais que tu aimes passer Noël au cottage, et à quel point tu détestes prendre l'avion. Je sais à peu près tout sur toi.

Elle pensa au dossier qu'elle avait laissé ouvert sur la table de la cuisine.

Il ne savait pas tout.

— Si ma fille se marie à Aspen, alors c'est là que je serai, moi aussi.

— Comment ? Je n'ai jamais réussi à te faire monter dans un avion. Pas même pour notre lune de miel.

— Je trouverai un moyen.

Elle pourrait faire un stage pour surmonter sa phobie, mais elle aurait l'impression de jeter l'argent par les fenêtres. L'alcool reviendrait moins cher. Elle ne buvait pas souvent, alors deux gin-tonics devraient faire l'affaire.

— On règlera les détails plus tard. Elle veut que tu la rappelles pour pouvoir te l'annoncer en personne.

Il y eut une pause, puis Nick demanda :

— Où croit-elle que je suis ? Qu'est-ce que tu lui as dit ?

— Que tu étais sorti faire un tour parce que tu ne pouvais pas dormir.

Son soupir résonna au bout de la ligne comme une accusation.

— Ça dure depuis trop longtemps. On devrait le leur dire, Mags.

Il semblait fatigué.

— Elles sont grandes, maintenant. Elles méritent de connaître la vérité.

— On le leur dira quand ce sera le bon moment, et le bon moment, ce n'est pas quand ta fille cadette t'appelle, toute contente, pour t'annoncer qu'elle va se marier.

— D'accord, mais on le fera avant d'arriver dans le Colorado. On l'appellera ensemble la semaine prochaine. On vit séparément depuis des mois, maintenant. Il est temps de dire à nos deux filles que c'est fini entre nous.

« Fini. »

Maggie sentit sa gorge se serrer et sa poitrine devenir douloureuse.

C'était à cause de l'heure tardive. Tout semblait toujours pire, à 3 heures du matin.

— Je préférerais prévenir Katie en personne, mais elle se fait plutôt discrète, ces derniers temps. Tu as eu de ses nouvelles, récemment ?

— Non, mais ça n'a rien d'inhabituel. Toutes les deux, vous avez votre truc mère-fille. C'est toujours toi qu'elle appelle.

Sauf que Katie n'appelait pas. Elle n'avait pas appelé depuis un moment.

Qu'est-ce que ça signifiait ? Qu'elle était occupée, ou que quelque chose n'allait pas ?

— J'essaierai de la joindre. En général, elle ne fait rien d'autre que dormir et manger à Noël. Venir à Aspen sera peut-être difficile pour elle.

Difficile pour eux tous.

Une sœur qui ne croyait pas au mariage, et des parents qui divorçaient.

À quoi ce mariage allait-il ressembler ?

Katie

— Ça y est, Sally. J'ai terminé.

Katie ôta ses gants chirurgicaux, puis se leva. Les points de suture étaient impeccables, et elle estimait avoir fait le meilleur travail possible. Il y aurait une cicatrice, mais elle était sûre d'une chose : avec ou sans cicatrice, Sally n'oublierait jamais cette soirée.

— Voulez-vous qu'on appelle quelqu'un ?

Sa patiente secoua la tête. Sa joue gauche était bleuie et tuméfiée, et le désenchantement se lisait dans son regard.

— Je ne pensais vraiment pas que ça m'arriverait un jour.

Katie se rassit. À force de rester dans la même position, elle avait mal à l'épaule. Elle la remua discrètement pour essayer de soulager la gêne.

— Ça peut arriver à n'importe qui. Vous n'êtes pas responsable. C'est son problème à lui. Ce n'est pas votre faute.

Il était important de dire les mots à voix haute, même si c'était probablement en vain.

— Je me sens stupide, poursuivit Sally. Je n'arrête pas de me dire que j'ai dû passer à côté de quelque chose. On est ensemble depuis deux ans, mariés depuis quatre mois. Il n'a jamais rien fait de ce genre auparavant. Je l'aime. Je croyais qu'il m'aimait. On s'est rencontrés alors que je commençais un nouveau travail, et ça a été le coup de foudre. Il semblait parfait.

Katie frissonna. Être « parfait » n'était pas normal. Aucun être humain ne l'était.

— Je suis désolée.

— Il n'y a pas eu de signes avant-coureurs. Pas d'indices.

Sauf le fait d'être « parfait », songea Katie. Ou peut-être qu'elle-même était désabusée.

Au cours des années qu'elle avait passées aux urgences, elle avait tout vu. Des enfants maltraités. Des femmes maltraitées et, oui, des hommes maltraités également. Elle avait vu des gens qui se poignardaient, des gens qui conduisaient trop vite et en payaient le prix, des gens qui buvaient, puis qui prenaient le volant et fauchaient une vie. À cela s'ajoutaient bon nombre d'autres accidents, bien sûr, ainsi que des crises cardiaques, des hémorragies cérébrales et des cas graves exigeant des interventions immédiates. Et puis, il y avait les hordes qui trouvaient le service des urgences plus commode pour avoir accès aux soins médicaux ordinaires. Chaque jour, elle pataugeait dans le cloaque d'une humanité diverse et variée, parfois bonne, parfois pas tant que ça.

— Quand on s'est rencontrés, il était doux et gentil. Affectueux. Attentionné.

Sally s'essuya la joue du revers de la main.

— J'essaie de ne pas pleurer, parce que ça me fait mal. Les blessures physiques sont affreuses, mais le pire, c'est de perdre confiance en son propre jugement. Vous avez déjà dû voir ça ? Ça m'étonnerait que je sois la première.

Katie lui tendit un mouchoir en papier.

— Vous n'êtes pas la première.

— Comment gérez-vous ça ? Le pire du comportement humain doit défiler ici.

À cet instant, Katie éprouva un élancement atroce dans l'épaule. Oui, les urgences étaient le théâtre du pire du comportement humain. Mais aussi du meilleur. Qu'allait-il arriver à cette femme ?

se demanda-t-elle. À ce mariage ? Allait-elle pardonner à son mari ? Le cycle de la violence allait-il continuer ?

— Qu'allez-vous faire ? Avez-vous un plan ?

— Non. Jusqu'à ce qu'il me jette en bas de l'escalier, je ne m'étais pas doutée qu'il m'en fallait un.

Sally se moucha.

— La maison m'appartient, seulement, pour l'instant, je ne m'y sens pas en sécurité. Je vais probablement retourner chez mes parents pendant un temps. Il veut me parler. Je suppose que je devrais au moins écouter ce qu'il a à dire.

Katie voulait lui conseiller de ne pas le revoir, mais ce n'était pas son rôle. Son travail consistait à réparer les dégâts physiques. C'était la responsabilité de quelqu'un d'autre d'aider Sally à surmonter le carnage émotionnel et à trouver une forme d'émancipation.

— La police veut vous parler. Vous vous en sentez capable ?

— Pas vraiment, mais c'est important, alors je vais le faire. Ça devait être notre premier Noël ensemble.

Sally fourra le mouchoir dans sa manche.

— J'avais tout prévu.

Son chagrin semblait amplifié par cette période de l'année, mais Katie savait d'expérience que les tragédies ne s'arrêtent pas pendant les fêtes.

Quelqu'un ouvrit la porte.

— Docteur White ! On a besoin de vous.

Les samedis soir aux urgences n'étaient pas pour les âmes sensibles. À vrai dire, il ne s'agissait pas seulement des samedis. C'était la folie tous les jours.

— J'arrive tout de suite.

Elle jeta un coup d'œil à l'infirmière qui l'avait assistée.

— Vous pouvez veiller à ce que Sally ait toutes les informations dont elle a besoin ?

Puis elle se tourna à nouveau vers sa patiente.

— Quand vous serez prête, sachez qu'il y a des gens à qui vous pourrez parler. Qui pourront vous aider.

— Mais personne qui puisse remonter le temps. Personne qui puisse refaire de lui l'homme pour qui je le prenais.

La plus grosse blessure de Sally était peut-être l'effondrement de tout ce en quoi elle avait cru. Comment faire à nouveau confiance à un homme, après ce qui lui était arrivé ?

— J'espère que tout s'arrangera pour vous, déclara Katie.

Il y avait peu de chances pour qu'elle le sache un jour. Cet endroit était comme un tapis roulant charriant les traumatismes. Elle s'occupait de ce qui franchissait le seuil, puis passait à autre chose. Elle ne faisait pas de gestion à long terme.

— Vous avez été très gentille, répondit Sally. Vos parents doivent être fiers de vous.

— *Docteur White !*

Katie grinça des dents. La réalité, c'était que la compassion devait être administrée le plus vite possible. Il manquait deux médecins dans l'équipe, et elle avait une file de patients qui attendaient leur tour. Après avoir souri à Sally, elle quitta la pièce.

Ses parents seraient-ils fiers, s'ils avaient eu un aperçu de sa vie au cours des dernières semaines ? Elle en doutait.

Ils seraient probablement déçus par elle. Elle l'était d'ailleurs par elle-même.

Elle regarda l'infirmière, qui s'impatientait dans le couloir.

— Il y a un problème ?

— L'homme qui toussait du sang…

— M. Harris.

— Oui. Harris. Comment faites-vous ? Comment retenez-vous le nom de tous les patients ? Lui, vous lui avez parlé moins d'une minute !

— J'aime rendre une expérience inhumaine aussi humaine que possible. Alors ?

— On a reçu ses résultats d'analyses. Le Dr Mitford l'a vu et a dit qu'il devait être admis, mais on manque de lits.

Quand n'étaient-ils pas en manque de lits ? Les chances de trouver une licorne sous le sapin de Noël étaient plus grandes que d'avoir un lit d'hôpital vacant. La demande était plus forte que l'offre. Un patient qu'elle avait examiné au début de sa garde attendait toujours une place six heures plus tard. Comme il existait un risque d'infection nosocomiale, elle renvoyait les gens chez eux dès qu'elle le pouvait.

— Est-ce que vous avez réussi à contacter sa fille ? Elle est en chemin ?

— Oui, et oui.

— Appelez-moi dès qu'elle arrivera. Je lui parlerai. Il serait peut-être mieux à son domicile s'il y a quelqu'un pour s'occuper de lui.

Et ce serait préférable pour sa dignité. D'après son dossier, il était P-DG à la retraite. À une époque, il en imposait certainement à une pièce entière. Il était désormais victime de la fragilité humaine. Quelle que soit sa charge de travail, Katie essayait de se rappeler qu'atterrir aux urgences était l'un des moments les plus stressants dans la vie de quelqu'un. Ce qui était routinier pour elle se révélait souvent terrifiant pour le patient.

Elle n'avait jamais oublié ce que sa mère avait ressenti lorsqu'elle était à l'hôpital avec Rosie.

Elle examina trois patients d'affilée, puis fut prise de vertiges.

C'était arrivé plusieurs fois au cours des dernières semaines, et elle commençait à paniquer. Elle avait besoin d'être au top au travail, or c'était loin d'être le cas ces temps-ci.

— Je vais prendre un café avant de m'effondrer, dit-elle à la personne de l'accueil.

En se tournant, elle percuta son collègue de plein fouet.

— Salut, Katie.

Mike Bannister se trouvait dans sa promotion, à la fac de médecine, et ils étaient restés amis.

— Alors, cette lune de miel, c'était comment ? demanda-t-elle.

— En résumé : deux semaines aux Antilles, ça ne suffit pas. Qu'est-ce que tu fais au boulot ? Après ce qui s'est passé, je pensais… Tu es sûre que tu devrais être ici ?

— Je vais bien.

— Tu as pris des congés ?

— Je n'en ai pas besoin.

Elle s'obligea à respirer lentement, priant pour que Mike change de sujet.

Il jeta un coup d'œil par-dessus son épaule pour vérifier que personne n'écoutait.

— Tu es stressée et à bout de nerfs. Je m'inquiète pour toi.

— Tu te fais des idées.

Elle était stressée au plus haut point.

— C'est juste un peu d'hypoglycémie. Je suis grincheuse quand j'ai faim, et je n'ai pas pris de pause depuis que je suis arrivée, il y a sept heures. Je m'apprête à régler le problème.

— Tu as le droit d'être humaine, Katie, répliqua Mike en rivant le regard sur elle. Ce qui s'est passé est affreux. Terrifiant. Personne ne t'en voudrait de…

— Inquiète-toi pour les patients, pas pour moi. On en a plus qu'il n'en faut.

Elle tenta d'ignorer la douleur dans son épaule et les battements rapides de son cœur. Elle ne voulait pas y penser, encore moins en parler.

Un jour, elle avait entendu sa mère dire à quelqu'un : « Katie est solide comme un roc. »

Un mois plus tôt, elle aurait été d'accord avec cette déclaration.

Aujourd'hui, elle se sentait tout sauf solide. Elle était au bout du rouleau, et parvenait de plus en plus difficilement à le cacher à ses collègues. La simple pensée d'aller au travail la mettait au bord d'une crise de panique. Elle n'en avait pourtant jamais fait de sa vie.

Sa mère ne cessait de l'appeler pour lui proposer de déjeuner ensemble. Et Katie ne cessait de trouver des prétextes pour y échapper, de peur de s'effondrer pendant le repas.

— Désolé, lança un infirmier après l'avoir bousculée, alors qu'il courait d'un bout du service à l'autre.

À en juger par la sirène de l'ambulance, la charge de travail n'allait pas diminuer de sitôt.

— On nous amène quelqu'un avec une vilaine blessure à la tête, déclara Mike. Et puis, cette équipe de tournage me rend dingue !

Katie les avait oubliés, ceux-là… Ils réalisaient un documentaire pris sur le vif. D'après elle, ils commençaient à regretter de ne pas avoir choisi un autre sujet.

Le cameraman s'était évanoui le premier jour, à la vue des conséquences d'un accident de la route particulièrement violent. Comme il s'était cogné la tête sur un brancard, elle avait dû lui faire huit points de suture. Les collègues du type avaient trouvé hilarant qu'il se retrouve de l'autre côté de l'objectif, mais Katie se serait bien passé de cette tâche supplémentaire.

— On dirait une zone de guerre, avait observé l'un des reporters plus tôt dans la soirée.

Étant donné qu'il avait déjà travaillé dans une zone de guerre, personne ne l'avait contredit.

— Pas étonnant que vous soyez en sous-effectif. Vous n'êtes jamais tentée de tout lâcher et de vous reconvertir en dermatologie ?

Katie n'avait pas répondu. Elle était tentée par un tas de choses, ce qui commençait à la perturber.

La médecine était toute sa vie. Elle avait décidé de devenir médecin la nuit où Rosie avait eu sa première crise d'asthme. Leur père était absent, et elle trop jeune pour rester seule à la maison, alors elle avait accompagné sa mère à l'hôpital.

Elle avait été fascinée par les machines qui bipaient, le léger sifflement de l'oxygène et les mains habiles du médecin, dont les manipulations avaient aidé sa petite sœur à respirer à nouveau normalement.

À dix-huit ans, elle avait commencé ses études de médecine. Quatorze ans plus tard, elle continuait à gravir les échelons en tant que médecin. Elle appréciait ses collègues, aimait la sensation de faire du bien, mais, ces derniers temps, elle ne l'éprouvait plus aussi fréquemment qu'avant. Elle aurait aimé en faire davantage pour ses patients. Malheureusement, le temps et les ressources étaient réduits. De plus en plus frustrée par les limites de son métier, elle commençait à s'interroger sur son choix de carrière.

Elle aurait dû se poser la question quatorze ans plus tôt.

Elle tourna le dos à Mike.

Un interne traînait tout près, attendant de discuter d'un cas avec elle, mais avant qu'elle puisse ouvrir la bouche, l'homme avec la blessure à la tête arriva. Il était couvert de sang et hurlait comme un forcené.

Au bout d'une heure, elle parvint enfin à aller dans la salle de repos. Tout en jetant un coup d'œil à son portable, elle mordit dans une barre protéinée et se servit une tasse de café.

Trois appels manqués de sa sœur. Au milieu de la nuit ?

Elle avala sa dernière bouchée, puis composa le numéro de Rosie en s'efforçant de garder son calme. Celle-ci était parfaitement capable d'appeler en pleine nuit pour lui annoncer qu'elle se mettait au ballet ou avait décidé de courir un marathon.

Pourvu que ce ne soit que ça !

Si quelque chose lui arrivait, elle ne s'en remettrait pas.

— Rosie ? demanda-t-elle en jetant l'emballage à la poubelle. Tu es à l'hôpital ?

— Punaise, je ne peux pas appeler ma famille sans que tout le monde s'imagine que je suis à l'hôpital ? Qu'est-ce qui ne tourne pas rond chez vous ?

Une vague de soulagement la submergea.

— Si tu appelles ta famille à 4 heures du matin, tu peux t'attendre à ce genre de réaction.

Décidant d'accorder à ses pieds cinq minutes de repos, elle se déchaussa.

— Alors, c'est juste histoire de papoter ?

Elle contempla la chaise un instant, avant de décider de rester debout. Si elle s'asseyait, elle risquait de ne pas pouvoir se relever.

— Pas exactement, répondit Rosie. J'appelle parce que j'ai une grande nouvelle, et quelque chose de spécial à te demander.

— *Une grande nouvelle ?*

Pourquoi ces mots lui paraissaient-ils aussi terrifiants quand sa sœur les disait ?

— Tu laisses tomber tes études pour partir voyager au Pérou ?

Rosie éclata de rire parce que, à une époque, c'était exactement ce qu'elle avait envisagé de faire.

— Essaie encore.

La connaissant, il pouvait s'agir de n'importe quoi.

— Tu t'es mise à la danse irlandaise et tu emménages avec une colonie de lutins.

— Encore faux. Je me marie !

Katie en renversa son café, qui lui éclaboussa la jupe et les jambes.

— Merde !

— Je sais que tu n'es pas la plus grande romantique au monde, mais je n'arrive pas à croire que tu aies dit ça.

— C'est parce que je viens de me brûler avec mon café.

Avant, elle ne jurait pas, mais les années passées à travailler aux urgences avaient changé ça.

— Tu disais ? demanda-t-elle en épongeant le liquide avec quelques feuilles d'essuie-tout. Mariée ? Avec qui ?

— Comment ça, « avec qui » ? Avec Dan, évidemment.

— Je suis au courant pour Dan ?

Elle avait perdu le fil des histoires d'amour de sa sœur.

— Oh ! attends… Oui, je me rappelle que tu l'as mentionné. C'est le dernier en date.

— Non seulement c'est le dernier en date, mais c'est aussi le dernier tout court. C'est l'homme de ma vie.

Katie leva les yeux au ciel, soulagée de ne pas être en appel vidéo.

— Tu croyais aussi que Callum Parish était l'homme de ta vie.

— C'était le premier. On aime toujours le premier.

Pas elle, non. Elle n'avait jamais été amoureuse. Elle avait la quasi-certitude que quelque chose était cassé chez elle.

— C'est quoi, son problème ?

— Qu'est-ce que tu veux dire ?

— Tu choisis toujours des hommes qui traversent une période difficile. Tu aimes sauver les gens.

— Ce n'est pas vrai. Et Dan n'a aucun problème, sauf peut-être que sa future belle-sœur est tarée.

« Future belle-sœur » ? Katie s'efforça de comprendre le concept.

— S'il n'a pas de problème, pourquoi te maries-tu avec lui ?

— Parce que je suis amoureuse !

L'amour… Une maladie au pronostic incertain, qui frappait souvent sans prévenir.

— Je m'assure que personne ne t'oblige à quoi que ce soit, c'est tout. C'est important que tu prennes cette décision pour les bonnes raisons.

Aucune raison logique ne lui venait à l'esprit, mais Katie était prête à accepter ses propres limites dans ce domaine. Rosie avait raison. Elle n'était pas romantique. Elle ne regardait pas de films d'amour. Elle ne lisait pas de livres sentimentaux. Elle ne rêvait pas de mariages. Elle vivait une vie ancrée dans la réalité. Elle assistait à de nombreuses fins différentes, dont bien peu étaient heureuses.

— Tu ne peux pas être contente pour moi ? s'exclama Rosie.

— Je suis ta grande sœur. Mon boulot, c'est de te protéger.

— De quoi ?

— De tout ce qui pourrait te faire du mal. En l'occurrence, toi-même. Tu es impulsive et tu distribues ton affection sans compter. Tu es douce, franchement adorable, ce qui fait de toi une cible pour tous les bras cassés.

— Dan n'est pas un bras cassé.

— Peut-être pas, mais tu ne vois jamais le mal chez qui que ce soit. Et… comment puis-je formuler ça sans te vexer ? Tu n'es pas très douée pour juger les hommes.

— Eh bien, si, je suis vexée. Et quand tu dis « adorable », tu sembles parler d'un chiot tombé dans une flaque. Ce n'est pas un compliment pour quelqu'un qui s'oriente vers une carrière universitaire. Tu ne me prends *jamais* au sérieux. Je ne suis peut-être pas un médecin de haut vol comme toi, mais je suis doctorante à Harvard. Il y en a que ça impressionne !

— Mais si, je te prends au sérieux.

Ce n'était pas le cas ?

— On peut être mignonne et douée pour les études. Je le sais bien, que ça en impressionne certains. C'est pour ça que j'ai pour mission de t'obliger à garder les pieds sur terre, pour que toute cette histoire de fac prestigieuse ne te monte pas à la tête. Et c'est bien dans ce but que je souligne que tu étudies les contes de fées, ce qui résume grosso modo ta vision de la vie.

C'était une blague familiale de longue date, mais Katie éprouva une pointe de culpabilité en la mentionnant. Elle avait peut-être plaisanté sur le sujet un peu trop souvent.

— J'étudie les langues, le folklore et les mythes celtiques, rétorqua Rosie. *Pas* les contes de fées.

— Je sais, et je suis fière de toi.

Pas de doute là-dessus, songea-t-elle, avant de poursuivre d'une voix plus douce :

— Je t'aime et je veux te protéger.

— Je n'ai pas besoin de protection. Je l'aime, Katie. Dan est… Il est merveilleux. Il est drôle, gentil, tellement relax que c'en est incroyable, et il embrasse divinement bien. Je n'aurais jamais cru pouvoir ressentir ça.

— Tu ne peux pas te marier avec un homme simplement parce que c'est un bon coup.

Ça faisait tellement longtemps qu'elle n'avait pas couché avec quelqu'un, bon coup ou pas, qu'elle était plutôt mal placée pour juger, là aussi.

— C'est tout ce que tu as retenu dans ce que j'ai dit ? Ça va beaucoup plus loin. Il est parfait pour moi.

Cette phrase, après sa conversation avec Sally, déclencha une sonnette d'alarme assourdissante dans sa tête.

— Personne n'est parfait. S'il semble parfait, c'est qu'il fait beaucoup d'efforts pour cacher quelque chose, ou que tu n'es pas avec lui depuis assez longtemps pour voir ses défauts. Souviens-toi de Sam.

— Je viens de te dire que j'allais me marier, et tu évoques Sam ? Tu crois vraiment que c'est le bon moment ?

— Tu l'adorais. Tu pensais que c'était l'homme de ta vie, jusqu'au moment où tu as découvert qu'il avait couché avec deux de tes amies.

— Il arrive que les gens se comportent mal. C'est une réalité.

— Est-ce que tu l'excuses, là ?

— Non, mais on était à la fac. Quand on est à la fac, on a tendance à se lâcher.

— Il t'a fait du mal, Rosie. Tu as tellement pleuré que ça t'a causé la pire crise d'asthme que tu aies jamais eue. Je ne suis pas près d'oublier ma course folle jusqu'à Oxford. Et puis, j'ai dû mentir à maman, parce que tu m'avais suppliée de ne rien lui dire.

Sa mère était au courant de moins de cinquante pour cent des choses qui étaient arrivées à Rosie depuis qu'elle avait quitté la maison. Parfois, Katie sentait le poids de ces cachotteries. Pour sa part, elle avait droit à la version sans filtre de la vie de sa sœur.

— Je ne voulais pas l'inquiéter. Je l'ai déjà beaucoup trop fait depuis que je suis née.

— Et puis il y a eu… C'était quoi, son nom ? James. Il insistait pour que tu payes à chacune de vos sorties.

— Il n'avait pas beaucoup de sous.

— C'était un pique-assiette !

Elle avait dû prêter de l'argent à Rosie, mais elle n'en parla pas. Là n'était pas la question. Le débat portait sur le discernement.

— Dan est différent, affirma Rosie avec obstination. Tu t'en rendras compte dès l'instant où tu le rencontreras.

— Super. Quand ?

À ses yeux, le plus tôt serait le mieux. Après tout, des fiançailles pouvaient se rompre, non ? Les relations amoureuses n'étaient pas faites pour durer, en particulier celles de Rosie.

— C'est pour ça que j'appelle. On se marie à Noël, ici, à Aspen. On ne peut pas faire plus romantique, hein ? Ciel bleu et neige à gogo.

— *Ce* Noël ? Le Noël qui a lieu dans moins d'un mois ? Tu plaisantes ?

— Pourquoi est-ce que tout le monde est aussi surpris ?

— Parce que, en général, on est prévenu un peu plus de quelques semaines à l'avance quand quelqu'un se marie, et parce que tu ne connais ton fiancé que depuis trois mois à peine.

L'image du visage couvert d'hématomes et de larmes de Sally lui revint à l'esprit. « Il n'y a pas eu de signes avant-coureurs. Pas d'indices. »

— Maman est au courant ?

— C'est elle que j'ai appelée en premier. Elle était aux anges. Papa aussi.

Katie était prête à parier que sa mère avait fait une crise d'angoisse.

— Pourquoi se précipiter ? Pourquoi ne pas attendre un peu ?

— Parce qu'on ne veut pas attendre ! On veut se marier le

plus vite possible. Et je veux que tu sois là. Mais évite de ramener ta sinistrose.

— Désolée.

Katie déglutit. La dernière chose qu'elle voulait, c'était lui faire de la peine.

— Ces dernières semaines ont été difficiles à l'hôpital, c'est tout. Ne fais pas attention à moi. Bien sûr que je serai à ton mariage. Tu n'es pas seulement ma sœur, tu es ma meilleure amie. Je ne manquerais ça pour rien au monde. Pardonne-moi.

— Il n'y a rien à pardonner. Je sais que tu veilles sur moi.

La voix de Rosie était douce et chaude, et sa réponse généreuse ne fit qu'empirer son humeur.

La capacité de sa sœur à pardonner la fragilité humaine était à la fois une force et une faiblesse. Ça l'exposait à tous les ratés et sangsues qui croisaient son chemin.

Dan était-il l'un d'entre eux ?

— Comment ça va se passer ? Je dois réserver une chambre quelque part ?

La perspective de faire des projets de voyage lui coûta le peu d'énergie qui lui restait.

— Et papa et maman ?

— Ils viennent aussi, bien sûr. Et tout est organisé, à part ton vol. La famille de Dan possède une propriété fabuleuse dans la montagne. Ce sera les meilleures vacances de ta vie.

Katie redoutait ce Noël. Elle se demandait comment elle allait réussir à tenir le coup. En général, elle adorait ce moment. Faire la grasse matinée et dévorer les bons petits plats de sa mère. Rattraper le temps perdu avec son père et l'écouter parler de son travail. Mais tout était différent, maintenant. Sa vie avait changé pour toujours une nuit sombre et pluvieuse, quelques semaines plus tôt.

À présent, elle était épuisée. Serait-elle capable de se rendre à Aspen et de faire bonne figure ?

— Quand voudrais-tu qu'on arrive ?

— Comme le mariage aura lieu la veille de Noël, on s'est dit que vous devriez venir une semaine avant pour avoir le temps de faire la connaissance de Dan et de sa famille. Ensuite, vous pourrez passer Noël ici et repartir avant le nouvel an, ou quand vous voudrez. Oh ! Katie, je suis excitée comme une puce ! Je n'arrive pas à choisir entre un traîneau tiré par un cheval et un attelage de huskies pour les invités.

— Ne te casse pas la tête pour moi. Ça ne me dérange pas du tout de marcher.

— Il y a déjà plus d'un mètre de neige ici. C'est un paradis hivernal. Tu risquerais d'avoir du mal à avancer.

— Marcher est l'une des choses auxquelles j'excelle. J'ai des années d'expérience.

— Je veux que tu sois ma demoiselle d'honneur. Ma dame d'honneur. Appelle ça comme tu veux.

Katie ne voulait pas appeler ça de quelque façon que ce soit. Pourquoi sa sœur ne voyait-elle pas que ce mariage était une énorme erreur ?

— Tu es sûre ? Je vais probablement marcher sur ta robe avec mes chaussures boueuses. Je ne m'y connais pas vraiment, en matière de mariage.

Elle en savait encore moins sur les devoirs d'une demoiselle d'honneur, mais ça n'incluait sûrement pas d'être une rabat-joie.

— Tout ce que tu auras à faire, c'est sourire et m'aider, répondit Rosie. Tu pourras ranimer maman si elle fait une crise de panique dans l'avion. Je m'en veux de gâcher son Noël en famille. Tu sais à quel point c'est important pour elle d'avoir tout le monde à la maison. Tu me manques. On ne s'est pas parlé depuis des siècles. Je commence même à me demander si tu ne m'évites pas.

— C'est ridicule. Je suis très occupée, c'est tout.

Raconte-lui ce qui t'est arrivé. Dis-lui que tu as l'impression que le monde s'écroule autour de toi.

Rosie en serait horrifiée. Elle avait tellement bon cœur qu'elle sauterait dans le premier avion pour la rejoindre.

Katie battit des paupières. C'était elle qui veillait sur Rosie, pas l'inverse.

Elle était là pour lui servir de repère et lui offrir son soutien. Et sa sœur n'avait jamais eu autant besoin de ses conseils qu'en ce moment.

Elle prit alors une décision.

Tant pis pour Noël. Tant pis pour la détente. Tant pis pour la nécessité de régler ses propres problèmes.

Sa priorité absolue était d'empêcher sa petite sœur de faire une erreur monumentale qui ne lui causerait que du chagrin.

— Je ne manquerais ce mariage pour rien au monde.

Il fallait qu'elle rencontre Dan en personne et trouve une façon de sauver sa sœur d'elle-même. Et si elle y parvenait en début de semaine, ils auraient peut-être le temps de rentrer à Honeysuckle Cottage pour y passer Noël.

Avec un peu de chance, sa mère serait trop concentrée sur Rosie pour remarquer qu'elle-même n'allait pas bien.

— J'ai hâte d'être ta demoiselle d'honneur, ou quelle que soit la dénomination. Ne m'oblige pas à mettre du polyester violet, c'est tout ce que je demande. Je ne veux pas de choc statique. Et ne dépense pas trop d'argent.

Parce que ce mariage n'aura pas lieu.

En entendant la porte s'ouvrir, elle se tourna et vit Mike entrer dans la pièce.

— Je dois y aller. Je suis au travail, là.

— Je suis fière de toi, Katie. Je dis à tout le monde que ma grande sœur est médecin.

Ta grande sœur est à ramasser à la petite cuillère.

Elle n'était qu'un imposteur.

— Fonce. Amuse-toi, mais pas au point d'oublier tes inhalateurs.

— Katie…

— Je sais. Je suis la brigade de l'inhalateur. Fais la fête. Mords la vie à pleines dents. Je t'appelle demain.

Après avoir raccroché, elle glissa à nouveau les pieds dans ses chaussures.

Mike haussa un sourcil.

— Rien de tel que de donner des conseils que tu ne suis pas toi-même. C'est quand, la dernière fois que tu as fait la fête et que tu as mordu la vie à pleines dents ?

— Je fais la fête dans ma tête. Je suis en pleine fête virtuelle en ce moment même.

— Est-ce que ça s'accompagne d'une gueule de bois virtuelle ? Qui se marie ?

— Ma sœur. Dans moins de quatre semaines.

— On parle de la sœur qui étudie les contes de fées ?

Katie fit la grimace.

— J'ai peut-être un peu trop fait cette blague. Elle étudie les langues, les mythes et le folklore celtiques dans une certaine université de l'Ivy League. Elle t'expliquerait que ça aide à mieux comprendre la culture et les croyances de la société. Ça a donné lieu à de nombreux débats animés pendant nos repas de famille. Elle est vraiment très intelligente, mais je la vois toujours comme ma petite sœur, alors je la taquine à l'excès.

Elle se frotta le front.

— Il me semble qu'hier encore je lui lisais ses petits albums cartonnés.

— Vous avez une grande différence d'âge ?

— Dix ans. Je crois que mes parents avaient renoncé à avoir un autre enfant, et puis Rosie est arrivée.

— Tu as succombé à une grosse dose de jalousie fraternelle ?

— Quoi ? s'exclama-t-elle en le dévisageant. Non ! Je l'ai toujours adorée. Dès le premier instant où j'ai vu sa drôle de petite tête chauve.

Elle songea à Rosie quand elle était une petite fille adorable qui la suivait partout. Rosie, dans son pyjama dinosaure préféré.

Rosie qui devenait toute bleue à cause d'une crise d'asthme.

— J'avoue que je suis peut-être un peu trop protectrice. C'est pour ça que je vais me rendre dans le Colorado pour rencontrer ce type.

— Tu ne l'as jamais rencontré ?

— Non. Et ne me regarde pas comme ça. Je suis déjà flippée. Ils se connaissent depuis trois mois à peine. Qu'est-ce qu'on peut apprendre de quelqu'un en quelques semaines ? Et si c'était un joueur compulsif ou un pervers narcissique ? Un psychopathe ? Ou un tueur en série ?

Mike s'appuya contre la porte en croisant les bras.

— Je vais t'appeler « Dr Pessimisme ».

— Je ne suis pas le Dr Pessimisme. Je suis le Dr Réalité, grâce aux années que j'ai passées à travailler ici. Quand on est sans cesse confronté aux réalités de la vie, l'optimisme en prend un coup. Il n'y a pas de certitudes dans cette existence, on le sait tous les deux.

— Raison de plus pour profiter des moments heureux qui s'offrent à toi.

— Je rêve, ou tu as vraiment dit ça ? Si tu te fais virer de l'hôpital, tu pourras toujours écrire des cartes de vœux.

Elle finit son café, puis se dirigea vers la porte.

— Katie…

— Quoi ? demanda-t-elle en se tournant vers lui.

Il avait une expression inquiète.

— Ta famille sait-elle ce qui t'est arrivé ?

— Non, et il n'y a aucune raison de le leur dire.

— Ils pourraient t'apporter leur soutien.

— Je n'en ai pas besoin. Je me soutiens très bien toute seule.

Ses parents les avaient assez soutenues comme ça, sa sœur et elle. Il était temps pour eux de profiter de leur vie de couple.

— Deux semaines à jouir des grands espaces et à respirer l'air de la montagne te feront le plus grand bien.

— Peut-être.

Ignorant son regard préoccupé, elle laissa la porte se refermer derrière elle.

Elle se contrefichait des grands espaces et de l'air de la montagne. Elle se moquait même d'avoir droit à un Noël sous la neige.

Elle allait se rendre dans le Colorado pour une seule raison : empêcher sa sœur de se marier.

Maggie

Armée d'une tasse de café serré, Maggie tapa le nom de Catherine, la mère de Dan, dans un moteur de recherche.

Il y avait des photos d'elle à une soirée de bienfaisance à Manhattan. Elle était mince comme un roseau, et ses cheveux blonds étaient relevés en une coiffure qui n'aurait pas déparé sur un tapis rouge.

Broyant du noir, Maggie passa en revue une douzaine d'images.

Catherine, en train de skier sur une pente presque verticale à Aspen.

Catherine au sommet du Kilimandjaro, levant le poing d'un air triomphal après sa récolte de fonds au profit d'une association caritative pour la recherche sur les maladies cardiaques.

Catherine qui se précipitait à une réunion, vêtue d'une robe noire moulante, un agenda organiseur sous le bras.

Quelque temps plus tôt, Rosie lui avait dit que le mari de Catherine était mort d'une crise cardiaque quand Dan était à la fac. La famille avait été anéantie par ce décès, mais Catherine s'était obligée à aller de l'avant.

Maggie agrandit la photo. Cette femme ne semblait pas brisée. Il n'y avait pas trace de chagrin ou d'angoisse sur ce visage. Pas de rides du lion. Pas un cheveu blanc. Comment une personne pouvait-elle survivre à une telle épreuve et paraître aussi équilibrée ? Un magazine américain de premier plan avait publié un article sur elle, intitulé « De la tragédie au triomphe ». Maggie le lut du début à la fin. Catherine Reynolds avait lancé son entreprise d'organisation de mariages après avoir perdu son mari. Elle avait fait de ses talents de maîtresse de maison une activité commerciale.

Dan avait vingt-huit ans. Autrement dit, à moins d'être un phénomène médical, Catherine approchait au minimum de la cinquantaine.

La femme qui lui souriait depuis l'écran ne faisait même pas quarante ans.

Maggie tritura le bout de ses cheveux. Elle se les faisait couper dans le même salon depuis trente ans, sans jamais changer de coiffure. À vrai dire, il y avait très peu de choses qu'elle avait changées dans sa vie.

Alors que Catherine s'était réinventée et avait tout recommencé à zéro, remplissant sa vie de nouveaux défis, la sienne s'était lentement vidée. Katie était partie de la maison, puis ça avait été le tour de Rosie. Son emploi du temps quotidien, jadis chargé en événements scolaires et sportifs, était émaillé de trous. Elle avait continué à faire ce qu'elle avait toujours fait : travailler et jardiner. Elle avait eu l'habitude de cuisiner pour quatre, mais, un jour, il n'y avait plus eu que trois personnes à table, puis deux et, une fois son mariage exsangue, une seule. Au lieu de se construire une nouvelle existence, comme Catherine l'avait fait, elle avait continué à mener une version affadie de sa vie habituelle.

Poussant son ordinateur sur le côté, Maggie regarda le dossier cartonné ouvert sur la table. Il était presque plein. Elle ne pourrait bientôt plus le fermer.

Maintenant qu'elle était au courant du combat déterminé de Catherine pour se réinventer, elle avait l'impression d'être pitoyable et inutile. Cette femme avait perdu son mari de façon tragique. Elle-même avait perdu le sien par négligence. Ou était-ce par apathie ? Elle ne le savait même pas.

Elle ne pouvait s'empêcher de penser qu'elle avait en quelque sorte gâché son propre mariage.

Si elle n'avait encore rien annoncé aux filles, c'était en partie parce qu'elle ne parvenait pas à s'en persuader elle-même.

Nick et elle auraient-ils dû faire plus d'efforts ?

Cette dernière heure n'avait servi qu'à une chose : la démoraliser encore plus. Elle referma le dossier et le rangea dans un tiroir, à l'abri des regards. Elle ne voulait pas que Nick le voie, sinon ça entraînerait une conversation qu'elle ne voulait pas avoir.

Elle referma ensuite son livre de recettes de Noël préféré, puis le remit à sa place sur l'étagère. Il était resté ouvert sur la table depuis la semaine précédente mais, tout compte fait, elle n'en aurait pas besoin.

C'était gênant de l'admettre, pourtant elle avait mentalement organisé Noël depuis septembre et préparé des listes depuis octobre. Dès que l'hiver s'était fait sentir dans l'air, elle avait pensé à des ragoûts lentement mijotés, à des soupes consistantes et à des légumes-racines rôtis au four. Elle avait eu hâte d'arriver à la saison des fêtes rien que pour le plaisir réconfortant des rituels culinaires : mélanger, mitonner, faire des gâteaux dans une vapeur parfumée à la cannelle. Et, surtout, elle avait attendu avec impatience les moments qu'elle allait passer avec sa famille.

Les mains serrées autour de son mug, elle sirota son café tout en regardant le jardin par la fenêtre. Le gazon était couvert de givre étincelant, et une brume délicate ajoutait une touche éthérée à la scène. À cette époque de l'année, la seule note de couleur venait du buisson de houx, dont les baies rondes étaient rouge sang. Elle avait espéré que les oiseaux lui en laisseraient assez pour décorer la maison, mais ça n'avait plus d'importance à présent.

Elle n'aurait pas besoin de baies. Elle n'aurait pas non plus besoin du gui dont les boules constellaient le vieux pommier. Elle ne serait pas ici à Noël.

Sans le savoir, elle avait déjà vécu son dernier Noël à Honeysuckle Cottage.

Elle n'avait jamais passé les fêtes loin de chez elle. Elle s'était toujours occupée des préparatifs. Certaines de ses amies adoraient prendre le large pour échapper à la frénésie festive, mais elle, elle adorait ça. Ça faisait partie intégrante de Noël.

Et pourquoi s'inquiétait-elle à ce propos, alors que le véritable problème était le mariage de Rosie ? Qu'est-ce qui clochait chez elle ?

Elle vérifia l'heure.

Nick avait dit qu'il la rejoindrait à 11 heures. Il était 11 h 30. Comme la ponctualité n'était pas son fort – il était même arrivé en retard à leur mariage ⊠, elle ne s'en étonna pas. Par le passé, ça l'avait exaspérée qu'il maîtrise couramment le grec ancien, mais soit incapable d'indiquer à quelle heure il rentrerait à la maison. Il pouvait lire les hiéroglyphes mais, apparemment, ni sa montre ni un simple SMS.

Au début, elle avait aimé le fait qu'il soit aussi passionné et concentré sur les choses qui le captivaient. Sa spontanéité compensait son manque de fiabilité. Un jour, il brandissait deux billets pour un concert au Sheldonian Theatre ; le lendemain, il suggérait un pique-nique, qu'ils avaient fait au bord du fleuve en regardant le soleil danser sur la surface de l'eau. Et surtout, pensa Maggie, il avait mis au jour son côté gai et léger. Pour elle, c'était autant une découverte que celle du tombeau de Toutankhamon. Elle était née de parents âgés qui, prenant leurs responsabilités au sérieux, avaient tout investi dans son développement et son éducation. Elle s'était épuisée à tenter de mériter leur amour, et leur relation avait été pesante et stressante. S'amuser n'avait pas fait partie de sa vie jusqu'à ce qu'elle rencontre Nick au cours de ses premières semaines à Oxford.

Elle faisait des études d'anglais, tandis qu'il était en égyptologie. La réputation et la carrière universitaire de Nick avaient décollé. Ils étaient restés à Oxford. Elle avait trouvé un poste chez un éditeur universitaire, et passait ses journées à corriger des manuels scolaires. Il lui était arrivé de penser qu'elle n'aimait pas son travail autant que Nick aimait le sien, mais ne s'était pas attardée dessus.

Et puis, Katie était née. Elle avait été choquée par la force de son émotion et la puissance du lien qu'elle avait ressenti. Elle avait aimé avec intensité, et s'était découvert à son tour une passion : son enfant, son mari, sa famille. Créer un foyer comme celui qu'elle aurait aimé avoir en grandissant avait été sa priorité.

L'arrivée de Katie lui avait fourni l'excuse parfaite pour réduire ses heures de travail dans un premier temps, puis pour rester à la maison. Elle avait fini par assumer la responsabilité des tâches parentales parce qu'elle préférait ça à son travail.

Quand Katie avait commencé l'école, elle avait repris son poste chez le même éditeur. À la naissance de Rosie, elle avait de nouveau interrompu sa carrière. Sa seconde fille était née avant terme, un petit être fragile qui pesait moins qu'un paquet de sucre. Bébé, elle avait sans arrêt souffert de toux et de rhumes, puis avait fait sa première crise d'asthme.

Maggie n'avait jamais oublié ce moment. Par la suite, ces crises s'étaient répétées régulièrement, engendrant une succession de nuits sans sommeil et de trajets paniqués vers l'hôpital.

Pendant les dix premières années de la vie de Rosie, Maggie s'était trouvée dans un état d'épuisement presque constant.

Ils avaient quitté le cœur d'Oxford pour emménager à Honeysuckle Cottage, dans l'espoir que la pollution de l'air y soit moindre qu'en centre-ville. Suite à des tests, ils avaient appris que les poils de chien étaient un déclencheur, ce qui signifiait qu'ils n'auraient pas l'animal de compagnie dont Nick rêvait depuis toujours.

L'enfance de Rosie avait été un tourbillon de projets annulés et de courses folles à l'hôpital. À l'adolescence, le problème était devenu plus difficile à contrôler. Ce n'était pas « cool » d'avoir un inhalateur, et le fait de cacher son état de santé avait fait atterrir sa cadette aux urgences à de trop nombreuses occasions. Le stress de la situation les affectait tous, tout comme l'ignorance de leurs amis et connaissances, qui avaient toujours considéré l'asthme comme un problème bénin.

Elle se souvenait du jour où Katie était entrée en trombe dans la cuisine et avait posé bruyamment ses livres sur la table. « Je vais devenir médecin. Comme ça, je pourrai guérir Rosie. »

Elle s'était souvent sentie coupable de consacrer l'essentiel de son temps et de son attention à sa cadette, mais Katie n'avait pas semblé en souffrir. D'enfant brillante et farouchement déterminée, elle était devenue une adulte brillante et farouchement déterminée. Elle s'était fixé des objectifs, puis avait dressé des listes de choses à faire pour y parvenir. Contrairement à Nick et à Rosie, qui prenaient des décisions de façon impulsive et émotionnelle, Katie ne faisait jamais rien sans y avoir longuement réfléchi.

L'enfant studieuse était devenue une femme zélée. Un médecin talentueux et engagé. Maggie était très fière d'elle.

Alors que Rosie papillonnait d'une chose à l'autre, Katie savait toujours exactement ce qu'elle voulait et ne changeait jamais de cap.

La sonnette interrompit le fil de ses pensées. Elle marcha jusqu'à la porte d'entrée et l'ouvrit.

Nick se tenait sur le seuil, vêtu du long manteau en laine qu'il avait depuis des années. Il le portait le col retourné, avec son écharpe préférée enroulée autour du cou. Il lui adressa le même sourire en coin qui avait attiré son attention à l'époque de leur rencontre, et elle en éprouva une bouffée de tristesse. Qu'était devenu leur amour ? Il n'y avait pas eu de grosse dispute. Pas de liaisons ni de flirts clandestins. Elle avait essayé maintes fois d'identifier le moment où son mariage avait cessé de fonctionner, mais avait été incapable de mettre le doigt sur un événement spécifique. Ils avaient mené des vies parallèles, puis s'étaient éloignés l'un de l'autre de façon tellement progressive qu'aucun d'eux ne s'en était rendu compte. Jusqu'à ce qu'un jour ils ne soient tout simplement plus capables d'avoir la même profonde complicité qu'avant.

D'un commun accord et en toute amitié, ils avaient alors décidé de se séparer.

Elle se demandait parfois s'ils s'étaient perdus l'un l'autre à cause des contraintes de la vie de famille.

Quoi qu'il en soit, elle était soulagée qu'il soit là. Elle avait besoin de parler à quelqu'un. N'importe qui.

Elle ouvrit la porte en grand.

— Tu as encore perdu ta clé ?

— Pour une fois, non, mais ça ne m'a pas paru approprié de l'utiliser. Ce n'est plus ma maison.

Il hésita, puis franchit le seuil.

— C'est toujours ta maison, Nick, répliqua-t-elle. On l'a achetée ensemble et, quand on la vendra, on partagera la somme. Tu as tout à fait le droit de venir ici quand tu veux.

Aucune voix en elle ne lui intimait d'un ton strident de changer les verrous. Pourquoi le ferait-elle ?

— Je ne veux pas déranger, affirma-t-il en jetant un coup d'œil vers l'escalier.

Comprenant qu'il agissait ainsi par égard pour sa vie privée, elle eut un bref éclat de rire.

— Tu crois qu'il y a un elfe de Noël caché sous mon lit ? Le Père Noël ? Un jeune homme musclé ?

Elle n'avait pas inscrit « rencontrer quelqu'un » sur sa liste de vœux. Quant à quelque chose de plus superficiel… Franchement, l'idée d'avoir une aventure était ridicule.

— Il fait froid ici, remarqua Nick avant de toucher le radiateur le plus proche. Le chauffage est encore en panne ?

— Tu sais bien qu'il attend toujours la première gelée pour ça.

Comme d'habitude, elle portait deux pulls, ce qui donnait l'impression qu'elle était plus corpulente qu'en réalité.

— Tu veux que j'appelle quelqu'un ? demanda-t-il.

Il ne suggéra pas d'aller y jeter un œil lui-même. Il pouvait captiver l'attention de tout un amphithéâtre, mais était incapable de réparer un robinet qui fuyait, et le montage des meubles en kit le déroutait.

— Je l'ai déjà fait. Ils viennent lundi prochain.

— Tu as l'air fatiguée.

— C'est généralement le cas quand quelqu'un vous appelle à 3 heures du matin.

Nul doute que Nick s'était aussitôt rendormi. Comme toujours, elle lui enviait sa capacité à trouver le sommeil quelle que soit la situation. Au fil des années, elle aurait donné n'importe quoi pour pouvoir se déconnecter et laisser quelqu'un d'autre prendre le relais pendant cinq minutes. C'était peut-être parce qu'il savait qu'elle en était incapable qu'il pouvait lâcher prise, rassuré à la pensée qu'elle s'occupait de tout.

— Rosie n'aurait pas dû t'appeler au milieu de la nuit.

— Elle était surexcitée. Elle voulait partager la bonne nouvelle. Et ça me fait plaisir. Elle vit peut-être à des kilomètres d'ici, mais j'ai toujours envie de faire partie de sa vie.

— Les appels nocturnes te font toujours peur. Je suis sûr que tu as paniqué quand tu as décroché, parce que tu t'es dit qu'elle faisait une crise. Ce n'est pas facile de se rendormir après ça.

Il lui pressa l'épaule.

— Assieds-toi. Je vais faire du café. Ensuite, on réservera nos billets d'avion.

— Oh ! fit-elle, sentant son ventre se tordre. Pourquoi si vite ?

— Le mariage a lieu dans moins de quatre semaines. On aura déjà de la chance de trouver des places.

Il moulut les grains et prépara deux tasses. Le percolateur avait été leur petit plaisir, un cadeau mutuel qui avait toujours été une source de réconfort quand le stress s'accumulait. Au cours de ces premières années où le sommeil se faisait rare, le café était devenu un de leurs rituels, et l'habitude était restée. Ils le buvaient noir tous les deux, surtout parce qu'à l'époque ils étaient trop fatigués pour sortir le lait du frigo.

— Et puis, si je te laisse le temps d'y réfléchir, tu trouveras une raison de ne pas le faire.

Pas faux, songea-t-elle en acceptant sa tasse avec gratitude.

— Je n'ai pas le choix. Je ne compte pas rater le mariage de Rosie.

— Dans ce cas, il faut qu'on réserve nos billets.

Il posa sa tasse sur la table, puis ôta son écharpe.

Cette écharpe avait fait le tour du monde avec lui. Elle l'avait protégé contre les tempêtes de sable et de poussière. Il refusait de s'en séparer ou de la remplacer. Maggie trouvait fascinant que quelqu'un d'aussi intelligent pense qu'une écharpe puisse porter bonheur. Elle ne comprenait pas comment un homme doté d'un tel intellect estime magique un bout de tissu en laine et coton mélangés.

— Je n'arrive pas à croire que Rosie se marie. Elle est tellement jeune !

Elle avait vraiment besoin d'en parler à quelqu'un. Nick n'aurait pas été son premier choix, mais comme il était le seul candidat pour écouter ses confidences, il l'emporta.

— Vingt-deux ans, répondit-il en versant du sucre dans son café. Si on vivait en Égypte antique, elle serait mariée depuis dix ans.

C'est exactement à cause de remarques de ce genre qu'une femme a besoin d'amies.

À certains moments, elle avait envie de s'emparer de la poêle la plus proche et de lui en donner un coup sur la tête, pour secouer cet esprit si vif mais si naïf.

— On ne vit pas dans l'Égypte antique.

Il était parfois tellement absorbé par ses études qu'il avait tendance à l'oublier, elle en était convaincue.

— Et on n'a même pas encore rencontré Dan.

— Eh bien, ce n'est pas nous qui l'épousons. Du moment qu'elle l'apprécie, c'est tout ce qui compte.

— Du moment qu'elle *l'apprécie* ?

C'en était désespérant !

— Ils n'ont presque pas passé de temps ensemble. Et il ne s'agit que de bons moments, grisants, romantiques. Ce n'est pas réel. Ce n'est pas ça, le mariage.

Le mariage, c'était s'accrocher l'un à l'autre tout en avançant, trébuchant, en terrain accidenté. Le mariage, c'était ne jamais se lâcher.

Pourtant, Nick et elle avaient fini par se lâcher.

Il remua lentement son café.

— Ça devrait peut-être être ça. Il devrait peut-être y en avoir plus, de ces bons moments romantiques.

Que voulait-il dire ? Était-ce une critique envers elle ?

— La vie n'est pas un long fleuve tranquille, Nick. Quelqu'un doit gérer les aléas.

— Waouh...

Maggie grimaça. Il la regarda d'un air surpris.

— Qu'est-ce que j'ai dit ?

— Tu insinuais que j'ai tellement été prise par le côté pratique de la vie que j'en ai oublié d'être romantique.

— Je n'insinuais rien du tout, protesta-t-il en reposant sa cuillère. Tu sais bien que je ne pense pas de cette façon. Ce n'est pas mon genre, les messages subliminaux, les sous-entendus ou toutes ces techniques de communication compliquées. Je disais simplement que les moments grisants et romantiques peuvent être réels, eux aussi.

Est-ce qu'elle dramatisait ?

— Ils en sont encore au stade de la lune de miel, reprit-elle. Ils ne se disputent pas à propos de qui va changer l'ampoule ou préparer le dîner. Ils n'ont pas encore eu d'épreuves à surmonter. On sait tous les deux qu'il va y avoir des défis à relever. C'est la vie. Ils se connaissent à peine. J'ai peur que ce soit la mauvaise décision.

— Même si c'est la mauvaise décision, c'est la leur.

Il but une gorgée de café, avant de poursuivre :

— Et il arrive que les personnes qui savent tout ce qu'il y a à savoir sur leur conjoint finissent par divorcer.

Elle se sentit rougir.

— Oui, évidemment, mais... Oh ! tant pis.

C'était souvent de cette façon que leurs discussions s'achevaient : elle laissait tomber. Ça n'avait pas toujours été le cas. Au début, ils parlaient de tout mais, à un moment donné, ces conversations à bâtons rompus avaient cessé. Elles étaient passées de profondes à superficielles et pratiques. « Tu peux récupérer les médicaments de Rosie avant de rentrer à la maison ? »

Elle avait arrêté de se confier à lui. À présent, elle se rendait compte qu'elle avait beaucoup de pensées et d'émotions dont il ne connaissait rien. Elle ne lui avait jamais dit qu'elle se sentait parfois inférieure à lui, même si elle savait au fond d'elle que ce n'était pas le cas. Elle avait l'impression confuse qu'elle avait oublié comment être elle-même.

Lors d'une réunion parents-profs, l'enseignant avait dit : « Oh ! vous êtes la mère de Katie et Rosie », comme si c'était devenu son identité. À l'époque, ça ne l'avait pas gênée parce qu'elle était leur mère, après tout. Et elle était la femme de Nick.

Qui d'autre était-elle ? Ces derniers temps, cette question avait commencé à la troubler.

Nick posa son mug sur la table.

— Tu es contrariée.

— Un peu, oui. J'attendais Noël avec tellement d'impatience ! J'ai descendu les décorations du grenier la semaine dernière, et le gâteau est prêt…

Elle termina son café.

— Mais c'est sans importance. On pourra tous se retrouver une autre fois.

Nick fronça les sourcils.

— On sera tous ensemble à Aspen, Maggie. Ce n'est pas pour ça que tu es contrariée.

Elle posa sa tasse sur le plan de travail.

— Qu'est-ce que tu veux dire ?

— Tu n'es pas contrariée à propos de Noël. Tu es contrariée parce que notre Rosie se marie avec un Américain. Tu penses qu'elle va peut-être choisir de rester vivre là-bas pour de bon. D'y avoir des enfants. D'y vieillir.

Ses poumons se vidèrent, comme si elle avait reçu un violent coup.

Elle avait essayé de ne pas y penser. C'était un aspect de l'équation qu'elle avait préféré laisser de côté.

Elle avait limité ses réflexions au court terme : Noël. C'était tout ce qu'elle pouvait supporter. Mais Nick avait raison. Au fond d'elle-même, elle avait eu peur de ça dès le moment où Rosie avait fait son annonce.

Il la connaissait peut-être mieux qu'elle ne le pensait.

Elle ressentit une vague d'émotion qui ressemblait presque à du chagrin. Quand Rosie était partie étudier aux États-Unis, elle en avait été secouée, mais elle s'était dit que ce n'était que pour un temps. Elle n'avait pas envisagé un instant que cet éloignement risquait d'être permanent.

— J'ai l'impression de l'avoir perdue.

Elle n'allait pas pleurer. Ce serait ridicule. Tout ce qui comptait, c'était la santé et le bonheur de sa cadette.

— Tu dois penser que je suis la mère la plus égoïste de la planète, à souhaiter qu'elle rentre à la maison.

— Je ne pense pas que tu sois égoïste. Je pense que tu es une mère fantastique et que tu l'as toujours été. Peut-être un peu trop.

— C'est-à-dire ?

— Tu as fait passer nos filles avant tout le reste.

— À t'entendre, on croirait que je me suis sacrifiée, mais pas du tout. J'ai adoré être là pour elles. Si c'était à refaire, je ne changerais rien.

Certaines personnes rêvaient grand et se fixaient des objectifs ambitieux. Elle, elle appréciait les plaisirs plus simples. Les premiers bourgeons sur le pommier, le léger crissement du stylo sur le papier quand Katie faisait ses devoirs sur la table de la cuisine, l'odeur du linge fraîchement lavé, le bonheur du premier café du matin, sans oublier la joie de lire un livre qui la transportait ailleurs, dans une autre vie.

Mais le fait d'interrompre deux fois sa carrière avait restreint ses choix, c'était indéniable. Elle avait développé un lien de confiance avec la maison d'édition où elle travaillait. Comme ils savaient qu'elle menait ses tâches à bien, ils avaient fait preuve de souplesse quand elle avait eu besoin de temps pour s'occuper de Rosie. De crainte qu'un nouvel employeur ne lui offre pas la même latitude, elle avait préféré rester où elle était.

En étudiant le visage de Nick, elle remarqua les fines rides autour de ses yeux. Il semblait fatigué.

— Tu as mangé ?

Il lui arrivait d'oublier et, à en juger par son expression penaude, c'était sûrement le cas.

— Non, répondit-il. J'ai oublié de faire des courses, alors je me suis dit que je grignoterais à la fac.

— Je vais te préparer quelque chose si tu as le temps de l'avaler.

— J'ai toujours le temps pour un de tes bons petits plats, affirma-t-il en se levant. Qu'est-ce que tu veux que je fasse ?

Elle en resta bouche bée.

— C'est la première fois que tu demandes ça.

— Ce n'est pas vrai. Je range et je nettoie. Je suis le champion du rangement et du nettoyage.

— En général, tu ne m'aides pas pour la partie culinaire.

— Parce que tu es trop douée. Et puis, tu ne me laissais jamais m'approcher de la cuisine.

Disait-il vrai ? Probablement. Elle avait voulu quelque chose qui soit rien qu'à elle. Elle en avait eu besoin. Une activité où elle puisse exceller et qui lui soit propre.

Bien des gens auraient été consternés par son manque apparent d'ambition professionnelle, mais elle s'en moquait. Elle avait été là quand ses filles avaient fait leurs premiers pas. Elle leur avait appris à lire. Elle n'avait jamais estimé que ce qu'elle faisait n'était pas important.

Ce n'est qu'au cours des deux ou trois dernières années qu'elle avait commencé à éprouver un sentiment d'insatisfaction.

Elle enviait les gens dont la vie ressemblait exactement à ce qu'ils avaient envisagé. Ceux comme Nick et Katie, qui avaient une passion et la vivaient au quotidien. Même Rosie semblait savoir quel chemin elle voulait emprunter.

Alors qu'elle-même avait l'impression d'avoir erré au hasard, sans carte ni boussole.

— Si tu veux m'aider, attrape les œufs dans le frigo.

Elle sortit un grand saladier du placard et un fouet du tiroir. Lorsque Nick posa le carton d'œufs près d'elle, elle en choisit six et les cassa dans le saladier. Tout en l'observant, il déclara :

— La dernière omelette que j'ai faite était croustillante.

Elle essaya de ne pas sourire.

— En général, c'est mieux de ne pas mettre les coquilles dedans.

— Ah, c'est donc ça le secret ! Je savais bien qu'il y en avait un.

Elle coupa des herbes aromatiques dans les pots qu'elle gardait sur le rebord de la fenêtre, puis les ajouta au mélange. Après en avoir versé la moitié dans la poêle bien chaude, elle patienta, laissant l'omelette grésiller.

— Il ne s'agit pas seulement de moi. Je m'inquiète pour elle.

— Tu dois arrêter de la protéger, Mags.

— Le jour où j'arrêterai de protéger mon enfant n'arrivera jamais.

— Tu vois ce que je veux dire. Bien sûr qu'on l'aimera et qu'on la soutiendra toujours, mais on doit la laisser vivre sa vie comme elle l'entend.

— Même si cette vie est à des millions de kilomètres de nous ?

— Tu exagères. Ce n'est pas si loin que ça, les États-Unis.

— Elle pourrait aussi bien être sur la Lune.

Elle souleva les bords de l'omelette. Une fois satisfaite de la cuisson, elle la plia en deux.

— La vie peut être dure, on le sait tous les deux. C'est important d'avoir sa famille près de soi. Et si elle s'installe là-bas pour de bon ? Et s'ils se séparent ? Si jamais ils restent ensemble, que se passera-t-il s'ils ont des bébés ? Je voudrais pouvoir l'aider, mais je ne serai pas assez près.

— Attends… Tu as peur de ne pas pouvoir l'aider avec un bébé qui n'est même pas encore né ? Tu gaspilles beaucoup d'énergie à t'inquiéter pour des choses qui ne sont pas arrivées.

— Je ne m'attends pas à ce que tu comprennes.

Elle fit glisser l'omelette dans une assiette, la parsema de ciboulette ciselée, puis la lui tendit.

— Tout ce que je dis, c'est que ce sera compliqué de les aider d'ici.

Posant l'assiette sur la table, il s'assit et saisit une fourchette.

— Ça a l'air délicieux, merci. Pour ce qui est de se faire aider, ils vivront peut-être tout près de la mère de Dan.

Bizarrement, ça ne la réconfortait pas. Catherine organisait déjà le mariage, et il y avait de fortes chances qu'elle devienne la grand-mère préférée des futurs enfants de Rosie. Elle, elle serait la quasi-inconnue qu'ils verraient quelques fois par an. *Qui c'est, mes chéris ? Non, ce n'est pas une inconnue, c'est votre mamie. Allez lui faire un bisou.*

Elle imaginait leur mouvement de recul, leur grimace, tandis qu'ils acceptaient à contrecœur un baiser de sa part.

Une boule se forma dans sa gorge.

Elle voulait expliquer à Nick ce qu'elle ressentait, mais elle n'arrivait pas à trouver une façon de l'exprimer qui ne la ferait pas paraître terriblement mesquine. Peut-être qu'elle était ridicule, après tout, à s'inquiéter à propos de choses qui n'étaient pas arrivées. Elle était coutumière du fait.

Elle versa le reste des œufs dans la poêle, même si elle n'avait pas beaucoup d'appétit.

— En parlant de chose difficile, déclara-t-il, on doit décider du moment où on dira aux filles la vérité sur nous.

— On ne peut pas encore le faire, Nick.

Tout en piquant sa fourchette dans un morceau d'omelette, il demanda :

— Pourquoi pas ? Aucun de nous n'a de liaison, on ne se déteste pas, on n'a aucun problème à être dans la même pièce. On sera capables d'assister aux réunions de famille sans être mal à l'aise. Ça ne changera pas grand-chose.

Parlait-il sérieusement ?

— Bien sûr que si ! On est leurs parents, Nick ! Elles nous voient comme une unité indissociable. Les réunions de famille seront peut-être amicales pendant un temps, puis tu finiras par rencontrer quelqu'un. Ensuite, tu viendras accompagné, et on devra alterner…

Il reposa sa fourchette.

— C'est peut-être toi qui rencontreras quelqu'un.

Où ? Comment ? Elle faillit poser les questions à voix haute, avant de renoncer. Elles donnaient trop l'impression qu'elle était triste. Il fallait qu'elle se construise une nouvelle vie. Une vie dont Nick ne ferait pas partie. Elle devait s'inscrire à une chorale, apprendre l'italien, ou quelque chose d'autre. N'importe quoi.

Après le mariage, se promit-elle. Après le mariage, elle se prendrait en main. D'abord, elle donnerait un coup de neuf à la maison, puis elle la mettrait en vente et se trouverait un logement plus petit.

La perspective de vendre Honeysuckle Cottage lui donnait la nausée. Les meilleurs moments de sa vie avaient eu lieu ici. Nick. Katie. Rosie. Elle se rappelait encore le jour où ils avaient emménagé. Nick, qui devait baisser la tête pour éviter les poutres basses. L'installation de la barrière en haut de l'escalier pour empêcher Rosie de tomber. Et les heures passées dans le jardin, à l'aménager pour en faire le havre de paix qu'il était désormais.

Il y avait eu des moments difficiles, mais cet endroit était rempli de rires et de bons souvenirs. Tout ça disparaîtrait quand une autre famille y emménagerait. En voyant un creux dans le mur, ils jugeraient bon de le reboucher. Ils ne souriraient pas en se rappelant l'histoire de ce creux : c'était là que Rosie avait percuté le mur avec son vélo ce matin de Noël où il pleuvait trop fort pour aller dehors.

Une nouvelle histoire y serait écrite.

Mais ce n'était pas son souci immédiat.

— Écoute-moi jusqu'au bout, déclara-t-elle en transférant l'omelette dans son assiette et en prenant une fourchette. Qu'il s'agisse d'une erreur ou pas, ce sera le grand jour de Rosie. C'est à elle et Dan qu'il faut penser. C'est leur célébration. À ton avis, ça ne va pas gâcher l'ambiance, si on annonce notre divorce au même moment ?

— Si on le fait aujourd'hui, ce ne sera pas au même moment. Elle aura le temps de s'en remettre.

— Ce n'est pas la grippe, Nick. Ce n'est pas quelque chose dont on se « remet ». Un divorce bouleverse l'équilibre d'une famille. On va devoir trouver une nouvelle façon d'être ensemble, d'être en accord les uns avec les autres. Ça va demander beaucoup d'ajustements.

Le fait de le dire à voix haute rendait ce constat encore plus triste.

— Aujourd'hui, elle va choisir sa robe de mariée. Ce ne serait pas correct de lui gâcher sa journée.

— Le divorce fait partie de l'existence. Tu ne disais pas tout à l'heure que la vie n'était pas un long fleuve tranquille ?

— Ça ne devrait pas arriver juste avant ce qui est censé être l'un des jours les plus heureux de la vie de notre fille.

Elle s'obligea à avaler une bouchée d'omelette, puis reposa son assiette sur le plan de travail.

— Alors que suggères-tu ? demanda-t-il.

— Qu'on fasse comme si rien n'avait changé.

— Tu…

Visiblement déconcerté, il marqua une pause, avant de reprendre :

— Tu veux qu'on aille à ce mariage ensemble ? Comme un couple ? En prétendant que tout va bien ?

— Oui. On présente un front uni. On aura l'occasion d'annoncer la nouvelle peu réjouissante une fois que les cloches auront cessé de sonner et que la neige aura fondu.

— Qu'on soit bien clairs : tu veux qu'on se comporte comme si on était mariés ?

— Techniquement, on l'est toujours, Nick, alors ça ne devrait pas être trop dur de faire semblant pendant une semaine.

Il la fixa sans ciller.

— Tu veux qu'on voyage ensemble, qu'on partage une chambre…

— On fera tout ce qui est nécessaire.

Elle n'allait pas proposer de lui céder le lit. Il pouvait dormir n'importe où, que ce soit sous une tente en plein désert ou sur le sol dur d'une chambre d'hôtel. Elle avait déjà du mal à s'assoupir sur un matelas de plumes, alors elle préférait éviter de se compliquer davantage la tâche.

— Ce ne sera pas difficile de jouer la comédie. Ce n'est pas comme si on se disputait tout le temps.

Il repoussa son assiette.

— Ça ne me plaît pas de leur mentir.

— On ne ment pas. On retarde simplement le moment de leur annoncer la nouvelle. On ne leur a pas encore dit qu'on ne vivait plus ensemble. Qu'est-ce que ça change d'attendre quelques semaines ?

— On ne leur a pas dit parce qu'on s'était mis d'accord pour le leur annoncer face à face, quand on serait tous ensemble.

— Tu penses sincèrement que le mariage de notre fille est le meilleur moment de leur parler de notre divorce ?

Il soupira.

— Non, ce n'est pas ce que je pense.

Il y eut une longue pause.

— Bon, c'est d'accord, déclara-t-il, visiblement à contrecœur. Mais dès qu'ils reviennent de leur lune de miel, on leur dit.

— Promis.

La bouffée de soulagement qui l'avait envahie se dissipa aussitôt quand Nick tendit le bras par-dessus la table pour tirer son ordinateur vers lui.

— C'est quoi, ça ?

Pourquoi n'avait-elle pas fermé le navigateur ?

— Je faisais quelques recherches sur la famille de Dan.

Il releva les yeux du portable pour la dévisager.

— Tu veux dire que tu te torturais.

— Je ne vois pas du tout de quoi tu parles.

— Tu fais la même chose avant chaque événement social à l'université. Tu paniques à propos de ce que tu vas porter et de ce que les gens vont penser de toi.

— Ça s'appelle être humain.

— Tu es ravissante, Maggie, affirma-t-il d'une voix rauque. J'aimerais tellement que tu aies plus confiance en toi.

Elle était une future divorcée, mère de deux filles adultes, qui n'aimait pas particulièrement sa vie. Elle pensa au dossier, à l'abri au fond du tiroir.

Quelles raisons avait-elle d'avoir confiance en elle ?

Et s'il la trouvait si ravissante que ça, pourquoi divorçaient-ils ?

Il tapota sur le clavier et alla sur le site d'une compagnie aérienne.

— Comment va-t-on faire pour les cadeaux ? demanda-t-elle en s'asseyant à côté de lui, son café à la main. Je ne vais pas pouvoir tout ranger dans ma valise.

— Prends les plus importants, et elles auront le reste la prochaine fois qu'elles viendront ici.

— D'habitude, je leur prépare une chaussette de Noël. Et je n'arrive pas à imaginer un sapin sans les décorations qu'elles ont faites au fil des ans. C'est la tradition.

— Alors emballe-les et emporte-les.

Il parut sur le point d'ajouter quelque chose, puis changea d'avis.

— On paiera un excédent de bagage, s'il le faut.

« Excédent de bagage. » Il n'aurait pas pu trouver de meilleure expression pour la décrire.

— Je ne peux pas emballer nos décorations. Ce serait ridicule.

Elle l'observa avec anxiété tandis qu'il saisissait les dates et vérifiait les prix.

— Est-ce que l'avion est déjà plein ?

— Je suis sûr que tu aimerais que ce soit le cas, mais non, il reste deux places dans le vol du matin. En classe affaires.

Il plongea la main dans sa poche pour récupérer son portefeuille.

— Nick, on ne peut pas voyager en classe affaires.

— Pourquoi pas ? On mérite bien de se faire un petit plaisir.

Prendre l'avion ? Un plaisir ? L'idée qu'elle allait vraiment s'attacher à un siège et attendre le décollage commença à faire son chemin dans son cerveau, et son cœur se mit à battre à tout rompre.

— C'est une dépense inconsidérée.

— Je sais que tu as peur de l'avion mais, si je ne réserve pas maintenant, tu n'iras pas au mariage de ta fille.

Elle gémit et posa la tête sur la table.

— Comment a-t-on pu en arriver là ?

— Ils offrent du champagne, en classe affaires. Je t'en ferai boire une bouteille avant le décollage. Ça passera comme une lettre à la poste.

Elle releva la tête.

— Qu'est-ce que tu as dit à Rosie ?

— Hier soir ? Je ne me rappelle pas. Tu me connais. Je ne suis pas aussi doué que toi pour me réveiller d'un coup. Il me faut un peu de temps pour émerger. J'espère avoir fait au mieux.

Que devait-on dire exactement dans ce genre de situation ? Elle l'ignorait. En parlant avec Rosie, aurait-elle dû lui adresser un avertissement ou des félicitations ?

— Elle est tellement jeune.

— On était jeunes.

Elle eut envie de s'écrier : *Et regarde le résultat !* Elle se retint.

Même si leur mariage était terminé, il n'avait pas été un désastre. Le croire reviendrait à penser que les trois décennies et demie qui venaient de s'écouler avaient été une erreur, or ce n'était pas le cas. Ils avaient vécu de nombreuses années heureuses ensemble. Ça expliquait peut-être pourquoi elle se sentait aussi triste. C'était difficile, mais la vie était ainsi, après tout, n'est-ce pas ? Pleine de bonnes et de mauvaises choses, de hauts et de bas, de triomphes et de déceptions.

Une partie d'elle avait pourtant l'impression qu'ils auraient pu continuer à faire fonctionner leur relation.

— Ta mère a essayé de nous empêcher de nous marier, fit-elle observer. Elle désapprouvait complètement. Elle me trouvait trop sérieuse.

— Parce qu'elle ne t'avait jamais vue après une bouteille d'alcool de prune ! Et rappelle-toi : elle n'appréciait aucune des femmes avec qui je sortais. Elle avait trop peur qu'elles n'emmènent son petit garçon loin d'elle.

Il allongea les jambes devant lui.

— La tienne n'était pas mieux.

— Mes parents voulaient que j'épouse quelqu'un qui avait un métier normal. Ils se méfiaient de tes voyages en Égypte, et aussi du fait que tes cheveux tombaient sur ton col. Tout ça me paraît tellement lointain, j'ai du mal à m'en souvenir, même si c'était stressant à l'époque.

— On a fait ce qui était bon pour nous, sans écouter nos parents. Rosie et Dan ne nous écouteront pas non plus, alors ce n'est pas la peine de se demander si on devrait dire quelque chose. On a pris notre décision tout seuls, et maintenant on devrait laisser notre fille faire de même.

— C'est très mûr et très rationnel.

Elle remplit à nouveau leurs mugs, puis se rassit à côté de lui.

— À propos de mûr et rationnel, j'ai parlé avec quelqu'un de la vente du cottage, la semaine dernière. Il me semblait pertinent de le mettre sur le marché après Noël, mais cette personne m'a conseillé d'attendre le printemps. Ça nous laisserait le temps de faire quelques-unes des réparations et de le présenter sous son meilleur jour. Le jardin est toujours splendide en mai.

C'était normal, étant donné les heures qu'elle y avait consacrées. Son jardin était quelque chose qui n'appartenait qu'à elle. Un lieu apaisant. Chaque fois qu'elle était stressée, elle sortait s'en occuper. Son anxiété avait au moins un avantage : l'endroit était magnifique.

Après avoir versé du sucre dans son café, Nick la regarda longuement.

— Tu es sûre de vouloir vendre la maison ?

Non, pas du tout. Dire adieu au cottage allait lui briser le cœur.

— C'est trop grand pour une seule personne. Je me sens un peu perdue dans tout cet espace vide. Tous les bruits résonnent, en particulier les vibrations des fenêtres. Une vieille bâtisse comme celle-ci a besoin de tellement d'entretien.

— Tu te rappelles la première fois qu'on l'a vue ? Tu as dit : « Ça y est. C'est la bonne. » On n'avait même pas encore jeté un œil à l'intérieur.

— Je le savais. Je l'ai su tout de suite.

Elle balaya la cuisine du regard. Bien des drames familiaux s'étaient joués ici.

— Tu pensais qu'une construction neuve demanderait moins de travail.

— C'est vrai, mais ça aurait aussi manqué de charme.

— Je commence à penser que « charme » est un euphémisme pour « vieux et nécessitant des réparations ». Alors, ça ne te dérange pas que je la mette en vente quand ils estimeront que c'est le bon moment ?

Il avait le regard voilé.

— Comme ça t'arrange

Ils étaient tellement polis l'un avec l'autre ! Civilisés. Il n'y avait ni malaise ni animosité. Ils étaient simplement deux amis qui avaient perdu l'alchimie d'antan. Elle observa la mâchoire de Nick, la courbe entre son cou et son épaule où elle avait blotti la tête tant de fois.

Lorsqu'il revenait d'un long voyage, ils avaient éprouvé la même chose qu'aux premiers jours de leur relation : une passion intense et dévorante.

Où étaient passés ces sentiments ?

Elle se leva brusquement, faisant crisser sa chaise sur le sol en pierre.

— Alors c'est ce que je vais faire. Ça a été un merveilleux foyer pour nous, mais il est temps de tourner la page.

Pour elle aussi. Cet endroit regorgeait de tant de souvenirs qu'ils la faisaient presque suffoquer.

— Pour en venir à l'aspect pratique..., commença-t-il tout en terminant son café. Je réserverai un taxi pour aller à l'aéroport. Il ne te reste plus qu'à faire ta valise. Ça pourrait être sympa, Mags.

— Quoi ? Le vol ?

— Noël dans le Colorado.

Elle ne devait pas avoir l'esprit aventureux, parce qu'elle n'avait qu'une envie : passer les fêtes à la maison. Elle avait voulu une dernière occasion d'allumer le feu dans la cheminée et de décorer un gros sapin.

Dans un an, elle vivrait en appartement, ou peut-être dans une petite maison victorienne mitoyenne. Nick se joindrait-il à elles ? Ou recevrait-il les filles chez lui un autre jour ? Quelle que soit la future organisation, le Noël des White ne serait plus jamais le même.

— Tu devrais regarder le site Internet, poursuivit-il. Aspen a l'air splendide. C'est entouré de forêts et de montagnes enneigées. Quand a-t-on eu un vrai Noël blanc pour la dernière fois ?

Maggie pensa aux cartes de vœux à moitié écrites dans sa chambre.

— Ce serait chouette d'avoir de la neige.

— Et pour la toute première fois, tu pourras peut-être te détendre et t'amuser. Tu ne seras pas de corvée de cuisine.

Elle aimait cuisiner. Elle aimait couper et émincer, mélanger et goûter. Elle aimait la folie et le chaos qui régnaient dans sa cuisine, à Noël. La porte du frigo s'ouvrant et se fermant. L'odeur des toasts que quelqu'un faisait griller pour un en-cas nocturne.

C'était le silence qu'elle détestait le plus.

Le fait de savoir que personne au monde n'avait plus vraiment besoin d'elle.

Ses filles l'aimaient, bien sûr, mais elles étaient adultes, à présent, et menaient leur propre vie.

Servait-elle encore à quelque chose ?

Elle était toujours employée par le même éditeur et se savait appréciée, alors pourquoi ne tirait-elle pas plus de satisfaction de son travail ?

Une onde de mélancolie s'abattit sur elle, et elle souhaita soudain que Nick s'en aille. Sa vie à lui n'avait pas beaucoup changé non plus. Ses journées étaient toujours remplies de cours, d'étudiants et de recherche. La seule différence pour lui était l'endroit où il passait la nuit.

Elle devint brusque et pragmatique, comme c'était toujours le cas quand elle était stressée.

— On est d'accord qu'on attend après Noël pour leur annoncer la nouvelle ?

— Oui, mais je ne suis pas un très bon acteur. Si jamais elles devinent ?

— À nous de faire en sorte qu'elles ne se doutent de rien. On est mariés depuis plus de trente ans. Je pense qu'on est capables de donner le change durant dix jours.

Elle espérait ne pas se tromper. Ils allaient y arriver, non ?

Était-ce si difficile de faire semblant d'être amoureux ?

Rosie

Faisait-elle une terrible, affreuse, *monumentale* erreur ?

Et si Katie avait raison ?

Debout dans la cabine d'essayage de la luxueuse boutique nuptiale dans le centre-ville d'Aspen, Rosie serrait contre elle une robe qu'elle n'était plus sûre de vouloir essayer.

Aucune de ses précédentes relations n'avait duré longtemps, c'était vrai, mais n'était-ce pas normal quand on était jeune ? N'était-ce pas l'expérience qui faisait mûrir ? Comment était-on censé savoir qu'une relation était la bonne, si l'on ne s'était pas trompé plusieurs fois avant ?

Toutes ces histoires lui avaient semblé parfaites à l'époque. Sur ce point, elle ne pouvait que rejoindre Katie.

Toi, là, songea-t-elle en regardant son reflet dans le miroir, *tu es impétueuse, impulsive et une catastrophe ambulante.*

Lorsqu'elle était petite, elle était passée d'une passion à l'autre comme une abeille en quête de nectar. À huit ans, elle voulait être ballerine. À neuf, astronaute. À dix, elle s'était tournée vers l'enseignement et avait aligné ses poupées comme des élèves dans une classe. Et ainsi de suite. Elle ne pouvait pas s'en empêcher. Elle était tout feu tout flamme pour une activité, puis s'emballait pour autre chose.

Son passif amoureux avait la même caractéristique.

À présent, il y avait Dan, pour qui elle éprouvait un amour total et absolu. Mais, en effet, ils ne se connaissaient pas depuis très longtemps.

Était-ce vraiment important ?

Elle commençait à regretter d'avoir appelé sa sœur. Seulement, comment aurait-elle pu ne pas le faire ?

— Qu'est-ce que ça donne ?

L'enthousiasme de Catherine était perceptible à travers la porte.

— Je pense que c'est la bonne, ajouta-t-elle. Dès que j'ai posé les yeux dessus, j'ai su qu'elle était parfaite. J'ai hâte de l'admirer sur toi, puis de voir l'expression de Dan quand il te découvrira avec ! Oh ! c'est peut-être le plus beau jour de ma vie !

C'était en train de devenir le pire de la sienne, songea Rosie, réprimant l'envie de s'enfuir à toutes jambes.

— Je suis encore en train de me changer, Catherine.

— As-tu besoin d'aide, ma chérie ? Je peux…

— Ça ira, merci.

Elle ferma les yeux et s'appuya contre le mur. Qu'allait-elle faire ? Elle devait retrouver l'état d'esprit dans lequel elle était avant ce coup de fil. Soit elle y parvenait, soit elle suspendait l'ensemble des préparatifs. Mais comment sauter de ce train en marche sans blesser profondément toutes les personnes concernées ? Il ne s'agissait pas d'un cours du soir, cette fois (elle était passée du français à l'italien au bout d'un semestre), où elle pouvait changer d'avis sans que cela tire à conséquence.

Pourquoi les remarques de Katie avaient-elles autant d'impact sur elle ?

Elle était assez grande pour prendre ses propres décisions, sans être influencée par sa sœur.

— Si c'est le prix qui t'inquiète, reprit Catherine en frappant au battant, ce n'est pas la peine. C'est mon cadeau à une jeune femme très spéciale. Ce n'est pas tous les jours que mon fils unique adoré se marie. Je suis impatiente de t'accueillir officiellement dans la famille Reynolds. Mon Dan a vraiment beaucoup de chance !

Rosie plaqua les mains sur les oreilles pour essayer de bloquer la voix de Katie. Elle l'adorait, mais une partie d'elle-même lui en voulait d'avoir émis des doutes. Pourquoi sa sœur ne s'était-elle pas montrée heureuse pour elle ? Pourquoi ne l'avait-elle pas soutenue dans sa décision ?

Elle avait besoin de réfléchir, et ce n'était pas en essayant une robe de mariée qu'elle y parviendrait.

Elle parcourut la petite pièce du regard, à la recherche d'une issue de secours. Elle n'était sûrement pas la première future mariée à se demander si elle ne faisait pas une erreur. Pourquoi ne prévoyaient-ils pas ce genre de chose ? Elle passa les doigts le long des bords du miroir, dans l'espoir qu'il s'agisse d'une porte dérobée, mais ne trouva rien. Elle ne vit que son reflet qui la regardait d'un air paniqué.

Quand Dan avait dit toutes ces choses pendant le repas de Thanksgiving, puis l'avait demandée en mariage devant toute sa famille, elle avait éprouvé une joie délirante. Elle n'avait jamais ressenti pour personne ce qu'elle ressentait pour lui. Ces derniers mois avaient été les plus heureux de sa vie. Elle adorait ses parents et sa sœur, mais ils la traitaient toujours comme un petit être fragile qui avait besoin d'être protégé. Utilisait-elle son inhalateur ? Avait-elle fait une crise ? Leur angoisse ne faisait qu'alimenter la sienne.

Partir très loin avait été la meilleure décision qu'elle ait jamais prise. Elle avait trouvé ça terrifiant, bien sûr. Au début, elle avait eu le mal du pays, mais la liberté qu'elle y avait gagnée avait largement compensé les inconvénients. Elle s'était sentie plus forte. Plus capable et indépendante. Elle prenait des décisions sans personne pour les remettre en question. Et puis, elle avait rencontré Dan, qui lui avait donné encore plus confiance en elle. Elle était tellement certaine de ses sentiments pour lui qu'elle ne s'était même pas posé la question de savoir si c'était une bonne idée d'accepter sa demande en mariage. Qu'aurait-elle pu faire, de toute façon, quand les quatorze personnes assises autour de la table avaient déjà décidé que c'était une excellente idée ?

« Bien sûr qu'elle va dire oui », avait murmuré la grand-mère paternelle à sa sœur, qui était entièrement d'accord.

« Qui ne voudrait pas épouser notre Dan ? »

Rosie avait jugé la question raisonnable.

Qui ne voudrait pas l'épouser, en effet ?

Leur joie manifeste avait renforcé sa propre conviction. Et pourquoi pas ? Tout le monde trouvait Dan fantastique. Elle la première, d'ailleurs. Il avait une incroyable qualité d'écoute, et elle se sentait parfois plus proche de lui que de sa propre famille. Elle lui avait raconté des choses qu'elle n'avait jamais confiées à ses proches, notamment combien il était dur de s'obliger à prendre des risques quand on lui répétait d'être prudente. De son côté, il lui avait parlé de la mort de son père et expliqué à quel point il en avait été affecté. Ils ne connaissaient pas encore la vie de l'autre dans ses moindres détails, évidemment, mais les petits détails comptaient moins que les choses importantes. Elle avait présumé qu'ils en apprendraient davantage l'un sur l'autre au fil du temps, mais Catherine avait alors suggéré un mariage à Noël. Le niveau d'enthousiasme autour de la table était monté en flèche.

Rosie avait l'impression d'avoir été emportée par une avalanche et de dévaler la montagne sans rien contrôler.

Elle s'était demandé si se marier à Noël n'était pas prématuré, mais uniquement parce que la logistique à prévoir dans un temps aussi court lui avait fait tourner la tête. L'organisation n'était pas son fort. Sa boîte mail contenait neuf mille quatre cent vingt messages, car elle n'avait jamais aimé effacer quoi que ce soit et que ce n'était pas dans sa nature de faire du classement. Elle terminait souvent ses dissertations à la dernière minute. Ses rendez-vous chez le médecin, le dentiste et le coiffeur finissaient toujours par être des urgences.

Elle avait ouvert la bouche pour avouer avec tact qu'elle était absolument incapable d'organiser un mariage en aussi peu de temps, mais il était trop tard. La famille de Dan était déjà passée en mode préparatifs. Elle s'était presque attendue à ce que Catherine sorte de la pièce pour aller composer un bouquet.

Elle était déjà amoureuse de cette famille, en particulier de la grand-tante Eunice. La vieille dame, devenue dure d'oreille, réinterprétait ce qu'elle entendait à l'aide de son imagination débordante.

« Elle a dit qu'elle était chaude ? »

« Non, grand-tante Eunice, elle a dit qu'il faisait chaud. »

Ensuite, Dan l'avait embrassée. Il lui avait dit combien il l'aimait et que ce mariage allait être magique et parfait. Tout s'était décidé en un rien de temps : ils se marieraient dans un mois.

Rosie avait été au comble du ravissement mais, quand elle avait appelé chez elle, elle avait senti les vagues d'angoisse traverser l'Atlantique à la vitesse de la lumière. Les doutes de sa propre famille avaient transpercé les brumes de champagne qui lui brouillaient l'esprit.

Il ne s'agissait pas que de Katie. Sa mère aussi était inquiète, et Rosie détestait l'inquiéter.

Elle leur avait causé bien des soucis au fil des années. Et le fait qu'ils semblent tous penser qu'elle faisait une erreur la mettait mal à l'aise. Elle en venait à douter de son propre discernement. La femme pleine d'assurance qu'elle était devenue au cours des derniers mois avait disparu.

Elle était sûre d'aimer Dan, mais comment en avoir la certitude absolue ? Ce n'était pas comme si on pouvait le déterminer avec une prise de sang. Aucun professionnel en blouse blanche n'allait s'asseoir en face d'elle et lui dire : *Oui, vous avez des taux élevés d'amour, alors je peux vous certifier que tout ira pour le mieux.*

L'amour était un sentiment, et si elle avait appris une chose au cours de son existence sur cette planète, c'était que les sentiments n'étaient pas fiables. Les siens, en tout cas. Le fait que sa vie soit remplie de vêtements qu'elle ne portait jamais, de chaussures trop inconfortables pour marcher et d'anciens petits amis avec qui elle n'était plus en contact en était la preuve.

Et si son amour pour Dan s'avérait aussi fugace que sa passion pour le roller ?

Tout en essayant de reprendre son sang-froid, elle se glissa dans la robe que Catherine avait choisie.

Il s'agissait d'un fourreau en soie ivoire à la coupe impeccable, dont l'ourlet effleurait le sol.

Elle pivota sur le côté et lissa le tissu sur ses hanches.

Catherine avait bon goût, c'était indéniable. La robe était incroyable. Tellement incroyable que Rosie sentit ses doutes se dissiper. Un bon présage…

C'était normal d'éprouver de l'appréhension, non ?

Elle tenta d'imaginer une vie où Dan et elle vieilliraient ensemble, et où Katie lui présenterait ses excuses le jour de leurs noces d'or.

Regardez-vous, tous les deux ! J'avais vraiment tort.

— Rosie ?

Un nouveau coup fut frappé à la porte.

— C'est bon, ma chérie ? On peut voir ce que ça donne ?

Rosie jeta un dernier coup d'œil dans la glace, puis sortit de la cabine.

— Oh ! s'exclama Catherine en posant la main sur sa bouche.

À côté d'elle, la couturière, qui se tenait prête à suggérer des retouches, la contempla d'un air ébahi.

Rosie tourna sur elle-même, et ressentit aussitôt les effets du champagne de la veille.

Note pour plus tard : éviter les pirouettes quand on a la gueule de bois.

— Tu es magnifique, ma chérie ! déclara la mère de Dan, les yeux embués. Tu peux essayer autant de robes que tu le souhaites, bien sûr, mais je pense vraiment que celle-ci est parfaite. Et toi ? Tu as des doutes ?

Rosie se contempla à nouveau. La robe était magnifique. Classique. Très seyante.

C'est un bon présage, c'est sûr.

— Je l'adore.

Elle n'avait aucun doute à propos de la robe. C'est à propos du mariage qu'elle en avait, et ces doutes se multipliaient dans sa tête comme un virus.

La semaine précédente, Dan avait mentionné qu'il adorait les chiens, et elle avait pensé : *J'y suis allergique*. Elle n'avait rien dit. Il y avait beaucoup de petites choses qu'ils n'avaient pas partagées et, jusqu'à maintenant, elle n'y avait pas attaché d'importance. Un exemple de plus d'un détail qu'il ignorait sur elle.

Tendue, elle resta immobile tandis que la couturière s'agitait autour d'elle pour vérifier l'ajustement de la robe.

— Il faudra la reprendre un peu à la taille. Vous êtes tellement mince. En décembre, il fait froid à Aspen, alors vous aurez peut-être envie de jeter un œil sur nos étoles en fausse fourrure. Avec un manchon, peut-être ?

La couturière recula, puis posa la main sur sa poitrine.

— Vous serez une mariée splendide ! J'adore les mariages à Noël. C'est comme une double célébration.

Noël.

Quand quelqu'un prononçait ce mot, Rosie pensait à Honeysuckle Cottage, à l'odeur de cannelle et de conifère, à sa mère en train de préparer des gourmandises maison dans la cuisine. Elle pensait aux pyjamas en flanelle, aux tasses de chocolat chaud et aux conversations avec sa sœur qui duraient jusqu'au petit matin. Il y avait toujours un énorme sapin fleurant bon la forêt et orné des décorations habituelles ⊠ chacune d'entre elles dotée de sa propre histoire. Ils se réunissaient avec les voisins, dont Mme Albert, de la maison d'à côté, qui abusait du sherry et racontait des anecdotes sur sa vie à Oxford pendant la guerre.

La réalité commençait à la rattraper.

Elle avait prévu de rentrer à la maison pour Noël, comme Katie et elle le faisaient tous les ans. Elle avait déjà emballé ses cadeaux. Elle passait *toujours* les fêtes en famille. Et même si elle avait quitté le cottage quatre ans plus tôt, elle avait d'abord habité assez près pour continuer à voir ses parents fréquemment. À ses yeux, Honeysuckle Cottage demeurait son foyer. Les résidences étudiantes avaient beau avoir des avantages, elles ne faisaient pas le poids avec son lit confortable dans sa chambre sous les toits, son domaine depuis toute petite. Quand elle se blottissait sous les couvertures et observait les étoiles à travers la lucarne, elle se sentait plus sereine que n'importe où ailleurs.

La nuit du 24 décembre était le moment qu'elle préférait, parce que ses parents insistaient toujours pour remplir de cadeaux sa chaussette de Noël. Grâce au parquet qui grinçait, elle les entendait déambuler dans la maison pour jouer les Père Noël.

Elle attendait toujours ces moments avec impatience, mais, cette année, rien ne se passerait comme d'habitude.

Ils ne dévoreraient pas du saumon fumé et les œufs brouillés de son père au petit déjeuner. Il n'y aurait pas de promenade dans le parc communal verglacé, ni de grosses tranches du succulent cake aux fruits de sa mère. Ils ne feraient pas le trajet du village à la maison en titubant et en chantant des noëls aux paroles plus licencieuses que d'habitude.

Elle passerait les fêtes à Aspen, avec la famille de Dan. En fait, ce serait *sa* famille, étant donné qu'elle serait mariée, le jour de Noël.

Une vague de panique la submergea. Dan et elle n'avaient pas réfléchi à la suite.

Où allaient-ils vivre ?

Il était fils unique. Voudrait-il fêter Noël dans le Colorado tous les ans ? Encore un sujet qu'ils n'avaient pas abordé… Et comment trouverait-il sa maison d'enfance ? Il était de grande taille. Allait il apprécier Honeysuckle Cottage, avec ses plafonds bas et ses poutres dangereuses ? Et puis, il fallait penser à la fusion des deux familles.

Catherine s'était montrée gentille et accueillante, mais elle était toujours parfaitement pomponnée. Alors Rosie n'avait pas osé traîner en pyjama le matin, elle s'était levée, habillée et maquillée avant chaque petit déjeuner. Sa future belle-mère avait tout d'une Wonder Woman. Elle était constamment au téléphone, prête à résoudre les problèmes de logistique des futurs mariés.

Rosie songea à sa mère et aux heures qu'elles avaient passées à bavarder autour de la table de la cuisine. Maggie travaillait, elle aussi, mais contrairement à Catherine, son métier n'était pas toute sa vie. Parviendraient-elles à s'entendre, toutes les deux ?

La tension lui tordait le ventre.

Elle avait été ravie à l'idée que ses parents et sa sœur les rejoignent, mais son enthousiasme était retombé. Que se passait-il quand deux familles se heurtaient au lieu de s'imbriquer ?

Elle inspira profondément pour tenter de se calmer.

Si elle avait besoin de preuves qu'une histoire d'amour durable pouvait découler d'un coup de foudre, elle n'avait qu'à regarder ses parents. Ils s'étaient mariés quelques mois après leur rencontre et étaient toujours heureux trente-cinq ans plus tard. *Et toc, dans ta face, Katie !*

Ce simple constat la rasséréna.

Le mariage de ses parents était fort et indestructible. Ils formaient un couple solide comme le roc. Pourquoi Dan et elle ne seraient-ils pas comme eux ?

C'était l'exemple parfait de ce à quoi un mariage devait ressembler.

Elle confierait ses inquiétudes à sa mère, même si elle imaginait déjà la réponse : *Ton père et moi, on s'est mariés très rapidement, nous aussi, et regarde comme on s'en sort bien depuis plus de trente ans.*

Rassurée, elle sourit.

Si quelqu'un pouvait apaiser ses doutes à propos de ce mariage, c'était bien sa mère.

Katie

Katie déverrouilla la porte de la petite maison qu'elle louait depuis dix ans, franchit le seuil, puis laissa tomber son sac par terre.

Vicky apparut dans le couloir, vêtue d'un gros pull de Noël rouge et d'un bas de pyjama à pois.

— Mais qui êtes-vous, madame ?

— Très drôle !

Katie ôta son manteau et le suspendit à la patère. Noyée sous la pluie depuis une semaine, Londres était triste et lugubre. De son côté, elle avait les doigts glacés et les cheveux plaqués sur le crâne. Elle ne s'était jamais sentie d'humeur aussi peu festive.

— Je suis sérieuse, poursuivit Vicky. J'avais une colocataire, à une époque, mais j'ai signalé sa disparition il y a quelques semaines. La police est à la recherche de son corps.

— Super. S'ils le retrouvent, préviens-moi. Je l'échangerai contre celui dans lequel je suis.

Son épaule l'élançait, ce qui l'empêchait de trouver le sommeil. Le problème n'était pas la douleur, même si c'était effectivement douloureux, mais les souvenirs qui y étaient rattachés. Elle baissa les yeux sur les pieds de Vicky.

— Tu as mis deux paires de chaussettes. Le chauffage est encore en panne ? Pitié, dis-moi qu'on a de l'eau chaude ?

— Tu as une sale tête, Katie.

— Merci beaucoup.

— Tu passes ton temps à l'hôpital, tu ne sors presque jamais, et quand tu es à la maison, soit tu te la joues Katie-le-cactus, soit tu t'endors devant la télé.

— *Katie-le-cactus ?*

— Pleine d'épines acérées et agressives. À ne surtout pas approcher de trop près.

— Oh... Eh bien, si tu as l'intention de m'arroser, utilise de la vodka.

Elle repoussa ses cheveux humides de son visage.

— J'admets être parfois sur les nerfs, mais on a un problème de sous-effectif.

— Vous avez ce problème depuis des années. Avant, on arrivait à manger ensemble au moins une fois par semaine. Maintenant, je ne parviens même plus à te parler au téléphone. Je m'inquiète pour toi.

— Pas la peine. Je vais bien. Il y a de l'eau chaude dans la bouilloire ? Il fait froid dehors. Si je ne me réchauffe pas très vite, je vais avoir des engelures.

Une fois dans la cuisine, elle posa son portable sur la table, à côté d'une boîte à pizza.

— Il en reste ?

— Une seule part. Si j'avais su que tu rentrais, je t'en aurais gardé plus.

— Une part, ça ira.

Katie sortit la pizza du carton et mordit dedans. Elle mâcha, puis fit la grimace.

— Qu'est-ce que c'est que ce truc ?

— De la pizza de Noël.

— Ça existe ?

— Apparemment. J'essayais de me mettre en condition.

— Je ne vais même pas te demander dans quel but. En tout cas, une part me suffira amplement. Je devrais prévenir mes collègues. On a peut-être découvert une nouvelle cause de décès.

Katie reposa la portion entamée dans le carton. Depuis quand n'avait-elle pas mangé de véritable repas équilibré ? Elle devrait probablement faire un effort pour cuisiner mais, quand elle rentrait, elle était trop fatiguée.

— Désolée de ne pas être très présente en ce moment.

Son téléphone se mit à sonner, et elle jeta un coup d'œil sur l'écran.

— Comment vas-tu ? reprit-elle.

— Mieux que toi, répondit Vicky en posant une tasse de thé devant elle. Tu ne décroches pas ? C'est ta mère. Elle veut peut-être quelque chose.

— Je sais ce qu'elle veut. M'emmener déjeuner et parler mariage.

— Mariage ?

— Rosie se marie à Noël.

— *Ce* Noël ?

— Oui. Dans le Colorado. Et avant que tu ne poses la question, non, je ne vais pas rentrer à Oxford. Je vais devoir prendre l'avion jusqu'à Aspen et lui éviter de faire quelque chose qu'elle regrettera pour toujours.

Elle posa la tête sur ses bras repliés et ferma les yeux.

— C'est un long vol. Au moins, je pourrai dormir durant le trajet.

Même si elle ne trouvait pas le sommeil, ces jours-ci. Elle s'effondrait sur son lit, épuisée, mais son esprit refusait de coopérer. Au lieu de s'éteindre, il s'animait, créant un diaporama d'images qu'elle s'efforçait d'oublier. Il ne lui laissait aucun répit. Elle avait embarqué dans le manège des « Et si » et « Si seulement » depuis tant de semaines qu'elle en avait le vertige.

Ça ne lui ressemblait pas, mais elle n'avait aucune idée de la façon de s'en sortir.

— Attends… Tu as l'intention d'*empêcher* ce mariage ? demanda Vicky.

— Absolument !

Katie releva la tête.

— Elle le connaît depuis trois mois à peine, Vick.

— Et alors ?

— Et alors, j'ai du fromage dans le frigo qui est plus vieux que leur relation. Qu'est-ce qu'on peut bien connaître de quelqu'un au bout de deux ou trois mois ? Il faut du temps pour que les pires défauts d'une personne apparaissent au grand jour. J'ai l'intention d'accélérer le processus.

Vicky cligna des yeux.

— En résumé… tu vas à Aspen pour déterrer les casseroles de l'homme dont ta sœur est amoureuse ?

— Dont elle *se croit* amoureuse. Je suis contente que tu comprennes. Et je ne vais pas vraiment chercher à les déterrer. Je vais passer du temps avec lui, c'est tout. J'ai beaucoup plus d'expérience que Rosie pour déceler le mauvais côté des gens. En plus, je ne suis pas impliquée sur le plan émotionnel, alors je n'aurai aucun scrupule à poser les questions qui fâchent.

Son amie poussa un long soupir.

— C'est peut-être ton futur beau-frère.

— Sauf s'il ne passe pas le cap des entretiens.

Vicky secoua la tête.

— Je m'en doutais depuis un moment, mais là, c'est confirmé : tu as besoin d'aide.

— Tu veux dire que Rosie a besoin d'aide. Je suis d'accord. C'est pour ça que je fais ça.

— Non, je parle bien de *toi*. C'est toi qui as besoin d'aide.

Sa colocataire se pencha en avant.

— Katie, je t'adore, on est amies depuis notre premier jour en fac de médecine, mais je t'assure que ce n'est pas un comportement rationnel. Les gens ne traversent pas l'Atlantique pour empêcher un mariage. Ce qui est normal, c'est d'y aller en tant qu'invitée. On s'achète une robe. Un chapeau, peut-être. On apporte un cadeau. On lance des confettis. On ne pose pas de questions gênantes au futur marié, et on ne dit pas à la fiancée qu'on estime qu'elle fait une erreur.

— Je n'estime rien du tout. Elle *fait* une erreur.

— Si c'est une erreur, c'est la sienne. Ce n'est pas de ta responsabilité, Katie. D'ailleurs, ce ne sont même pas tes oignons. Tu veux mon avis ? Tu devrais aller à ce mariage et te détendre, pour une fois. Arrête d'essayer de réparer tout et tout le monde. Aspen est un endroit magnifique. Mes parents m'y ont emmenée skier quand j'avais seize ans. Si j'avais les moyens, j'y retournerais. Respire le grand air. Décompresse un peu. Un mariage sous la neige, ça a l'air sympa.

Katie n'était pas de cet avis mais, ces derniers temps, rien ne trouvait grâce à ses yeux.

Vicky avait peut-être raison. Elle avait sans doute besoin d'aide. Pas à cause de sa réaction en ce qui concernait Rosie, qui lui semblait tout à fait sensée, mais de ce qu'elle éprouvait en général.

Faisait-elle une dépression ? Aucune idée. Elle n'avait même plus l'énergie de se diagnostiquer.

— Tu n'as pas le moindre brin de compassion pour moi, geignit-elle. Je vais devoir me farcir un voyage de quatorze heures, alors même que la demi-heure de trajet jusqu'à l'hôpital m'achève.

— Tu vas passer Noël à t'amuser à la montagne et tu t'attends à ce que je compatisse ? Il va falloir faire un peu plus d'efforts.

Katie essaya de sourire, mais elle avait trop de choses sérieuses en tête. Elle avait oublié comment rire et mener une conversation légère. Elle était consumée par la culpabilité, le doute et, oui, l'anxiété. Elle avait à présent un nouveau sujet d'inquiétude : sa sœur. Comment allait-elle survivre à une semaine en famille sans s'effondrer ? Elle n'en avait aucune idée.

Elle n'était pas de bonne compagnie, que ce soit au travail ou à la maison.

Vicky s'assit en face d'elle.

— Vas-tu enfin me raconter ce qui s'est passé ?

Katie releva la tête pour la regarder.

— Je ne vois pas de quoi tu parles.

— Il y a quelques semaines, tu es rentrée à la maison en ayant encore plus mauvaise mine que maintenant, si c'est possible. Tu n'as pas voulu en parler, et j'ai respecté ton silence, mais… tu avais l'air traumatisée.

Vicky tendit le bras par-dessus la table pour lui prendre la main.

— Il s'est passé quelque chose et ça te ronge. Je suis ta meilleure amie, Kat. On se connaît depuis toujours. Tu peux me parler.

— Ne t'inquiète pas, répliqua Katie en essayant de libérer sa main, sans succès. Je gère.

Vicky finit par la lâcher.

— Si tu ne veux pas te confier à moi, très bien, mais il faut que tu parles à quelqu'un. Tu ne peux pas continuer comme ça. Même avant cette nuit-là, ta vie était du grand n'importe quoi. Tu ne fais que passer de la maison à l'hôpital et de l'hôpital à la maison.

— C'est le cas de plein de gens.

— Mais toi, ça te plaît de vivre ainsi ? Tu étais heureuse, avant. Tu n'arrêtais pas de dire à quel point tu aimais ton métier. Tu parlais sans cesse de tes patients. Tu étais pleine d'entrain, alors que maintenant tu es…

— Je suis quoi ?

Son amie déglutit.

— On dirait un robot.

— Merci.

Avait-elle vraiment aimé son métier ? Certes, elle avait éprouvé de la satisfaction à atteindre ses objectifs. Elle avait toujours été comme ça. Plus jeune, c'était réviser pour un examen et obtenir d'excellentes notes. Elle avait travaillé dur à chaque étape, prenant plaisir à aller de l'avant. Vers l'avant et vers le haut.

— Je ne crois pas qu'on puisse apprécier d'arracher les gens à la mort jour après jour.

La pression était tellement forte que c'était comme de se faire broyer par un casse-noix.

— Tu trouvais ça satisfaisant avant, souligna Vicky. Tu aimais avoir un impact sur la vie des gens.

Katie sentit son cœur se mettre à battre plus vite.

— Tu trouves qu'on a un impact ?

— Bien sûr. Pas toi ?

— La plupart du temps, j'ai l'impression d'essayer d'empêcher le *Titanic* de couler en enfonçant mon poing dans la brèche. Ça ne fonctionne pas. On fait ce qu'on peut, mais ça ne semble jamais suffire.

Et depuis cette nuit-là, elle remettait tout en question.

Elle avait perdu confiance en elle. En son jugement.

Tu as pris une mauvaise décision, Katie.

Tu t'es plantée.

Son sang bourdonna dans ses oreilles et sa respiration devint superficielle.

Même si on lui avait répété qu'elle n'était pas responsable, elle savait ce qu'il en était. C'était sa faute.

— Eh bien, si c'est comme ça que tu vois les choses, je peux te dire que tu coules avec le navire, Kat ! On fait de notre mieux. Tu renonces à trop de choses. Tu travailles au détriment de ta vie sociale. Aux dépens de ta santé ! Quand as-tu embrassé un homme pour la dernière fois ?

— Il y a eu ce type, au pub, il y a quelques semaines.

— C'était en juin. Et le fait que tu t'en souviennes aussi bien signifie clairement qu'il ne s'est rien passé depuis. En parlant de ça, laisse-moi te rappeler qu'un roulage de pelle alcoolisé dans un pub ne constitue pas une relation.

— C'est ma faute s'il ne m'a pas rappelée ?

— À ton avis, *Karen* ?

Katie se sentit rougir.

— Ça se rapproche de mon vrai prénom. Et il avait mon numéro.

— Pas en entier. Tu changes toujours les deux derniers chiffres.

— Que veux-tu… C'est plus facile que de dire : « Je n'ai pas envie de te revoir. »

— Tu as déjà donné ton vrai numéro à un homme ?

— Oui. Et j'ai été obligée d'en changer quand il a refusé de me lâcher la grappe. Je préfère que les choses restent simples.

Vicky se pencha vers elle.

— Ce que tu fais en ce moment, ce n'est pas vivre. Tu te contentes d'exister.

Katie essayait surtout de ne pas lâcher prise. Tant qu'elle resterait occupée, tout irait bien. Elle faillit le dire à Vicky, puis elle renonça. Si elle révélait cet accroc dans le tissu de sa vie, elle avait peur que tout son être s'effiloche.

— Tu dois avoir raison. J'ai besoin de faire une pause. Ça ira mieux après avoir pris des congés.

— Vraiment ?

— Je ne sais pas.

Elle repoussa le carton de la pizza.

— J'ai l'impression de devenir folle. Merde, Vick… Qu'est-ce qui m'arrive ?

Son amie se leva pour l'enlacer.

— Tu as besoin de l'aide d'un professionnel. Tu serais d'accord pour parler à quelqu'un ?

La gentillesse et la compassion de Vicky faillirent la faire craquer. Elle avait la gorge tellement nouée qu'elle eut du mal à répondre :

— Je t'ai, toi.

— Mais tu ne me parles pas, et tout ce que j'ai à t'offrir, c'est de la pizza à la dinde. Tu as besoin d'un spécialiste.

— Ta pizza à la dinde était vraiment infâme. Tu es nulle, comme amie.

Vicky ne sourit pas.

— Va voir la médecine du travail.

— Et ensuite ?

— Je ne sais pas. Ils te mettront peut-être en arrêt maladie.

— Je pars bientôt en vacances.

— Ce n'est pas assez long.

— Le fait que le personnel soignant prenne des congés maladie explique en partie pourquoi c'est aussi dur en ce moment. Si je suis en arrêt moi aussi, la situation ne fera qu'empirer pour mes collègues.

— Tu ne peux pas être un bon médecin dans l'état où tu es. Comment es-tu censée prendre les bonnes décisions en ayant cet état d'esprit ?

Justement, elle ne les avait pas prises.

Elle se leva brusquement.

— J'ai besoin d'aller me coucher.

— Pour te lever et refaire la même chose demain…

— Exactement.

Elle finit son thé, puis mit le mug dans le lave-vaisselle.

— Merci pour le thé et l'oreille attentive. Et pour la pizza. Une expérience assez inoubliable.

— Je t'en prie. J'espère que tu te sentiras mieux demain matin. Oh ! et puis, Katie…

Elle s'arrêta, la main sur la poignée.

— Quoi ?

— Je tiens quand même à te le dire… De mon point de vue, tu n'as pas l'air de gérer quoi que ce soit.

Le lendemain matin, Katie ne se sentait pas mieux, et rien ne changea les vingt matinées qui suivirent. En pilote automatique, elle chercha un vol et réserva un billet open. Si tout se déroulait comme elle s'y attendait, elle serait de retour au bout de quelques jours. Elle approuva la suggestion de Rosie concernant sa robe, même si elle n'y avait jeté qu'un coup d'œil.

Sa conversation avec Vicky ne cessait de se rejouer dans sa tête.

« Tu ne peux pas être un bon médecin dans l'état où tu es. »

Au cours de sa vie, elle n'avait jamais échoué à quoi que ce soit. Voulant à tout prix être une bonne praticienne, elle se résigna à en consulter une en tant que patiente.

Elle redoutait d'admettre qu'elle n'allait pas bien. Si elle le disait à voix haute à un professionnel, ça deviendrait une réalité. Elle ne pourrait plus prétendre que ces sensations allaient disparaître.

Le médecin du travail commença sans détour :

— J'ai lu votre dossier médical, alors je sais ce qui vous est arrivé.

Ôtant ses lunettes, sa consœur la fixa avec une expression pleine de douceur.

— Je me demande pourquoi vous avez mis aussi longtemps à venir me parler.

— Je n'avais pas l'impression d'en avoir besoin, répondit Katie en s'agitant sur sa chaise. Je m'en sortais bien. Je n'ai pas manqué un seul jour de travail…

— Pourquoi ?

— Pardon ?

Le Dr Braithwaite jeta un coup d'œil rapide sur ses notes.

— Après ce qui s'est passé, je me serais attendue à ce que vous preniez des congés. Et que vous vous fassiez aider par un professionnel. Avez-vous envisagé de parler à un psychologue ?

— Non.

Katie sentit son rythme cardiaque s'accélérer. Elle croisa les mains sur ses cuisses, priant pour que sa consœur ne voie pas qu'elle transpirait.

— Je n'ai pas envie de passer le peu de temps libre dont je dispose à parler de quelque chose que j'essaie d'oublier. Je préfère gérer le problème à ma façon.

— Vous êtes pourtant assise en face de moi en ce moment, lui fit remarquer son interlocutrice en hochant la tête. Ça m'indique que vous ne trouvez pas ça aussi facile que vous le pensiez.

Katie sentit des larmes lui brûler les yeux et battit des paupières.

— J'y repense tout le temps. J'ai des flash-back.

— De l'agression ?

— Oui, mais surtout des événements qui l'ont précédée. Je n'arrête pas de penser à ce qui se serait passé, si j'avais agi autrement. Il… il a dit que c'était ma faute…

— Et vous le croyez ?

— Il avait raison. On était tellement débordés, cette nuit-là, que je ne lui ai pas consacré le temps dont il avait besoin. C'est une question de triage : on doit toujours évaluer le degré d'urgence. Le problème, c'est qu'on ne se rend pas forcément compte des risques invisibles. Désolée…

Elle prit un mouchoir dans la boîte posée sur le bureau.

— Normalement, je ne suis pas comme ça.

— Comment êtes-vous, normalement ?

— Je fais face, répondit Katie en souriant malgré ses larmes. Je prends sur moi. Jamais un jour d'arrêt maladie. Et je suis une perfectionniste. Je n'ai jamais raté un seul examen, ni échoué à résoudre le moindre problème. J'ai toujours tout réussi.

Sa consœur hocha la tête.

— Estimez-vous que le perfectionnisme soit une bonne chose ?

— Ça l'est en médecine. Dans notre profession, on est censé assurer à chaque fois.

— Comment serait-ce possible ? L'être humain est faillible, n'est-ce pas ? Il est voué à commettre des erreurs. Bien sûr, il faut faire le maximum pour les éviter quand il y a des vies en jeu. Cela dit, il existe une différence entre se fixer des critères personnels élevés et le perfectionnisme. L'un pousse à faire du mieux possible ; l'autre, qui est par définition la recherche de l'inaccessible, rend malheureux et pousse à l'autocritique. En outre, les perfectionnistes ont peur de révéler quoi que ce soit qui puisse être perçu comme une faiblesse. Ils redoutent de prendre des risques parce que, à leurs yeux, l'échec n'est pas envisageable.

Katie se moucha.

— Vous me conseillez de me jeter à l'eau et de faire un plat ?

— D'après moi, vous devriez envisager la possibilité de faire une erreur tout en étant un bon médecin.

Le Dr Braithwaite poussa la boîte de mouchoirs dans sa direction.

— Admettre que vous avez besoin d'aide n'est pas une faiblesse.

— J'ai toujours voulu être médecin. Tous les examens pour lesquels j'ai bûché m'ont amenée où j'en suis. J'en ai bavé, j'ai fait des sacrifices, et voilà qu'à présent je remets tout en question.

— Parce que vous croyez avoir fait une erreur ?

— Pas seulement. Je crois…

Elle déglutit péniblement, avant de poursuivre :

— Je crois que je n'ai peut-être plus envie de faire ce métier.

— Et ça vous fait peur ?

— Bien sûr.

Parce que, si elle n'était pas un médecin, qui était-elle ? se demanda-t-elle en fixant le presse-papier sur le bureau.

— Je n'avais jamais éprouvé ce genre de choses. J'ai peur de me laisser aller, et que ce ne soit pas joli à voir.

— Que se passerait-il, si vous vous laissiez aller ? En quoi cela serait-il gênant ?

— Les gens comptent sur moi.

Elle pensa à sa mère, et à tous les soucis que cette dernière s'était faits pour Rosie. Maggie serait horrifiée d'apprendre à quel point sa fille aînée se sentait mal.

— Je ne veux pas qu'on s'inquiète pour moi. Je gère la situation. J'ai besoin…

Elle s'avachit sur sa chaise.

— Je ne sais pas de quoi j'ai besoin. Je suppose que vous n'avez pas de potion magique ?

Le Dr Braithwaite semblait songeuse.

— Vous n'avez pas pris un seul jour d'ITT après ce qui s'est passé ?

— Je me suis arrêtée deux heures, le temps de me faire recoudre. J'ai aussi fait quelques séances de kiné, qui n'ont pas l'air de soulager quoi que ce soit. J'ai pris un moment pour parler à la police, bien sûr, mais à part ça, non.

Elle secoua la tête.

— Ça va mieux quand je suis occupée.

— Peut-être pas, répliqua sa consœur en saisissant un bloc-notes. Avez-vous prévu de travailler à Noël ?

— Non. Je suis en congé à partir de demain et je serai de retour à l'hôpital pour le réveillon du nouvel an.

— Pas question. Je vous arrête jusqu'à mi-janvier. Ça vous laisse un mois.

Katie se redressa avec un hoquet de surprise.

— *Un mois ?* Je ne peux pas m'absenter pendant un mois ! Le fait de prendre une heure pour ce rendez-vous a déjà donné du boulot en plus à mes collègues. On est au bord de l'asphyxie dans mon service, l'hiver arrive, et…

— Docteur White… Katie, fit sa collègue d'une voix plus douce. Avez-vous déjà entendu l'expression « Médecin, guéris-toi toi-même » ?

— Oui, mais il n'y a rien qui cloche chez moi. Mon épaule a bien guéri, et ma tête aussi.

Si l'on faisait abstraction de la douleur lancinante constante et des cauchemars…

— Ce ne sont pas ces blessures-là qui me préoccupent.

Elle écrivit quelques mots, avant de reprendre :

— J'aimerais que vous parliez à l'une de mes collègues. Une psychologue spécialisée dans le traitement des événements traumatiques. Elle est très douée dans son domaine.

— Je ne veux pas passer mon temps à parler de quelque chose que j'ai envie d'oublier.

— À vous de voir, mais je vous donne quand même son numéro.

Le Dr Braithwaite arracha la page du bloc-notes et la lui tendit. Après avoir tapoté sur son clavier, elle imprima une ordonnance.

— Je vous prescris un traitement antidépresseur de courte durée. Ça vous aidera à traverser cette phase difficile. Revenez me voir mi-janvier, et on reparlera de tout ça.

Katie prit l'ordonnance, tout en sachant qu'elle la fourrerait au fond d'un tiroir. Elle ignorait de quoi elle avait besoin, mais sûrement pas d'antidépresseurs !

— Merci.

Le médecin reposa son stylo.

— Allez-vous partir pour Noël ? Selon moi, vous avez besoin d'une vraie coupure, loin de Londres. En plus de temps pour recharger les batteries.

— Il se trouve que je vais dans le Colorado. Je veux…

Elle faillit dire « empêcher ma sœur de se marier », mais s'interrompit à temps. Ça semblerait bizarre aux yeux de quelqu'un qui ne la connaissait pas. Ça avait déjà été assez compliqué avec Vicky qui la connaissait.

— Ma sœur se marie, et je tiens à être là pour elle.

Elle s'attendait à ce que son interlocutrice sourie et fasse les commentaires enthousiastes habituels.

Ce ne fut pas le cas.

— Autrement dit, vous allez vous concentrer sur elle et sur ses besoins, et vos journées seront toujours autant chargées. Je veux que, pour une fois, vous vous concentriez sur vos propres besoins, Katie. Vous avez besoin de temps pour réfléchir.

Surtout pas !

— Je suis censée annoncer à ma petite sœur que je ne peux pas assister à son mariage ?

— Non, mais je veux que vous vous réserviez du temps pour vous-même. Tout compte fait, les Rocheuses en hiver sont peut-être exactement ce qu'il vous faut.

Les yeux rivés sur elle, le Dr Braithwaite tapota sur son bureau.

— La montagne, la neige, le grand air. Ça ne peut que vous faire du bien.

Katie n'en était pas convaincue. Après avoir craqué et pleurniché devant cette inconnue, comment allait-elle tenir le coup avec sa famille ?

Sa mère remarquerait tout de suite que quelque chose n'allait pas. C'était pour cette raison qu'elle l'évitait dernièrement. Par chance, elle n'avait pas pu réserver le même vol que ses parents. Elle voyagerait donc un jour après eux. Une autre raison de culpabiliser, étant donné que sa mère était terrifiée en avion. Elle aurait sûrement dû être à ses côtés pour l'aider, mais elle n'y pouvait rien s'il n'y avait plus de siège libre.

Le trajet lui permettrait de se remettre d'aplomb et de composer son personnage.

Elle avait peut-être besoin de réfléchir à sa propre approche de la vie, en effet. Il était sans doute acceptable d'échouer dans certaines circonstances… mais pas celle-ci.

Elle avait une famille à leurrer et un mariage à empêcher.

Rosie

Debout dans le hall des arrivées de l'aéroport, Rosie se tordait le cou pour essayer de repérer ses parents.

Dan, qui se tenait derrière elle, l'entoura de ses bras pour éviter qu'elle ne soit bousculée par la foule.

— Tu sais que tu te mords toujours la lèvre quand tu es nerveuse ou impatiente ?

Elle arrêta aussitôt.

— Je ne me mords pas la lèvre !

— Tu ne t'en rends même pas compte. Et tu serres les bras autour de toi, aussi. Tu n'as plus besoin de faire ça. C'est mon boulot, à présent.

Comme pour illustrer son propos, il l'enlaça plus fort.

— Je ne t'avais encore jamais vue aussi stressée. C'est l'effet que te fait ta famille ?

— Je suis toujours un peu angoissée quand ils sont dans les parages.

— Et… tu devrais peut-être enlever ta boucle d'oreille.

Elle tourna la tête pour le regarder.

— Tu n'aimes pas mes boucles d'oreilles ?

— Je les adore mais, là, tu n'en portes qu'une.

Il lui adressa un sourire malicieux.

— J'ai dans l'idée que l'autre est à la maison, quelque part dans notre lit.

Avec une exclamation, elle leva la main pour se toucher le lobe. Pas de boucle.

— Elle a dû tomber quand on a…

Il posa les doigts sur sa bouche.

— Il y a des jeunes enfants à portée de voix.

— On est partis tellement en retard que je n'ai même pas pensé à vérifier.

— On avait la tête ailleurs, acquiesça-t-il avant de l'embrasser sur la joue. Ne t'inquiète pas. Au moins, tu as pensé à mettre une culotte.

D'une main, elle lui donna une bourrade, puis enleva la boucle de l'autre.

— Heureusement que tu l'as remarqué. Franchement, je préfère ne pas accueillir mes parents en ayant l'air de sortir du lit.

Elle se remit à observer l'afflux de voyageurs.

— Qu'est-ce qu'ils font ?

— Ils sont probablement bloqués à l'immigration. Ou bien ils attendent leurs bagages. Déstresse un peu !

Elle ne savait pas « déstresser ». Ce mot n'appartenait pas à son vocabulaire.

Ne devrait-il pas le savoir ? Ne devrait-il pas tout savoir sur elle ? Sinon, comment pouvait-il être sûr de vouloir passer le reste de sa vie avec elle ?

Personne ne devrait ignorer dans quoi il s'engageait. À quel moment pouvait-on s'estimer satisfait de ce qu'on connaissait de l'autre ?

Oh ! ça suffit, Rosie !

Voilà qu'elle entendait les voix de ses proches avant même qu'ils ne soient arrivés.

Elle regrettait d'avoir parlé à Katie. Et si sa famille l'embarrassait devant Dan ?

Elle aurait aimé pouvoir s'injecter un produit qui réduise à néant tous les petits doutes qui se multipliaient dans sa tête. Pour l'instant, il lui fallait se concentrer sur ses parents. Sa mère serait sûrement dans tous ses états après le vol… en admettant que son père ait réussi à la faire monter dans l'avion…

Et s'ils étaient toujours à Heathrow ?

Son imagination s'envola à bord d'un long-courrier sans escale. Elle visualisa sa mère s'effondrant à la porte d'embarquement et contrainte de prendre un calmant. Ou, pire encore, paniquant en plein ciel et tentant par tous les moyens de quitter l'appareil.

— C'est possible d'ouvrir la porte d'un avion en vol ? s'enquit-elle auprès de Dan.

— Non, bien sûr que non.

— Pourquoi « bien sûr » ?

— Parce que la cabine est pressurisée. La pression intérieure est plus élevée que la pression extérieure. À cause de cette différence, il faudrait une force herculéenne pour arriver à l'ouvrir. Ce serait comme tirer des tonnes à mains nues. Ce n'est pas possible. C'est une question de physique.

Elle détestait la physique.

— Mon domaine de compétence, c'est le folklore et la mythologie, je n'ai aucune raison de savoir ça.

Il la prit par les épaules et la fit pivoter face à lui.

— Pourquoi poses-tu cette question ? Est-ce que ta mère a pour habitude d'essayer d'ouvrir la porte des avions en plein vol ?

— Non.

Mais qu'en savait-elle puisque sa mère ne prenait jamais l'avion ?

— Ma mère déteste l'avion.

— Si elle le détestait autant, elle ne serait pas venue.

— Tu ne la connais pas ! Elle ferait absolument n'importe quoi pour ma sœur et moi.

Elle s'en voulait de plus en plus d'avoir entraîné sa mère loin de la maison pour les fêtes. Elle qui adorait Noël et prenait plaisir à les dorloter…

— Elle est toujours disponible pour nous, quoi qu'il arrive.

— Et là, c'est ton mariage ! Je suis sûr qu'elle est heureuse pour toi.

Rosie ne partageait pas cette certitude. Elle commençait à se sentir barbouillée. Pourquoi sa famille lui donnait-elle constamment l'impression de retomber en enfance ?

— Et s'ils ne sont pas montés dans cet avion ?

— Ton père t'aurait appelée, non ?

— Pourquoi faut-il que tu sois aussi logique ?

Il sourit.

— Ça fait partie de ma personnalité, tu le sais bien.

— Oui, je le sais.

Elle répondit avec fermeté, pour se rappeler qu'en effet elle connaissait beaucoup de choses sur lui. Par exemple qu'il était mordu de santé et de fitness, notamment à cause de la mort de son père d'une crise cardiaque quand il avait vingt ans. Qu'il préférait la littérature non romanesque aux ouvrages de fiction, qu'il absorbait les connaissances comme une éponge et qu'il aimait la nature. Elle savait également qu'en étant avec lui elle avait l'impression de pouvoir conquérir le monde. Il ne mettait jamais en doute ses capacités ou ses décisions. Il croyait tellement en elle qu'elle avait commencé à faire de même.

— Tu réfléchis trop, déclara-t-il. C'est ton cerveau créatif qui fait des heures supplémentaires.

Il lui prit le visage entre les mains et l'observa avec une expression pleine de douceur.

— Tu es sûre qu'il s'agit de tes parents ? Rien d'autre ? Ça fait deux semaines que tu es de plus en plus stressée.

— Tu te fais des idées.

— Je te connais, Rosie.

Vraiment ?

— On ne peut pas organiser un mariage en moins d'un mois sans éprouver un peu de stress, Dan. Ce ne serait pas réaliste.

— Alors c'est le mariage ? demanda-t-il en repoussant une mèche de cheveux de sa joue. Je ne suis pas un pro sur le sujet, étant donné que ce sera mon premier et dernier mariage, mais je croyais que c'était censé être sympa et enthousiasmant.

Elle l'avait cru aussi mais, apparemment, ils s'étaient trompés tous les deux.

Elle ne se sentait ni joyeuse ni sur des charbons ardents. Non, elle était tellement fébrile qu'elle en avait des céphalées de tension.

— Parlons de quelque chose d'autre que de mariage pendant cinq minutes.

— Hé…

Il la reprit dans ses bras.

— … Ça va aller, je te le promets. Une fois que ta famille sera là, tu te détendras. Tu es sûrement nerveuse parce que ta sœur n'a pas pu prendre le même vol. Je sais qu'elle te manque.

Hum. Pour l'instant, elle avait surtout envie de la tuer.

Pourquoi les relations étaient-elles aussi compliquées ?

— Elle m'a envoyé un mail, hier. Elle veut qu'on dorme ensemble quelques nuits pour rattraper le temps perdu. Ça ne t'embête pas ? À Noël, on finit toujours dans la même chambre. C'est une sorte de tradition.

Dan sourit.

— Je suppose que je ne suis pas invité à ces soirées pyjama entre sœurs ?

— Non, mais ça va me faire bizarre d'être séparée de toi. À vrai dire, je ne sais pas trop à quoi m'attendre.

Dans son message, Katie avait écrit que leurs discussions entre filles lui manquaient et qu'elle voulait passer quelques nuits avec elle, comme elles l'avaient toujours fait à Noël. Rosie en venait à se demander si cette requête ne cachait pas autre chose qu'une envie de resserrer leurs liens.

Elle avait essayé de l'appeler, mais sa sœur n'avait pas décroché.

— Ça sera sympa, dit Dan sans paraître s'en formaliser, et c'est tout à fait compréhensible. Elle ne t'a pas vue depuis des siècles. Elle a envie de papoter avec sa petite sœur.

Pourvu qu'il ne s'agisse bien que de cela.

Rosie eut alors envie de s'épancher. Elle faillit lui répéter ce que Katie avait dit, lui parler de tous ces doutes que sa sœur avait instillés en elle.

Mais était-ce une bonne idée ? Ces doutes étaient-ils seulement réels ? Elle ignorait ce qu'elle voulait. Elle pouvait lui confier beaucoup de choses, mais, ça, le pouvait-elle ?

— J'espère que tu vas l'apprécier, dit-elle à la place.

J'espère qu'elle ne va pas te faire subir un interrogatoire.

Et si c'était le projet de Katie ? Et si Dan décidait qu'il n'avait pas à subir ça ? se demanda Rosie en posant la tête contre son torse. Malgré la chaleur de ses bras, elle éprouvait un certain détachement. Comme si une barrière s'était brusquement dressée entre eux. L'une des choses qu'elle avait aimée chez lui dès le début était la facilité qu'elle avait à lui parler. Pourtant, elle n'arrivait pas à trouver une façon de lui dire ce qu'elle avait sur le cœur.

— Tu parles tellement d'elle que j'ai déjà l'impression de la connaître, déclara-t-il en lui caressant les cheveux.

Elle avait laissé certaines choses de côté, cependant. Comme le fait que sa sœur n'avait pas eu l'air enchantée qu'elle se marie.

— Ces dernières semaines ont été intenses.

Il lui releva le visage pour l'étudier.

— Maman ne s'est pas montrée trop envahissante ?

— Pas du tout. Elle est vraiment adorable et très généreuse. Je l'adore.

C'était vrai, même s'il était également vrai que les attentes de Catherine à propos du mariage faisaient monter la pression.

— Et elle t'adore aussi, affirma Dan en souriant avant de l'embrasser. Elle m'a dit que si elle avait pu choisir d'avoir une fille, elle en aurait voulu une comme toi.

Et bam... nouveau coup de pression !

Oh ! c'était ridicule. Elle devait lui raconter sa conversation avec Katie. Seulement, il serait peut-être fâché contre sa sœur, et elle ne pourrait pas le supporter. Elle ne voulait pas se marier au milieu de tensions familiales.

— Dis-moi quelque chose que j'ignore sur toi, murmura-t-elle.

— Un sombre et terrible secret ?

Elle déglutit.

— Oui.

— Quelque chose que personne d'autre sur la planète ne sait de moi, pas même Jordan ?

— Oui.

— Tu en es sûre ? Parce qu'il y a des trucs assez inavouables enfouis dans mon passé.

Rosie sentit son cœur se mettre à battre plus fort. Katie avait peut-être raison. Ils ignoraient peut-être des choses essentielles l'un sur l'autre.

— Je t'écoute. Tu peux tout me dire.

Elle était censée faire la même chose, n'est-ce pas ? Quand il lui aurait dit son secret, quel qu'il soit, elle lui ferait part de ses doutes. Aucun d'eux ne dissimulerait plus quoi que ce soit à l'autre.

— C'est assez choquant.

— *Allez !*

Il inspira profondément.

— Quand j'avais sept ans, j'ai trouvé mes cadeaux de Noël sous le lit de mes parents, et je les ai tous ouverts.

L'appréhension laissa place au soulagement.

— C'est ça, ton secret ? Oh ! toi alors…

Quand elle le repoussa d'une bourrade, il la regarda avec un grand sourire.

— Je t'avais prévenue que c'était choquant.

— Je suis sérieuse.

— Crois-moi, c'était grave. J'ai été puni pendant deux semaines. Et, non, je n'ai pas eu d'autres cadeaux cette année-là. C'est à ce moment-là que j'ai compris que le Père Noël n'existait pas. Je me suis quand même demandé un instant s'il n'était pas passé en avance et avait caché mes cadeaux sous le lit.

— C'est ça, ton secret « sombre et terrible » ?

— Oui.

Il baissa la tête pour l'embrasser.

— Je n'ai pas d'horribles secrets, Rosie. Je suis franc du collier.

— Je sais, et c'est quelque chose qui me plaît chez toi.

Son cœur continuait à tambouriner contre ses côtes. Elle s'était préparée à entendre un aveu affreux. Elle aurait dû se douter que ce serait une plaisanterie. Il aimait bien la taquiner et, en général, elle appréciait son humour.

— Voici quelque chose que tu ignores sur moi : je suis allergique aux chiens. Et aux chats.

Il haussa les sourcils.

— Vraiment ?

— Vraiment. J'ai fait la pire crise d'asthme de ma vie la fois où j'ai dormi chez une amie qui possédait un chien. Ce qui signifie que nous ne pourrons jamais avoir d'animal domestique.

— Mince…, fit-il en se passant la main sur le visage. Alors on doit rompre. C'est fini entre nous. Il va falloir appeler maman pour annuler le mariage.

Rosie sentit son cœur manquer un battement.

— Tu…

Elle avala sa salive, puis demanda :

— Tu es sérieux ?

— Non, bien sûr que je ne suis pas sérieux !

Il la contempla d'un air mi-amusé, mi-exaspéré.

— Qu'est-ce qui ne tourne pas rond chez toi aujourd'hui ?

— Je ne sais pas. J'ai peur que tu changes d'avis, je suppose.

— Je t'aime, Rosie. Toi. Tout ce qui fait de toi ce que tu es. J'ignorais que tu étais allergique aux animaux, mais ce n'est pas grave. On fera avec. Est-ce que j'aime les chiens ? Oui, bien sûr. Mais je t'aime davantage. Si t'épouser implique de devoir satisfaire mon amour des bêtes à poils en dehors de la maison, c'est ce que je ferai.

Avec lui, tout semblait si simple.

— C'est…

Elle déglutit à nouveau.

— Tant mieux. Parce que je me disais que si tu avais toujours imaginé avoir un animal domestique, alors…

— Je peux vivre sans, Rosie.

— D'accord. Tu… tu ne trouves jamais d'obstacles à rien, n'est-ce pas ?

— Ce n'était pas un obstacle, répondit-il en fronçant les sourcils.

— Pour certaines personnes, ça pourrait l'être, et c'est là où je veux en venir : toi, tu ne t'arrêtes pas à ça.

Une qualité qu'elle appréciait chez lui.

— J'ai pensé qu'il y avait peut-être des choses qu'on ignorait l'un sur l'autre, c'est tout.

— Je suis sûr que c'est le cas. Mais ce n'est pas parce qu'on a des secrets. Ni parce qu'on a quelque chose d'affreux à cacher. Le fait d'avoir encore beaucoup à découvrir rend l'aventure encore plus passionnante.

Il avait tellement de certitudes, il était si confiant qu'elle se sentit un peu rassurée.

Baissant la tête, il effleura ses lèvres des siennes. Son baiser, séducteur et aguichant, lui rappela ce qu'ils avaient fait la veille, et la nuit d'avant.

Assaillie par une bouffée de désir, elle passa les bras autour de son cou. Les bruits autour d'eux se fondirent dans le brouhaha ambiant, et son monde se résuma soudain à Dan, à sa bouche, à l'onde de chaleur qu'elle éprouva quand il la serra contre lui. Elle en avait la tête qui tournait.

Quand il la relâcha enfin, elle laissa la main sur son épaule pour garder l'équilibre.

Quelqu'un passa à côté d'eux en marmonnant : « Il y a des hôtels pour ça », et Dan sourit.

— Ce n'est pas une mauvaise idée. Et si on se prenait une chambre près de l'aéroport pour que je te montre à quel point je t'aime ? On dira à tes parents qu'on a été bloqués par la neige.

Même si c'était une idée ridicule, elle fut presque tentée d'accepter. Ses jambes flageolaient encore, et son corps palpitait de désir. L'alchimie entre eux était explosive. Quand ils étaient nus, au lit, elle n'éprouvait jamais le moindre doute.

— Dan, je me demande si…

Dis-le, Rosie, dis-le !

— Je me demande si on n'aurait pas dû prendre un peu plus le temps de la réflexion, voilà tout. Tout arrive très vite, ça fait beaucoup de pression.

— Ne t'inquiète donc pas tant. Maman est la reine de l'organisation de dernière minute. Elle a toujours été capable de gérer toutes les crises qui croisaient son chemin. Franchement, elle adore ça. Tout va bien se passer. Elle est ravie de s'occuper de tout. Je ne l'avais pas vue aussi heureuse depuis la mort de papa.

Et encore plus de pression !

Tout ce qu'il disait compliquait vraiment son intention de lui parler franchement.

— Dan…

— Attends… Ce ne serait pas eux ? demanda-t-il en regardant par-dessus son épaule.

Elle se tourna, cherchant ses parents parmi le flot des arrivants.

Ceux-ci allaient du très jeune au très vieux. Beaucoup d'entre eux venaient manifestement passer les fêtes avec leurs proches. Ils s'agitaient autour d'elle, avec leurs écharpes, leurs bonnets et leurs expressions impatientes, tout en jonglant avec les valises et les paquets.

Elle vit une famille calmer un enfant turbulent, une mère épuisée berçant un bébé.

Elle ne vit pas ses parents.

— Non, ce ne sont pas eux.

— Tu as raison, ils mettent beaucoup de temps.

Dan plissa le front en voyant avancer un nouveau groupe de voyageurs.

— Ton père aurait appelé en cas de problème, n'est-ce pas ?

— J'espère.

Sauf s'il avait oublié de recharger son portable. C'était une de ses manies qui avait le don de les rendre folles. Sur la pointe des pieds, elle observa les dernières personnes qui émergeaient des portes.

Ses parents ne se trouvaient pas parmi elles.

Elle s'apprêtait à envoyer un autre SMS quand elle aperçut la tête de son père dépasser de la foule.

— Le voilà ! C'est l'homme qui a les cheveux ébouriffés et les lunettes.

Profondément soulagée, elle agita la main.

— Je les vois, déclara Dan. Et c'est ta mère ? Tu crois qu'elle va bien ? Elle a l'air un peu… chancelante. Oh !

Il eut un rire un peu embarrassé.

— Eh bien ! Elle est vraiment mordue de ton père, dis donc. Ils s'embrassent toujours comme ça en public ? C'est plutôt mignon. On aurait peut-être dû prendre cette chambre, tout compte fait. Ils auraient pu s'en servir.

Comme il était plus grand qu'elle, il avait un meilleur aperçu. Lorsque les gens devant elle s'écartèrent, Rosie vit enfin ses parents, enlacés dans une étreinte passionnée.

Elle en resta pantoise. *Quoi ?!*

— Ils ne sont pas comme ça, d'habitude. Je veux dire, ils sont heureux en ménage, évidemment, étant donné qu'ils sont ensemble depuis toujours, mais, en général, ils ne sont pas aussi démonstratifs.

Elle en était complètement mortifiée. À côté d'elle, Dan riait aux éclats.

— Je trouve ça génial. Je peux te promettre que je t'embrasserai encore comme ça dans trente ans. Ta mère est peut-être contente d'avoir survécu au vol. Rien de tel que de frôler la mort pour éprouver de la gratitude, non ?

— Si.

Quand elle s'était inquiétée à l'idée que sa famille soit une source d'embarras pour elle, ce n'était pas le scénario qu'elle avait imaginé.

Elle vit son père détacher de son cou les bras de sa mère et cette dernière ajuster ses vêtements.

Ils étaient encore trop loin pour qu'elle entende ce qu'ils disaient, mais elle remarqua que sa mère avait maintenant passé le bras sous celui de son père.

Un geste qui semblait dû à la nécessité plutôt qu'un témoignage de tendresse. En l'observant avec attention, Rosie eut l'impression qu'elle s'appuyait sur lui.

Était-elle malade ?

Anxieuse, elle lâcha la main de Dan, courut vers eux et les serra dans ses bras. D'abord sa mère, puis son père.

— Je commençais à m'inquiéter. Comment s'est passé votre vol ?

— Le temps a filé en un éclair, répondit Maggie. Il n'y avait plus de place en classe éco quand on a réservé, alors ton père nous a payé des sièges en classe affaires dans la rangée du milieu. On a pu regarder des films en se tenant par la main. C'était comme un premier rencard. Ça nous a rappelé à quel point on était toujours fous amoureux.

Rosie se figea. Était-ce vraiment sa mère ? Sa mère si sensée, pragmatique, raisonnable ?

— Heu, maman…

— Quoi ? ma puce. J'aime ton père, c'est tout. Je veux que tu le saches. On est tellement heureux ensemble ! Heureux, heureux, heureux. Tout va bien, ne te fais aucun souci. J'ai dit à quel point on était heureux ?

Pourquoi tout n'irait pas bien ? À propos de quoi ne devait-elle pas se faire de souci ?

Quand quelqu'un vous disait de ne pas vous inquiéter, ça signifiait souvent qu'il y avait justement de quoi s'inquiéter, non ?

En quête d'indices, elle lança un regard à son père. Il lui adressa un sourire fatigué.

— Le vol a été long, et tu sais que prendre l'avion n'est pas une partie de plaisir pour ta mère.

— Oh ! mais si, ça a été très plaisant. Après les premières coupes de champagne, je n'ai plus eu peur du tout ! s'exclama celle-ci d'un ton enjoué. Ce charmant jeune homme n'arrêtait pas de me remplir mon verre…

— Quel charmant jeune homme ?

— Un des stewards. Et ton père n'a pas cessé de me parler et de flirter avec moi comme un ado. Je riais tellement que je ne me suis même pas rendu compte qu'on avait décollé. Je m'en suis seulement aperçue quand le voyant des ceintures s'est éteint.

Rosie avait déjà vu son père captiver un amphithéâtre, débattre avec animation pendant le dîner et démolir verbalement les snobs intellectuels, mais elle ne l'avait jamais vu flirter.

Le fait qu'elle ne puisse pas l'imaginer dans cet exercice ne la dérangeait pas du tout.

Elle admirait la relation de ses parents, elle était heureuse de sa solidité, mais ça ne signifiait pas qu'elle voulait en connaître tous les détails.

— Je suis contente que le vol ait été tolérable.

— Plus que tolérable ! C'était comme une lune de miel. Si ça avait été un vol de nuit, on aurait peut-être même…

— Maman !

Était-elle *ivre* ?

Son père lui tapota l'épaule.

— Désolés de t'avoir fait attendre, Rosie. On est les derniers à sortir parce qu'ils ont égaré la valise de ta mère, qui contenait notamment sa tenue pour le mariage.

— Oh non !

Était-ce un signe ? Non, bien sûr que ce n'en était pas un. D'un autre côté, si elle avait l'intention de croire aux bons présages, elle allait aussi devoir croire aux mauvais.

Arrête, Rosie !

— Qu'est-ce qu'on doit faire ?

— Ils nous ont dit de nous rendre sur notre lieu de séjour et d'attendre que sa valise lui soit livrée.

— Ce sera quand ?

— Ils l'ignorent. Bientôt, avec un peu de chance.

— Ce qui m'embête le plus, ce sont les cadeaux qui se trouvaient dedans, déclara sa mère. Ce n'étaient que de petites choses, mais je les avais choisies avec soin. Tant pis pour les vêtements, on n'en a pas besoin.

Et d'appuyer la tête contre l'épaule de son père d'un air insouciant.

— Ce sera comme notre premier Noël en couple. Tu te rappelles ? Il neigeait, et on n'a pas quitté le lit. Comme on ne pouvait pas se payer le chauffage, on devait compter sur la chaleur corporelle. On ne s'est pas habillés pendant des jours.

Rosie aurait voulu couvrir de sa main la bouche de sa mère.

— On n'a pas besoin de savoir tout ça, maman.

Ses parents n'avaient-ils pas remarqué que Dan se tenait derrière elle ? Qu'avait-il entendu de ce qui venait d'être dit ?

C'était un cauchemar. Elle présentait ses parents à son fiancé, et sa mère ne se ressemblait pas du tout.

Son père n'était pas non plus égal à lui-même. D'habitude, il était la personne la plus décontractée qu'elle connaisse, mais, aujourd'hui, il semblait tendu. Ce n'était peut-être pas étonnant, étant donné qu'il venait de vivre un vol stressant avec sa mère.

— Je veux vous présenter Dan.

Ce n'était pas le moment idéal, mais elle n'avait pas vraiment le choix. Elle l'attrapa par le bras et l'obligea à avancer.

— C'est un plaisir de vous rencontrer enfin en personne, déclara-t-il.

Sourire aux lèvres, il fit un pas vers eux et tendit la main. Elle enviait sa façon d'être à l'aise avec les gens. Il lui avait expliqué que c'était parce qu'il était fils unique et qu'il avait dû chercher des camarades de jeu en dehors du cercle familial. D'après elle, c'était surtout inhérent à sa personnalité.

Il serra la main de sa mère, puis celle de son père. Il était tellement chaleureux et accueillant que Rosie se détendit un peu.

Il n'avait peut-être pas remarqué que sa mère semblait avoir un peu trop bu dans l'avion.

Celle-ci lâcha le bras de son père et tituba vers Dan.

— Oh ! Rosie, il est *canon*. Pas étonnant que tu veuilles l'épouser aussi vite !

Posant les mains sur le bras de Dan, elle lui palpa le biceps.

— Quelle force… C'est appétissant. Et ces yeux ! Ce *sourire* !

— Maman, s'il te plaît…

Malheureusement, sa mère n'en avait pas encore fini.

— Tu fais forcément de la musculation, Dan.

Pitié, achevez-moi…, songea Rosie, horrifiée.

— Dan est coach sportif. C'est comme ça qu'on s'est rencontrés, tu te rappelles ? J'avais décidé de m'extraire de mon canapé et de m'inscrire à une salle de sport. Je suis sûre de te l'avoir dit.

Pourquoi s'était-elle inquiétée à propos de l'avenir de leur relation ? Après ce désastre, leur couple n'allait pas faire long feu. Qu'elle lui rende sa bague tout de suite, comme ça, Dan n'aurait pas besoin de la lui réclamer !

Elle lui lança un regard désespéré. Il répondit par un clin d'œil, ce qui la soulagea.

Le fait qu'il semble se retenir de rire contribua à la calmer. Dan parvenait toujours à trouver de la drôlerie dans des situations qu'elle jugeait angoissantes.

Elle l'aimait. Elle l'aimait vraiment de tout son cœur.

Et elle lui était tellement reconnaissante qu'elle parvint à esquisser un sourire en retour.

— Je crois que ma mère t'aime bien, lui dit-elle en aparté.

— Ce qui est une excellente nouvelle, étant donné que je vais bientôt faire partie de la famille. Tes parents ont fait un long voyage, poursuivit-il calmement. Il est temps de les amener à bon port.

Sa gentillesse était une autre des qualités qu'elle aimait chez lui. Katie avait raison en affirmant que la plupart de ses ex l'avaient traitée avec désinvolture. Dan, lui, se montrait toujours attentionné.

Mais pourquoi ne pouvait-elle pas s'arrêter de penser ? Elle devrait être en train de danser de joie à la perspective de l'épouser. Elle devrait être soulagée qu'ils se marient aussi vite, avant qu'il ne découvre à quel point elle était irréfléchie.

Il avait déjà commencé à bavarder le plus naturellement du monde avec ses parents.

— Le temps peut être assez changeant à cette période de l'année, alors on est contents d'avoir du ciel bleu pour vous accueillir aujourd'hui. Et ne vous en faites pas pour votre valise. Je suis sûr que ma mère pourra vous prêter des vêtements.

— Je doute qu'ils m'aillent, répondit Maggie. Sauf si elle est passée par une phase bibendum. Est-ce qu'elle a gardé ses vêtements de grossesse ?

— Maman ! Tu n'es pas un bibendum et tu n'as pas besoin des vêtements de grossesse de qui que ce soit.

Depuis quand sa mère était-elle complexée ? Elle n'avait jamais été une de ces femmes obsédées par leur apparence. Elle prenait soin d'elle et aimait être à son avantage, mais ça s'arrêtait là.

— On devrait y aller, si on veut faire le plus gros du trajet pendant qu'il fait encore jour, lança Rosie.

Dan devait être du même avis, parce qu'il prit les bagages qui n'avaient pas été égarés et les précéda vers la sortie.

Alors qu'ils s'approchaient de la voiture, elle demanda :

— Tu veux t'asseoir devant avec Dan, papa ?

De cette façon, elle pourrait bâillonner sa mère en cas de besoin. Elle ouvrit la portière avant, mais Maggie attrapa son père par la main.

— C'est notre premier voyage ensemble depuis longtemps. On veut être à côté l'un de l'autre, n'est-ce pas, Nick ?

Rosie vit son père marquer une pause, avant de répondre :

— Oui, ce serait peut-être mieux.

Après lui avoir serré l'épaule, il la poussa doucement vers le siège avant.

— Ça va aller pour ta mère, ne t'inquiète pas. C'est ma faute. J'aurais dû lui prendre son verre, mais j'étais tellement soulagé qu'elle ne hurle pas de terreur que je l'ai laissée continuer à boire.

Pourvu que le trajet passe rapidement ! songea Rosie en s'asseyant à côté de Dan. L'idée d'être coincée pendant quatre heures dans une voiture avec sa mère soûle ne la réjouissait pas du tout. Avec un peu de chance, celle-ci s'endormirait et se réveillerait complètement sobre.

Catherine les avait invités à l'hôtel pour dîner en famille, mais Rosie prévoyait déjà d'annuler ce repas.

Elle ferait appel au room service et expliquerait à la mère de Dan que ses parents souffraient du décalage horaire et des effets du vol. C'était vrai, si l'on considérait l'ébriété comme un de ces effets.

Si sa mère se couchait tôt, elle devrait vite se remettre.

Il y avait toujours le problème de la valise égarée, bien sûr, mais elle s'en préoccuperait le lendemain.

— Ça fait longtemps que vous vivez dans le coin, Dan ? demanda son père, ramenant la conversation en terrain sûr.

— J'ai grandi à Boston, mais mes parents sont venus skier ici au début de leur mariage. Ils ont eu le coup de foudre pour l'endroit, et voilà, c'était réglé. Mon père a acheté un terrain avant la flambée des prix de l'immobilier, il a fait construire, et on connaît la suite. Ils ont toujours aimé la culture et le mode de vie tournés vers le plein air de la région. À sa mort, ma mère s'est lancée dans l'organisation de mariages.

Dan jeta un coup d'œil dans le rétroviseur.

— Vous vivez à Oxford. Toute cette histoire, à deux pas de chez vous… J'ai toujours eu envie d'y aller.

— C'est un endroit merveilleux, affirma Maggie avec gaieté. On vit dans un joli cottage avec des roses et du chèvrefeuille autour de la porte.

Il sourit.

— Ça a l'air charmant.

— Ça l'est. Et tu n'as pas à t'inquiéter de ne jamais le voir, parce que je ne vais pas le vendre. J'ai pris ma décision. Je sais que c'est trop grand pour une personne, mais je l'aime trop pour l'abandonner.

« Trop grand pour une personne » ? Rosie fronça les sourcils. De quoi parlait sa mère ?

— Vous êtes deux à vivre là-bas, corrigea-t-elle patiemment. Papa et toi. Ça fait deux personnes, pas une.

— Ah oui ! À vrai dire, je nous vois comme une seule personne. Ce n'est pas vrai, Nick ? Après tant d'années ensemble, on s'est fondus l'un dans l'autre pour ne former plus qu'un.

Sa mère avait complètement perdu la boule.

Dan tendit le bras pour lui serrer la main, puis regarda à nouveau dans le rétroviseur.

— C'est normal, répliqua-t-il, c'est votre maison de famille. On ressent la même chose à propos de Snowfall Lodge. Ma mère dit toujours que pour la faire partir de chez elle, il faudrait l'en arracher de force. Je pense que quand on vit longtemps quelque part, ça devient une partie de nous. Je comprends pourquoi vous n'avez pas envie de vendre. Ça me paraît tout à fait sensé.

Ça ne le paraissait pas du tout aux yeux de Rosie, parce qu'il n'avait jamais été question de vendre Honeysuckle Cottage.

Ses parents adoraient leur maison. C'était le seul foyer qu'elle-même ait connu. Ils n'avaient jamais envisagé de s'en séparer.

— À l'origine, Aspen était une ville minière, mais le cours de l'argent s'est effondré, expliqua Dan en s'engageant dans le flot de véhicules qui quittaient l'aéroport. Heureusement, le ski est devenu à la mode, et la ville s'est développée grâce à ça. Son emplacement est idéal. Elle est traversée par la rivière Roaring Fork et entourée par trois sommets : Red Mountain au nord, Smuggler Mountain à l'est et Aspen Mountain au sud.

— La rivière de la « fourche rugissante », murmura Maggie. C'est très romantique. Nous, on a la Tamise et la Cherwell.

— C'est un affluent du fleuve Colorado. Vous devriez revenir ici en été.

Comme la circulation se fluidifiait, Dan accéléra.

— La route qui franchit Independence Pass, l'un des cols les plus hauts du pays, est magnifique.

— On n'y passera pas aujourd'hui ?

— C'est fermé en hiver. On est obligés de faire le long détour.

Rosie jeta un coup d'œil par-dessus son épaule.

— Il a neigé, hier, à Aspen. C'est vraiment joli. J'ai hâte que vous voyiez ça, même s'il fera nuit à notre arrivée. Il faudra attendre demain pour admirer le paysage.

Dan augmenta le chauffage.

— Cette année, il a neigé plus que d'habitude. Et Rosie a raison : on dirait un décor de carte postale. Snowfall Lodge est complet. On ne peut plus prendre de réservations jusqu'en mars. Je suis content pour ma mère. Elle n'a pas ménagé sa peine pour s'en occuper depuis la mort de mon père.

— Alors, comme ça, votre maison est un hôtel ?

— En quelque sorte, mais pas un de ces endroits impersonnels où personne ne vous connaît et ne s'intéresse à vous. Nos clients sont plutôt exigeants, et on est fiers de leur offrir un service personnalisé. Avant, ma mère gérait tout elle-même mais, lorsqu'elle s'est impliquée davantage dans la partie organisation de mariages, elle a embauché un directeur. On a un dossier pour chaque client. Si vous êtes allergique aux plumes et que vous ne mangez pas de viande, ce sera indiqué dedans, si bien que tout sera exactement à votre goût la prochaine fois que vous viendrez. Et pour ceux qui ont besoin de plus d'intimité, on propose nos cabanes dans les arbres. Elles offrent une occasion unique de dormir au cœur de la forêt. Les vues sont incroyables ! Vous allez séjourner dans l'une d'elles. Ma mère y tenait beaucoup.

— Une cabane ? demanda Maggie en fronçant les sourcils. Elles sont vraiment construites dans les arbres ?

— Elles sont sur pilotis, répondit Dan. Pas de panique. Et plus luxueuses que rustiques. Elles ont remporté plusieurs prix d'architecture et d'environnement. Vous allez adorer y loger ! Comme elles sont en bois, elles se fondent dans la forêt, et la faune locale s'en approche parfois. Elles font un tabac auprès des jeunes mariés en voyage de noces. Où peut-on boire du champagne en se prélassant dans un jacuzzi sous la voûte étoilée ? Ça devrait être parfait pour vous.

Rosie se tassa sur son siège. Elle ne voulait pas penser à ses parents en tant que jeunes mariés.

Inquiète à l'idée que sa mère fasse une nouvelle remarque gênante, elle décida de s'immiscer dans la conversation pour changer de sujet.

— Comment va Katie ? J'ai à peine eu de ses nouvelles, ces dernières semaines.

Après le fameux coup de fil, elles avaient seulement échangé quelques mails concernant des questions pratiques telles que sa robe et le billet d'avion. Perturbée par leur conversation, Rosie avait été trop nerveuse pour rappeler sa sœur, qui ne s'était pas manifestée non plus.

— Tu connais ta sœur, déclara son père. Elle est occupée à sauver des vies.

— Espérons qu'il ne s'agisse que de ça, intervint Maggie en posant à nouveau la tête sur l'épaule de son père. Si vous voulez mon avis, il se passe quelque chose. Chaque fois que je lui propose de déjeuner avec moi, elle trouve des excuses pour refuser. Ça ne lui ressemble pas. Normalement, elle saisit la moindre occasion de se faire inviter à manger. Elle m'évite.

Rosie sentit un frisson d'inquiétude la traverser. Elle avait eu la même impression à propos de sa sœur, mais avait conclu que c'était lié à leur accrochage. Katie et elle avaient leurs désaccords bien sûr, comme toutes les sœurs, mais ce n'était jamais sérieux et durait rarement longtemps. Quand elles se disputaient, ce n'était que sur des broutilles du quotidien.

« C'est ton tour de ranger la cuisine. »

« Tu as emprunté mes chaussures ? »

Cette fois, ça semblait différent. C'était comme si Katie la tenait à distance.

— Elle doit être débordée, dit-elle.

Ce qu'elle n'avait cessé de se répéter… Et elle espérait ne pas se tromper.

— C'est dommage que vous n'ayez pas pu prendre le même avion, mais ces vols de Noël sont toujours un cauchemar. En plus des touristes, il y a tous ceux qui veulent rentrer passer les fêtes chez eux.

— La famille est importante à cette époque de l'année. Je t'aime, dit Maggie à Nick. Est-ce que je t'ai dit aujourd'hui combien je t'aime ?

— De nombreuses fois, répondit-il d'un ton pince-sans-rire.

Rosie ferma les yeux. Elle n'avait jamais vu sa mère aussi démonstrative. Normalement, il y avait un regard ou un contact de temps à autre qui témoignait de leur attachement. Ils avaient toujours été un couple discret. Aujourd'hui, sa mère se comportait comme si c'était leur dernier jour sur terre et qu'elle voulait en profiter au maximum. C'était forcément lié à l'alcool, mais même ce facteur l'intriguait. Elle ne l'avait jamais vue boire beaucoup, pas même à Noël.

En tout cas, elle ne tenterait plus jamais de la convaincre de reprendre l'avion, si c'était le résultat.

— Et si on mettait de la musique ? demanda-t-elle brusquement.

À côté d'elle, Dan semblait à nouveau se retenir de rire.

— C'est loin d'être aussi embarrassant que le moment où tu as rencontré ma tante Elizabeth pour la première fois, murmura-t-il. Tu te rappelles ?

Ce souvenir la fit sourire, mais elle ne parvint à se détendre qu'en voyant sa mère endormie sur l'épaule de son père.

Le paysage devint de plus en plus spectaculaire au fur et à mesure qu'ils approchaient d'Aspen. Le ciel était d'un bleu arctique, et le soleil hivernal faisait scintiller les pics enneigés.

Comme elle avait passé la majeure partie de sa vie dans un petit village anglais où quelques flocons faisaient le bonheur des enfants, tout en étant une source de tracas pour les adultes, Rosie éprouvait une immense fascination pour les montagnes. La perspective de fêter Noël sous la neige comblait sa nature romantique.

Un peu rassérénée, elle étendit les jambes.

— Est-ce qu'on s'habitue un jour à une telle vue ?

Dan secoua la tête.

— Jamais.

— C'est magnifique, affirma sa mère d'une voix à la fois ensommeillée et enchantée.

Tout juste réveillée, elle contemplait le paysage par la vitre.

— Nick, regarde !

— Je regarde.

— Maintenant que le vol est derrière moi, je suis tout excitée. C'est merveilleux d'être ici, n'est-ce pas ? On n'est jamais partis pour Noël. Et on va loger dans une cabane dans les arbres, rien que tous les deux. C'est vraiment une seconde lune de miel.

Il y eut une pause, puis un bruit de tissu lorsque sa mère se rapprocha de son père.

— Tu es toujours séduisant, Nick. Est-ce que je te l'ai dit récemment ?

Rosie souhaita de tout son cœur que sa mère se rendorme.

Malheureusement, sa courte sieste semblait l'avoir revigorée, et elle se lança dans un commentaire ininterrompu :

— Je n'ai jamais vu de montagnes aussi hautes. Et la neige, dans ce champ, là-bas, est tellement lisse et parfaite qu'elle me fait penser à mon gâteau de Noël.

Rosie éprouva une bouffée de nostalgie. Elle ne mangerait pas ce gâteau, cette année. Et l'année prochaine ? Elle l'ignorait. C'était l'un des détails que Dan et elle devaient aborder ensemble. Celui-là et bien d'autres.

Elle regarda par la vitre lorsqu'il tourna dans la large allée bordée d'arbres qui menait à Snowfall Lodge. La neige formait des congères qui masquaient les bords de la chaussée.

— Rosie m'a dit que vous travailliez dans l'édition universitaire, Maggie, déclara Dan en ralentissant. Ça doit être très intéressant.

— Non. En vérité, je trouve ça incroyablement ennuyeux. Je travaille dans un bureau calme, avec des gens calmes, et je fais les mêmes tâches calmes depuis toujours. Je déteste ça !

Il y eut un instant de silence.

Tournant la tête, Rosie vit une ride profonde apparaître entre les sourcils de son père. Il semblait aussi choqué qu'elle.

Même Dan, qui était un as de la conversation, semblait avoir du mal à trouver une réponse adéquate.

Rosie eut l'impression que son univers se désaxait légèrement.

— Tu détestes ton travail, maman ? Vraiment ?

— En quoi est-ce surprenant ? Tout le monde n'a pas la chance d'avoir un métier qui le passionne. Parfois, on se retrouve à faire une activité, le temps passe et, avant de s'en rendre compte, on la fait encore vingt ans plus tard.

— Je… je croyais que tu aimais ce que tu faisais.

— C'est un boulot tout à fait correct. Par certains côtés, c'était même idéal, parce que mes employeurs ont toujours été d'accord pour que je travaille à la maison quand tu étais malade, ce qui était important. C'était un choix pratique. Je ne suis pas la première femme au monde à avoir fait un choix pratique.

Un choix pratique, mais … inintéressant et déprimant.

Rosie ressentit une pointe de culpabilité.

Était-ce sa faute ? Ses visites constantes aux urgences avaient mis toute la famille sous pression. Et que sa mère ait continué à faire ce travail parce qu'il lui permettait de prendre plus facilement soin de sa fille malade ne lui avait jamais effleuré l'esprit, découvrit-elle, consternée.

— Pourquoi n'en as-tu jamais parlé ?

— Je ne crois pas qu'on m'ait jamais posé la question. Dan est le premier à le faire. Son intelligence émotionnelle est aussi développée que ses muscles.

Ils lui avaient tous posé des questions sur son travail… Pendant des années, quand elle vivait encore à la maison, elle-même lui avait demandé : « Comment s'est passé ta journée ? »

Mais qu'avait répondu sa mère ? Rosie était incapable de s'en souvenir.

Elle était sûre de ne jamais l'avoir entendue dire qu'elle détestait son métier, mais elle était peut-être passée à côté d'indices subtils. Elle avait peut-être entendu une réponse polie, qu'elle avait prise pour argent comptant. Elle n'avait pas creusé, certes, pour la bonne raison qu'elle n'avait pas imaginé une seconde que sa mère n'aimait pas son travail. Pourquoi l'aurait-elle pensé ? Quand on n'aimait pas quelque chose, on le disait. Or sa mère ne se plaignait jamais de rien. En l'absence de preuves du contraire, Rosie avait cru qu'elle aimait sa vie.

Quand elle était plus jeune, tous ses amis lui enviaient sa mère. Maggie était toujours là après l'école, prête à distribuer câlins et gourmandises faites maison. Elle ajustait son emploi du temps pour s'adapter à la moindre crise susceptible de survenir à Honeysuckle Cottage, à n'importe quel moment.

Quand Katie avait eu la grippe quelques jours avant ses examens en fac de médecine, leur mère avait pris des congés pour aller la bourrer de médicaments, la conduire sur place et revenir la chercher après. C'était elle encore qui avait dormi sur une chaise à côté de son lit quand elle se trouvait à l'hôpital, songea Rosie, elle qui l'avait encouragée depuis les tribunes quand elle faisait du sport.

Rosie n'avait en revanche jamais vu son père faire quoi que ce soit de tout ça. Et jusqu'à cet instant, elle ne s'en était pas étonnée.

Son père avait toujours été un personnage plus grand que nature, à ses yeux. Il était énergique, passionné et souvent insaisissable. Il disparaissait de leurs vies pendant des semaines, voire des mois, avant de réapparaître avec des cadeaux exotiques, des récits de tempêtes de sable et de chameaux mal élevés. Comme les téléphones portables n'existaient pas encore, elles ne recevaient en général rien de plus qu'une carte postale au cours de son absence.

Elle avait admiré les serre-livres en forme de minisphinx qu'il lui avait rapportés. Pendant ce temps-là, sa mère avait patiemment rempli le lave-linge de vêtements qui semblaient contenir plus de sable que le désert.

Leur famille s'était agrandie et réduite au rythme des allées et venues de son père, et c'était grâce à sa mère que ces transitions s'étaient effectuées en souplesse. Elle s'occupait de tout quand il n'était pas là, puis l'accueillait avec joie comme s'il n'était jamais parti.

Rosie ne se souvenait pas d'avoir entendu la moindre critique. Aucun ressentiment n'était exprimé lorsqu'il ressortait son passeport alors que sa mère leur préparait le déjeuner.

Qu'avait-il fallu pour garantir une telle souplesse ?

Des compromis.

Beaucoup de compromis de la part de sa mère et très peu de celle de son père.

Avec un pincement de honte, Rosie s'aperçut qu'elle pensait toujours à sa mère en fonction de son rôle au sein de la famille, et non en tant qu'individu. Maggie était son point de repère. La personne vers qui elle se tournait toujours en cas de problème.

Lui avait-elle déjà demandé si elle était heureuse ? Jamais. Elle était partie du principe que oui. Sa mère avait toujours été là pour elle. Elle était d'une fiabilité sans faille, quoi qu'il arrive. Mais qui était là pour Maggie ? La réponse était son père, bien sûr, sauf qu'à en juger par l'expression de ce dernier, rien n'était moins sûr. Il semblait aussi choqué qu'elle.

Avait-il déjà réfléchi aux sacrifices que Maggie avait faits pour eux ?

Rosie décida alors de ne pas accabler sa mère avec ses doutes. Elle allait veiller à ce que celle-ci passe des vacances relaxantes, parce que personne ne le méritait plus qu'elle.

— Je vous emmène directement à votre cabane, pour que vous puissiez vous installer, déclara Dan.

Il leva la main pour saluer quelques-uns des employés de l'hôtel.

— Ensuite, je demanderai à ma mère de trouver quelques vêtements à vous prêter en urgence.

Il se gara près de la cabane.

— On est arrivés. A priori, le chemin a été dégagé, mais c'est parfois verglacé, alors soyez prudents.

La cabane, construite en hauteur, était parfaitement intégrée dans l'environnement.

— On est vraiment au cœur de la forêt, commenta Maggie. On se croirait dans un conte de fées. C'est magique !

Après être sortie de la voiture, elle passa le bras sous celui de Nick pour garder l'équilibre.

— Tu sens les arbres ?

— Maman est une excellente jardinière. Elle adore les arbres, marmonna Rosie en prenant le manteau de sa mère sur la banquette arrière.

— Et les étoiles, enchaîna Maggie, la tête penchée en arrière. J'adore aussi les étoiles. Tu les vois, Nick ?

— Je les vois. Tu vas réussir à monter ces marches, Mags ?

— Pourquoi ? Tu voudrais me porter ?

Réprimant un sourire, Dan sortit la valise de Nick de la voiture.

— Nos ciels nocturnes sont de toute beauté. Quand j'étais petit, mon père et moi faisions des randonnées de nuit pour prendre des photos. On traversait la forêt et on grimpait en direction du lac.

Maggie regarda autour d'elle.

— L'air est tellement pur et les arbres… Ça sent Noël. Ce sont des douglas ?

— On a un mélange de sapins, de pins et de trembles.

— C'est l'endroit le plus romantique que j'aie jamais vu ! Tu n'as pas besoin de me trouver d'autres vêtements, Dan. Ici, on n'en a pas besoin.

Rosie la poussa vers l'escalier qui menait à la terrasse et à la porte d'entrée.

— Vous trouverez des peignoirs et des articles de toilette dans la cabane. Installez-vous, prenez vos marques, et couchez-vous tôt pour avoir une bonne nuit de sommeil. Je reviendrai vous chercher demain matin. Et je rapporterai des vêtements.

Dan fronça les sourcils.

— Mais ma mère avait…

— C'est mieux comme ça, Dan, le coupa-t-elle en lui lançant un regard lourd de sens. Mes parents sont fatigués. Je pense qu'ils ont besoin de se reposer.

Et de cuver…

— Comme ça, demain, ils seront d'attaque pour profiter de la journée.

— Merci, fit son père en s'avançant pour la serrer dans ses bras. Ne t'inquiète pas pour ta mère, Rosie. Tout va bien se passer.

Pourquoi n'arrêtaient-ils pas de dire ça ?

Est-ce qu'elle loupait quelque chose ?

Insistant pour que Dan l'attende à l'extérieur, elle souleva la valise et aida son père à guider sa mère jusqu'à la porte de la cabane.

— C'est charmant, déclara Maggie en s'arrêtant sur le seuil. Nick, tu ne trouves pas ça charmant ?

— Si.

Il la poussa doucement à l'intérieur, puis referma la porte sur l'air glacial de la nuit.

Rosie adorait les cabanes de Snowfall Lodge, en particulier celle-ci. Elles avaient toutes la même structure de base : des murs en cèdre, des poutres apparentes et des fenêtres allant du sol au plafond qui offraient des vues incroyables dans toutes les directions. Il y avait un petit étang et un ruisseau juste à côté. Des cerfs et des élans passaient souvent à proximité. C'était le summum du refuge confortable et proche de la nature.

Elle avait passé quelques nuits dans l'une d'elles, lors de son premier séjour à Aspen. À présent, elle partageait la chambre de Dan dans l'appartement des Reynolds, au dernier étage de Snowfall Lodge.

Maggie s'avança vers la grande table au fond de la pièce.

— C'est un chandelier en bois de cerf ! Est-ce que…

Elle déglutit, avant de reprendre :

— … ça vient d'un animal mort ?

Sa mère ne pouvait pas supporter l'idée qu'une bête, n'importe quelle bête, puisse être blessée.

— Non. Ils perdent naturellement leur ramure à la fin de la saison des amours, alors tu peux allumer la lumière sans que ta conscience te tourmente. La salle de bains est à droite, et la chambre en haut de l'escalier.

Elle fit faire un rapide tour du propriétaire à son père.

— Maman a besoin d'un pyjama ?

Il lui tapota l'épaule.

— Elle pourra mettre une de mes chemises. Ça ira.

— Je n'ai besoin de rien, lança sa mère depuis la chambre. Le lit est immense. Il mesure combien ? Il est encore plus grand qu'un king size ou un queen size. C'est une monarchie à lui tout seul.

Rosie recula vers la porte.

— Elle est capable de gérer ces marches ?

— Probablement pas. Je l'aiderai.

— Je crois qu'il y a une barrière de sécurité quelque part, en cas de besoin.

Elle hésita.

— Papa, est-ce que tout va bien ?

— Pourquoi ça n'irait pas ?

— Je ne sais pas. Je…

Elle haussa les épaules. Elle n'osait pas dire ce qu'elle pensait à voix haute. De toute façon, ce n'était sûrement que le fruit de son imagination.

— Peu importe. Je suis sûre que tu as raison. C'est le stress de l'avion. Le frigo doit être rempli, alors si vous avez faim…

— On va se coucher tôt et on te verra demain matin.

— D'accord.

Elle entendit sa mère fredonner une chanson à propos d'un pin solitaire et battit en retraite.

Appuyé à la rambarde de la terrasse, Dan la regarda sortir d'un air amusé.

— Tu me fais penser à une gardienne de zoo qui vient de mettre en cage un dangereux animal sauvage sans y avoir laissé des plumes. Tout va bien, à l'intérieur ?

— Oui.

Si on omettait le fait que sa mère s'apprêtait à se balader toute nue dans la cabane. Et qu'elle était apparemment très insatisfaite de sa vie.

— Je crois qu'on devrait y aller. Ta mère doit nous attendre. Il faut que je la prévienne que mes parents ne vont pas se joindre à nous.

— On n'est pas aux pièces. Je l'ai déjà appelée. Ça ne la dérange pas du tout. Tes parents n'ont besoin de rien ? Pourquoi m'as-tu empêché d'entrer ?

— Parce que je ne peux supporter qu'une certaine dose d'embarras en un jour, et là, le quota est dépassé.

— Pourquoi es-tu embarrassée ?

— Tu me poses vraiment la question ?

Elle le dépassa pour marcher vers la voiture.

— Si j'avais su que ma mère serait ivre, je ne t'aurais pas demandé de m'accompagner à l'aéroport.

— Je ne t'aurais pas laissée faire le chemin toute seule.

Elle s'arrêta et fit volte-face.

— Tu joues les machos, maintenant ?

— Non, je joue les fiancés attentionnés, répliqua-t-il en la rejoignant. Tu ne connais pas ces routes aussi bien que moi. Je suis venu ici toute ma vie, été comme hiver. Et tu as l'habitude de rouler du mauvais côté de la route.

— Là d'où je viens, ce n'est pas le mauvais côté. Et je suis une excellente conductrice.

— Tu conduis très bien, en dehors de ces moments où tu oublies de quel côté de la route tu es censée rouler.

— C'est arrivé deux fois et, dès que j'ai vu une voiture arriver sur ma file, je me suis rabattue largement à temps.

— C'est à ce moment-là que je me suis mis à boire, répliqua Dan en passant le bras autour de ses épaules. Je plaisante. Tu es une excellente conductrice, mais c'est un long trajet, plus agréable à faire quand on est deux. Et maintenant, il faut que tu te détendes. Ta mère a peur de prendre l'avion, alors elle a bu un coup. Arrête de te faire des films.

— Ce n'est pas le fait qu'elle ait bu un coup qui me choque, c'est tout ce qu'elle a révélé. Elle nous a dit, grosso modo, qu'elle détestait sa vie.

— Les gens ne disent pas toujours ce qu'ils pensent après avoir bu quelques verres.

— Parfois, ils disent exactement ce qu'ils pensent.

Sa mère avait-elle eu d'autres ambitions ?

— Elle a commencé à travailler pour cet éditeur à la fin de ses études, et elle n'a jamais arrêté. Je pensais que c'était ce qu'elle voulait. Je veux dire… si quelqu'un fait quelque chose, on doit bien en conclure que c'est délibéré, non ?

— Peut-être, même si je suis sûr que la majorité des gens n'exercent pas le métier de leurs rêves.

La neige fraîche crissait sous leurs pieds. L'air mordant sentait le feu de bois et le sapin.

— Est-ce que ta mère a toujours voulu être organisatrice de mariages ? s'enquit-elle, réconfortée par le bras de Dan autour de ses épaules.

— Non, mais avec le recul, ça semble évident. Elle a planifié sa propre fête d'anniversaire à six ans. Elle avait choisi un thème et rédigé toutes les invitations à la main.

— Comment le sais-tu ?

— Grand-tante Eunice me l'a dit. Et puis, il y a des photos. Depuis, ma mère n'a jamais cessé d'organiser des fêtes. Elle s'est occupée du mariage de quatre de ses amies.

Il se baissa pour ramasser une pomme de pin.

— Le fait de déménager de Boston pour s'installer ici de façon permanente et de créer son entreprise a été pour elle un moyen de faire le deuil de mon père, et ça s'est révélé être la meilleure des décisions. Elle aime cet endroit autant qu'elle aime son métier.

— Je vois.

La mère de Dan vivait son rêve, alors que la sienne… Rosie fronça les sourcils. Maggie avait-elle des rêves, après tout ?

— Ma mère était fille unique, murmura-t-elle, et mes grands-parents sont morts avant ma naissance, alors je n'ai pas d'anecdotes de ce genre. Tout à coup, j'ai l'impression de ne pas la connaître.

— Bien sûr que si, tu la connais ! Tu ne penses pas beaucoup à ces choses-là, c'est tout. On ne le fait jamais quand il s'agit de nos parents. À quoi occupe-t-elle son temps libre ?

— Je ne crois pas qu'elle en ait eu beaucoup quand on était petites. Depuis qu'on est parties de la maison… je l'ignore. Le cottage est assez vieux, et il faut lui consacrer beaucoup de temps. Il y a toujours quelque chose à réparer ou une pièce à décorer. Maman fait tout elle-même. Elle est douée pour ce genre de choses. Et le jardin. Elle aime son jardin.

— Eh bien, voilà ! Tu connais sa passion, tout compte fait. Tous les gens n'aiment pas leur métier, mais ça ne veut pas dire qu'ils n'ont pas de passions pendant leur temps libre.

Il lui tendit la pomme de pin, puis ouvrit la portière.

Elle resta immobile.

— Et si elle avait vraiment passé sa vie à faire un métier qu'elle n'aime pas ?

— Alors c'était sa décision. Et plutôt que de passer la nuit à cogiter sans pouvoir t'endormir, pourquoi tu n'attends pas de voir de quelle humeur elle sera demain ? Il est possible qu'elle n'ait pas pensé un mot de ce qu'elle a dit.

— Qu'est-ce qui te fait croire que je ne vais pas pouvoir m'endormir ?

— Je te connais.

— Exact. Oui, tu as raison. On se connaît.

Elle prit une inspiration.

— Et c'est vrai que je réfléchis trop. Je suis désolée d'être tendue comme ça, mais c'est la première fois que tu rencontres ma famille. Et j'aurais préféré que ce ne soit pas à un moment où ma mère était soûle et bavait allègrement sur mon père. C'était atroce.

Il éclata de rire et la prit dans ses bras.

— J'aime bien tes parents. Ta mère me fait un peu penser à toi.

— Le côté bourré ?

— Le côté ouvert et amical.

Il l'embrassa.

— Oublie tout ça. Et ne t'inquiète pas pour elle. Elle ira très bien demain matin.

Maggie

À son réveil, Maggie eut l'impression qu'un énorme chantier de construction était en cours à l'intérieur de son crâne.

Pendant un instant, elle ne parvint pas à se rappeler où elle était, ni pourquoi elle souffrait autant. Dans son dernier souvenir, ils étaient dans la salle d'embarquement. Nick lui avait tendu un verre, qu'elle avait accepté sans hésiter. Elle avait omis d'avouer qu'avant de quitter la maison elle avait déjà bu deux gin-tonics, sans beaucoup de tonic. Quant au reste du voyage, c'était le flou total.

En temps normal, elle buvait très peu. Pour ne rien arranger, elle s'était affamée pendant trois semaines, afin de mieux rentrer dans ses vêtements. La combinaison du gin et du champagne à jeun n'avait pas été une franche réussite.

Avec un grognement, elle enfouit le visage dans l'oreiller. C'était le plus doux et le plus moelleux sur lequel elle ait jamais posé la tête. La couette dans laquelle elle était lovée était aussi légère qu'un nuage. Elle ne voulait pas bouger, mais elle avait besoin d'eau. Et d'aspirine. Peut-être aussi d'un médecin et d'une admission en unité de soins intensifs.

Tout ça n'était quand même pas dû à l'alcool ? Aurait-elle attrapé la grippe dans l'avion ?

Elle avait l'impression de n'avoir plus que quelques heures à vivre.

— Bonjour.

Nick apparut sur le pas de la porte, un verre d'eau dans une main, un mug dans l'autre. L'odeur du café suffit à la convaincre de soulever la tête de l'oreiller.

Une douleur atroce l'envahit.

Il posa le mug à côté d'elle.

— Comment te sens-tu ?

— Ça t'embêterait de ne pas crier ?

Même le confort de l'oreiller ne pouvait neutraliser la migraine qui lui vrillait le crâne.

— À ce point-là ? demanda-t-il.

— Pire que ça ! Je crois que j'ai besoin d'un médecin. Et d'un notaire pour établir mon testament.

Après s'être assis au bord du lit, il lui tendit le verre d'eau.

— Tu as surtout besoin de t'hydrater, puis de grignoter quelque chose.

Elle sentit son estomac se tordre.

— Mon ventre n'a pas l'air d'approuver ce programme.

— Crois-moi, c'est ce qu'il y a de mieux à faire. Je vais te préparer ton petit déjeuner pendant que tu prends une douche.

Maggie se redressa avec précaution. Serait-elle capable de marcher jusqu'à la salle de bains ?

Elle s'aperçut alors qu'elle était nue.

Avec un glapissement d'embarras, elle remonta la couette sur ses seins.

— Pourquoi est-ce que je ne n'ai rien sur moi ?

— Tu as insisté pour dormir comme ça. Tu as dit qu'ainsi tu te sentais sexy et en harmonie avec la nature.

— *Quoi* ?

Elle ne dormait jamais nue. Elle préférait porter des pyjamas confortables qui la protégeaient de l'air froid.

— Comment suis-je arrivée jusqu'ici ?

— Je t'ai mise au lit.

— Oh ! c'est *affreux*.

Serrant le verre entre ses mains, elle but une gorgée d'eau.

Pourquoi était-elle aussi gênée à l'idée qu'il l'ait vue toute nue, alors qu'ils étaient restés ensemble pendant plus de trente ans ?

— Est-ce que j'ai… Je me rappelle qu'on a rencontré Dan.

— Oui. Et il t'a bien plu. Il t'a même beaucoup plu.

Elle le dévisagea.

— Qu'est-ce que tu insinues ?

— Rien.

— Il n'y a pas de « rien » qui tienne ! Ai-je été malpolie avec Dan ?

— Non, tu as été très… affectueuse et accueillante.

— Ça ne me rassure pas vraiment. Et en ce qui nous concerne ?

Une pensée horrible la frappa.

— Ils ont deviné qu'on allait divorcer ? J'ai dit quelque chose ? Je voulais leur montrer qu'il n'y avait aucun problème entre nous.

— Ça, tu l'as fait, c'est sûr ! commenta Nick, une lueur amusée dans les yeux.

Il enfonça la main dans sa poche et en sortit deux comprimés.

— Je me suis dit que tu en aurais besoin.

Elle les avala sans discuter.

— Je me suis comportée de façon embarrassante ?

— Je dirais plutôt *divertissante*. J'ai commandé une caisse de champagne à la mère de Dan. On se boira une bouteille tous les soirs pendant le reste du séjour.

Comment pouvait-il plaisanter là-dessus ? Et comment faisait-il pour être dans une forme pareille après ce long voyage ? Elle l'enviait. À l'évidence, il n'avait pas bu autant qu'elle.

Il portait un pull irlandais bleu marine et un pantalon de randonnée ultra-résistant qui avait survécu aux rigueurs de son métier. Quel que soit le milieu dans lequel il évoluait, il semblait toujours à son aise.

— Tu boiras tout seul, affirma-t-elle en lui tendant le verre. Je n'avalerai plus jamais une goutte d'alcool de toute ma vie.

Après quelques gorgées de café, elle se sentit un peu mieux et en profita pour observer le cadre autour d'elle. Elle se trouvait dans une cabane, une vraie cabane dans les arbres. La chambre, aménagée dans une mezzanine ouverte, surplombait le salon. Grâce aux fenêtres qui allaient du sol au plafond, les vues sur la forêt et la montagne étaient les mêmes qu'au niveau inférieur. Des pics découpés s'élevaient au loin et, tout autour d'eux, il y avait la forêt. Une multitude d'arbres se dressaient vers le ciel, leurs branches ployant sous le poids de la neige. Quand un amas de neige tomba d'une branche, Maggie crut à une avalanche.

Dans la chambre, tout était en harmonie avec le décor environnant, de la tête de lit en bois sculpté à la somptueuse literie couleur crème, drapée au pied du lit. C'était la couette douce comme de la soie qui avait dû garder son corps nu bien au chaud pendant qu'elle dormait.

— Cet endroit est incroyable !

Jetant un coup d'œil à Nick, elle s'aperçut qu'il n'avait pas si bonne mine que ça : il avait les yeux fatigués et ne s'était pas rasé.

— Où as-tu dormi ?

— Sur le canapé. Le grand luxe par rapport à certains des lieux où j'ai eu l'occasion de dormir par le passé, affirma-t-il en se relevant du lit. La salle de bains est en bas.

— Merci. Où est ma valise ?

Il se figea.

— Tu as oublié ?

— Qu'est-ce que j'ai oublié ?

— La compagnie aérienne l'a égarée.

— Quoi ? Oh non ! Les cadeaux… Mes cadeaux pour les filles se trouvaient dedans.

Et ce n'était pas tout. Elle pensa à toutes les virées shopping qu'elle avait endurées pour réussir à trouver la robe idéale pour le mariage. Elle n'était pas vraiment emballée par celle qu'elle avait achetée, mais c'était la moins pire de toutes celles qu'elle avait essayées. Et maintenant, cette robe avait disparu ! Si elle n'arrivait pas à la récupérer, elle devrait tout recommencer. Pour ne rien arranger, ce qu'elle achèterait à Aspen lui coûterait une fortune, à en croire les recherches qu'elle avait faites sur la ville.

Mais la robe n'était pas le seul problème. En dehors de sa tenue de voyage, tous ses autres vêtements étaient aussi dans cette valise. Son pull rouge préféré, qu'elle portait toujours à Noël. Son pyjama.

— Je t'ai laissé une chemise et un pull dans la salle de bains, déclara Nick. Mets ça pour l'instant, et on réfléchira à la façon de remplacer tes affaires plus tard.

— Les remplacer ? Pourquoi est-ce qu'on n'attend pas que ma valise arrive ?

Il hésita.

— J'ai appelé la compagnie aérienne il y a une heure. Pour l'instant, ils n'ont pas réussi à mettre la main dessus.

— Comment est-ce possible ? Je croyais que tout était électronique, de nos jours. Ils ne peuvent pas la localiser ?

— Quelque chose est allé de travers avec le système de suivi. On ne sait pas si, ni quand, elle arrivera.

Certaines femmes adoraient faire les magasins. Maggie avait ça en horreur. À la perspective de devoir s'y coller à nouveau, qui plus est dans un lieu inconnu comme Aspen, elle faillit se glisser à nouveau sous la couette.

— Comment suis-je censée m'habiller pour aller m'acheter des nouveaux vêtements ?

— Rosie arrive dans une minute avec des affaires qui devraient t'aller, du moins elle l'espère. Comme Dan et elle ont rendez-vous avec le fleuriste ce matin, Catherine a proposé de t'emmener faire les magasins et déjeuner avec elle.

— Catherine ? Et toi, tu viens aussi ?

Il lui adressa un demi-sourire.

— Je ne suis pas invité. Apparemment, c'est une virée entre filles.

Décidément, cette journée allait de mal en pis ! Elle n'était pas une fille. Elle ne l'était plus depuis plusieurs décennies. Et faire du shopping avec une femme aussi élégante et raffinée que Catherine n'allait pas améliorer son fragile amour-propre.

— Qu'est-ce que tu vas faire, pendant ce temps ?

— Découvrir en motoneige quelques-uns des sentiers qui s'enfoncent dans la forêt depuis Snowfall Lodge, en compagnie de l'oncle de Dan.

— Pourquoi toi, tu as droit aux activités sympas ? On peut échanger ? Une balade en motoneige m'a l'air beaucoup plus marrante qu'une virée shopping.

Il haussa un sourcil.

— Même avec ta migraine actuelle ?

Elle s'imagina rebondir sur le sol glacé.

— Peut-être pas. Mais faire les magasins n'est pas non plus recommandé quand on a mal à la tête.

Elle n'arrivait pas à trouver de prétexte pour se défiler. Et elle avait besoin de vêtements, c'était indéniable.

— Je suppose que je ne peux pas y échapper…

— Pourquoi voudrais-tu y échapper ? C'est l'occasion idéale de passer du temps avec la mère de Dan avant le mariage.

— Tu es sérieux ? Je croyais que tu me connaissais.

Il fronça les sourcils.

— Je te connais.

— Alors, comment peux-tu ne pas savoir que la dernière chose que j'aie envie de faire est de rencontrer la mère de Dan quand j'ai la gueule de bois et pas de vêtements ?

— La gueule de bois va passer, et on va te prêter des vêtements.

— Dans lesquels je n'aurai aucune allure !

— Eh bien…

Il perdit pied, avant de reprendre :

— Du moment qu'ils sont à ta taille, je suis sûr que tu seras très bien. Et depuis quand as-tu besoin de vêtements appropriés pour avoir confiance en toi ?

— Depuis que la future belle-mère de ma fille est une femme mince, élégante et parfaite.

Ses pensées s'échappaient de sa bouche sans qu'elle puisse les contrôler.

— Si tu me connaissais vraiment, tu saurais également que je suis intimidée par les gens qui réussissent ! Comment peux-tu l'ignorer, Nick ?

Elle le voyait rarement à court de mots, mais c'était le cas en ce moment.

— Mais..., commença-t-il en fourrageant dans ses cheveux. Toi aussi, tu es quelqu'un qui réussit, Mags.

— Moi ? De quelle façon ? Je ne dirige pas ma propre entreprise. Je ne suis pas un professeur d'université mondialement connu. Je n'ai pas tout recommencé à zéro après avoir perdu mon mari. Je n'ai pas réévalué ma vie après un traumatisme mineur, encore moins après un traumatisme majeur. Je ne suis pas médecin comme Katie, ni étudiante à Harvard comme Rosie. Je... je ne sais pas ce que je suis. Ou alors du genre à me traîner péniblement dans l'existence, à essuyer la poussière sur les mêmes surfaces, à faire ce que, franchement, n'importe qui pourrait faire. Et je ne suis même pas mince.

Au moment où elle crachait sa dernière phrase, elle vit une expression de panique pure dans le regard de Nick. Il avait la mine d'un homme brusquement conscient de tenir dans ses mains une substance instable et volatile.

— Il se trouve que j'aime bien ton apparence physique.

— On va divorcer, Nick. Alors tu ne dois pas l'aimer tant que ça.

Elle se laissa retomber sur les oreillers, avant de regretter d'avoir opté pour un mouvement aussi violent. Ou pour une conversation comme celle-ci. Elle ne boirait plus jamais.

— Oublie ça. Oublie tout ce que je viens de dire.

Il se frotta la nuque.

— Ça va être difficile.

— Eh bien, essaie. Et maintenant, si tu pouvais me laisser… J'aimerais prendre une douche.

Il ne bougea pas.

— Tu dis que tu es intimidée par la mère de Dan ?

— Au revoir, Nick.

— Mais tu ne l'as pas encore rencontrée. C'est un être humain, qui doit avoir des problèmes comme tout le monde.

Maggie se redressa à nouveau.

— Tu ne comprends pas, n'est-ce pas ? Je suis le genre de femme qui pousse quelqu'un comme Catherine Reynolds à lever les yeux au ciel.

— Pourquoi lèverait-elle les yeux au ciel ?

— Parce que j'ai consacré l'essentiel de ma vie à des tâches domestiques. Je couds des rideaux et je fais pousser des légumes. Je connais une centaine de façons différentes de cuisiner les carottes. Tu penses sincèrement que ça va l'impressionner ? Elle va plutôt estimer que j'ai trahi la cause féminine en n'ayant pas de carrière prestigieuse à la trajectoire ascendante.

Il battit des paupières.

— Tu ne crois pas que tu es un peu trop dure envers toi-même, là ?

— Non, pas du tout. De nos jours, les femmes sont censées être capables de tout faire, à partir du moment où elles sont concentrées sur leurs objectifs et qu'elles possèdent un super agenda organiseur.

Il laissa échapper un rire étranglé.

— Mags… Enfin… Que se passe-t-il ?

— Rien du tout. Sûrement parce que je n'ai jamais été le style de personne à posséder un agenda. Peut-être que si j'en avais eu un, j'aurais été capable de caser plus de choses dans ma vie.

— C'est ça, l'objectif ? demanda-t-il, visiblement déconcerté. En caser plus ? Tu parles de ton travail ? Je croyais que ça te plaisait de t'occuper de notre foyer. Tu as toujours affirmé que tu voulais que les filles grandissent dans un cadre familial différent du tien.

— Ça me plaisait. Et c'est toujours le cas.

Pourquoi remettait-elle soudain tout en question ? Pourquoi se sentait-elle aussi perdue… et insignifiante ? Si Catherine avait réussi à réinventer sa vie, pourquoi n'en était-elle pas capable ?

— Alors, où est le problème ? répliqua-t-il.

— Tu ne comprends pas.

— Non, c'est vrai.

Il semblait exaspéré.

— Pourquoi éprouves-tu le besoin d'impressionner la mère de Dan, de toute façon ?

— Il n'y a qu'un homme pour poser cette question.

— Au moins, attends de la rencontrer avant de porter un jugement. Tu vas peut-être l'apprécier.

Mais Catherine l'apprécierait-elle, *elle* ?

— Tu peux sortir de la chambre ?

— Pourquoi ?

— Parce que je voudrais me lever.

— Je t'ai déjà vue sans vêtements.

— Pas depuis longtemps.

— Tu n'as pas l'air d'avoir changé outre mesure.

— Ce qui a changé, c'est qu'on n'est plus ensemble.

Certes, c'était ridicule de se sentir aussi mal à l'aise, mais elle ne pouvait pas s'en empêcher. Une partie d'elle-même avait pris ses distances, afin de se préserver. Les vêtements étaient une mesure de protection, ce qui rendait encore plus regrettable le fait qu'elle n'en ait aucun pour l'instant.

Il secoua la tête, marmonna quelque chose qu'elle ne saisit pas, et qui ne devait pas être flatteur, puis tourna les talons.

Maggie attendit quelques instants. Lorsqu'elle l'entendit faire du bruit dans la cuisine, elle se glissa lentement hors du lit. Elle descendit les marches avec précaution, sans lâcher la rampe en bois courbe qui semblait avoir été sculptée dans la branche d'un arbre. Si elle n'avait pas senti ses jambes prêtes à céder sous elle, elle aurait peut-être pris le temps de l'admirer.

Quand elle entra dans la salle de bains, elle apprécia le chauffage au sol sous ses pieds nus. C'était nettement mieux qu'à Honeysuckle Cottage, où se lever en pleine nuit pour aller aux toilettes vous faisait courir un risque d'engelure.

La pièce contenait une grande baignoire et une douche hammam à l'italienne aux parois vitrées.

Lorsque Maggie émergea de la salle de bains dix minutes plus tard, elle regrettait amèrement de s'être emportée.

Emmitouflée dans un peignoir blanc, doux et moelleux, elle rejoignit Nick dans la cuisine.

— Je suppose que je ne peux pas porter ça le reste du séjour ?

— Ça risquerait d'attirer l'attention. D'un autre côté, j'ai toujours cru à l'importance d'exprimer son individualité.

Il faisait frire du bacon. Le bruit et l'odeur de la viande en train de grésiller lui firent comprendre à quel point elle avait faim.

Quand avait-elle mangé pour la dernière fois ? Dans l'avion, vraisemblablement.

Il fit glisser le bacon dans une assiette, puis y ajouta des tranches de pain au levain toastées et des œufs brouillés.

— Mange.

Après s'être assise sur le tabouret devant le plan de travail, elle saisit une fourchette.

— Je suis désolée.

— De quoi ?

— Des choses que j'ai dites. Essaie d'oublier tout ça.

— Ça ne va pas être possible, mais le reste de cette conversation va devoir attendre, parce que Rosie a envoyé un SMS indiquant qu'elle arrivait.

Elle en avait déjà beaucoup trop dit, songea Maggie en mâchant une bouchée.

— Ce bacon est délicieux.

— Il est fumé au bois d'érable dans la région, d'après l'emballage.

Elle vida son assiette, avant de s'apercevoir que Nick l'observait.

— Qu'y a-t-il ?

— Dans ce peignoir et avec tes cheveux mouillés, tu as l'air d'avoir vingt ans.

Il but une gorgée de café.

— Où sont passées les années, Mags ?

Le sens de cette question était-il littéral ? Qu'était-elle censée répondre ?

— Ne commence pas à faire ton sentimental. Avec la gueule de bois que j'ai, je ne vais pas pouvoir le gérer. Il reste des toasts ?

S'étant privée de glucides pendant trois semaines, elle avait tellement faim qu'elle était prête à manger tout ce qui lui tombait sous la main.

Il coupa quelques tranches de pain.

— La prochaine fois qu'on est seuls sans risque d'être dérangés, j'aimerais aussi parler de ce que tu as dit dans la voiture hier…

— On s'était mis d'accord pour faire semblant d'être un vrai couple. Pas de panique, je n'essayais pas de te séduire.

Était-ce possible de séduire quelqu'un avec qui on était marié depuis trente ans ?

— Je ne parlais pas de l'aspect drague.

Il posa le toast devant elle, ainsi qu'une motte de beurre crémeux et un pot de confiture de prunes maison.

— Je parlais du fait que tu n'aimes pas ton métier.

Maggie enfonça la cuillère dans la confiture. Avait-elle dit ça ? En général, elle n'évoquait pas à voix haute ce qu'elle ressentait à propos de son emploi.

— Tu devrais savoir qu'on ne peut pas se fier aux élucubrations d'une femme ivre.

— C'est ce que je pensais, jusqu'à ce que tu évoques toutes ces choses, ce matin.

— Tu ne devrais pas croire non plus aux élucubrations d'une femme qui a la gueule de bois.

— Alors, tu ne détestes pas ton métier ? demanda-t-il en se resservant du café.

Elle mordit dans son toast, mâcha, puis avala sa bouchée.

— Ça va.

— Quel enthousiasme… Si tu n'aimes pas ce que tu fais, pourquoi ne pas t'être tournée vers autre chose ?

Elle reposa le toast dans son assiette.

— Parce que c'était adapté à notre mode de vie. L'un de nous deux devait être présent pour les filles. Tu voyageais beaucoup pour ton travail. Tu n'étais pas toujours là pour les emmener à l'école, pour les réunions parents-profs et pour les trajets aux urgences au milieu de la nuit.

— Mais Rosie est partie de la maison il y a quatre ans. Si tu voulais changer, qu'est-ce qui t'en empêchait ?

Elle toucha les miettes de pain du bout de l'index. Devait-elle le lui dire ?

— J'ai posé ma candidature pour un poste un mois avant son départ.

Il la regarda fixement.

— Pourquoi ne m'en as-tu pas parlé ?

Elle haussa les épaules.

— Parce que j'avais peur que ça ne marche pas. Et ça n'a pas marché.

— Tu ne m'as même pas dit que tu cherchais autre chose. Pourquoi ?

— À ton avis ? demanda-t-elle en triturant la croûte de son toast. Je me protégeais de l'humiliation.

— On est mariés, Mags. Et je t'aime. Pourquoi ce serait humiliant de m'en parler ?

Elle décida de ne pas souligner qu'il avait dit « je t'aime », alors qu'il avait voulu dire « je t'aimais ».

— Parce que tu réussis tout ce que tu entreprends. Tu obtiens toutes les promotions et tous les postes auxquels tu postules.

— Mais…

Il semblait sidéré.

— C'était pour quel emploi ? Toujours dans l'édition ?

— Non. Pour être paysagiste.

Ça semblait ridicule, à présent. Comment avait-elle pu imaginer décrocher ce poste, sans la moindre qualification ? Pourtant, elle avait éprouvé tellement d'espoir au moment de préparer son dossier ! Elle avait créé un portfolio de photos de son jardin, ainsi que des jardins de ses amis sur lesquels elle avait travaillé. Elle était certaine de pouvoir faire ses preuves lors d'un entretien. Sauf qu'elle n'avait même pas eu droit à un entretien. Elle avait seulement reçu un mail impersonnel annonçant qu'elle n'avait pas l'expérience souhaitée.

Elle avait imprimé le mail et l'avait rangé dans son dossier. Elle n'en avait parlé à personne jusqu'à aujourd'hui.

— Je sais que tu aimes notre jardin, déclara Nick. Tu as transformé Honeysuckle Cottage. Tu te souviens quand on a emménagé ? C'était une vraie jungle.

Elle s'en souvenait. Et elle se rappelait l'enthousiasme qu'elle avait ressenti pendant la transformation progressive de cette jungle en un jardin de rêve.

— Un passe-temps ne donne pas les qualifications nécessaires pour prétendre à un emploi rémunéré.

— Très peu de personnes obtiennent un poste du premier coup. De nos jours, il faut multiplier les candidatures.

Elle repoussa son assiette.

— C'est ce que j'ai fait.

— Quoi ? Je n'arrive pas à croire que tu ne m'en aies jamais parlé !

— Il n'y avait rien à dire, répondit-elle en haussant les épaules. Je n'ai pas obtenu le moindre entretien. Je n'ai peut-être pas l'air du genre de personne qui utilise un agenda.

— Je ne savais pas que tu étais insatisfaite de ta vie.

— Je ne l'étais pas, mais ma vie a changé, Nick. Elle a changé après le départ de Rosie. J'avais besoin de faire autre chose, seulement ce n'est pas aussi facile que ça en a l'air dans les films. Ce n'est pas comme ça que ça marche dans la vraie vie.

Elle avait mal à la tête. Lequel d'entre eux avait commencé cette conversation ?

— Je n'avais pas mesuré tous les sacrifices que tu as faits, jusqu'à ce qu'on en parle hier soir dans la voiture, admit-il.

— Rester à la maison n'a pas été un sacrifice, mais un choix. J'ai adoré être présente pour nos filles.

— Mais à cause de ça, tu as un sentiment d'infériorité. Et je ne comprends pas pourquoi.

— Réfléchis un peu, Nick ! As-tu déjà lu un article faisant l'éloge d'une femme qui consacre sa vie à s'occuper de son enfant handicapé ou d'un parent atteint de la maladie d'Alzheimer ? Non, bien sûr que non. Quand les gens parlent de la réussite de quelqu'un, ils pensent argent et standing. Ils ne pensent pas au fait de pouvoir enfin prendre une douche et changer de vêtements après avoir passé deux nuits d'affilée à l'hôpital au chevet de son enfant, même si, crois-moi, *ça*, c'est un véritable exploit. On lit des articles sur les femmes gestionnaires de fonds spéculatifs qui se lèvent à 3 heures du matin pour pouvoir faire du sport, lire leurs mails et préparer un bon petit déjeuner pour leur famille, avant d'aller travailler toute la journée en ville. Elles rentrent chez elles à temps pour lire une histoire à leurs enfants, puis elles travaillent encore quelques heures, font l'amour à la perfection et dorment trois heures de sommeil paradoxal. Le lendemain, elles se réveillent et recommencent. On lit des articles sur ces mères au foyer qui comprennent soudain qu'en faisant payer les cupcakes qu'elles préparent pour les amis de leurs enfants et pour les événements scolaires elles pourraient faire fructifier leurs talents de pâtissière et monter une entreprise rentable. En parlant de ça, la femme dont j'ai lu l'histoire n'avait pas l'air d'avoir cuisiné un cupcake de sa vie… et n'en avait sûrement jamais mangé un seul. Mais on ne lit rien sur les millions de femmes normales qui ont du mal à tout gérer et n'ont pas d'agenda, parce qu'elles ne savent pas exactement ce qu'elles pourraient bien écrire dedans !

— Maggie, respire !

Après avoir pris une inspiration, elle s'aperçut que Nick la regardait comme si elle était une inconnue.

— Désolée. Je me suis un peu emballée.

— Un peu ?

— Ne t'en fais pas. Je suis légèrement à vif à cause de tous les refus que j'ai reçus, c'est tout. J'en ai un plein dossier.

— Tu as un dossier ? Où ça ?

— Peu importe. J'ai accepté le fait que prendre un nouveau départ n'était pas aussi simple que ça en avait l'air. Ou, du moins, je pensais l'avoir accepté. C'était avant de lire plein de choses sur Catherine, dont la réussite est éclatante.

Elle termina son toast, puis leva son mug.

— N'aie pas l'air aussi perturbé. Je ne fais peut-être pas un métier que j'aime, mais j'adore ma famille. La vie est toujours une affaire de compromis.

— Mais c'est toi qui as dû les faire, rétorqua-t-il d'une voix rauque. Pendant que je voyageais partout dans le monde, je t'ai laissée garder la boutique.

— Et toi, tu as raté plein de moments avec les filles. Tu n'étais pas là quand Rosie a fait ses premiers pas, ou la première fois que Katie a lu toute une page de son livre et compris que les mots étaient liés les uns aux autres. Ça a été un moment magique.

Plongée dans ses souvenirs, elle reposa son café.

— Si je pouvais revivre ma vie, je n'y changerais rien.

Sauf peut-être en ce qui concernait son emploi. Elle avait joué la prudence en choisissant de rester à un poste où ses employeurs toléraient ses obligations familiales. Elle aurait peut-être dû chercher avec un peu plus de conviction l'activité qu'elle aurait aimé mener. Mais elle n'était pas comme Nick, qui avait creusé le jardin de ses parents à cinq ans et écrit au directeur du British Museum à neuf. Elle n'avait pas de passion dévorante.

Il la regardait en fronçant les sourcils.

— Ce que tu as dit tout à l'heure… ce n'est pas vrai, je ne réussis pas tout ce que j'entreprends.

— Si, mais ce n'est pas grave. Je suis fière de toi, Nick. Je l'ai toujours été.

— Tu parles de mon travail.

— C'est plus que ton travail. C'est ta passion. C'est la chose la plus importante pour toi, tout le monde le sait.

— La famille est importante aussi. Ça, je n'ai pas réussi.

Sa voix était éraillée.

— Je n'ai pas réussi notre mariage.

Elle releva la tête pour l'observer. Il y eut un long silence.

Comme il allait se remettre à parler, Maggie le vit porter le regard par-dessus son épaule.

— Rosie arrive, murmura-t-il, elle tombe plutôt mal. On dirait qu'elle t'a apporté des vêtements.

Leur fille tombait peut-être très bien, au contraire, pensa Maggie. Car, de gênante, la conversation était devenue déroutante.

Elle en était venue à oublier le rôle qu'ils jouaient.

— Le canapé…

— J'ai rangé les couvertures, ne t'inquiète pas.

Il jeta un autre coup d'œil vers la porte.

— Mags, tu es sûre qu'on ne devrait pas…

— Oui, j'en suis sûre, l'interrompit-elle. On est ici pour un mariage, Nick. On ne parle pas de divorce à un mariage. Même la personne la plus dépourvue de sensibilité devrait être capable de voir ça.

— Est-ce que tu trouves que je suis dépourvu de sensibilité ?

— Non, mais si tu penses vraiment que c'est le bon moment de le lui dire, alors peut-être.

Elle marcha jusqu'à la porte aussi vite que sa migraine le lui permettait. Rosie était sur le seuil, raffinée et élégante avec son anorak ajusté et son jean rentré dans ses après-ski.

Maggie sentit son cœur se remplir d'amour. Pourquoi les gens ne voyaient-ils pas qu'il y avait d'autres motivations sur terre que l'argent et le standing ? Certaines personnes étaient motivées par l'amour. Elle avait fait ses choix de vie par amour.

Même maintenant, Rosie demeurait vulnérable à ses yeux. Peut-être parce qu'elle avait toujours été à ses côtés, lors des moments difficiles. C'était compliqué de voir au-delà de l'enfant qu'elle avait été. À moins que ce ne soit parce que Rosie était très ouverte à la vie et à tout ce qu'elle pouvait offrir. Sa cadette ne dressait pas de barrières pour se protéger, ce qui était à la fois positif et négatif.

Maggie ouvrit la porte, et une bouffée d'air glacial la percuta de plein fouet, lui arrachant une exclamation.

— Bonjour, ma chérie. Entre vite !

En franchissant le seuil, Rosie lui jeta un regard inquiet. Ses longs cheveux dépassaient de sous son bonnet en laine, et ses joues étaient rosies par le froid.

— Comment te sens-tu ? lui demanda aussitôt sa fille.

— Je vais bien, et je suis désolée de t'avoir embarrassée, hier. La prochaine fois que je devrai supporter un voyage en avion, j'opterai pour une anesthésie générale plutôt que pour l'alcool.

Maggie la serra dans ses bras.

— Tu me pardonnes ?

— Il n'y a rien à pardonner.

Rosie l'embrassa, puis ôta ses après-ski, éparpillant de la neige partout.

— Il a encore neigé, cette nuit. Cinq centimètres environ. Dan et Jordan sont sortis tôt ce matin pour faire les premières traces.

Comme sa mère la regardait sans comprendre, elle expliqua :

— La première descente à ski de la journée. Dans la poudreuse. Ils seront en bas avant que les hordes de touristes n'aient fini leur petit déjeuner et ne commencent à rejoindre les pistes.

Maggie ne pouvait pas imaginer qu'on préfère les pentes glacées d'une montagne à un lit chaud et douillet.

— Qui est Jordan ?

— Le meilleur ami de Dan. Ils se sont connus tout petits, quand ils venaient passer l'été ici. Jordan vit et travaille toujours dans la vallée. Il a construit sa propre maison. C'est lui qui sera le témoin de Dan.

— Il a construit une maison ? Il est dans le bâtiment ?

— Non. Mais il est bricoleur et adroit de ses mains. Il est arboriste grimpeur-élagueur. Un vrai spécialiste des arbres.

— Étant donné leur nombre, dans le coin, c'est le bon métier à avoir.

Ce serait intéressant de discuter avec un expert, songea Maggie en s'animant.

— Je me demande s'il saurait quoi faire de notre vieux pommier.

— Pose-lui la question. Jordan est incollable. Il est obsédé par la nature et la préservation de l'environnement.

Rosie embrassa son père.

— Salut, papa. Tu as bien dormi ? Est-ce que ce n'est pas le lit le plus confortable dans lequel tu aies dormi de toute ta vie ?

L'expression de Nick ne changea pas.

— C'était comme de dormir sur un nuage.

Avec un grand sourire, Rosie posa le sac qu'elle portait sur le canapé. Celui où Nick avait dormi quelques heures plus tôt.

— Est-ce que Dan veut toujours t'épouser ? s'enquit Maggie. Ou a-t-il changé d'avis après avoir rencontré ta famille ?

— Ça l'a beaucoup amusé de vous voir vous comporter comme de jeunes mariés. C'est mieux que des parents qui se disputent, non ? Catherine dit toujours qu'avoir des parents divorcés à un mariage peut être l'une des choses les plus éprouvantes qui soit.

— J'imagine…

Maggie émit un rire plus aigu qu'elle ne l'avait prévu, puis enchaîna :

— Je suis vraiment désolée qu'on ait raté le repas avec la famille de Dan. J'avais hâte d'y être.

— Tu vas passer la matinée avec Catherine, alors ce sera l'occasion de faire sa connaissance, répondit Rosie en ouvrant le sac. J'ai apporté quelques vêtements qui devraient t'aller. La tante de Dan les a laissés à Thanksgiving, parce qu'elle savait qu'elle reviendrait pour le mariage. Va les essayer. Ce n'est sûrement pas ton style, mais ça fera l'affaire jusqu'à ce que tu trouves autre chose.

Elle sortit un pull rose vif au col orné de strass qui capta les rayons du soleil.

Maggie sentit son crâne l'élancer douloureusement.

La tante de Dan était-elle danseuse de cabaret à Las Vegas ?

— Merci.

— Et un jean, poursuivit Rosie en lui tendant le pantalon. Comme tu fais la même pointure que moi, je vais te prêter ma seconde paire d'après-ski.

Maggie n'avait pas mis de jean depuis au moins vingt ans.

Elle essaya de ne pas penser aux tenues choisies avec soin qui se trouvaient dans sa valise.

— Je vais m'habiller pendant que tu discutes avec ton père.

Elle récupéra les sous-vêtements de rechange qu'elle avait eu la présence d'esprit de loger dans son bagage à main, puis disparut dans la salle de bains.

Après avoir mis le pull, elle enfila le jean. Il était trop serré mais, en rentrant le ventre, elle parvint à le fermer.

Lorsqu'elle retourna dans le salon, Rosie et Nick parlaient du mariage.

— Katie atterrit dans l'après-midi, mais Dan a un rendez-vous et j'ai une dernière séance d'essayage pour ma robe. Vous pensez que ça la dérangera, si c'est Jordan qui va la chercher ? Il l'a proposé.

— Je suis sûre qu'elle lui en sera reconnaissante, dit Maggie, même si, ces jours-ci, elle n'était plus sûre de grand-chose en ce qui concernait son aînée.

Elle avait hâte de la voir en personne.

— C'est gentil de sa part, ajouta-t-elle. Il est marié ?

Rosie lui jeta un coup d'œil.

— N'y pense même pas. Tu sais comment est Katie ? Franchement, je ne peux pas imaginer deux personnes moins bien assorties que Jordan et elle.

— Pourquoi ? Qu'est-ce qui ne va pas chez ta sœur ?

— Rien. Je l'adore. Mais tu dois bien admettre qu'elle est accro à son boulot.

— Elle a un métier important.

Katie n'avait pas tout, elle non plus, pensa Maggie avec tristesse. Elle avait son travail, mais très peu de temps pour quoi que ce soit d'autre.

— Elle est aussi une vraie citadine, poursuivit Rosie. Jordan a du mal à respirer au bout de deux heures en ville.

Sa fille recula d'un pas.

— Tu es mignonne dans ce jean.

— Il me fait l'effet d'un garrot. Mon sang a cessé de circuler dans la partie inférieure de mon corps. Et j'ai vingt ans de trop pour porter ça.

— Je te trouve superbe, protesta Rosie en lui tendant ses gants et un bonnet. Tu es prête pour ta virée shopping ? Je vais te déposer à Snowfall Lodge en descendant en ville.

Consciente de ne pas pouvoir se trouver d'excuses après sa lamentable prestation de la veille, Maggie enfila son manteau.

Peu importe ce qui arriverait, elle allait essayer de ne pas faire honte à sa fille.

Rosie se tourna vers son père.

— Dan et Jordan passeront te chercher dans une demi-heure, et on se retrouvera tous plus tard. Ils t'apporteront des vêtements d'extérieur pour te garder au sec et au chaud.

Même si elle en avait trop fait la veille, Maggie devait continuer à jouer la comédie. Elle s'approcha de Nick et l'embrassa pour lui dire au revoir. À sa grande surprise, il lui encadra le visage de ses mains et l'embrassa en retour. Au contact de sa bouche chaude et douce, Maggie sentit quelque chose se dénouer en elle.

Je suis peut-être encore un peu soûle, songea-t-elle en reculant.

Qu'était-il sur le point de lui dire, avant que leur fille n'arrive ?

Rosie leva les yeux au ciel.

— Vous deux, alors ! On a du pain sur la planche pour être à la hauteur.

Maggie marcha vers la porte sans regarder Nick.

Donnait-elle à sa fille une fausse image du mariage, en n'étant pas honnête ?

Non. Elle faisait ce qu'il fallait. C'était pour le bien de Rosie et Dan. Elle ne devait pas penser à elle.

Elle suivit sa cadette hors de la cabane. La veille au soir, elle avait observé la forêt et la voûte nocturne à travers une brume alcoolisée, mais, aujourd'hui, sa vision était nette. Le ciel était d'un bleu pur, les arbres étaient saupoudrés de neige fraîche, et l'air froid lui glaçait les joues. Tout était tellement calme et paisible. Elle s'immobilisa un instant, attentive au craquement des branches et au bruit sourd de la neige. Elle aperçut un étang gelé, entouré de conifères d'un côté et de grands trembles de l'autre.

Catherine les attendait devant Snowfall Lodge. Mince et élégante, les yeux cachés par une paire de lunettes de soleil surdimensionnée, elle était vêtue d'un jean et d'un manteau bordé de fourrure.

Maggie ne s'était pas attendue à ce qu'elle soit habillée aussi simplement. Elle se sentit aussitôt mieux, même si Catherine donnait l'impression d'avoir passé la moitié de sa vie dans une salle de sport et transformait un simple jean en vêtement de haute couture.

Au moins, elle ne portait pas d'agenda sous le bras.

Rosie fit rapidement les présentations, puis Maggie s'installa dans la voiture à côté de la future belle-mère de sa fille. Son jean la coupait presque en deux au niveau de la taille. Peut-être devrait-elle demander la permission de s'allonger sur la banquette arrière.

— Je suis désolée de vous avoir fait faux bond pour le dîner, hier soir.

— Pas de souci ! Ces vols sont épuisants.

Face à Catherine qui pétillait d'énergie, Maggie était encore plus consciente de son mal de tête et de cette sensation étrange qui, d'après Nick, était l'effet du décalage horaire.

— Je ne suis pas une mordue d'avion, murmura-t-elle.

— Moi non plus. Pendant un vol, l'alcool est mon meilleur ami.

Maggie rit. Catherine et elle avaient peut-être plus de points communs qu'elle ne le pensait.

— Est-ce que vous voyagez beaucoup ?

— C'était le cas, à une époque. À mes débuts dans le métier, je me rendais à tous les grands salons de mariage. À présent, on a tellement de recommandations grâce au bouche-à-oreille qu'on a du mal à suivre, alors je travaille surtout au niveau local. La plupart de mes fournisseurs se trouvent ici, dans la vallée. Je fais appel à un photographe qui a une galerie en ville et à un fleuriste du coin. Je collabore aussi avec une boutique nuptiale tenue par une créatrice qui a décidé qu'elle préférait nos montagnes aux paillettes de Manhattan. Elle a une robe de toute beauté pour Rosie, j'ai hâte que vous la voyiez !

— C'est très généreux de votre part de soutenir Rosie comme vous le faites.

— Je l'adore. Elle est tellement chaleureuse et naturelle. Dès l'instant où Dan nous l'a présentée, je me suis dit : *Pourvu que ce soit la bonne !* Toute la famille est ravie de ce qui se passe. Pas vous ?

Était-elle ravie ?

— Dan semble charmant, répondit-elle avec diplomatie.

Elle n'était toujours pas certaine de ce qu'elle lui avait dit la veille.

— Mais tout ça arrive un peu vite, ajouta-t-elle.

— Je sais. Quand Dan a fait sa demande, à Thanksgiving, j'ai failli pleurer.

Maggie aussi avait failli pleurer, mais probablement pas pour les mêmes raisons.

— Alors, vous aussi, vous avez été surprise ?

— Vous n'avez pas idée ! C'était déjà une réunion de famille spéciale parce que Rosie était avec nous, mais à ce point… C'était incroyablement romantique, et significatif parce que mon Dan n'est pas quelqu'un d'impulsif. Est-ce que Rosie l'est ?

Oh oui ! songea Maggie. *Elle change d'avis comme de chemise.*

— Ils ont l'air très amoureux, en effet, dit-elle au lieu de cela.

L'étaient-ils ? Elle ne s'en souvenait pas non plus, mais ça semblait être la chose à répondre.

Comment Rosie s'était-elle comportée, ce matin ? Normalement, *a priori*, même si Maggie s'était surtout concentrée sur son rôle d'épouse aimante. Et elle était mal placée pour juger, après tout. Elle n'avait pas été capable de sauver son propre mariage. Même en étant généreuse envers elle-même, elle devait assumer la responsabilité d'au moins cinquante pour cent dans cet échec.

Nick avait peut-être raison. C'était sans doute ridicule de cacher la vérité.

Il était encore temps de changer d'avis. Katie arrivait ce soir. Nick et elle pouvaient se réunir avec leurs filles pour leur expliquer la situation. Elles seraient forcément bouleversées, mais elles le seraient quel que soit le moment où ils annonceraient leur divorce. Il restait encore une semaine avant la cérémonie. Et le mariage pourrait faire diversion.

Catherine prit le chemin de la ville.

— Je ne peux pas vous dire à quel point c'est agréable que Nick et vous soyez toujours ensemble et amoureux. Quand on aura plus de temps, je vous parlerai des deux derniers mariages que j'ai organisés. Un vrai cauchemar ! Les parents de la fiancée étaient en plein divorce, et c'était loin de bien se passer. Je sais que vous avez dit à Dan que c'était comme une seconde lune de miel pour vous.

Avait-elle dit ça ?

Maggie aurait voulu s'échapper de la voiture et prendre ses jambes à son cou, mais, avec son jean, c'était mission impossible.

À part le vœu de ne plus jamais boire jusqu'à la fin de ses jours, que pouvait-elle faire d'autre ?

Pas dire la vérité à Catherine ni aux filles, en tout cas. C'était impossible.

Ce n'était pas le bon moment. Ils auraient dû le faire des mois plus tôt, au lieu d'attendre. Tout était sa faute.

— On est toujours mariés, c'est sûr, se borna-t-elle à répondre.

Ça, au moins, c'était la vérité.

— Je ne suis pas certaine qu'on puisse parler de seconde lune de miel, cependant.

— Je vois que vous êtes embarrassée, mais il n'y a pas de quoi, affirma Catherine en lui jetant un bref coup d'œil. Honnêtement ? Je vous envie.

Maggie fixa cette superwoman raffinée, pleine d'assurance, à la réussite éclatante, dont le jean ne devait pas la scier en deux.

— *Vous*, vous m'enviez, *moi* ?

— Oui. Vous avez toujours votre âme sœur. D'après Rosie, vous vous êtes rencontrés à l'université. C'était le cas aussi pour Jonny et moi.

— Je… je suis vraiment désolée.

— Moi aussi, répondit Catherine, les mains serrées sur le volant. Mais la vie se poursuit, n'est-ce pas ? On continue à marcher, même si nos pieds saignent et qu'on a du mal à tenir debout. En tout cas, ça me rend heureuse de savoir que vous continuez à apprécier votre couple. Certaines personnes ne savent pas ce qu'elles ont tant qu'elles ne l'ont pas perdu. J'aurais aimé que Jonny et moi passions plus de temps ensemble, à profiter l'un de l'autre en toute simplicité, mais on était toujours occupés et concentrés sur l'étape suivante, vous voyez ?

Maggie était une usurpatrice, et ce jean son châtiment !

— La plupart des gens oublient de profiter des petits moments de la vie quotidienne, balbutia-t-elle.

— Mais pas vous.

Catherine lui toucha le bras.

— On se connaît à peine, pourtant je vais vous le dire quand même. J'espère que vous ne trouverez pas ça bizarre. Vous êtes une source d'inspiration.

— Moi ?

— Oui, vous ! Pourquoi êtes-vous aussi surprise ? Vous avez une fille merveilleuse, ouverte, amicale, intelligente et chaleureuse. Je sais que Noël est très important pour vous, parce que Rosie m'a raconté toutes vos traditions, et à quel point vous aimez tous la période des fêtes. La plupart des femmes seraient contrariées et aigries d'être traînées loin de chez elles à ce moment de l'année, mais, au lieu de ça, vous avez décidé que ce serait une seconde lune de miel. Je veux faire mon possible pour y contribuer, alors n'hésitez pas à me dire comment je peux rendre votre séjour encore plus spécial. Des dîners aux chandelles ? C'est peut-être trop cliché. Vous pouvez en faire en Angleterre.

Catherine fronça les sourcils, avant de poursuivre :

— Une balade en raquettes, ça peut être romantique. Je vais y réfléchir, mais je vous le promets, Maggie : ça va être un Noël dont vous vous souviendrez toujours.

Maggie n'allait sûrement pas la contredire.

Comment démêler le sac de nœuds qu'elle avait créé ?

Oh ! Maggie, Maggie…

— C'est très gentil, murmura-t-elle d'une voix blanche.

Comme elle ne savait pas comment continuer la conversation, elle se concentra sur le paysage. Les montagnes s'élevaient tout autour d'elles, et la neige fraîche étincelait sous un ciel bleu dégagé.

— Je trouve fantastique que Rosie vienne d'une famille stable et aimante, reprit Catherine. Dans la moitié des mariages que j'organise, au moins deux des parents sur quatre ne se parlent pas. Laissez-moi vous dire que ça complique le plan de table ! Et les photos sont affreuses quand les gens se fusillent du regard. Le mois dernier, un couple du Texas a refusé de se tenir l'un à côté de l'autre. Les parents, bien sûr, pas les fiancés. Je n'aurais pas envie de passer Thanksgiving et Noël avec cette famille-là.

Était-ce ce qui les attendait, Nick et elle ?

Allaient-ils en venir à se haïr à petit feu ?

Ce serait peut-être plus facile s'ils se détestaient pour de bon. Au moins, ce serait compréhensible.

Les choses étant ce qu'elles étaient, elle restait souvent allongée dans l'obscurité, les yeux rivés sur le plafond, à essayer de comprendre à quel moment et pourquoi les choses avaient mal tourné. C'était un mystère qu'elle ne parvenait pas à résoudre et, étrangement, ça rendait la situation plus difficile à accepter.

— Les cérémonies ont-elles lieu dans l'hôtel ?

— Parfois. En hiver, c'est magique, parce qu'on utilise la pièce à l'arrière, qui offre un cadre intime grâce aux lumières et à la décoration. En été, les gens préfèrent souvent être dehors. On peut organiser un mariage élégant mais, si quelqu'un veut un thème plus rustique, il arrive qu'on fasse ça dans l'un des ranchs locaux.

— Rustique ?

— Oui, ils veulent souvent des animaux. J'aime les animaux, bien sûr, mais en général je préfère que les gens fassent ce qui est prévu le jour J, afin que tout se déroule bien, or nos amies les bêtes n'en font qu'à leur tête.

Maggie éclata de rire. Elle ne s'était pas attendue à ce que Catherine soit aussi drôle.

Et elle n'aurait jamais imaginé être amusée par des anecdotes de mariage, alors que le sien battait de l'aile.

— Les gens veulent des animaux à leur cérémonie ? Quel genre d'animaux ?

— Quelquefois, il s'agit d'un animal domestique bien-aimé. L'été dernier, un couple a voulu que leur chien porte les alliances.

Malheureusement, il était tellement surexcité par tout ce monde qu'il s'est enfui dans la vallée avec les bagues. On a dû improviser.

Elles approchaient de la ville. Maggie n'avait jamais rien vu d'aussi joli. Des lumières minuscules étaient fixées le long des toits et autour des fenêtres, si bien que chaque bâtiment semblait étinceler. Même les lampadaires, qui se dressaient au milieu de monticules de neige, étaient décorés de guirlandes lumineuses et de gros nœuds rouges.

— C'est joli. Festif.

— Et encore, vous n'avez pas tout vu. J'ai hâte de vous montrer le reste de la ville. On va se garer ici, puis on marchera. Ça va vous plaire. Ce n'est peut-être pas comme chez vous, mais je trouve qu'on célèbre plutôt bien Noël ici. C'est difficile de ne pas se sentir d'humeur festive quand on a toute cette neige pour s'amuser. En outre, la ville organise de nombreuses activités. On peut tout faire, que ce soit décorer une maison en pain d'épices ou assister à un concert de jazz. Les gens pensent que c'est un endroit bling-bling, mais il possède aussi un côté provincial. On est des montagnards.

Des montagnards fortunés, songea Maggie.

En sortant de la voiture, elle remarqua un grand nombre de boutiques de luxe. Vendaient-elles des vêtements pour les clients disposant d'un budget normal ?

— Comment peut-on improviser, pour les alliances ? reprit-elle.

— J'en ai une petite réserve, répondit Catherine. Et j'ai dû les utiliser plus de fois que vous ne l'imaginez. Dans cette profession, il y a toujours des défis à relever. Une des mariées avait son propre cheval et voulait qu'il soit sur les photos. Ça s'est mieux passé que ce qu'on que ce que je craignais. Le cheval était en harmonie parfaite avec la palette de couleurs. Et il y a aussi des mariages avec des lamas, bien sûr.

— Des mariages avec des lamas ?

— C'est la nouvelle tendance. D'un côté, les lamas sont des animaux assez apaisants, ce qui peut s'avérer utile, en particulier en présence de jeunes enfants. De l'autre, ils ont la mauvaise habitude de manger tout ce qui se trouve à leur portée, y compris le gâteau de mariage. Cela s'est produit, une fois.

— Ça donne quoi sur les photos ?

— On a une mariée, un marié et un couple de lamas.

— Est-ce qu'ils sont mariés, eux aussi ?

Catherine verrouilla la voiture en riant.

— Non, mais ils sont en couple. Je suis la première à admettre que c'est plus folklorique que chic mais, pour certaines personnes, ça fonctionne.

Maggie songea à l'asthme de Rosie.

— Je vous en prie, dites-moi que Rosie et Dan n'auront pas de lamas à leur mariage !

— Non. Rosie désirait quelque chose de simple.

Ça ne ressemblait pas du tout à sa fille. Elle était romantique à l'extrême. Maggie se serait attendue à une cérémonie qui sorte de l'ordinaire, justement. Pas avec des lamas, bien sûr, mais avec quelque chose de merveilleux et fantastique. Le planning serré ne le rendait peut-être pas possible.

— C'est gentil à vous de mettre ce mariage en place dans des délais aussi courts.

Elle se sentait stupide d'avoir éprouvé de la jalousie. Rosie avait de la chance de se marier avec quelqu'un issu d'une famille aussi charmante.

— Ça me fait plaisir, et je suis sincère. Il n'y a rien que j'aime tant que d'organiser un mariage. Et comme mon fils épouse la fille de ses rêves, ça devient aussi mon rêve.

Elle passa le bras sous le sien.

— Quel genre de cérémonie avez-vous eue, Nick et vous ?

Maggie sentit la douleur familière se réveiller au creux de sa poitrine.

— C'était très simple aussi. Ça s'est passé dans une petite église à Oxford. On était en petit comité, avec notamment ma meilleure amie et le plus proche ami de Nick comme témoins. On s'est mariés en hiver et il faisait glacial dans l'église, alors on a échangé nos vœux aussi vite que possible pour ne pas congeler sur place.

Ils avaient ri tout du long, avant de s'embrasser. Nick avait essayé de lui réchauffer les mains en les fourrant sous sa veste, puis avait fait des suggestions indécentes sur les différentes façons de faire monter la température.

— Ensuite, on est allés au pub avec tous les collègues de son service.

— Vos familles n'étaient pas présentes ?

— La mère de Nick était là, même si je ne me souviens pas de l'avoir vue beaucoup sourire. Il n'a jamais connu son père. Mes parents n'approuvaient pas le mariage, alors ils ont refusé de venir. À l'époque, ça m'a rendue très triste mais, avec le recul, je me dis que c'était probablement mieux ainsi. Quelques personnes de plus auraient un peu réchauffé l'église, mais je ne vois pas ce qu'elles auraient ajouté à l'ambiance.

— Pourquoi n'approuvaient-ils pas ?

— Ils nous trouvaient trop jeunes. Et la carrière de Nick les laissait perplexes. Ils pensaient qu'il était trop désinvolte, trop aventureux, et qu'il devait se chercher un vrai travail. Il est égyptologue.

— Je sais. Rosie dit qu'il est très intelligent. Elle nous a montré une vidéo d'un de ses cours sur YouTube. Elle est très fière de lui. Vos parents n'ont pas changé d'avis ?

— Ils sont morts peu de temps après notre mariage, alors ils ne l'ont connu qu'au tout début, avant qu'il ne se fasse un nom. De toute façon, ils ne saisissaient pas l'intérêt d'une carrière universitaire. Ils trouvaient que c'était frivole, que ce n'était pas un véritable métier. Ils craignaient qu'il soit incapable de subvenir à mes besoins.

— Vous ne travailliez pas ?

Elles flânèrent ensemble dans la neige et, malgré son mal de tête et ses angoisses, Maggie passait un bon moment.

Tout se passait beaucoup mieux qu'elle ne s'y attendait, si on faisait abstraction de la gêne qu'elle éprouvait à ne pas dire la vérité à Catherine.

— Si. Dans l'édition universitaire. C'est toujours le cas, d'ailleurs.

— Vous êtes très intelligents tous les deux. Rien d'étonnant à ce qu'il vous ait épousée.

Maggie ne se sentait pas vraiment intelligente, surtout quand elle était avec Nick. Elle avait tendance à écouter plutôt qu'à parler, consciente que tout ce qu'elle dirait serait ennuyeux, comparé à ses récits sur le désert. Il était un conteur-né, avec la capacité d'embellir chaque anecdote et de capter l'attention d'un public. C'était pour cette raison que ses cours en amphi faisaient toujours le plein.

— On était sur la même longueur d'onde. On voulait tous les deux avoir le genre de famille qu'on n'avait pas eue en grandissant.

— D'après Rosie, vous possédez un cottage adorable.

— Oui.

Maggie pensa à sa petite maison, qui resterait vide et obscure pendant les fêtes. Elle éprouva quelque chose qui ressemblait à de la culpabilité, avant de décider que c'était ridicule. Une maison ne pouvait pas se sentir seule. Ce qu'elle ressentait était simplement la nostalgie de tous les merveilleux Noëls qu'ils avaient passés dans le cottage.

— C'est un endroit spécial. J'espère que vous viendrez le visiter.

Elle disait ça par politesse, pas parce qu'elle pensait que ça arriverait. Comment serait-ce possible ? Elle ne vivrait plus sur place, l'année prochaine.

— Qu'est-ce que vous portiez ? demanda Catherine.

— Quand je me suis mariée ? On n'avait pas beaucoup d'argent, et mes parents ont refusé de payer pour quelque chose qu'ils estimaient être une erreur. Alors, je me suis trouvé une robe dans une boutique d'occasions et je me suis convaincue qu'elle était vintage. En parlant de ça, vous devez me dire combien vous avez dépensé pour Rosie, pour que je puisse vous rembourser.

— Non, non. Ce mariage est mon cadeau pour eux. Dites-moi… avez-vous fait exprès de perdre votre valise ?

— Pardon ?

— C'était délibéré, non ? Les bagages égarés sont une excuse fabuleuse pour faire du shopping, n'est-ce pas ?

Qu'était-elle censée répondre à ça ? Elle mentait peut-être à propos du mariage, mais elle n'allait pas mentir sur autre chose.

— Je ne suis pas une grande fan de shopping. Je ne trouve jamais rien qui me plaise et le processus est souvent intimidant.

— Alors vous allez être heureuse de m'avoir rencontrée. Le shopping, c'est mon superpouvoir, et on arrive à ma boutique préférée.

D'un coup d'œil à la vitrine, Maggie comprit qu'elle ne pourrait pas s'acheter autre chose qu'une paire de gants.

— Pas sûr que ça cadre avec mon budget.

— Ne vous en faites pas. Je leur envoie tellement de monde qu'ils me vendent les vêtements à prix coûtant.

Catherine la propulsa alors à l'intérieur, où il faisait agréablement chaud, et salua la femme qui s'approchait d'elles.

— Voici ma chère amie Maggie. C'est la mère de Rosie. Vous voyez la ressemblance ? Les mêmes yeux et la même peau magnifique. Elle a besoin d'une nouvelle garde-robe, parce que la compagnie aérienne a perdu sa valise.

Le visage de la vendeuse s'illumina, tandis que Maggie paniqua. Elle allait devoir vendre Honeysuckle Cottage rien que pour payer ces achats.

— Ma valise va peut-être arriver. Je n'ai besoin que de quelques affaires.

— Voyons ce qui attire notre regard, d'accord ?

Catherine commença à explorer les rayons avec détermination, choisissant une robe ici, un pull là. Un pantalon noir, deux chemisiers, un poncho en cachemire, un manteau à la capuche bordée de fausse fourrure retinrent également son attention. Une vraie force de la nature !

⊠ Faites-moi confiance, ça va vous aller à merveille.

Maggie ôta son jean avec beaucoup de difficulté. Elle enfila le pantalon noir et un pull ajusté à col roulé d'une couleur crème pas du tout pratique. Elle n'aurait jamais choisi ces vêtements. Elle avait tendance à porter des tuniques qui cachaient les parties de son corps qu'elle n'aimait pas. Elle essaya de repousser une robe en laine douce qui brillait légèrement, mais Catherine insista, affirmant qu'elle serait parfaite pour le repas de Noël. Son pouvoir de persuasion était tel que Maggie ne trouva pas d'arguments à lui opposer.

Avait-elle agi de la même manière avec Rosie au moment du choix de la robe de mariée ?

Maggie prit une inspiration, puis s'obligea à se regarder dans le miroir.

— Oh.

— Qu'y a-t-il ? demanda Catherine en ouvrant la porte de la cabine d'essayage. Alors là… vous êtes canon ! Ce pull est parfait.

— En général, je n'en porte pas qui soient aussi près du corps. Je suis trop grosse.

— Grosse ? Ne soyez pas ridicule. Vous êtes superbe. Mais il faudrait peut-être raccourcir vos cheveux de quelques centimètres. Ou les relever en chignon lâche…

Et, glissant les doigts dans sa chevelure, elle la tordit et l'attacha avec quelques épingles sorties de son sac.

— Ça me plaît. Mettez un peu de maquillage.

— Je n'en ai pas.

— Oh ! quel dommage. C'était dans votre valise ?

— Non. Je ne me maquille pas beaucoup. Un peu de rouge à lèvres une fois de temps en temps.

— Vous ne… ?

Catherine avait l'air stupéfaite.

— Il va falloir qu'on s'occupe de ça. Vous savez ce qu'on va faire toutes les deux, pendant votre séjour ? Une journée cocooning.

Cheveux. Ongles. Maquillage. Papotage entre filles. Peut-être un verre ou deux de champagne tout en faisant plus ample connaissance.

Maggie sentait encore les effets du champagne lui marteler le crâne.

— Je n'ai jamais fait de journée cocooning.

— Vraiment ?

Catherine parut sur le point de défaillir, mais elle se ressaisit rapidement.

— Que faites-vous pour vous dorloter ?

— Heu… je lis dans mon bain.

— Ça ne compte pas. Je n'arrive pas à croire que vous n'ayez jamais fait de journée cocooning. On va y remédier sans tarder !

Catherine lui sourit, puis lui tendit le manteau.

— Essayez-le. Votre visage sera vraiment mignon au milieu de cette fourrure.

Maggie, qui était sûre de n'avoir jamais été mignonne de sa vie, enfila le manteau.

— Qu'en dites-vous ?

— Parfait. Et il vous tiendra chaud pendant votre séjour ici. Quand vous ferez un tour en motoneige ou avec les huskies, on vous prêtera quelque chose de plus épais.

Après avoir récupéré le manteau, Catherine poursuivit :

— Vous n'avez pas besoin de beaucoup de maquillage, vous avez une peau parfaite. Vous utilisez manifestement de la crème anti-UV.

— Je travaille à l'intérieur d'un bâtiment sans fenêtres la moitié du temps, alors ça fait office de crème solaire.

— Dans ce genre de cadre, difficile d'aimer son métier. Allez, essayons encore quelques vêtements.

À chaque tenue, Catherine exprima son opinion et, c'était indéniable, elle avait le coup d'œil.

Avant de trop réfléchir, Maggie tendit sa carte de crédit à la vendeuse.

Elle n'avait jamais trouvé amusant de faire du shopping, sauf cette fois.

À moins que ce ne soit Catherine qui était amusante…

— Et pour la nuit ? demanda celle-ci. S'il s'agit d'une seconde lune de miel, il vous faudrait quelque chose d'approprié.

Elle l'étudia pendant quelques instants, puis prit un cintre sur un portant.

— Le noir ne vous irait pas au teint. Essayez-la en ivoire.

Elle lui tendit un bout de soie dont les bretelles se croisaient dans le dos.

Maggie n'avait jamais porté de nuisette sexy. La seule façon de survivre dans sa maison était d'oublier la soie au profit du coton brossé bien épais.

— Ce n'est pas pratique.

— Ce qu'on porte dans la chambre à coucher ne devrait jamais l'être !

Après avoir refermé la porte de la cabine, Maggie se déshabilla à nouveau.

Si elle achetait ça, Nick allait penser qu'elle était devenue folle.

C'était sûr, elle allait dire non.

Une fois enfilée, la nuisette lui arrivait à mi-cuisses. Maggie s'observa.

Avec ses cheveux ébouriffés et ses lèvres rouges, elle avait l'air… elle avait l'air…

— Oh là là, vous êtes super sexy ! s'exclama Catherine.

Elle avait passé la tête dans l'entrebâillement de la porte et lui souriait.

— Nick va être incapable de vous résister !

Nick n'avait aucun mal à lui résister, pensa Maggie. Sinon, il n'aurait pas déménagé. Ils n'avaient pas fait l'amour depuis… combien de temps ? Qu'elle ne s'en souvienne pas voulait tout dire.

Et s'il voyait la nuisette et en concluait qu'elle essayait de le séduire ?

Ce serait incroyablement gênant.

Elle n'avait pas besoin de nuisette sexy. Elle allait la rendre à Catherine tout de suite.

Ce serait d'un ridicule achevé de la garder.

Katie

Une fois dans l'aéroport, Katie se fraya un chemin dans la foule. Des coudes s'enfoncèrent dans ses côtes, et des cadeaux de Noël aux angles pointus lui percutèrent les jambes. En entendant un bébé hurler, elle se tourna instinctivement, avant de se rappeler que s'occuper de lui ne relevait pas de sa responsabilité. Elle n'était pas de garde. Aujourd'hui, elle n'était pas médecin, mais une voyageuse comme une autre, qui rentrait chez elle pour les fêtes. Sauf que, dans son cas, ce n'était pas chez elle. Et il s'agissait d'un congé maladie, pas de vacances.

Cette multitude de gens autour d'elle la mettait mal à l'aise et l'angoissait. Elle aurait peut-être dû prendre ces antidépresseurs, au lieu d'enfouir l'ordonnance au fond de son sac.

Devant elle, une femme poussa un cri aigu, puis s'élança vers un homme aux cheveux ébouriffés et à l'expression exaltée qui la fit tournoyer dans ses bras.

Que ressentait-on quand on avait droit à un tel accueil ?

Elle ne le saurait probablement jamais. À moins d'adopter un chat.

Devrait-elle en adopter un ?

Non. Elle avait déjà à s'occuper d'un trop grand nombre de créatures vivantes. Voulait-elle vraiment en ajouter une à la liste ?

Et que ferait l'animal pendant ses longues heures de garde ? Il ne serait sûrement même pas content de la voir à son retour. Comme Vicky, il marquerait sa réprobation face à ses choix de vie.

Resserrant sa prise sur sa valise, elle dépassa le couple. Malgré ses efforts pour ne pas écouter, elle les entendit.

« Je t'aime. »

« Moi aussi, je t'aime. »

En cet instant, leur vie semblait parfaite. Pourvu que rien de sinistre ne les attende au détour du chemin, songea-t-elle. Cette sombre pensée l'agaça.

Qu'est-ce qui n'allait pas chez elle ? Était-elle si abîmée par son métier qu'elle en avait oublié que de bonnes choses pouvaient aussi arriver ? Les gens tombaient amoureux, des bébés naissaient, des amitiés se formaient. Certaines personnes n'avaient pas besoin de passer par les urgences de toute leur vie.

Elle était assez perspicace pour savoir que sa vision du monde était déformée.

Quand on était médecin urgentiste, on observait en quelque sorte une situation de crise à travers une fenêtre. On avait un aperçu de la vie de quelqu'un, mais jamais une vue d'ensemble. Elle avait rarement l'occasion de contempler cette réalité.

Elle vit un homme d'affaires fendre la foule en parlant au téléphone comme si les gens autour de lui n'existaient pas ; un couple enlacé ; une petite fille posée en équilibre instable sur une valise.

Elle vit des sourires. Des personnes heureuses de se retrouver. Des personnes qui ne passaient pas leur temps à attendre qu'une catastrophe survienne.

En regardant trois générations d'une famille s'étreindre, elle éprouva un nouveau pincement d'envie. De l'envie et un sentiment de solitude. C'était comme si tous les habitants du monde étaient liés les uns aux autres, sauf elle.

Si Rosie avait été là pour l'accueillir, la situation aurait été différente. Mais sa sœur lui avait envoyé le témoin de son futur mari, qui devait sans doute se réjouir autant qu'elle de ce plan. Quatre heures dans une voiture à faire la conversation avec un inconnu…

Le bonheur.

Pourquoi Rosie n'était-elle pas venue ? Avait-elle vraiment une séance d'essayage ? Ou lui en voulait-elle d'avoir exprimé des doutes à propos de Dan ?

Mais si elle n'avait rien dit et que Dan finissait par rendre Rosie malheureuse, qu'aurait-elle ressenti ?

Ce trajet jusqu'à Aspen était peut-être un sursis. Quelques heures de répit avant de devoir faire bonne figure devant sa famille. Étant donné que M. Témoin ne la connaissait pas et faisait simplement son devoir, il ne percevrait pas qu'elle était plus stressée que d'habitude. En outre, qui de mieux que cet homme comme source d'information sur le fiancé ? Elle parviendrait peut-être à le convaincre de lui révéler tous les détails scabreux qu'il comptait inclure dans son discours.

Encore fallait-il qu'elle le trouve…

Comment était-elle censée le reconnaître ? Rosie, probablement distraite par les préparatifs du mariage, ne lui avait pas envoyé de description. Elle s'était contentée de dire que ce Jordan l'attendrait aux arrivées.

Il semblait y avoir un million de personnes attendant aux arrivées !

Elle jeta un coup d'œil autour d'elle pour voir si quelqu'un tenait une pancarte à son nom.

Elle finirait peut-être bien par passer Noël dans l'aéroport de Denver. Au moins, c'était plus joyeux qu'au service des urgences.

— Katie ?

La voix grave venait de derrière elle. Pivotant, elle se retrouva face à un large torse et des épaules puissantes.

Joyeux Noël, Katie.

Elle leva la tête et effleura du regard une mâchoire mal rasée, avant de croiser des yeux d'un bleu métallique.

— Bonjour, lâcha-t-elle d'une voix éraillée.

Après s'être raclé la gorge, elle réessaya :

⊠*Bonjour.* J'ai la gorge sèche. Je dois être déshydratée après le vol.

— Ça arrive. Je suis Jordan. L'ami et le témoin de Dan.

Il lui tendit la main. Quand elle la serra, elle sentit ses doigts enveloppés de force et de chaleur.

— Grande sœur et, apparemment, demoiselle d'honneur.

Ces mots lui semblaient ridicules. Il essayait probablement de l'imaginer à un mariage, songea-t-elle.

— Comment as-tu su qui j'étais ?

— J'avais une description : femme seule, cheveux sombres, stressée.

— Pardon ?

— Ta sœur m'a prévenu que tu aurais sûrement l'air fatiguée et stressée. Alors j'ai cherché une femme au teint pâle qui n'avait pas l'air ravie de rentrer à la maison pour les fêtes.

— Je ne suis pas à la maison pour les fêtes. Je suis dans le Colorado.

Accueillie par un inconnu qui avait les yeux bleus et des épaules de boxeur. Le témoin. L'homme le plus séduisant qu'elle ait vu depuis longtemps. Elle entendait la voix de Vicky dans sa tête, l'incitant à ne pas laisser passer une occasion pareille.

Elle ignora la Vicky imaginaire de la même façon qu'elle ignorait la vraie dans la vie.

— Tu ne parais pas ravie d'être ici, répéta-t-il. C'est tout ce que tu as comme bagage ?

Il tendit la main pour prendre sa valise, mais elle raffermit sa prise.

— Merci, mais je peux m'en occuper.

Il haussa un sourcil.

— Je n'en doute pas, seulement ça fait une trotte jusqu'à ma voiture, et…

— Elle a une poignée et des roulettes, et j'ai des biceps. Je devrais pouvoir m'en sortir.

Était-il un de ces types qui pensent qu'une femme a besoin d'un homme pour lui tenir la main tout au long de la journée ? Si c'était le cas, ça n'augurait rien de bon pour la semaine. S'il comptait la traiter de haut, elle n'hésiterait pas à mettre les choses au point !

Il l'étudia et, pendant un instant troublant, elle eut l'impression qu'il voyait clair en elle.

— Tu es toujours aussi prompte à te hérisser ?

— Je ne me hérisse pas.

« Katie-le-cactus. »

— Je n'ai pas besoin que tu portes ma valise, c'est tout. Et si ça menace ta virilité…

— Ma virilité va très bien, mais c'est gentil d'y penser.

— Je n'y pensais pas. Est-ce que j'ai dit que j'y pensais ?

Leurs regards restèrent accrochés quelques secondes, puis il esquissa un sourire et fit un geste vers la sortie.

— Allons-y, avant que tu ne dises quelque chose qui va t'empêcher de dormir cette nuit.

— Pourquoi je n'arriverais pas à dormir à cause de quelque chose que j'aurais dit ?

— Parce que tu es du genre à rester allongée dans le noir en bouillonnant, à regretter de ne pas avoir dit quelque chose de différent.

— Tu as tout faux.

Il avait tout bon. Pourquoi avait-elle l'impression d'un combat perdu, alors qu'il n'y avait pas eu de combat ?

— On devrait y aller, ajouta-t-elle.

— C'est bon, je peux te montrer le chemin ? Ou tu préfères que je t'indique où je suis garé pour que tu puisses trouver la voiture toute seule ? Je peux t'y rejoindre…

Elle était sur le point de riposter lorsqu'elle remarqua la lueur amusée dans ses yeux.

Au moins, il avait le sens de l'humour.

— D'après les indications de Rosie, on a au moins quatre heures de route.

— Ce sera peut-être plus long, étant donné qu'il a neigé aujourd'hui.

— Je suis désolée. Ce doit être ennuyeux.

Tout comme la nouvelle qu'elle allait être coincée avec lui pendant plus de quatre heures. Au moins, il n'était pas chétif. Il semblait capable de déblayer la neige en cas de besoin.

— Dans la région, on aime la neige, alors on est prêts à supporter quelques petits désagréments. Plus il neige, plus la saison de ski sera bonne, et c'est excellent pour l'économie locale.

Elle repensa à ce qu'elle avait lu.

— Je croyais que votre économie était maintenue à flot grâce aux boutiques de luxe et aux gens bourrés de fric qui dépensent leurs milliards dans la ville.

— C'est vrai aussi, mais la plupart de ces « gens bourrés de fric » aiment le plein air et le sport, ce qui concilie les intérêts de tout le monde. Et puis, ces gens riches me donnent du travail et me permettent de mener la vie que j'aime, alors je ne me plains pas.

Il aimait sa vie ? En ce moment, elle se sentait prête à tuer tous ceux qui aimaient leur vie.

Il désigna du doigt la porte située de l'autre côté du terminal.

— C'est par là.

Elle se mit à marcher d'un bon pas, pas parce qu'elle était particulièrement pressée, mais parce qu'elle ne connaissait pas d'autre façon d'avancer. Le temps était une denrée précieuse, qu'elle ne pouvait se permettre de gâcher.

Après avoir traversé le bâtiment, ils sortirent et débouchèrent sur une esplanade en plein air.

— Est-ce que c'est…

Les yeux plissés, elle s'immobilisa.

— … une patinoire ?

— Oui.

— Il y a une patinoire dans l'aéroport ?

— Techniquement, elle n'est pas *dedans*, mais oui.

Il haussa les épaules.

— Bienvenue dans le Colorado. Tu fais du patin à glace ?

— Pas si je peux l'éviter. Moi, je suis celle qui recolle les morceaux après les séances de patinage. À Londres, il y a deux patinoires qui ouvrent à Noël, ce qui a tendance à augmenter quelque peu notre charge de travail. Je n'ai jamais compris pourquoi les gens pensent que c'est une bonne idée de boire un verre, puis d'étaler leurs prouesses, ou plutôt leur manque de prouesses, sur la glace.

Elle observa une fille vêtue d'un manteau rouge effectuer un saut impressionnant avant d'atterrir à la perfection. À proximité, un groupe de personnes avaient entonné des chants traditionnels.

— Je n'avais encore jamais vu de patinoire dans un aéroport. C'est très *noëlesque*.

— Tu aimes Noël ? Bizarrement, ça me surprend.

— Ça me donne l'occasion de faire la grasse matinée, de trop manger, de trop boire, et de ne pas avoir à annoncer à une énième famille que leur enfant a été poignardé et qu'on n'a pas réussi à le sauver. Pourquoi je n'aimerais pas ça ?

Zut. Avait-elle vraiment prononcé ces paroles ? Elle ne le connaissait même pas.

Il allait penser qu'elle était fatiguée, sur les nerfs, et très probablement cinglée.

— Rosie a mentionné que tu travaillais au SAU, déclara-t-il d'un ton plus doux. Ce doit être stressant.

— Au... ? Ah oui, aux urgences. Ce n'est pas si mal. On s'habitue. Au bout d'un moment, ça devient un boulot comme un autre. On apprend à faire face.

— Je vois.

— Ce que je veux dire, c'est que, d'une certaine façon, on est comme une machine bien rodée.

Elle se crispa en voyant une petite fille portant une écharpe rouge et un serre-tête surmonté de bois de renne traverser la patinoire en direction de son père. D'une seconde à l'autre, la fillette allait tomber et se cogner le crâne. Elle n'était pas de garde, mais elle serait incapable de passer à côté d'une personne blessée sans rien faire.

Jordan se racla la gorge.

— On devrait y aller.

— Dans une minute…

La fillette était désormais à mi-chemin, au beau milieu de la patinoire, et de nombreuses personnes tournoyaient autour d'elle. Elle semblait tellement seule et vulnérable.

— Katie…

— Pourquoi son père ne lui tient-il pas la main ? Elle pourrait tomber et se cogner la tête.

— Une « machine », hein ?

Croisant les bras, Jordan détourna les yeux pour les poser sur l'enfant.

— Ouais, c'est tout à fait ce que je vois, dit-il avec ironie. Tu n'en as rien à faire, n'est-ce pas ? Pas la moindre émotion en vue.

Comprenant qu'il la taquinait, elle lui adressa le regard qu'elle réservait en général à Vicky quand celle-ci se montrait particulièrement agaçante.

— Prôner la prévention des accidents n'a rien à avoir avec l'émotion.

— Rien du tout, en effet. Mais cette gamine a sûrement grandi les patins aux pieds. Elle s'en sortira. Allons-y.

Jordan la dépassa au moment où la fillette arrivait de l'autre côté, aussitôt soulevée par son père débordant de fierté.

Katie se détendit.

— D'accord.

Respire, respire.

— Si tu es une machine, tu dois pouvoir couper le mode docteur. Te programmer pour te mettre hors circuit.

— J'admets que ce commutateur-là est peut-être cassé. Il se peut que mon disque système ait planté.

— Après quelques jours à la montagne, tu te sentiras mieux. L'air pur, le soleil et la neige sont le meilleur remède pour ça.

— Espérons-le.

Elle avait le pressentiment qu'il lui faudrait plus que quelques jours à la montagne pour se sentir mieux.

La voiture de Jordan était chaude et confortable. Katie se détendit sur son siège. C'était un soulagement de n'être qu'une passagère. Elle ferma les yeux, mais des images indésirables se mirent aussitôt à défiler derrière ses paupières, alors elle les rouvrit. Une partie d'elle-même avait espéré les laisser derrière elle, mais elles l'avaient manifestement accompagnée.

— Tu as dit que tu aimais ta vie, dit-elle pour chasser ces visions importunes. Qu'est-ce que tu fais ?

— Je suis arboriste, répondit Jordan en s'insérant dans le flot de véhicules. Un spécialiste de la chirurgie arboricole. Tu es médecin pour les humains, et je suis médecin pour les arbres. Ça nous fait au moins ça en commun.

Elle tourna la tête vers lui.

— Crois-moi, on n'a rien en commun.

Elle se sentit aussitôt coupable. Pourquoi était-elle aussi agressive ? Il était venu la chercher à l'aéroport, bon sang, et elle se comportait comme s'il l'avait kidnappée ! La vie semblait avoir aspiré toute sa personnalité, ne laissant qu'une coquille vide. Elle s'était peut-être vraiment transformée en machine.

— Ça fait longtemps que tu connais Dan ? s'empressa-t-elle d'ajouter.

— On s'est rencontrés à l'école de ski. J'avais dix ans et lui, huit.

— Et quel âge as-tu, maintenant ?

Il haussa un sourcil.

— J'ai le droit de te demander ton âge, moi aussi ?

— Cent trois ans.

Il se mit à rire.

— J'en ai trente. Dan a vingt-huit ans.

Six ans de plus que Rosie.

— Et vous êtes toujours amis. Alors ça doit vouloir dire qu'il est loyal, au moins.

Elle ressentit une bouffée d'anxiété pour sa sœur, qui était si douce et qui voyait toujours le bon côté des gens.

— Parle-moi de lui.

— Que veux-tu savoir ? Dan a toujours aimé faire du sport. C'est un excellent skieur, il a fait de l'aviron à la fac, et maintenant…

— Pas ça. Balance les dossiers. Drogues ? Alcool ? Tendances narcissiques ? Arrestations ? Raconte-moi tous les moments embarrassants de votre amitié.

— En général, quand on est ami avec quelqu'un, on évite de médire de lui. C'est tout le concept.

Sa voix dénotait une certaine tension, et il ajusta sa prise sur le volant.

— Tu poses ces questions à tous les hommes avec qui tu sors ?

— Non. Mais je préfère m'informer sur les petits amis de ma sœur, parce qu'elle ne voit jamais le mal chez qui que ce soit.

— Ça correspond à ce que je sais d'elle. Elle est très ouverte. Confiante. Parfaite pour lui.

Et Dan, était-il parfait pour Rosie ?

— Alors, que vas-tu dire dans ton discours ?

— Quel discours ?

— Tu es le témoin. Tu as un discours à faire, dans lequel tu vas sûrement dévoiler des histoires de week-ends déjantés avec des prostituées, non ? Une addiction au jeu ? À la cocaïne ? Le jour où tu l'as laissé enchaîné, tout nu, en haut de l'Empire State Building ?

Jordan lui jeta un bref coup d'œil.

— Si c'est un exemple de discours de témoin, tu as dû aller à des mariages plutôt intéressants.

Comme la circulation se densifiait, il ralentit.

— Quand tu as des rencards avec des hommes, tu commences par leur envoyer un questionnaire ?

— Je n'ai pas de rencards.

— Si c'est le genre de questions que tu poses, ça ne m'étonne pas.

— Je n'ai pas de rencards, parce que je n'ai pas le temps, pas parce que je ne me fais pas inviter.

— Ah ! Alors, la machine a des sentiments.

Comme il souriait, elle le fusilla du regard.

— On ne parle pas de moi. On parle de Dan.

— Non, tu m'interrogeais à propos de lui, nuance. Pourquoi n'as-tu pas posé ces questions à ta sœur ?

— Elle se croit amoureuse. Elle est incapable de réfléchir de façon objective.

— Tu ne la juges pas capable de prendre ses propres décisions ?

Katie regarda droit devant elle. Jusqu'où pouvait-elle être sincère ?

— C'est ma sœur. Je l'aime. Je veux la protéger.

— J'en suis sûr.

— Qu'est-ce que ça veut dire ?

— Tu as un petit côté rottweiler, c'est tout. Est-ce que ta sœur a besoin de protection ?

— Parfois.

Elle fronça les sourcils.

— Un *rottweiler* ? Non seulement tu dis que je suis un chien, mais en plus tu me traites de chien méchant ?

— Je compare des traits de caractère. Je fais toujours ça quand je rencontre quelqu'un. Ça m'aide à comprendre à qui j'ai affaire. Et les rottweilers ne sont pas méchants. Ce sont des chiens de travail intelligents.

Un chien de travail intelligent… Dans le fond, la description n'était pas si mauvaise.

— Si je suis un rottweiler, qu'en est-il de ma sœur ?

Il réfléchit quelques secondes.

— Un cocker anglais, peut-être.

Katie sortit son téléphone, lança une recherche, puis fit défiler les résultats.

— « Loyal, gentil et affectueux. »

Elle grimaça.

— Plutôt approprié, en effet. On dirait que tu la connais bien.

— Ou alors un labrador. C'est un animal gentil. Un excellent chien d'assistance.

Katie repensa aux nombreuses fois où Rosie avait rendu visite à leur vieille voisine quand elles étaient petites. Quel que soit ce que sa mère cuisinait, sa sœur en apportait un échantillon à Enid. Des cupcakes. Une part de tarte aux pommes tiède. C'était elle également qui avait insisté pour que la vieille dame se joigne à eux à Noël, parce que personne ne devait rester seul ce jour-là. Rosie, qui ne supportait pas de voir souffrir qui que ce soit. Rosie, qui ne voulait jamais faire de mal, ce qui était une des raisons pour lesquelles elle mettait du temps à rompre avec ses petits amis toxiques. Et elle en avait eu quelques-uns !

— Oui, elle pourrait être un labrador.

— Tu as un chien ?

— Mon mode de vie n'est pas propice à la possession d'un animal de compagnie.

— Il n'y a rien de mieux qu'un chien pour éliminer le stress. Tu devrais sans doute reconsidérer ton mode de vie.

Ces derniers temps, elle ne faisait rien d'autre.

— Je suis médecin depuis dix ans. Plus que ça, si on tient compte de mes études.

— Et alors ?

— Alors, on ne reconsidère pas quelque chose qu'on fait depuis aussi longtemps.

Serait-elle même capable de s'occuper d'un chien ? se demanda-t-elle en tournant les yeux vers la vitre. Un chien aurait besoin de repas réguliers, et la pizza ne comptait probablement pas. Et si sa sœur lui rendait visite ? Rosie était allergique au poil de chien.

— Les montagnes sont jolies. La forêt aussi. C'est là que tu travailles ?

— Je travaille là où on a besoin de moi.

— La moitié des arbres sont recouverts de neige. Ça doit être tranquille pour toi à cette époque de l'année.

Il sourit.

— Non, au contraire. Les gens veulent des sapins de Noël. Et des lumières accrochées tout autour de leurs maisons.

— Tu fais ça aussi ? Je comprends les livraisons de sapins, mais… les lumières ?

— J'ai l'habitude de travailler en hauteur et de grimper dans des conditions acrobatiques.

— Je n'aurais jamais pensé à employer quelqu'un pour installer des illuminations de Noël.

— Tu ne mets pas de décorations ? Tu n'aimes pas Noël ?

— Ce n'est pas que je n'aime pas Noël… Je n'en fais pas des tonnes, voilà tout. Il y a quelque chose à propos de ces fêtes qui rend les gens un peu idiots. On porte des pulls criards qu'on ne mettrait jamais le reste de l'année, on échange des baisers sous le gui qu'on regrette toujours…

— C'est ton cas ?

Elle aurait dû le voir venir.

— D'après moi, les choix importants comme celui de son partenaire sexuel ne devraient pas être dictés par une plante. Une plante vénéneuse, qui plus est.

— Tu vas enchaîner en disant que tu ne crois pas au Père Noël. Je vais devoir te demander de garder cette pensée-là pour toi. Ça, je ne peux pas le supporter.

— Tu savais que les gens pouvaient attraper des infections à cause des costumes de Père Noël ?

— Tu es une mine d'informations que je n'ai jamais voulu savoir !

— Il n'y a pas de quoi.

Elle avait la sensation qu'il riait. Elle était tellement fatiguée qu'elle sourit aussi.

— Écoute, ce n'est pas mon intention de te faire subir un interrogatoire, mais j'aime Rosie. Je n'ai jamais rencontré Dan. Je veux qu'elle soit heureuse, c'est tout.

— Et ça relève de ta responsabilité ?

Elle allongea les jambes. Si elle lui parlait des petits amis peu idéaux de Rosie, il comprendrait peut-être. Mais elle aurait l'impression d'être déloyale envers sa sœur. Et Jordan était du côté de Dan, pas de Rosie.

— Elle a toujours relevé de ma responsabilité.

— C'est ta petite sœur, c'est ça ? Vous avez une grosse différence d'âge ?

— Je plaisantais en disant que j'avais cent trois ans.

Il se mit à rire.

— Je vais peut-être revenir sur mon idée de rottweiler. Tu serais plutôt un terrier : fougueux et friand de disputes.

— Qu'est-ce qui te laisse penser que je suis friande de disputes ?

— Tu n'arrêtes pas d'en démarrer.

— Ça, c'est peut-être parce que tu es agaçant. Et toi, alors ? De quelle race serais-tu ?

Il réfléchit.

— Je suis quelqu'un d'énergique, qui aime la vie au grand air. Fiable, protecteur des gens que j'aime, comme toi, facile à vivre, sauf si quelqu'un dépasse la limite.

Et quelle était cette limite ? Tout le monde en avait, n'est-ce pas ? Elle avait récemment découvert les siennes.

— Alors, toi aussi, tu es un labrador.

Il fit la moue.

— Je ne suis pas si facile à vivre que ça. Un berger allemand, plutot.

La route serpentait au fond d'une étroite vallée. D'immenses parois de granit et de calcaire d'un gris argenté s'élevaient de part et d'autre, austères et souvent trop abruptes pour retenir la neige. Quelques plaques blanches s'accrochaient aux sections les moins vertigineuses et recouvraient les arbres.

— C'est un endroit impressionnant.

— Bienvenue à Glenwood Canyon.

— J'ai du mal à imaginer comment ils ont réussi à construire cette route à travers la montagne.

— Il a fallu un compromis entre les ingénieurs et les écologistes. C'est l'une des principales routes à traverser les Rocheuses. Là, c'est le fleuve Colorado.

C'était spectaculaire.

Katie observa par la vitre les falaises escarpées du canyon. Il y avait quelque chose d'apaisant à être dans une voiture bien chauffée, tout en admirant les montagnes enneigées à l'extérieur. Sa vie lui paraissait distante, trop lointaine pour être autre chose qu'une légère source d'inquiétude. Pour une fois, elle n'avait pas de responsabilités, et personne ne s'en remettait à son jugement. Jordan était un bon conducteur, qui roulait avec assurance, sans frimer néanmoins. Non pas qu'elle ait l'intention de le lui dire. Elle soupçonnait qu'il était le genre d'homme à savoir ce qu'il valait.

— Cette route est-elle parfois bloquée, en hiver ?

— Il peut se présenter des passages délicats. Il y a une aire de repos un peu plus loin, à Grizzly Creek. On va y faire une courte pause. Tu as faim ?

Elle se rendit compte que oui.

Après avoir avalé un en-cas à la hâte, elle accompagna Jordan sur la rive du fleuve. Les doigts serrés autour de la boisson qu'il lui avait achetée, elle regarda autour d'elle. L'air était sec et froid entre les murailles rocheuses qui encadraient le Colorado. De la neige s'amassait sur les anfractuosités de la roche, et l'eau bouillonnait autour des plaques de glace.

— Brrr, elle doit être sacrément froide.

— Glaciale, répondit-il, bien campé sur ses jambes. Dan et moi, on passait nos étés à faire du rafting sur ce fleuve. En aval, il y a les rapides de Shoshone : Tombstone, The Wall et Maneater.

— « Pierre tombale », « Le Mur » et « Cannibale »... C'est marrant, ça. Aucun de ces noms ne me donne envie d'aller faire une descente en eau vive. Je me demande bien pourquoi.

— Reviens en été, et je t'emmènerai. Je pense que ça te plairait.

— J'ai l'air sportive ?

— Non, tu as l'air tendue. Il se trouve que se cramponner au bord d'un raft pendant qu'on se fait secouer dans tous les sens, au milieu d'un paysage à couper le souffle, est une excellente façon de tout oublier sauf l'instant présent.

— Je vais devoir te croire sur parole.

— Tu passes à côté d'une sacrée décharge d'adrénaline. C'est le grand frisson.

Elle but une gorgée de café. La chaleur de la boisson passait du gobelet à ses doigts. Londres, avec son ciel gris et sa pluie, semblait bien lointaine. Pour la première fois depuis longtemps, Katie se sentait à moitié humaine.

— Merci, mais je préfère chercher le grand frisson ailleurs.

Jordan termina son café.

— Tu ne devrais pas avoir peur de l'aventure.

— Qui te dit que j'ai peur ?

— Tu m'as cuisiné à propos de Dan, ce qui signifie que tu es du genre à tout vouloir sécuriser, avant de t'engager dans quelque chose. Tu ne te fies pas à ton instinct.

— Je ne peux rien vérifier concernant Dan, puisque je ne l'ai jamais rencontré.

— Exactement, répliqua-t-il en jetant son gobelet à la poubelle. Mais tu présumes qu'il a un passé gênant à cacher. Et ce n'est même pas toi qui l'épouses. Es-tu toujours à ce point sur tes gardes ?

— Je ne suis pas sur mes gardes.

— Non ? Quand as-tu fait quelque chose de risqué pour la dernière fois ?

Consulter le Dr Braithwaite lui avait fait peur et, ces derniers temps, elle appréhendait d'aller au travail.

— On devrait y aller. Ma famille m'attend.

Il l'étudia un moment.

— Bien sûr. Si c'est ce que tu veux.

Ils retournèrent à la voiture et reprirent la route en silence.

En arrivant dans une ville appelée Glenwood Springs, Jordan suivit les panneaux indiquant « Aspen ».

Katie avait dû s'assoupir. Quand elle rouvrit les yeux, ils descendaient une allée enneigée en direction d'une bâtisse brillamment illuminée.

— C'est joli.

— Bienvenue à Snowfall Lodge !

— C'est là ?

Elle contempla le toit en pente bordé de petites lumières. Chaque fenêtre donnait sur une terrasse dotée de ce qui semblait être un arbre de Noël. Elle sentit son moral remonter pour la première fois depuis des semaines. Dans un endroit pareil, même elle devrait être en mesure de guérir.

— C'est charmant.

— C'est un chouette endroit. Mais tu ne séjournes pas ici. Tu vas loger dans une des cabanes dans les arbres, au milieu de la forêt.

Oh… C'était comme d'apercevoir le paradis, puis de s'entendre dire que le billet n'était pas valide pour cet arrêt.

Ces derniers temps, ses émotions étaient sens dessus dessous, mais elle fut la première surprise par l'ampleur de sa déception.

Elle ne voulait pas loger dans une cabane dans les arbres. Elle voulait rester dans cet endroit luxueux, avec ses lumières étincelantes et son aura de conte de fées. Snowfall Lodge était tellement aux antipodes de sa vie quotidienne que cet hôtel ressemblait au nirvana. Elle souhaitait se fondre dans sa chaleur accueillante et profiter du feu de cheminée qu'elle apercevait à travers les portes vitrées. Mais, apparemment, ce n'était pas au programme.

Adieu, spa. Adieu, massages et piscine thermale. Adieu, tout espoir de guérison.

— Une cabane dans les arbres, répéta-t-elle, luttant pour garder un ton léger. Avec des araignées. Génial. Ça fait très Hitchcock.

— Ce n'est pas si mal une fois qu'on y est, même si je dois admettre que monter à la corde n'a rien d'une sinécure. Comment vont tes muscles, toubib ?

Elle n'en avait pas.

— Il faut monter à la corde ?

— Comment grimperais-tu dans l'arbre, sinon ? Et ne t'en fais pas pour les araignées. Elles sont grosses, mais pas venimeuses. En général, ce qui dérange le plus les clients, c'est le mal des transports. Mais comme tu es médecin, tu dois avoir tous les médicaments nécessaires.

— Le mal des transports ?

— La cabane est construite dans un arbre. Quand il y a du vent, les branches bougent, et la cabane se balance à leur rythme.

Il se concentra sur la route bordée de congères.

— La plupart des gens s'attachent au lit pour ne pas tomber pendant la nuit, ajouta-t-il. C'est le même principe que les turbulences en avion.

Pendant son vol, elle avait été malade au moment des turbulences. Elle n'avait jamais pu faire de balançoire dans le parc quand elle était petite. Elle voulut lui demander de faire demi-tour. Tout cela était au-dessus de ses forces.

— Tu es sûr qu'il n'y a pas de chambre libre à Snowfall Lodge ?

— Ils ont réservé cet endroit rien que pour toi.

Le karma. Ils avaient dû pressentir qu'elle était venue pour perturber le mariage plutôt que pour le célébrer.

Et Jordan ne lui témoignait pas la moindre compassion.

— Écoute, je ne crois vraiment pas pouvoir…, commença-t-elle.

— On est arrivés.

— Là-bas, dit-il en se garant. Lève les yeux.

Elle obéit à contrecœur, se préparant au pire. Influencée par la description de Jordan, elle imaginait une structure branlante, tenant à grands renforts de toiles d'araignée, avec peut-être une vieille femme ratatinée sur le seuil, prête à l'accueillir.

La réalité était tellement éloignée de l'idée qu'elle s'en était faite qu'elle mit un certain temps à retrouver l'usage de la parole.

La cabane n'était pas construite au milieu des branches, même si son architecture en donnait l'impression au premier coup d'œil. Elle était perchée sur une pente, entourée de grands arbres dont les branches ployaient sous le poids de la neige. La maisonnette à un étage se fondait dans la forêt, comme si elle y avait poussé avec le reste de la végétation.

Un magnifique escalier en bois menait à la porte d'entrée.

— Pas de corde, marmonna-t-elle.

En voyant le léger sourire de Jordan, elle se sentit stupide.

— Je te déteste.

— Je ne pensais pas que tu me prendrais au sérieux.

— J'ai tout gobé, oui !

— Tu étais tellement crispée que j'ai pensé que ça te ferait du bien de rire.

— J'ai l'air de rire ?

Il la regarda longuement.

— Non, et c'est bien dommage, parce que je suis prêt à parier que tu es mignonne quand tu ris.

Quelque chose remua en elle. Quelque chose qui la mit encore plus mal à l'aise qu'elle ne l'était déjà.

— Pour ta gouverne, j'envisage vraiment de te tuer.

— Ce qui t'obligerait à passer Noël derrière les barreaux, et cet endroit est beaucoup plus confortable, répliqua-t-il d'un air décontracté. On est plus dans l'hédonisme que dans l'horreur, tu ne trouves pas ? Ces cabanes font partie des logements les plus recherchés, dans le coin. La plupart de nous autres pauvres mortels ne pouvons même pas nous permettre d'y passer une nuit.

— C'est clair, je vais vraiment devoir te tuer.

Elle hésita.

— Est-ce que les cabanes se balancent quand il y a du vent ?

— Elles sont solides comme le roc. Ça, je peux te le garantir, parce que j'ai participé à leur construction.

— Toi ?

Elle arracha son regard de l'édifice pour observer le profil de Jordan.

— Je croyais que tu étais arboriste ?

— Je travaille aussi le bois.

— Je vais dormir à six mètres au-dessus du sol dans une cahute que tu as construite ? Si je tombe, je te colle un procès.

Elle éprouvait en réalité un immense soulagement. L'endroit était idyllique. C'était comme son petit coin de forêt à elle. Les fenêtres étaient illuminées, ce qui donnait une nuance chaleureuse au bois. Un grand sapin de Noël était visible à travers l'une des baies vitrées. La neige recouvrait la rambarde de la terrasse.

Son niveau de stress, coincé en zone rouge depuis des mois, baissa enfin. Ce léger rééquilibrage lui donna de l'espoir. Si elle ne parvenait pas à se détendre et à se reposer dans cet endroit charmant, presque surnaturel, elle n'y arriverait nulle part. Elle avait l'impression d'être à des millions de kilomètres des rues bondées de Londres et de sa maison exiguë. À des millions de kilomètres de sa vraie vie.

Jordan désigna un chemin qui serpentait dans la forêt, éclairé par des lumières suspendues aux arbres.

— On doit encore marcher un peu. Il y a un pont au-dessus de la rivière, qui peut être verglacé. Il faudra que tu fasses attention.

Une épaisse couche de neige gommait les contours du paysage. Le monde paraissait meilleur sous la neige, songea Katie. Plus doux. Moins âpre.

— Ça ira.

En voyant sa sœur apparaître à la fenêtre, elle agita la main.

Rosie serait-elle contrariée de devoir passer les premières nuits avec elle ? Katie s'était servie de Noël comme prétexte – « Noël, c'est notre moment ensemble » – mais, à vrai dire, elle voulait rester seule avec sa sœur pour tenter de comprendre ce qui avait motivé cette décision très impulsive. Et si Rosie et Dan se mariaient vraiment (que le ciel leur vienne en aide), ça n'allait pas les tuer de passer quelques nuits l'un sans l'autre, n'est-ce pas ?

Ayant ainsi muselé sa culpabilité, elle sortit de la voiture. Elle sentit aussitôt le froid pénétrer ses vêtements. Elle avait toujours détesté l'hiver, mais elle comprenait à présent qu'elle détestait surtout l'hiver londonien, avec ces longues journées maussades qui plongeaient tout le monde dans la mélancolie. Elle avait horreur de la pluie qui détrempait les chaussures et transformait une fille toute pimpante en rat mouillé. Ici, c'était différent. L'air était sec et vivifiant. Au-dessus d'elle, un million d'étoiles brillaient dans le ciel. C'était l'hiver tel qu'elle l'avait toujours imaginé. Non pas sombre, humide et déprimant, mais léger, brillant et tonifiant.

Prenant une inspiration, elle savoura les délicieuses odeurs. Une note de feu de bois. Le parfum des sapins. Ça lui rappelait les Noëls de son enfance, quand leur mère les emmenait, Rosie et elle, choisir un arbre. Elles se disputaient à propos de la taille, puis le rapportaient à la maison. Elles décoraient ses branches luxuriantes et piquantes avec les décorations rangées d'année en année dans un carton spécial. Il y avait l'étoile qu'elle avait faite, l'année où Rosie était née. L'ange aux ailes de guingois que Rosie avait fabriqué à l'hôpital, le Noël où elle avait fait une grosse crise d'asthme. Et puis, des colifichets étranges et merveilleux que leur père rapportait de ses voyages ⊠ un chameau décoré de strass qui étincelait sous les lumières, des boules en verre soufflé achetées dans un bazar au Caire.

Il n'y aurait pas d'étoile cette année. Pas de sapin orné de souvenirs.

Katie cilla. Ça ne lui ressemblait pas d'être aussi émotive. D'une minute à l'autre, elle allait se mettre à pleurer sur l'épaule de Jordan. Elle imaginait déjà ce qu'il en conclurait.

— Merci pour le trajet, Jordan.

— Tu vas me pardonner de t'avoir taquinée ?

— Dans un siècle ou deux.

— Content de voir que tu as un peu d'humour, fit-il en sortant la valise du coffre. Je vais la porter là-haut.

— J'ai déjà prouvé que je pouvais le faire moi-même. Et comme je n'ai pas à monter à la corde avec…

Elle lui jeta un regard noir

— … je devrais pouvoir m'en sortir.

En toute sincérité, elle redoutait de la porter, parce qu'elle avait toujours mal à l'épaule. Cela dit, il lui restait une main tout à fait valide, et elle préférait se disloquer les deux épaules plutôt que de lui demander de l'aide.

— Le pont risque d'être verglacé. Ils le dégagent tous les jours, mais parfois…

— Ne me dis rien… Un troll est susceptible de jaillir de l'eau pour me dévorer, c'est ça ? Je vais me débrouiller.

Un flot de lumière éclaira soudain les alentours. Levant les yeux, Katie vit Rosie dans l'embrasure de la porte. Sa sœur portait un épais pull en laine, un jean skinny et de grosses chaussettes. Katie éprouva aussitôt une bouffée d'amour si puissante qu'elle en eut le souffle coupé. Chaque fois qu'elle revoyait Rosie après une longue période de séparation, elle repensait à la petite fille qu'elle avait vue grandir. Affectueuse. Confiante.

— Merci, Jordan. On se reverra au mariage.

Elle n'était pas fâchée de le quitter. Elle avait ressenti plus d'émotions coincée dans une voiture avec lui pendant cinq heures qu'au cours des cinq derniers mois.

— Je vais t'aider à traverser le pont.

Elle sentit la colère l'envahir.

— Parce que je suis une femme ? Parce que tu penses que mon ADN me rend moins capable de marcher que toi ? Laisse-moi te dire que je suis sortie majeure de promotion de la meilleure fac de médecine de Londres ! Je fais vingt mille pas en moyenne par jour, quand c'est calme, et je réussis à rester debout à chacun d'entre eux.

— Je te crois, mais tu n'as peut-être pas les bonnes...

— Les bonnes quoi ? Je t'assure que j'ai tout ce qu'il faut.

Alors qu'elle commençait à traîner sa valise sur la neige, elle s'aperçut que ce n'était pas aussi facile qu'elle le pensait. Pour commencer, la surface n'était pas lisse. Le chemin avait été déblayé plus tôt dans la journée, c'était évident, mais une autre couche de neige était tombée depuis, et elle était verglacée. Au moins, la rivière était gelée, alors si elle tombait, elle ne se noierait pas.

Tout en tirant sur son bagage, elle se mit à transpirer. Dire qu'il y avait aussi cet escalier en colimaçon charmant, mais effrayant, à affronter avant d'arriver à la porte d'entrée... Pour ne rien arranger, Jordan l'observait. Autrement dit, si elle s'effondrait, sa fierté en prendrait un coup, autant que ses os.

Pourquoi ne partait-il pas ?

Quand elle parvint au pont, elle sentit ses pieds commencer à glisser. Elle chercha à se retenir à la rampe, mais la neige accumulée dessus l'en empêcha. Ses jambes se dérobèrent sous elle. Elle se demandait si Jordan était du genre à lancer « Je te l'avais bien dit » quand des bras puissants la rattrapèrent et la stabilisèrent.

— Je voulais juste te dire que tu n'avais pas les bonnes chaussures. Tu es fâchée contre moi, j'ai bien compris, mais laisse-moi t'aider maintenant, et garde la colère pour plus tard.

Il lui parlait à l'oreille d'une voix calme et profonde. Elle aurait dû se sentir en sécurité, pourtant ce n'était pas le cas. Elle n'avait jamais requis l'aide de qui que ce soit, et elle ne voulait pas commencer maintenant, même pour affronter une piste glacée. Elle avait besoin de se prouver qu'elle était restée la même personne. Compétente. Indépendante.

— J'ai fait exprès de glisser, pour te donner une chance de voler à mon secours et d'être fier de toi.

Comme elle était plaquée contre son torse musclé, elle le sentit rire.

— Je savais bien qu'il y avait un sens de l'humour enfoui quelque part en toi. Et tu as raison. Si je n'ai pas sauvé au moins dix arbres et cinq demoiselles en détresse pendant ma journée de travail, je ne peux pas dormir la nuit.

Elle était agacée d'être réconfortée par sa robustesse.

— Tu trouves que j'ai l'air en détresse ?

— Oui, même si je doute que ce soit lié au verglas. Ce dont je ne doute pas, en revanche, c'est que tu m'en voudras de l'avoir remarqué.

Sa voix s'adoucit comme il ajoutait :

— Lâche la valise et passe les bras autour de mon cou, Katie.

La façon qu'il eut de prononcer son prénom lui fit courir des frissons le long du dos.

— Je ne vais pas mettre les bras autour de ton cou, ni maintenant ni plus tard, sauf si c'est pour t'étrangler.

— Dans ce cas…

Il la lâcha. Ses pieds glissèrent aussitôt, et elle se retint au manteau de Jordan.

— Oh ! bon sang…

Il la fixa, les yeux brillants.

— Il n'y a pas de mal à accepter un peu d'aide de temps en temps.

Le Dr Braithwaite, de la médecine du travail, lui avait dit la même chose.

— Je n'ai pas besoin d'aide.

— Tu as des intentions romantiques ?

— Pardon ?

— Il doit y avoir une raison pour que tu sois accrochée à mon manteau comme ça, alors… Si ce n'est pas parce que tu as besoin d'aide, c'est sûrement parce que tu es sur le point de m'embrasser. Ou peut-être parce que tu attends que je t'embrasse.

— Je ne suis pas du genre à attendre, monsieur l'arboriste ! Si je voulais t'embrasser, je l'aurais déjà fait.

Comment réagirait-il, d'ailleurs ? Et pourquoi avait-elle ce genre de pensées ? La frustration, sûrement. Ça faisait presque six mois qu'elle n'avait pas embrassé un homme, et l'attirance qu'elle avait alors éprouvée pour ce dernier n'avait pas été aussi puissante que celle que Jordan exerçait sur elle.

— J'ai besoin de me retenir à un objet solide, c'est tout.

Elle poussa une exclamation lorsqu'il la souleva et la plaça sur son épaule.

— Qu'est-ce que tu fais ? !

— Je t'apporte l'aide que tu ne veux pas demander. En tant que témoin, mon devoir est de veiller sur le fiancé. Si la sœur de la future mariée se casse les deux jambes, ça va retarder le mariage. Et puis, je ne veux pas que mon meilleur ami soit menacé d'un procès.

— Je te déteste !

— Je sais.

Il ne la reposa pas pour autant.

Alors qu'elle lui bourrait le dos de coups de poing, elle entendit sa sœur rire.

Pour ajouter à son humiliation, Jordan souleva la valise de sa main libre sans effort apparent.

— C'est inconfortable, grommela-t-elle. Tu vas me faire éclater la rate.

Il l'ignora et continua à marcher, ses boots faisant craquer la surface de la neige.

— Et voilà !

Il la reposa doucement par terre.

— Pas d'os cassés, rate intacte, sale caractère bien en place et bouche toujours prête à mordre.

Ils étaient arrivés au pied de l'escalier qui menait à la terrasse.

— Il n'y a aucun problème avec ma bouche, riposta-t-elle.

Il la dévisagea un long moment, et les coins de ses lèvres se relevèrent.

— Enfin une chose sur laquelle on est d'accord.

Elle fut tellement sidérée qu'elle en resta muette.

Avec un grand sourire, il reprit la valise et monta les marches comme si elle ne pesait rien.

Elle l'entendit rire et murmurer quelques mots à Rosie, puis il se retrouva à nouveau devant elle.

Avant qu'elle puisse bouger, il se pencha et lui effleura la joue de ses lèvres.

— Admets-le, toubib. J'ébranle ton monde.

— Mon monde n'a pas bougé d'un pouce. Pas le moindre frémissement !

Il baissa les yeux sur sa bouche et la fixa avec une telle intensité que Katie cessa de respirer. Si l'un de ses patients avait affiché les mêmes symptômes qu'elle, elle aurait appelé l'équipe de réanimation. Elle aurait enfoncé le bouton rouge en criant : « Vite, j'ai besoin d'aide ici ! »

Elle ne dit rien.

Il ne dit rien.

Puis il releva les yeux jusqu'aux siens, et un courant électrique sembla les relier, manquant de la jeter à terre. Son monde n'était pas tant ébranlé que secoué au plus haut point. Ça n'avait aucun sens. Elle était très douée pour repousser les hommes. Jordan devrait déjà être en train de reculer. Il aurait dû lui adresser le même regard glacial en retour, tout en décidant qu'elle n'était vraiment pas son genre. Il n'aurait pas dû la regarder comme il la regardait. Comme s'il voulait… comme si…

Dans un délicieux état de transe, elle releva la tête. Sa bouche s'approcha de celle de Jordan, comme si elle était attirée par une force invisible. Ses yeux commencèrent à se fermer.

Et puis, au moment où elle pensait que son cœur allait jaillir de sa poitrine, Jordan déclara :

— Profite bien de ta sœur. Tu devrais demander à Dan d'examiner ton épaule pendant que tu es là. Je ne sais pas comment tu t'es blessée, mais il se débrouille bien en kiné sportive.

Ces mots la ramenèrent à la réalité. Elle ouvrit les yeux, mais il n'était plus devant elle.

Quoi ? Où ?

Hébétée, elle pivota et le suivit du regard tandis qu'il retournait à la voiture. Que venait-il de se passer ? Était-elle malade ? se demanda-t-elle en pressant la paume sur son front. Il lui fallait prendre sa température, et peut-être aussi faire des analyses sanguines. Un scanner. Elle était forcément malade, non ? Il n'y avait pas d'autre explication à ses étranges symptômes.

Ressaisis-toi, Katie.

Elle continua à fixer Jordan, frustrée par chacune de ses enjambées pleines d'assurance. Comment avait-il su pour son épaule ? *Vas-y, glisse sur la glace, nom d'un chien !*

— Pas même un frémissement sur l'échelle de Richter ! lança-t-elle d'une voix forte. Et j'aurais pu traverser le pont sans toi. Je m'en serais très bien sortie.

La dernière chose qu'elle entendit avant qu'il ne s'installe au volant fut son rire.

Il était odieux.

Elle espérait bien ne jamais le revoir.

Elle reprit l'ascension des marches avec précaution, pas parce qu'elle avait peur de glisser, mais parce que ses jambes semblaient avoir oublié leur fonction.

Et maintenant, un autre problème se profilait à l'horizon : que devait-elle faire à propos de sa sœur ? Sa sœur la rêveuse, la romantique, l'entremetteuse… Si elle observait le sang de Rosie au microscope, elle était sûre d'y voir des globules rouges en forme de petits cœurs.

— Dépêche-toi, je laisse filer toute la chaleur ! lui cria Rosie depuis le seuil de la cabane. Tu en mets, du temps !

Tout en montant, Katie contempla la terrasse qui faisait le tour de la cabane. Rosie n'avait pas pu voir ce qui s'était passé en contrebas. Grâce à la terrasse panoramique, ils s'étaient tenus à l'abri des regards indiscrets.

— J'arrive !

Elle gravit péniblement les dernières marches.

— Où est ma petite sœur chérie ?

Dès qu'elle arriva en haut de l'escalier, Katie se retrouva enveloppée dans une étreinte enthousiaste. Rosie la serra tellement fort qu'elle crut que ses côtes allaient se fêler. Lorsqu'elle ouvrit la bouche pour protester, elle aspira une mèche des cheveux de sa sœur.

— Coucou ! Moi aussi, je suis contente de te voir. Aïe… Waouh, quel accueil !

Elle écarta les cheveux de ses lèvres, puis tenta de s'extraire des bras de Rosie.

— Tu t'es mise à la muscu ou quoi ? Tu as failli m'étouffer.

— Je suis vraiment heureuse de te voir, c'est tout. Et bien sûr que je fais du sport. Mon fiancé est un fanatique. Pas question de tirer au flanc ! Entre, viens voir ta nouvelle maison. Et dis-moi ce que tu as pensé de Jordan. Je n'arrive pas à croire que tu l'aies laissé te porter !

— Je n'ai pas vraiment eu le choix.

— Il est mignon, hein ?

Katie traîna sa valise à l'intérieur.

— J'aurais plutôt dit *agaçant*.

Tout en essayant de ne pas penser à lui, elle balaya la pièce du regard. Un énorme arbre se dressait vers le plafond cathédrale. De minuscules lumières brillaient dans les branches et les décorations étincelaient. Pour rester en accord avec le thème de la forêt, les ornements du sapin étaient des feuilles délicates, des petits oiseaux et des papillons. Leurs couleurs passaient d'un perle iridescent à un argenté chatoyant selon la lumière. Katie en resta bouche bée d'admiration.

— Eh bien, c'est sûr que le sapin artificiel que j'ai acheté sur Internet ne soutient pas la comparaison !

— Tu as acheté un sapin artificiel ? Mais pourquoi ?

— Parce que, les vrais, on les tue.

Et elle n'avait pas voulu une autre mort sur la conscience.

— On dirait que ça a été fait par un décorateur d'intérieur, ajouta-t-elle.

— C'est l'œuvre de Catherine. Elle conçoit un arbre pour chaque cabane, et six pour les espaces communs dans Snowfall Lodge.

— Elle est douée.

L'arbre était parfait, mais Katie éprouva quand même un pincement au cœur en pensant aux décorations qui ornaient généralement leur sapin familial. Elles n'étaient peut-être pas parfaites, mais chacune d'entre elles avait une histoire.

— La mère de Dan a pris aussi en charge l'organisation du mariage, n'est-ce pas ?

— Oui, mais ce n'est pas plus mal. Je n'aurais pas été capable de tout faire moi-même.

Catherine était-elle envahissante ? se demanda Katie en jetant un coup d'œil par la fenêtre. Rosie était tellement gentille qu'elle n'oserait pas dire à qui que ce soit de se mêler de ses affaires.

La neige tombait régulièrement, chaque flocon suivant l'autre en une lente pirouette.

— On se croirait à l'intérieur d'une boule à neige.

— Ce n'est pas fabuleux ? s'écria Rosie. Je vivrais ici pour toujours, si je le pouvais. J'envie Jordan.

Katie ne voulait pas penser à lui. Elle ne voulait surtout pas penser à ce moment gênant où elle avait tendu les lèvres dans le vide.

Elle se pencha pour retirer ses bottes.

— Comment te sens-tu ? murmura-t-elle.

— À propos de quoi ?

— Du mariage. Tu as changé d'avis ? Parce que tu peux toujours…

— Non ! s'exclama Rosie avec un regard noir. Arrête. Je suis heureuse, Katie. J'aime Dan. J'espère que tu l'aimeras, toi aussi.

— J'en suis sûre, mais ne perdons pas une seconde de plus à faire des hypothèses. Où est-il ?

— Tu le rencontreras en temps voulu.

Katie aurait préféré le rencontrer tout de suite. Le mariage avait lieu dans moins d'une semaine, le temps pressait. Plus le grand jour approchait, plus ce serait difficile de mettre fin à ce cirque. Elle le savait, Rosie n'annulerait pas tout à la dernière minute. Sa sœur était du genre à agir comme prévu et à se marier pour ne blesser personne. Mais, pour l'instant, ce serait contre-productif d'insister. *En douceur, Katie, en douceur.*

— Et à part ça, comment ça va ? Maman a survécu au vol ?

— Elle a eu un peu d'aide.

— Tu parles de papa ?

— Non, d'alcool. Elle était bourrée à la sortie de l'avion, tu imagines ?

Rosie se laissa tomber sur le canapé et allongea les jambes devant elle.

— Elle en était tellement gênante que j'ai failli ouvrir la portière pour la pousser sur le bas-côté.

— Pourquoi gênante ? Dan était désapprobateur ? Contrarié ?

— Dan n'était pas contrarié. *Moi*, je l'étais. Personne n'a envie que sa mère soit soûle la première fois qu'elle rencontre son fiancé.

— Pourquoi ? Tu avais peur qu'il te largue s'il pensait que ta mère avait un problème d'alcool ?

Leur mère n'était peut-être pas ivre du tout. Elle avait peut-être joué la comédie pour tester la force de caractère de son futur gendre.

Non, ce n'était pas son genre. Et Rosie avait hérité de sa bonté d'âme.

— Je n'avais pas peur que Dan me largue. Ça ne va pas la tête ? s'exclama Rosie.

Ses joues s'empourprèrent, et elle contracta les mâchoires.

— Ça ne t'a pas traversé l'esprit que cette relation était peut-être la meilleure chose qui me soit jamais arrivée ?

— Non, mais je ne pense pas de cette manière. C'est toi, la romantique de la famille. Moi, je suis la sœur pragmatique, tu te rappelles ?

Elle s'avança vers la cheminée pour se réchauffer les mains. Elle se sentait glacée, aussi bien à l'intérieur qu'à l'extérieur.

— Plutôt la sœur pessimiste, répliqua Rosie. Pourquoi penses-tu toujours que tout va mal tourner ? La vie a aussi ses bons côtés, Katie.

Elle ressentit une pointe de culpabilité. Elle ne voulait surtout pas se fâcher avec sa sœur.

— Je suis désolée.

Contrite, elle se tourna vers Rosie.

— Je suis fatiguée, grincheuse, et ces dernières semaines ont été difficiles.

— Oh non !

Rosie se leva, aussitôt préoccupée.

— À cause de moi ?

— Non, pas à cause de toi. Crois-le ou pas, ma puce, toute ma vie ne tourne pas autour de toi.

— Alors pourquoi as-tu eu des semaines difficiles ? Raconte-moi.

Comprenant qu'elle s'était fait prendre à son propre piège, Katie botta en touche.

— C'était la folie, à l'hôpital. Ne t'en fais pas pour ça.

— Tu en es sûre ? Parce que je peux tout entendre, tu sais.

Elles avaient toujours été très proches. Cela dit, Katie était consciente que leur relation différait de celle qu'elle avait avec Vicky ou ses autres amies. Un aspect maternel teintait les sentiments qu'elle éprouvait pour Rosie. Au sein de leur relation, elle était celle sur qui l'autre se reposait, pas l'inverse. Elle n'avait jamais partagé ses propres problèmes avec sa sœur, et elle n'allait pas commencer maintenant. C'était elle la plus forte des deux.

— Rien de particulier à signaler, répondit-elle. Je vais bien.

— En tout cas, tu es en vacances maintenant, alors tu peux arrêter d'être un médecin.

Elle avait cessé de l'être depuis au moins un mois, même si Rosie l'ignorait.

— Docteur un jour, docteur toujours, prétendit-elle néanmoins. Tu as ton inhalateur ?

— Oui. Je ne suis pas stupide. Je n'ai pas fait de crise depuis des siècles, alors tu peux arrêter de t'inquiéter pour moi.

Ça, ça n'arrivera jamais.

Elle pencha la tête en arrière et contempla le plafond élevé de la cabane.

— Alors… où est Dan ? Quand vais-je rencontrer l'homme qui a fait tourner la tête de ma petite sœur ?

Elle voulait l'examiner de près. Elle n'aurait pas été contre observer quelques-unes de ses cellules sous un vrai microscope. Elle pouvait peut-être lui arracher un cheveu, ou prélever une petite partie de lui pour la faire analyser par un labo.

— Demain.

— Pourquoi pas maintenant ?

— Il est à l'hôtel, en train de faire de la paperasse. Ça fait quatorze heures que tu voyages. Et tu as dit que tu voulais qu'on passe la soirée entre sœurs.

— C'est vrai, mais on se rattrapera plus tard. Appelle-le. Dis-lui de nous rejoindre. Le temps qu'il arrive, je me serai douchée et j'aurai repris figure humaine.

Rosie la dévisageait comme si elle avait deux têtes.

— Je pensais que tu voudrais aller te coucher. J'allais suggérer du vin et du fromage, et puis, hop, au lit.

— Vin et fromage, j'approuve. Le sommeil peut attendre. J'aimerais rencontrer Dan.

L'heure tournait.

— Et papa et maman ? Où sont-ils ?

— Maman a passé l'essentiel de sa journée à faire du shopping avec Catherine. Elles ont déjeuné en ville, et là, les parents passent une soirée tranquille tous les deux. Ils ont présumé que tu te coucherais tôt, alors on se retrouve tous demain matin à Snowfall Lodge pour un petit déjeuner en famille. On planifiera les détails de la cérémonie.

La seule chose que Katie planifiait était d'empêcher ce mariage.

— Du shopping ? Ça ne ressemble pas à maman.

D'abord, sa sœur annonçait qu'elle se mariait et, à présent, sa mère faisait les magasins ? C'était à n'y rien comprendre.

— La compagnie aérienne a perdu sa valise, expliqua Rosie. Si tu tiens vraiment à rencontrer Dan ce soir, je vais lui demander de venir.

Le téléphone à la main, Rosie marqua soudain un temps d'arrêt.

— Tu ne comptes tout de même pas le harceler de questions ?

— Moi ? s'exclama Katie en prenant une mine innocente. Qu'est-ce qui te fait penser ça ?

— L'expérience. Tu te rappelles la fois où tu as fait fuir Anton ?

— Anton ?

Katie fouilla dans sa mémoire.

— Un type maigrichon, qui étudiait la géographie ? Je n'ai fait que lui poser quelques questions pointues.

— Assez pointues pour qu'il décide de me larguer !

Katie ressentit une pointe de culpabilité.

— C'était ma faute ?

— Oui. Et, au fait, à l'époque, il était bouleversé par le divorce de ses parents. C'est justement pour cette raison qu'on s'est rapprochés. Je l'ai trouvé en train de pleurer à la bibliothèque. Je l'ai invité dans ma chambre et je lui ai offert du thé.

— Ensuite, il a commencé à faire une fixation sur toi, et tu n'as pas voulu le peiner en lui disant que tu n'étais pas intéressée. Car tu n'étais pas intéressée, n'est-ce pas ?

Rosie devint écarlate.

— Pas énormément.

— D'accord. Donc, tu es sortie avec lui seulement parce qu'il te faisait pitié.

— Je ne formulerais pas ça comme ça, mais c'est vrai qu'il n'était pas mon âme sœur. J'avais dix-huit ans. J'ai beaucoup appris depuis.

Sur les dangers d'une histoire d'amour précipitée ? Apparemment pas.

— Tu ne prends pas toujours les meilleures décisions en matière de petits amis. Alors je t'aide.

— Tu n'as jamais envisagé que les mauvais choix que j'ai faits m'ont peut-être aidée à faire les bons, cette fois-ci ? J'aime Dan, Katie. Sois gentille avec lui. Évite ton numéro de rottweiler avec lui.

Ça faisait deux fois au cours de la même journée qu'elle se faisait traiter de rottweiler. Si ça arrivait encore, elle allait finir par mordre quelqu'un, se dit Katie.

— Je suis toujours gentille, riposta-t-elle. Sauf si un homme abandonne ma sœur dans une boîte louche au milieu de la nuit. Ça, je l'admets, ça fait ressortir mon côté violent.

Pendant que Rosie appelait Dan, Katie fit le tour du salon et s'arrêta près de la bibliothèque.

Elle ne voulait pas écouter la conversation, mais c'était impossible.

— Oui, elle est ici, entendit-elle Rosie murmurer d'une voix douce. Oui, des pizzas, c'est bien. Bonne idée. Non, elle n'est pas trop fatiguée.

Katie choisit un livre sur l'escalade.

— Je t'aime.

Voilà. Ces mots qu'elle n'avait jamais dits à quiconque et ne dirait probablement jamais.

Après avoir remis le livre en place, elle se tourna vers sa sœur lorsque celle-ci raccrocha.

— Où est la douche ?

Elle suivit Rosie dans une salle de bains luxueuse pourvue d'une baignoire îlot avec vue sur la forêt.

— Et si quelqu'un passe ?

— Il n'y aura personne. C'est une propriété privée. Avec un peu de chance, tu apercevras peut-être un élan.

— Hmm.

Katie la poussa hors de la pièce, se déshabilla et entra dans la douche. Elle s'attendait à une salle de bains rudimentaire, pour une cabane dans les bois. Elle s'était préparée à devoir supporter un mince filet d'eau, probablement froid. Au lieu de ça, elle fut inondée par de puissants jets d'eau chaude. Elle resta immobile un instant, laissant la chaleur couler sur elle et pénétrer sa peau. Elle finit par se laver les cheveux, puis émergea à contrecœur du nuage de vapeur qui s'était formé.

Attrapant deux serviettes moelleuses sur le sèche-serviettes, elle enroula ses cheveux dans l'une et son corps dans l'autre.

Après avoir essuyé le miroir, elle se tourna pour observer son épaule. Les cicatrices étaient visibles. Si elle sortait ainsi, elle s'attirerait des questions auxquelles elle ne voulait pas répondre. Elle attrapa alors l'un des peignoirs suspendus derrière la porte.

Une fois bien couverte, elle sortit dans le couloir.

— Rosie ?

— Je suis dans ta chambre, répondit sa sœur en émergeant de la pièce voisine. Ici. C'est celle que j'ai choisie pour toi. Elle donne sur la forêt. L'autre est sur la mezzanine. Elle est splendide, mais celle-ci est plus intime.

C'était somptueux. Les couvertures vertes qui frôlaient le sol donnaient l'impression d'être plongé dans la forêt. Katie regarda le lit, regrettant de ne pas pouvoir s'affaler dessus.

Pourquoi avait-elle insisté pour rencontrer Dan ce soir ?

— C'est magnifique !

Rosie fit quelques pas vers elle et la serra à nouveau dans ses bras.

— Je suis si contente que tu sois là. Je suis désolée d'avoir chamboulé Noël.

Sa vie entière était chamboulée, pas seulement Noël, songea Katie. Au lieu de cela, elle dit :

— Toute la famille est réunie. Qu'est-ce qu'il nous faut de plus ?

Sa sœur la lâcha.

— Toutes ces années à nous poster à la fenêtre de Honeysuckle Cottage et à attendre qu'il neige pour pouvoir construire un bonhomme… Et maintenant, enfin, on a un Noël blanc, avec toute la poudreuse dont on a besoin.

— Si tu suggères ce que je crois, la réponse est non. Je suis trop vieille pour faire un bonhomme de neige.

— Et une bataille de boules de neige ?

— Carrément trop vieille pour ça.

— Une rando avec des huskies ? Une balade à raquettes ?

— Les raquettes, peut-être. Il y a un sèche-cheveux ici ?

Rosie lui en passa un, ainsi qu'une grosse paire de chaussettes gris crème.

— Ça, c'est un cadeau de Noël en avance. Elles sont géniales pour garder les pieds au chaud quand on est à l'intérieur. Rejoins-moi dans le salon quand tu auras fini. Dan et Jordan seront là dans une dizaine de minutes.

— Attends… Tu as dit Dan *et* Jordan ? Pourquoi Jordan vient-il ?

— Parce que Dan et lui passaient la soirée ensemble, à régler certaines choses, quand j'ai appelé. De toute façon, c'est le témoin de Dan. Il faut que tu apprennes aussi à le connaître.

— J'ai passé cinq heures en voiture avec lui. Je sais tout ce que j'ai besoin de savoir. Je pensais qu'on ne serait que tous les trois. Je veux faire connaissance avec Dan.

— On en apprend beaucoup sur quelqu'un en côtoyant ses amis. Jordan et lui sont amis depuis tout petits. Dépêche-toi de t'habiller, si tu ne veux pas qu'ils te voient en petite tenue.

Katie attendit que Rosie quitte la chambre pour ouvrir sa valise. Elle en sortit des sous-vêtements, un jean propre et un pull blanc duveteux. Malgré la neige qui tombait dehors, la cabane était confortable et d'une température agréable grâce au chauffage au sol.

Une fois habillée, elle se sécha les cheveux.

Jordan.

Voilà qui était ennuyeux.

Après avoir enfilé les grosses chaussettes que Rosie lui avait offertes, elle retourna dans le salon et observa l'élégant sapin de Noël.

— Même en un million d'années, je n'arriverais jamais à faire qu'un arbre soit aussi parfait. Toutes les décorations sont assorties.

— Je sais, dit Rosie. Pas comme le nôtre à la maison. Maman utilise encore l'ange que j'ai fait quand j'avais six ans. Et il y a ce drôle de truc pailleté que tu as fabriqué.

— C'est une étoile.

Elle toucha les branches et huma l'odeur du sapin, qui suffisait à elle seule à évoquer Noël. Elle lui rappelait les rires et les journées paisibles à ouvrir les cadeaux devant la cheminée. La famille. À l'évocation du passé, elle eut un pincement au cœur. Tout avait-il été plus simple, à l'époque ? Ou était-ce de la nostalgie ?

Rosie leur versa du vin rouge.

— Papa et maman se comportent de façon un peu étrange, murmura Rosie.

Katie prit son verre et but une gorgée. Si elle buvait trop, elle allait s'endormir sur le canapé.

— Comment ça ? Maman déteste l'avion. C'était sûrement l'alcool. Il ne faut jamais sous-estimer la manière dont ça modifie la personnalité de quelqu'un. On le constate en permanence, à l'hôpital.

— Tu les as trouvés comment, la dernière fois que tu les as vus ?

Katie but une autre gorgée.

— Je ne suis pas rentrée à la maison depuis un bout de temps.

Encore un élément à ajouter à la liste de ses échecs.

— Mais maman vient à Londres déjeuner avec toi.

— Pas depuis notre grande réunion de famille pour te dire au revoir, cet été.

Rosie reposa son verre.

— Tu n'as pas revu nos parents depuis cet été ?

— Je travaille beaucoup. On avait prévu quelque chose en octobre, mais…

— Quoi ?

Katie sentit son cœur se mettre à battre plus fort. Elle se rappelait les mains de l'homme sur elle, en train de lui serrer la gorge. La douleur dans sa voix à lui, celle dans son épaule à elle.

— J'étais trop occupée. J'ai annulé.

Elle n'avait pas réussi à raconter à qui que ce soit ce qui s'était passé. À présent, elle se sentait coupable. Elle aurait dû trouver du temps pour ses parents. Non seulement elle était un mauvais médecin, mais elle n'assurait pas non plus en tant que fille.

— Tu savais que maman détestait son travail ? demanda Rosie.

— Quoi ? Qui t'a dit ça ?

— Maman l'a dit à Dan. Elle a annoncé ça d'un ton détaché, comme si on était tous censés le savoir. J'ai toujours cru qu'elle aimait son métier, pas toi ?

— Je… je n'y ai jamais réfléchi.

Quand elle était petite, sa mère avait toujours été là quand elle rentrait de l'école, prête à lui fournir tout ce dont elle avait besoin : un repas fait maison, de l'aide pour ses devoirs ou juste une oreille attentive. Pour ce qui était de son père, il allait et venait, mais Maggie avait toujours été une constante.

— Tu es sûre que ce n'était pas dû à l'alcool ?

— Elle l'a peut-être dit à cause de l'alcool, mais ça ne signifie pas que ce n'est pas vrai.

— Je ne m'inquiéterais pas, à ta place. Le vol l'a sûrement fait réfléchir sur le sens de sa vie.

— Je déteste l'idée que maman est peut-être malheureuse à son travail.

— Si ça la rendait malheureuse à ce point, elle partirait.

Vraiment ? Elle-même ne s'épanouissait pas dans son métier, pourtant elle n'avait pas démissionné. En pratique, ce n'était pas si facile que ça de quitter quelque chose qu'on avait fait toute sa vie d'adulte.

Rosie marcha jusqu'à la fenêtre.

— Ils sont là. Avec deux grands cartons de pizza.

Le visage illuminé d'un grand sourire, elle agita la main avec frénésie.

— Ça ne fait que quelques heures, mais j'ai l'impression que je ne l'ai pas vu depuis une éternité. C'est complètement nunuche, hein ?

— Mais non, ce n'est pas nunuche.

C'était effrayant.

— J'ai hâte de le rencontrer, dit-elle à la place.

Elle entendit des rires masculins, le bruit de lourdes bottes, puis Rosie ouvrit la porte. Il y eut un courant d'air froid, et sa sœur se jeta sur un homme brun de grande taille, aux épaules saupoudrées de neige.

Katie attendit gauchement pendant qu'ils s'embrassaient.

Ses yeux croisèrent ceux de Jordan.

Il soutint son regard un instant, avant de lui tendre les pizzas. Il se déchaussa et suspendit son manteau. Avec une ébauche de sourire, il lança :

— Bonsoir, docteur Glaçon.

— Sympa, répliqua-t-elle en souriant aimablement.

Elle le dépassa pour s'approcher de l'homme qui enlaçait sa sœur.

— Salut.

Elle tendit la main qui ne tenait pas les pizzas.

— Je suis la grande sœur intimidante.

Dan se dégagea de l'étreinte enthousiaste de Rosie, puis lui serra la main.

— Ravi de faire enfin ta connaissance.

Il allait peut-être changer d'avis lorsqu'elle lui aurait posé les questions qu'elle avait en tête.

— Et si on faisait connaissance en mangeant ? suggéra-t-elle. Ça sent bon, et je meurs de faim.

— On va chercher des assiettes.

Rosie attrapa Dan par la main et l'entraîna vers la cuisine. Au milieu des rires et des tintements de vaisselle, Katie patienta, mal à l'aise, aux côtés de Jordan.

Il se pencha vers elle.

— Ils sont mignons, pas vrai ?

Elle grinça des dents.

— Adorables.

— Regardez-vous, tous les deux, à vous faire des messes basses comme si vous vous connaissiez depuis toujours ! s'exclama Rosie.

Elle posa des assiettes et des serviettes en papier sur le plan de travail.

— Mangeons tant que c'est chaud. Ils ont un four à pizza dans les cuisines de Snowfall Lodge.

Rosie poussa une boîte vers elle.

— C'est la meilleure pizza que tu mangeras de ta vie. Et avant que tu ne me houspilles à propos de mon régime, j'en mange rarement.

Katie se glissa sur un tabouret. Tout en se servant une part, elle commença :

— Alors, Dan… dis-moi tout. Je veux tout savoir sur toi, et sur ta rencontre avec Rosie.

Jordan lui lança un regard acéré. Elle sourit, avant de mordre à pleines dents dans sa pizza. Elle était une rottweiler, non ?

— Tu veux la version censurée ou la version non censurée ? demanda Dan en leur versant de l'eau.

Rosie poussa un grognement.

— Ne dis pas ce genre de choses à ma sœur.

— Les versions censurées sont pour les parents, répliqua Katie.

Elle mâcha sa bouchée. Le fromage était fondant et onctueux. Le bon goût de la tomate se mariait à merveille avec l'origan. Rosie avait raison : cette pizza était délicieuse.

— Tout ce que je sais, c'est que tu es coach sportif.

— C'est exact. Je venais de terminer une séance avec un client quand j'ai aperçu Rosie.

Katie haussa les sourcils.

— Ma sœur ? Dans une salle de sport ?

Rosie rougit.

— Je venais d'arriver à Boston. J'étais décidée à prendre de bonnes habitudes.

Dan se servit une part.

— J'ai vu qu'elle se débattait avec un appareil, alors j'ai traversé la salle pour l'aider. On a commencé à parler. Elle voulait un programme de fitness, mais n'était pas sûre que ça vaille la peine de dépenser de l'argent pour ça, alors qu'elle pouvait courir dans le parc. Ensuite, elle m'a raconté à quel point ça avait été dur pendant son enfance de garder son asthme sous contrôle. Elle m'a dit combien c'était important pour elle d'être en bonne condition physique et de continuer à s'entraîner.

Prenant une serviette, il poursuivit :

— Elle m'a aussi avoué qu'elle avait du mal à se motiver pour faire du sport. Dès le début, j'ai aimé sa façon d'être ouverte et confiante.

Katie se figea. Des alarmes s'étaient déclenchées dans sa tête.

— Eh oui, c'est ma sœur. Elle est comme ça avec tout le monde, du facteur à la personne derrière elle dans la file d'attente au supermarché.

— Je ne suis pas comme ça avec tout le monde, protesta Rosie en lui lançant un regard sévère.

— Tu penses que le monde entier est bon et que tous les gens sont dignes de confiance.

— *Non*, mais je ne pense pas non plus qu'ils soient affreux. En général, on peut leur faire confiance.

— Pas dans mon expérience.

Elle voulait ajouter « pas dans la tienne non plus », mais y renonça. Avec une remarque de ce genre, elle risquait de se faire éjecter de la table. Pas par Dan, qui semblait remarquablement détendu, mais par Jordan, qui la fixait avec attention, la bouche pincée. Si elle disait quelque chose de travers, il n'hésiterait sûrement pas à la charger à nouveau sur son épaule. La prochaine fois, elle le frapperait dans les reins.

— Rosie m'a dit que tu travaillais aux urgences, déclara Dan d'un ton amical. Ça ne doit pas être facile.

Des mains autour de sa gorge. Le bruit du verre brisé. *« Putain, tu te prends pour un médecin ? Je vais te tuer, salope ! »* Tout appétit envolé, Katie reposa sa part de pizza.

— Ce n'est pas facile, en effet.

— Rosie est très fière de toi, pas vrai, mon cœur ? fit Dan en prenant la main de Rosie dans la sienne.

Fascinée, Katie regarda son pouce caresser doucement la paume de sa sœur.

Le regard qu'ils échangèrent était si tendre, si intime, que Katie se sentit soudain de trop.

— Tiens, fit Jordan en lui resservant du vin. Bois.

Elle se demanda s'il était aussi mal à l'aise qu'elle.

— J'ai déjà bu un verre.

— Eh bien, bois-en un autre. Ça te détendra peut-être un peu.

— Je suis détendue.

Il haussa un sourcil.

— Comment es-tu quand tu es tendue ?

— Effrayante.

Elle se racla la gorge. Rosie et Dan s'écartèrent aussitôt l'un de l'autre.

— Donc, Rosie t'a dit qu'elle était une vraie mollassonne, et tu l'as vue comme un bon moyen de développer ta clientèle.

Jordan plissa les yeux, mais Rosie éclata de rire et regarda Dan avec adoration.

— Il n'a pas besoin de plus de clients ! Il a déjà une liste d'attente.

— Et pourtant te voilà toute musclée. Apparemment, tu as réussi à te placer en tête de file.

Première erreur. Ce n'était pas très professionnel de la part de Dan d'avoir fait passer sa sœur avant tout le monde.

— Les clients qui ont des soucis médicaux sont prioritaires à mes yeux, déclara Dan. Je savais que je pouvais l'aider. L'important, c'est de trouver ce qui motive les gens. C'est la partie la plus passionnante de mon travail.

— Et c'était tellement génial de faire ça avec lui, affirma Rosie. Tu sais à quel point je déteste l'exercice. Je préfère largement rester allongée sur le canapé à manger des donuts et à regarder des films, mais Dan a rendu tout ça amusant. Il m'a donné envie d'être en meilleure forme. Ces séances sont devenues le moment de la journée que j'attendais avec impatience. On parlait de tout.

Rosie s'empara de la main de Dan.

— Tu te souviens de ce jour où on a fait une séance tardive ? Et où on a discuté tellement longtemps que la salle s'était vidée et les lumières s'étaient éteintes ?

Dan sourit.

— Je m'en souviens.

Ces deux-là n'arrêtaient pas de se toucher. Comment arrivaient-ils à accomplir quoi que ce soit ? s'interrogea Katie en terminant sa part de pizza.

— Comment es-tu rentrée chez toi, après cette séance tardive ?

Rosie eut l'air perplexe.

— Dan m'a raccompagnée.

— Oh. D'accord.

Au moins, il avait veillé à la ramener chez elle saine et sauve. Rien à redire là-dessus.

— Qu'est-ce qui t'a d'abord attiré chez Rosie, Dan ?

Sa sœur avala de travers.

— C'est quoi, cette question ?

— Une question indiscrète, renchérit Jordan.

Pour un homme qui disait mener une vie au grand air pleine de sérénité, il paraissait incroyablement crispé.

Pourtant, il lui avait plutôt semblé détendu pendant le trajet. C'était peut-être sa faute à elle. Elle faisait peut-être ressortir le pire chez lui. Ce ne serait pas la première fois qu'elle aurait cet effet-là sur un homme.

Dan ignora son ami.

— La première fois que j'ai vu Rosie, elle se bagarrait avec un tapis de course.

— C'était une machine compliquée. Tout ce que je voulais, c'était courir.

Il se pencha en avant.

— Courir, c'est important, bien sûr, mais le fitness n'est pas qu'une question de cardio. Je savais que si je pouvais la convaincre de faire un peu de muscu, ça l'aiderait. Tu te souviens du premier jour ? demanda-t-il en se tournant tout sourire vers Rosie. Tu avais les cheveux relevés en queue-de-cheval, mais la moitié s'en était détachée. Je passais mon temps entouré de femmes tirées à quatre épingles, débordant de confiance en elles, toutes P-DG ou avocates, et puis tu es arrivée. Tu étais tellement différente. Tellement douce et gentille.

Rosie, quoi…

Sa sœur ne faisait pas attention à elle. Elle avait les yeux rivés sur Dan.

— Tu avais des muscles comme je n'en avais encore jamais vu. Je me suis sentie intimidée.

Katie fronça les sourcils.

— Intimidée ?

— Oui, par sa condition physique.

— OK, donc tu as craqué pour son corps de rêve et ses promesses de te transformer en déesse du fitness.

— Pas seulement. C'était vraiment facile de parler avec lui.

Dan se pencha pour l'embrasser.

— Il ne m'a fallu que dix minutes pour comprendre que Rosie était aussi intelligente que belle.

Katie prit une autre part de pizza. Quelqu'un l'avait-il déjà regardée comme Dan regardait sa sœur ? Non, personne. Et si quelqu'un l'avait fait, elle l'aurait aussitôt envoyé passer un bilan complet.

— Alors, l'apparence physique est importante pour toi ?

— Pas particulièrement mais, si tu me demandes si je trouve ta sœur belle, la réponse est oui.

Katie mâcha quelques instants, avant de reprendre :

— Ça fait longtemps que tu travailles dans cette salle ?

— Cinq ans. Avant ça, j'étais entraîneur d'aviron, et encore avant je faisais de l'aviron à la fac.

— Tu es propriétaire ?

— J'ai un petit appartement dans le quartier tranquille où j'ai grandi.

— Ça fait longtemps que tu y vis ?

Jordan marmonna un juron.

— Quatre ans, répondit Dan. Tu veux des références ?

Il semblait amusé, tandis que Rosie la fixait d'un air assassin.

— Arrête ! Mais qu'est-ce qui te prend, Katie ?

— Elle vérifie si je suis sur la liste des enfants sages du Père Noël.

Dan lui fit un clin d'œil, et Katie ne put s'empêcher de sourire. Au moins, il semblait d'humeur égale.

— J'apprends à connaître Dan, c'est tout. Dans moins d'une semaine, il deviendra mon beau-frère. J'aime bien en savoir un minimum sur les membres de ma famille.

— Eh bien, on dirait plutôt un interrogatoire ! rétorqua Rosie.

Visiblement mortifiée, elle but une gorgée de vin.

— Tout va bien, fit Dan en couvrant sa main de la sienne. Détends-toi. Notre relation a vite progressé. C'est normal que ta famille ait des questions.

— Papa et maman n'ont quasiment rien demandé, eux.

Pourquoi ne l'avaient-ils pas fait ? se demanda Katie en sirotant son vin. En tout cas, Dan semblait gentil avec sa sœur, un bon point pour lui.

— Désolée si ça ressemble à un interrogatoire. Ce n'était pas mon intention.

Jordan émit un son qui ressemblait à un grognement mais, quand elle le regarda, elle lui trouva l'air impassible.

Elle lui sourit gentiment.

Elle ne s'était pas encore forgé d'opinion sur Dan, mais Jordan était sans nul doute sur la liste des vilains garçons.

Rosie

Rosie se réveilla tôt après une nuit peu réparatrice.

Elle se tourna dans le lit, prête pour un câlin, avant de se rappeler que Dan n'était pas à ses côtés. Elle était dans la cabane dans les arbres, avec sa sœur. Elles auraient dû passer une soirée agréable à échanger des potins comme au bon vieux temps, mais ça ne s'était pas passé ainsi.

Au lieu de boire du chocolat chaud en pyjama en toute décontraction, elles avaient discuté dans une ambiance tendue, ce qui l'avait profondément déprimée.

Alors que Katie se préparait pour la nuit, après avoir rangé la cuisine, Rosie avait déclaré :

— Tu n'aimes pas Dan.

— Je n'ai jamais dit que je ne l'aimais pas. Je ne le connais pas, c'est tout.

— Pourquoi tu ne peux pas apprendre à le connaître au fil du temps, comme le font les gens normaux ?

— Parce qu'on manque de temps, justement. Tu te maries avec lui dans quelques jours.

— Exactement. *Je* me marie avec lui. C'est *moi* qui vais passer le reste de ma vie avec lui, alors qu'est-ce que ça peut te faire ?

— Je t'aime et je veux que tu sois heureuse. J'ai peur que tu fasses une erreur. Tu ne peux pas connaître une personne en trois mois.

— C'est exactement la durée pendant laquelle papa et maman se sont fréquentés avant de se marier.

Elle utilisait ce fait pour soutenir sa conviction que sa relation pouvait fonctionner et n'était pas vouée à l'échec.

— Ils sont ensemble depuis plus de trente ans, Katie. Tu sais à quel point ils sont heureux. Ils étaient pratiquement en train de s'arracher leurs vêtements à l'arrière de la voiture, quand on est revenus de l'aéroport. Franchement, ce n'est pas une situation que j'ai envie de revivre, mais c'est la preuve qu'ils sont toujours au comble du bonheur après tant d'années. Si ça marche pour eux, pourquoi pas pour nous ?

— Je suis désolée, Rosie. Je t'aime, c'est tout. Tu es ma petite sœur, et l'idée que tu sois malheureuse me terrifie. Il est possible que je dramatise un peu de temps de temps.

Rosie avait éprouvé une bouffée d'amour.

— Beaucoup. Tu dramatises beaucoup.

— Je suis fatiguée. Ça a été un long voyage. Tu me pardonnes ?

— Bien sûr.

Rosie l'avait serrée dans ses bras avec soulagement. Elle ne voulait vraiment pas se brouiller avec sa sœur.

— Va te coucher. Demain, c'est petit déjeuner en famille à Snowfall Lodge, Ensuite, on ira se balader en motoneige dans la forêt.

Après ça, elle n'avait pas beaucoup dormi. Cette petite flamme du doute, allumée par Katie, avait continué de vaciller dans son esprit.

Elle regrettait de ne pas se trouver avec Dan. C'était bon signe, non ? S'il lui manquait, ça voulait forcément dire qu'elle l'aimait. Les sensations négatives qui l'avaient assaillie à l'aéroport semblaient avoir disparu.

En prenant son portable pour lui envoyer un message, Rosie s'aperçut qu'elle avait reçu un SMS de lui.

Tu me manques, mon cœur.

Les yeux humides, elle écrivit :

Tu me manques aussi.

Il répondit aussitôt :

J'espère que tu t'amuses bien avec ta sœur.

Jusqu'ici, pas vraiment, mais avec un peu de chance, ça ira mieux aujourd'hui.

Impatiente de repartir du bon pied, elle se doucha, puis s'habilla. Après avoir préparé du café, elle en apporta une tasse à sa sœur.

Lorsqu'elle ouvrit la porte, Katie, qui était en train d'ôter son pyjama, eut un hoquet de surprise et attrapa son peignoir.

— Ça t'arrive de frapper ?

Depuis quand frappaient-elles avant d'entrer dans la chambre de l'une ou de l'autre ? Et pourquoi Katie serrait-elle le peignoir autour d'elle comme si elle avait quelque chose à cacher ? Ce n'était pourtant pas la première fois qu'elles partageaient une chambre.

— Je suis désolée.

Leur lien semblait à nouveau se distendre. Un peu blessée, Rosie posa la tasse sur la table de nuit.

— Je pensais que tu voudrais du café. Retrouve-moi dans le salon quand tu seras habillée.

Pourquoi Katie se comportait-elle de façon aussi étrange ? Était-ce parce qu'elle-même épousait un homme qu'elle ne connaissait pas depuis longtemps ? Ou bien y avait-il autre chose ?

Elle retourna dans le salon et rassembla ses vêtements d'extérieur. Elle mettait ses gants lorsque Katie apparut.

— Je ne voulais pas t'agresser. Tu m'as surprise, c'est tout.

Après l'avoir rejointe près de la porte, Katie mit son manteau, puis ses bottes.

— Tu te rappelles quand tu étais petite ? Tu te glissais au lit avec moi le matin de Noël, et tu me soulevais les paupières pour voir si j'étais réveillée.

Rosie fut soulagée de voir que sa sœur semblait redevenue elle-même.

— Parce que maman me disait que je ne pouvais pas me lever et ouvrir mes cadeaux tant que tu n'étais pas réveillée.

— Alors tu voulais m'aider.

Katie lui enroula l'écharpe autour de la bouche et du nez.

— Je ne veux pas que tu respires l'air froid et que tu nous fasses une crise.

L'amour que Rosie éprouvait pour elle était teinté de frustration. Elles ne s'étaient pas vues depuis le début de l'été. Pourquoi sa sœur ne remarquait-elle pas qu'elle avait changé en quelques mois ? Il lui faudrait peut-être un peu de temps pour s'en rendre compte. Avant qu'elle ne rencontre Dan, Katie avait toujours été la première personne que Rosie contactait en cas d'urgence. Depuis son arrivée aux États-Unis, elle l'avait seulement appelée pour bavarder un peu. Elle se sentait plus forte. Elle avait davantage confiance en elle. Grâce à l'influence de Dan.

Quand elles auraient passé quelques jours ensemble, Katie verrait sûrement à quel point elle avait changé.

— Allons-y. Je sais que papa et maman meurent d'impatience de te voir. Et je veux que tu rencontres la famille de Dan. Et puis, tu vas adorer te balader dans la forêt.

Surtout, elle avait hâte d'être seule avec Dan. Certes, ce serait à l'arrière d'une motoneige, mais c'était mieux que rien. Il s'arrêterait peut-être quelque part pour leur accorder un moment d'intimité dans la forêt enneigée. Rien que d'y penser, elle se sentit plus joyeuse.

— Il y a dix minutes de marche si on prend le sentier jusqu'à Snowfall Lodge. Sinon, quelqu'un peut venir nous chercher, si tu préfères.

— À pied, c'est bien.

Après avoir verrouillé la cabane, elles descendirent les marches et s'engagèrent sur le chemin qui s'enfonçait sous les arbres.

— Je n'ai jamais été amoureuse, mais je crois que je suis amoureuse de cet endroit, déclara Katie.

— J'ai eu le coup de foudre dès que Dan m'a amenée ici. Les feuilles commençaient à changer de couleur, c'était spectaculaire. Je croyais que l'automne était ma saison préférée mais, maintenant, c'est l'hiver.

Rosie se baissa pour ramasser une pomme de pin, qu'elle tendit à sa sœur.

— Sol enneigé, sapins... Voilà à quoi Noël est censé ressembler, tu ne trouves pas ?

— Peut-être, répondit Katie en tournant la pomme de pin dans ses mains. Où allez-vous vivre, une fois mariés ? Vous en avez discuté ?

Rosie enfonça les mains dans les poches de son manteau. Ils n'en avaient pas parlé, non. Ils n'avaient parlé de rien, mais si elle l'admettait, elle ne ferait que nourrir l'anxiété de sa sœur.

— On va continuer à vivre dans son appartement.

Elle hésita.

— Je reviendrai en Angleterre de temps en temps. Et tu pourras venir me voir chez nous.

— Ça marche, répondit Katie en fourrant la pomme de pin dans sa poche.

Une fois à Snowfall Lodge, elles traversèrent le vestibule, passèrent à côté du gigantesque sapin et de la cheminée, puis montèrent les marches jusqu'au dernier étage.

La salle à manger était remplie de monde, et la table ployait presque sous le poids de la nourriture.

Leurs parents n'étaient pas là, constata Rosie.

— La voilà ! La magnifique fiancée est enfin là ! s'exclama Catherine.

En trois pas, elle traversa la pièce pour la serrer dans ses bras.

— On était sur le point d'organiser une battue, ma chérie. Et voilà sûrement ta sœur, Katie. Ou dois-je t'appeler « docteur White » ? demanda-t-elle en enlaçant cette dernière avec chaleur.

— Katie, ça suffira.

Elle lui rendit maladroitement son étreinte.

— Je ne suis pas de garde. En tout cas, je l'espère.

— Rosie nous a tellement parlé de toi. Et Maggie et moi avons beaucoup discuté, hier. J'ai déjà l'impression de te connaître. Elle m'a tout dit de ce concours d'orthographe, à l'école, où tu t'en es tellement voulu d'avoir fait une faute que tu t'es enfermée dans ta chambre pendant vingt-quatre heures. Elle m'a raconté comment tu jetais la page entière si tu faisais une erreur dans tes exercices d'écriture. Je suis pareille. Je veux que tout soit impeccable. Ça rendait le père de Dan complètement fou, mais j'ai le sens du détail et chaque détail doit être parfait. Allez, viens vite rencontrer le reste de la famille. De mon côté, il y a ma mère – la grand-mère de Dan –, mamie Sophie. Et sa sœur, grand-tante Eunice. Du côté du père de Dan…

Elle entraîna Katie à travers la pièce et la présenta à tout le monde.

Katie paraissait sous le choc. Rosie comprenait ce qu'elle ressentait. Catherine était quelqu'un d'adorable mais, parfois, en sa présence, on avait l'impression d'être face à un chasse-neige : si on ne bougeait pas assez vite, on se retrouvait aplati.

Au moins, jusqu'à présent, Katie n'avait-elle pas bombardé Catherine de questions sur Dan !

Sa sœur se montra charmante avec tout le monde. Au bout de quelques minutes, elle balaya la pièce du regard.

— Catherine, avez-vous vu mes parents ?

— Maggie a appelé pour annoncer qu'ils seraient en retard. C'est sûrement à cause de cette lingerie française raffinée que je l'ai convaincue d'acheter hier, lança-t-elle avec un clin d'œil coquin. Jordan est en chemin. Il les prendra au passage pour leur éviter de marcher.

Rosie s'efforça d'effacer de son esprit l'image de sa mère déambulant dans la cabane en sous-vêtements sexy.

— Jordan ? répéta Katie, son sourire amical figé sur les lèvres.

— Croyez-moi, les filles, vos parents sont en sécurité avec lui. Tout le monde est en sécurité avec Jordan. C'est comme un fils pour moi. Et ce que ce garçon ignore à propos des arbres ne mérite pas d'être su. Je l'ai dit à votre maman : étant donné l'amour qu'elle a pour son jardin, elle devrait lui soutirer toutes les informations possibles. Katie, sers-toi à manger, ma chérie. Pas de chichis. Les pancakes sont excellents, le bacon est séché ici, dans nos cuisines, et le sirop d'érable provient des arbres de grand-tante Eunice. Il ne faut pas que tu manques ça.

— Ça a l'air délicieux. Dites-moi, Catherine, comment était Dan, petit ?

Oh non…

— Ce n'est vraiment pas le moment de sortir les photos de bébé, protesta Rosie.

Elle empoigna sa sœur avant que Catherine ne puisse répondre et l'entraîna vers le buffet.

— Mange. Remplis-toi la bouche. Je suis prête à tout pour t'empêcher de parler.

Elle avait garni leurs assiettes de pancakes lorsque leurs parents apparurent sur le seuil, main dans la main.

Ils avaient les joues roses et étaient essoufflés. Sa mère tirait sur ses vêtements de sa main libre, comme si elle s'était habillée à la va-vite.

— On est désolés d'être en retard. On n'a pas vu le temps passer.

Rosie sentit une bouffée d'embarras l'envahir. *Ça suffit, maintenant !* Mais cette manifestation d'harmonie conjugale suffirait peut-être à faire taire sa sœur. Tout en versant du sirop d'érable sur ses pancakes, elle se pencha vers Katie.

— Tu vois ? De vrais tourtereaux, même après trente-cinq ans de mariage.

Katie avala une bouchée de pancake.

— Ils ne sont pas aussi démonstratifs, d'habitude. Surtout en public.

Rosie ajouta des myrtilles dans l'assiette de sa sœur.

— Prends de la vitamine C. Tu es toute pâle. Maman a confié à Catherine qu'ils allaient profiter de ce séjour pour s'offrir une seconde lune de miel. Je n'arrive pas à décider si c'est romantique ou gênant. Pourquoi fais-tu cette tête ?

— Parce que ça ne leur ressemble pas d'agir de façon romantique. À Noël dernier, papa a offert un lave-vaisselle à maman.

— C'est romantique si on n'aime pas faire la vaisselle.

— Je tuerais l'homme qui m'achèterait un lave-vaisselle. Tiens-moi ça un moment.

Elle lui tendit son assiette, puis traversa la pièce pour saluer leurs parents.

Rosie s'empressa de poser les deux assiettes pour la suivre.

Elle vit leur père passer un bras autour de l'épaule de Katie pour la serrer contre lui. Sa sœur tressaillit, avant de se dégager.

Rosie fronça les sourcils. S'était-elle blessée à l'épaule ?

Elle se rendit compte que Katie n'avait presque pas parlé d'elle-même depuis qu'elle était arrivée, hormis pour dire que son travail était stressant et prenant.

— Mes petites chéries ! Vous m'avez tellement manqué.

Après les avoir serrées dans ses bras, leur mère se tourna vers Katie pour l'embrasser.

— Ça fait tellement longtemps qu'on ne vous a pas vues.

Rosie réfléchit. Elle-même se trouvait aux États-Unis, mais quelle était l'excuse de Katie ? Pourquoi n'avait-elle pas revu leurs parents depuis l'été ?

— Salut.

Dan s'approcha d'eux, les cheveux encore mouillés après sa douche. Il se dirigea droit vers elle et l'embrassa sur la bouche.

— Vous avez déjà mangé tous les pancakes ?

Elle sentit la tension la quitter, comme c'était souvent le cas quand elle était avec lui.

— Je suis sûre qu'on en a laissé quelques-uns.

Elle le prit par la main, l'entraîna vers la table et lui remplit une assiette.

— Pendant qu'on est seuls, je voulais te dire que je suis vraiment désolée pour hier soir. Katie a dépassé les bornes, mais elle l'a seulement fait parce qu'elle m'aime.

— Je le sais bien.

Il ajouta des myrtilles dans l'assiette qu'elle tenait.

— Ce n'est pas la peine de t'excuser.

— Tu n'es pas fâché contre elle ? Dis-moi que tu ne la détestes pas.

Il lui prit l'assiette de la main et la posa sur la table. Puis il l'attira dans ses bras.

— Bien sûr que je ne la déteste pas. Je trouve même super qu'elle prenne soin de toi. Tu as de la chance de l'avoir.

Et elle avait de la chance de l'avoir, lui. Pourquoi Katie refusait-elle de l'admettre ?

Ils n'eurent pas le temps de parler davantage, car Catherine les rejoignit pour aborder certains détails du mariage.

Dan mangea pendant qu'ils parlaient.

Après le petit déjeuner, ils se rendirent à l'arrière de l'hôtel, point de départ des randonnées en motoneige.

Catherine avait prévu des combinaisons et des casques pour tout le monde.

— Vous allez peut-être penser que c'est une tenue peu flatteuse, mais vous me remercierez plus tard, quand vous serez à la merci du froid et du vent.

— Où allons-nous ? demanda Katie tout en s'harnachant.

— Vers les Maroon Bells.

Dan l'aida à mettre son casque.

— Deux pics montagneux. Tu ne pourras pas résister à l'envie de prendre des photos.

— Est-ce que je conduis ma propre motoneige ? Je n'ai pas besoin d'un permis ?

— Pas la peine. On s'est dit que, pour cette fois, tu préférerais être passagère.

Il serra la sangle sous son menton.

— Comme ça, tu pourras profiter à fond de la balade et du paysage, sans le souci de la conduite.

— Super. Qui est le meilleur pilote ?

Catherine se mit à rire.

— Mon Dan. Jordan est doué, bien sûr, mais il va trop vite à mon goût. Chaque fois que j'en fais avec lui, je laisse mon estomac quelque part derrière moi sur la piste.

— Alors je choisis Dan, déclara Katie.

Rosie ouvrit la bouche pour objecter que c'était elle qui allait avec lui, mais sa sœur avait déjà enfourché la motoneige et posait les mains sur la taille de Dan.

Avait-elle opté pour lui parce qu'il était le meilleur pilote ? Ou était-ce un nouveau moyen d'apprendre à « mieux le connaître », comme elle en avait émis l'intention ?

D'un autre côté, ce serait peut-être une bonne chose qu'ils passent du temps ensemble. De cette façon, Katie verrait que Dan était merveilleux, et elle renoncerait à son interrogatoire. Ils allaient bientôt appartenir à la même famille. Elle les aimait tous les deux. Elle voulait qu'ils s'entendent bien.

Elle regarda ses parents monter maladroitement sur une motoneige, sa mère aux commandes, puis se détourna, prête à rouler seule.

Jordan lui fit signe de la main.

— Viens avec moi. Tu as l'air fatiguée. Tu as passé une mauvaise nuit ?

— Je n'ai pas très bien dormi, en effet.

Elle le rejoignit, faisant crisser la neige sous ses semelles.

— Ça devrait me réveiller.

— Passe peut-être la prochaine nuit avec Dan. On ne voudrait pas que la fiancée arrive avec de gros cernes sous les yeux le jour J.

— Je ne peux pas. Je n'ai pas vu ma sœur depuis cet été. J'ai vraiment envie de passer du temps avec elle mais, hier soir, elle était…

— Comme un chien avec un os ?

— J'allais dire protectrice. Elle veut être sûre que je prends la bonne décision. On a besoin de parler, c'est tout.

— C'est ta relation, Rosie, pas la sienne, souligna gentiment Jordan. Ton opinion est la seule qui compte. L'important, c'est que toi, tu sois sûre de prendre la bonne décision.

Elle en était sûre. Non ? Elle voulait vraiment qu'on arrête de lui poser la question. Plus elle y pensait, moins elle l'était.

— J'en suis sûre.

Avait-il senti son hésitation ? Et s'il en parlait à Dan ? Elle ferait mieux d'aborder le sujet avec Dan, mais elle ne savait pas du tout comment s'y prendre. Les préparatifs du mariage étaient presque terminés. Dans quelques jours, les fleuristes transformeraient la salle à manger de Snowfall Lodge en féerie hivernale, un cadre idéal pour un mariage de conte de fées.

Il n'y avait pas de place dans ce scénario pour que la fiancée fasse une crise de panique.

— Pourquoi ta sœur est-elle montée avec Dan ?

— Je suppose qu'elle veut passer du temps avec lui.

Il passa la jambe par-dessus la motoneige.

— Au retour, je la prendrai avec moi. Comme ça, Dan et toi pourrez passer un moment ensemble.

— Merci. Ça s'est bien passé avec elle pendant le trajet depuis l'aéroport ?

L'expression de Jordan ne changea pas.

— Ça a été, ne t'en fais pas. Et maintenant, allons-y, si on ne veut pas prendre trop de retard sur les autres.

Elle passa les bras autour de sa taille tandis qu'il accélérait. Ils suivirent la piste damée qui traversait la vallée en direction des montagnes. Elle était bordée de bosquets de trembles et d'immenses champs enneigés qui étincelaient au soleil. En été, c'étaient des prairies parsemées de fleurs multicolores.

Aujourd'hui, le paysage présentait une palette d'un million de nuances de blanc.

Les montagnes s'élevaient au-dessus de forêts d'épicéas et de sapins. Le reflet des pics escarpés couverts de neige frémissait à la surface du lac en partie gelé.

Rosie sentait le froid lui mordre les joues et transpercer les épaisses couches de vêtements qu'elle portait.

En arrivant au lac, ils trouvèrent Katie et Dan en train de boire du chocolat chaud.

— C'était incroyable ! s'exclama Katie.

Les joues rouges, elle serrait les mains autour de son mug. Pour la première fois depuis son arrivée, elle semblait heureuse et détendue.

— Cet endroit est magnifique. Dan me disait qu'il venait ici avant l'aube pour pouvoir prendre des photos du lever de soleil.

— En été, c'est tellement bondé qu'on a du mal à trouver de la place au bord de l'eau, déclara Jordan. Même au lever du soleil.

Catherine, grande et mince dans son blouson blanc et son pantalon de ski noir, était en train de prendre des photos.

— Elle en a déjà des milliers, remarqua Dan. Mais ça ne l'arrête pas.

— J'organise un mariage ici au printemps, lança sa mère par-dessus son épaule.

Bien campée sur ses jambes, elle prit une succession de clichés.

Rosie regarda autour d'elle et aperçut ses parents à quelque distance, face à face.

— Qu'est-ce qu'ils font ?

Katie sourit.

— Ils se disputent. Il semblerait que maman conduise comme une folle. Papa lui a dit qu'il avait fait des trajets à dos de chameau bien plus confortables, dans le désert. Ça ne lui a pas plu du tout.

Rosie ne voulait pas entendre parler de querelle entre ses parents.

Elle voulait des preuves qu'ils étaient toujours au comble du bonheur.

Comme si elle l'avait entendue, sa mère se dressa sur la pointe des pieds pour embrasser son père. Avant de fourrer une boule de neige dans le col de son manteau.

Pendant un instant, son père resta figé, sous le choc, puis il reprit vie. Après avoir ramassé de la neige, il se lança à la poursuite de Maggie.

Elle accéléra, battant des bras pour avancer dans la poudreuse, où elle s'enfonçait jusqu'aux chevilles. Tout en glapissant comme une adolescente, elle essayait de protéger sa tête et son cou.

— J'ignorais qu'elle pouvait courir aussi vite, commenta Katie.

— Moi aussi. Ouh là…

Rosie grimaça en voyant son père rattraper sa mère. Il la fit tourner vers lui et brandit une énorme boule de neige.

Leurs voix étaient désormais audibles.

— Rappelle-toi, Mags, c'est toi qui as commencé !

Il lui écrasa la boule dans le cou, lui arrachant une exclamation. Elle se baissa à nouveau, puis le mitrailla de projectiles tandis qu'il se détournait en riant. Ils continuèrent à batailler, feintant et esquivant, se bombardant de neige jusqu'à en être recouverts.

Rosie ne se rappelait pas les avoir jamais vus aussi détendus et insouciants. Normalement, sa mère était aux petits soins pour elle, s'assurant qu'elle allait bien, qu'elle avait utilisé ses inhalateurs, qu'elle ne couvait pas un rhume ou une grippe. Depuis son arrivée à Aspen, Maggie semblait différente. Rosie ne parvenait pas à identifier ce qui avait changé, mais c'était évident. Ses parents semblaient plus proches qu'ils ne l'étaient quand elle vivait encore à la maison. Les relations évoluaient probablement en même temps que les gens.

Serrant son anorak autour d'elle, elle sourit. Elle appréciait de les voir aussi heureux, et ce n'était pas seulement parce que, d'un point de vue personnel, ça lui remontait le moral.

Comme Katie se dirigeait vers Dan, Rosie se tourna vers Jordan.

— Ça arrive à tes parents de se comporter comme ça ? lui demanda-t-elle.

— Est-ce qu'ils se disputaient ? Oui, tout le temps. Sauf qu'ils se lançaient à la tête des assiettes et d'autres objets lourds à la place de boules de neige. Ils ont fini par divorcer. Je suppose qu'ils en ont eu marre de se jeter des choses à la figure.

C'était la première fois qu'il révélait quelque chose de personnel. Elle savait peu de choses de lui, à part le fait qu'il aimait la nature, qu'il était un excellent charpentier et qu'il était l'ami loyal de Dan depuis presque toujours.

Reléguant les cris perçants de ses parents au second plan, elle lui toucha le bras.

— Je l'ignorais. Désolée.

— Pas la peine, répondit-il en enfonçant les mains dans les poches. Ça a soulagé tous ceux qui les connaissaient. Pas besoin d'être un expert en relations pour savoir qu'ils n'auraient jamais dû être ensemble.

— Pourquoi ?

— Parce qu'ils ne s'appréciaient pas. Tout ce qu'elle faisait irritait mon père, et vice versa. Ce n'est pas une bonne base pour un mariage. Si je devais trouver un mot qui résume leur relation, ce serait « mépris ».

— Ouille… C'est pour ça que tu ne t'es jamais marié ?

Il y eut une pause.

— Je l'ai été. À une époque. Il y a longtemps.

— Quoi ? Mais… Jordan ! Je n'en avais pas idée.

Elle l'observa, mais ne put rien tirer de son profil.

— Dan ne m'en a jamais parlé.

Pourquoi ? Combien d'autres faits importants avait-il omis de mentionner ?

— Il sait que je n'aime pas évoquer cette période de mon passé. Et notre relation ne ressemblait en rien à la vôtre, au cas où ça t'inquiète.

— Je suis si transparente que ça ?

— À mes yeux, c'est une qualité de ne pas masquer ce qu'on ressent, pas un défaut. En général, ce n'est pas mon genre de donner des conseils, mais je vais quand même le faire. Dan est comme mon frère, et je ne veux pas qu'il soit blessé. Je ne veux qu'aucun de vous soit blessé.

Sans cesser de regarder droit devant lui, il poursuivit :

— Ne t'inquiète pas de ce que disent les autres. Les seules personnes au courant de ce qui se passe dans un couple sont les deux principaux intéressés.

Elle sentait son cœur battre plus fort contre ses côtes.

— Tu penses que je pourrais faire du mal à Dan ?

— Pas intentionnellement. Mais je pense que tu écoutes peut-être trop de voix qui ne sont pas la tienne.

Il avait raison, bien sûr.

— Je… je m'en souviendrai.

— Et voici un autre conseil : si tu t'inquiètes à propos de quelque chose, de ton mariage par exemple, parles-en à Dan, pas à ta sœur.

C'était un excellent conseil, et ce qu'elle devait faire.

— Tu n'aimes pas Katie ?

Après une pause, il répondit :

— C'est la première femme que j'ai eu envie de tuer cinq minutes après l'avoir rencontrée.

— Oh ! fit-elle, sans rien trouver d'autre à répondre. C'était vraiment généreux de ta part d'être allé la chercher à l'aéroport. Je suis désolée si elle était… si elle t'a paru… irritable.

— Ne t'excuse pas. Elle t'aime. Mais elle est tellement occupée à te protéger qu'elle ne se demande pas si tu veux de sa protection, ni même si tu en as besoin.

— En réalité, elle est la personne la plus chaleureuse et la plus gentille que je connaisse.

— Je te crois, mais ne la laisse pas détruire ce que tu as, Rosie.

Il tourna enfin la tête vers elle, une lueur affectueuse dans le regard.

— Peu importe mon avis, parce que le tien est le seul qui compte, mais je suis persuadé que tu es la meilleure chose qui soit arrivée à Dan.

Rosie ressentit un pincement à la poitrine.

— Qu'est-ce qui te fait dire ça ?

Un coin de sa bouche se releva.

— J'ai rencontré ses précédentes copines.

Maggie

— Je suis trempée, congelée, et c'est entièrement ta faute. Tu étais vraiment obligé de fourrer cette dernière boule de neige dans mon pull ?

Tout en frissonnant, Maggie ôta son manteau mouillé. Elle avait froid, mais elle pétillait. Ça faisait des années qu'elle ne s'était pas sentie aussi vivante. Pendant quelques minutes, au bord de ce lac baigné de soleil, elle n'avait pensé à rien d'autre qu'à la joie de l'instant présent. L'envie irrésistible de s'amuser. La délicieuse bouffée de quasi-peur lorsque Nick l'avait pourchassée dans la neige. Et les rires. Elle avait tellement ri qu'elle en avait encore mal aux côtes.

— Je n'arrive pas à croire qu'on ait fait ça !

Elle était trop vieille pour avoir de la neige fondue sous son manteau.

— Une bataille de boules de neige ? demanda-t-il.

— Ça ne s'était jamais produit.

— On n'a jamais eu autant de neige à portée de la main auparavant, répondit-il en se déchaussant. Le ciel bleu et la neige immaculée ont réveillé l'enfant qui sommeille en moi.

Mais il ne s'agissait pas que de ça, et elle le savait.

Quand s'étaient-ils autant amusés ensemble pour la dernière fois ? Depuis quand n'avaient-ils pas ri aux éclats ?

La vie était devenue une série de tâches à accomplir, de listes à dresser, d'endroits où aller.

— Tu crois qu'on a fait honte à nos filles ? s'inquiéta-t-elle.

— C'est probable, mais ce n'est pas à ça que servent les parents ?

Il suspendit son manteau à la patère.

— Et ce n'était pas plus gênant que quand tu m'as embrassé en parlant d'une seconde lune de miel.

— C'est différent. Je l'ai fait dans un but bien précis.

Elle lui tendit son manteau, puis enleva ses après-ski. Comme la neige avait imprégné tous ses vêtements, son pull et son T-shirt en Thermolactyl étaient plaqués sur son buste. Elle tira dessus pour tenter de les décoller de sa peau.

— Ça, c'était spontané. On s'est conduits comme des enfants.

— Peut-être. Ou comme des adultes libérés de leurs responsabilités. Ce qui est un changement des plus agréables. Je ne t'avais pas entendue rire comme ça depuis longtemps. Attends, je vais t'aider…

Il referma les doigts sur le bas de son pull mouillé et le remonta, forçant pour passer l'obstacle de ses bras.

Soudain, elle se retrouva devant lui seulement vêtue d'un pantalon de ski d'emprunt et de son soutien-gorge.

En voyant son expression changer, elle se rappela ce qu'elle portait. C'était le soutien-gorge choisi par Catherine, celui qu'elle avait d'abord rejeté à cause de sa dentelle osée et de sa forme peu appropriée pour quelqu'un de son âge. Elle l'avait finalement acheté parce qu'elle appréciait la douceur du tissu somptueux sur sa peau… et parce qu'elle avait été incapable de résister au pouvoir de persuasion de Catherine.

Elle n'avait pas pensé que quelqu'un d'autre le verrait. Ou peut-être avait-elle évité de se poser trop de questions. Cet achat représentait un acte de défi, une façon de se prouver à elle-même que même si son mariage était mort, elle ne l'était pas, *elle*. Une incitation à regarder les chemins qui s'ouvraient devant elle, plutôt que le long trajet déjà parcouru.

Mais elle n'avait pas prévu de se retrouver devant Nick dans cette tenue.

— J'ai perdu ma valise…

Il lui semblait impératif de se justifier, au cas où il s'imagine qu'elle ait acheté ce soutien-gorge pour le séduire. Au moment où cette pensée lui traversait l'esprit, elle la rejeta, la trouvant ridicule. On ne pouvait pas séduire un homme avec qui on avait vécu pendant plus de trente ans !

— Oui, murmura-t-il d'une voix rauque.

Il ne lui avait pas lâché les bras. Elle sentit la douce caresse de ses pouces tandis qu'il réchauffait sa peau glacée.

Ça faisait tellement longtemps qu'il ne l'avait pas touchée, qu'ils ne s'étaient pas tenus ainsi, reliés par autre chose que la vie commune, désormais derrière eux.

Elle resta immobile, osant à peine respirer. Elle espérait qu'il n'allait pas retirer les mains, tout en voulant qu'il les ôte d'elle, parce que son contact la perturbait. Le lent mouvement de ses doigts sur sa peau éveillait des sensations qu'elle avait crues disparues à jamais. Alors que ces sensations gagnaient en intensité et l'envahissaient tout entière, elle ressentit un début de panique. Elle ne voulait pas de ça. Elle ne voulait pas savoir que ces sensations existaient toujours. Sinon qu'allait-il advenir d'eux ?

Leur séparation s'était faite à l'amiable. Ils avaient reconnu que ce qu'ils avaient partagé s'était consumé dans le foyer de la vie.

Elle en avait été persuadée, et pourtant voilà qu'elle se rappelait l'effet que ça faisait d'embrasser Nick et de se blottir contre lui pendant la nuit. Elle se souvenait de leur passé, des expériences partagées et des événements marquants qu'ils avaient vécus. Leur mariage était comme une bibliothèque remplie des histoires qu'ils avaient eux-mêmes écrites. Et ils étaient sur le point de la démolir.

Avaient-ils fait le bon choix ? se demanda-t-elle, de plus en plus paniquée.

Elle devait le croire. Elle ne pouvait pas avoir de doutes maintenant. Ce serait injuste pour lui, tout comme pour elle. Ils avaient pris leur décision. De son côté, elle ferait le nécessaire pour que l'avenir soit aussi simple à supporter que possible. Les sentiments étaient synonymes de souffrance. Sans trop savoir comment, elle avait réussi à s'anesthésier contre la douleur.

Cette insensibilisation était préférable. C'était plus facile.

Nick avait cessé de remuer les doigts, mais il n'avait pas retiré les mains. Il la tenait fermement, comme s'il avait peur de la lâcher.

Une mèche de cheveux lui barrait le front, lui donnant un air canaille. Il paraissait plus jeune que son âge. Pendant un instant, elle retrouva l'homme dont elle était tombée amoureuse. L'étudiant tellement absorbé par son domaine d'étude qu'il différenciait à peine le jour de la nuit. À l'époque, il vivait sur le campus. En le rejoignant chez lui, elle le trouvait parfois épuisé, non rasé, les yeux injectés de sang, parce qu'il avait lu toute la nuit.

C'était elle qui le forçait à prendre une douche, avant de l'emmener petit déjeuner dans leur café préféré, niché dans l'une des étroites rues pavées qui étaient une caractéristique de la vieille cité universitaire. Il dévorait ses œufs au bacon tout en lui exposant son intention de participer à des fouilles l'été suivant. Il parlait de pyramides et de chambres de sépulture, de dieux et de rites funéraires.

Dès l'instant où leurs regards s'étaient croisés dans la Bibliothèque bodléienne, il l'avait captivée. Elle s'y était réfugiée pour échapper aux températures estivales caniculaires. Il était absorbé par ses recherches. Elle avait aimé son côté passionné… et l'avait envié.

Elle avait choisi la littérature anglaise, parce que ses parents l'avaient poussée dans cette direction ; elle n'avait pas trouvé de raison de s'y opposer. Elle appréciait son sujet d'études, mais c'était loin d'être une passion.

Après leur mariage, sa vie avait pris un caractère routinier. Elle s'était occupée des filles, de Honeysuckle Cottage, de son jardin. Au fil du temps, elle en avait oublié de s'occuper de son mariage. Elle ne jouait pas les martyres. Elle n'assumait pas tous les torts.

Nick était au moins à moitié aussi responsable qu'elle, mais ça ne l'aidait pas à se sentir mieux. Leur mariage n'avait pas volé en éclats, il n'était pas mort de façon dramatique ; il s'était simplement flétri avant de s'éteindre, faute de soins.

Elle éprouva un pincement de regret, mais sous la peine se lovait une émotion beaucoup plus dangereuse.

Elle lutta pour refréner le tourbillon rebelle de sentiments qui s'élevait en elle.

La seule façon d'échapper à cette situation troublante était de se retirer de l'échiquier.

Elle fit un pas en arrière, puis ramassa ses vêtements mouillés.

— Je vais me doucher avant que l'hypothermie ne s'installe.

Il ne répondit pas. En lui jetant un coup d'œil, elle remarqua une ride entre ses sourcils, comme s'il essayait de comprendre ce qui venait de se passer.

S'il lui posait la question, elle serait incapable de lui répondre.

Son cœur était aussi glacé que sa peau mais, au contact de Nick, il avait fondu. À présent, elle ne ressentait plus que du chagrin et un profond désarroi.

Elle verrouilla la porte de la salle de bains, ôta le reste de ses vêtements, puis se glissa sous l'eau chaude.

Lorsqu'elle sortit, après s'être séché les cheveux et habillée, Nick avait préparé des boissons chaudes, et leur bref moment d'intimité était passé.

— On nous a remis quelque chose pendant que tu prenais ta douche.

Sa voix semblait si normale que Maggie se demanda si cet instant délicat n'avait existé que dans son imagination.

— C'est quoi ? Pitié, dis-moi que ce n'est pas une caisse de champagne !

— Une enveloppe. Elle t'est adressée… de la part de Catherine.

Elle prit l'enveloppe qu'il lui tendait, l'ouvrit et en sortit une feuille. Allait-il remarquer que sa main tremblait ?

— C'est un programme.

— Qui porte sur quoi ?

Elle se laissa tomber sur le canapé.

— C'est gênant. Elle nous a organisé des activités.

— Pourquoi trouves-tu ça gênant ? C'est attentionné de sa part. Quel genre d'activités ?

Elle tripota l'enveloppe.

— Des activités de couple.

Sans le regarder, elle précisa :

— Des activités romantiques.

Elle repensa à ce moment entre eux, à ces quelques instants où il l'avait touchée et avait respiré autrement.

Il s'assit à côté d'elle.

— Pourquoi ferait-elle ça ?

— Sûrement parce que j'ai dit à Dan que ce voyage serait comme une seconde lune de miel pour nous et qu'il lui a transmis l'information.

Elle tourna les yeux vers lui.

— Désolée.

Le regard de Nick étincela.

— C'est ce qui arrive quand tu bois trop de champagne.

— C'est ce qui arrive quand on m'oblige à monter dans un avion.

Elle renversa la tête sur le dossier.

— Comment une légère modification de la vérité peut-elle avoir de telles répercussions ? Et je n'attends pas de réponse à cette question ! Si tu me sors « Je te l'avais bien dit », je vais fourrer encore plus de neige dans ton pantalon.

— Je ne dirais jamais ça. Ça me donnerait l'air suffisant. J'ai beaucoup de défauts, mais je ne suis jamais suffisant. J'ai de l'empathie pour les faiblesses humaines.

Elle releva la tête.

— Tu es en train de dire que j'ai des faiblesses ?

— Non, tu es parfaite, en dehors de ta tendance à modifier

occasionnellement la vérité. Si le prix à payer est quelques activités en commun, je survivrai.

Et elle, en était-elle capable ? Jouer un rôle en public était une chose, mais passer du temps rien qu'avec Nick était une autre paire de manches. Après ce qui s'était passé plus tôt, elle avait besoin de distance, pas de proximité.

— Qu'est-ce qu'on fait ?

— On ne peut pas l'offenser, alors qu'elle a fait preuve d'une telle hospitalité. Il n'y a qu'une chose à faire : la remercier et suivre le programme.

— Même si ça inclut un bain de boue sans maillots ?

— C'est le cas ?

— Je ne sais pas. En lisant les mots « seconde lune de miel » et « activités romantiques », j'ai paniqué.

Elle baissa les yeux sur la feuille.

— Quel bazar sans nom… Je commence à comprendre qu'il n'y a pas de façon simple d'annoncer une séparation à ses proches. Pas de moment idéal. Il faut juste le faire. On devrait peut-être…

— Non. On ne devrait pas. On a pris une décision et on s'y tient. Ce n'est plus le moment d'avoir des doutes. On doit aller jusqu'au bout. Pour le meilleur ou pour le pire.

Il ôta ses lunettes et se frotta l'arête du nez.

— Désolé. Ça manquait de tact.

Il tendit le bras pour lui prendre le papier des mains.

— J'aimerais bien lire ce qui est nécessaire à la survie d'un mariage.

— Et si elle a organisé une cérémonie pour qu'on échange nos vœux sous les étoiles ?

— Alors tu pourras faire le vœu de ne plus jamais dire la vérité avec parcimonie.

Il lissa la feuille sur sa cuisse.

— Peu importe de quoi il s'agit, il faudra le faire.

Maggie soupira. Son esprit était un imbroglio de pensées et de sensations. Elle avait besoin d'espace pour réfléchir, pas de passer encore plus de temps avec Nick.

— On pourrait lui dire qu'on préférerait rester au calme et profiter l'un de l'autre ici.

Il l'ignora, toujours concentré sur sa lecture.

— Alors ? demanda-t-elle, de plus en plus nerveuse.

— Cet après-midi, une balade en traîneau à chiens est prévue. Quelqu'un viendra nous chercher, nous fournira les vêtements adaptés et nous emmènera en forêt jusqu'à un endroit mystérieux où, apparemment, la proximité avec la nature ravivera mes tendances romantiques.

Il ajusta ses lunettes.

— J'en ai déjà eu ? Je ne suis pas sûr qu'il y ait quoi que ce soit à raviver.

— Ça dépend de ta définition du romantisme, je suppose.

— Plutôt accablante, ta réponse, répliqua-t-il avec un léger sourire. Je n'aurais peut-être pas dû demander.

Il reporta son attention sur la feuille.

— Ça pourrait être sympa.

— Qu'est-ce que ça implique ? On sera installés à l'arrière d'un traîneau ?

— Non, je crois que c'est nous qui le conduirons.

Il lui jeta un regard en coin.

— Clairement, ils ne t'ont jamais vue conduire. Après ce trajet en motoneige, je ne suis pas certain de te faire confiance avec des chiens.

— Tu n'es pas drôle. Comment conduit-on des chiens ?

— J'imagine qu'on va nous apprendre. Ça ne doit pas être plus ingérable que des chameaux.

S'ils devaient tenir les rênes, ils n'auraient pas vraiment l'occasion de converser, songea Maggie. Tant qu'elle ne mourait pas de froid, cette activité ne serait peut-être pas si affreuse.

— C'est tout ?

— Non. Ce n'est que le début. Ensuite, on revient ici, on a une heure pour se doucher, se réchauffer et se changer, avant d'être conduits au restaurant pour un dîner intime.

Elle déglutit.

— Qu'a-t-il de particulièrement intime ?

— Déjà, on ne sera que tous les deux. Et puis, le restaurant se trouve à mi-hauteur d'une montagne. Ce n'est ni facile d'y accéder ni facile de s'en échapper. Une fois sur place, tu seras ma captive.

— Ce sera peut-être toi mon captif.

Elle éprouva un frémissement de panique.

— Je veux passer du temps avec les filles. Je les ai à peine vues.

— À moins que tu ne veuilles changer ton histoire, on dirait bien que tu es coincée avec moi.

Il posa le document sur ses genoux.

— C'est si terrible que ça ?

C'était même loin d'être désagréable, et ce constat était étrange et déstabilisant. Les couples qui divorçaient étaient censés se disputer et communiquer via leurs avocats. Ils ne prévoyaient pas de dîners intimes.

— Je trouve ça… bizarre, c'est tout, balbutia-t-elle.

— Pourquoi ? À une époque, on partait en virée et on dînait aux chandelles. Tu t'en souviens ?

— Je ne me souviens pas de chandelles, sauf cette fois en hiver où il y avait eu une coupure d'électricité dans le cottage. Je me souviens de pique-niques dans les champs et de journées passées à escalader les ruines d'anciens châteaux. On n'avait pas les moyens d'aller dans des restaurants de luxe.

Il fit tourner le papier entre ses mains.

— Tu as choisi le mauvais gars. Tu aurais dû épouser un étudiant en économie. Il aurait trouvé un boulot dans le secteur bancaire. Il aurait probablement fini directeur. À présent, tu aurais sûrement une résidence à Mayfair et une maison de campagne dans le Surrey.

— Ça serait beaucoup de travail.

— Et tu aurais au moins cinq voitures.

— Je suis toute seule. Qu'est-ce que je ferais de cinq voitures ?

— Tu aurais eu des domestiques, évidemment.

— Je n'aurais pas dit non à des domestiques.

Elle aurait volontiers cédé sa place pour le dépoussiérage, mais créer un foyer était beaucoup plus qu'une compilation de tâches ménagères. Elle n'aurait pas aimé avoir d'autres personnes chez elle.

— Tes parents auraient approuvé ton choix, poursuivit-il.

— S'ils avaient approuvé, je sais que j'aurais détesté ce type.

— Je le déteste aussi, alors que je ne l'ai jamais rencontré.

Il lui prit la main.

— Je suis désolé, Mags.

— De quoi ? De ne pas diriger de banque, de ne pas avoir deux maisons et cinq voitures ? Ce ne sont pas les possessions qui font le bonheur, même si ça comble peut-être un vide chez quelqu'un qui n'est pas heureux.

— Tu es sage. Je t'ai déjà dit que tu étais sage ?

— C'est toi le professeur.

— Tu es un professeur de vie, affirma-t-il, avant de baisser à nouveau les yeux sur la feuille. Tu veux entendre la suite ?

— Parce que ce n'est pas fini ? Dis-moi qu'on ne va pas faire de descente en rafting ! La douche hydromassante m'a suffi.

— Demain matin, tu te lèves à l'aube pour bénéficier avec Catherine d'un moment cocooning : cheveux, ongles, massage et mise en beauté.

— À l'aube ? Je ne suis pas sûre que ça me plaise. Qu'est-ce que tu vas faire pendant que je travaille très dur à me détendre ?

J'ai le choix entre un massage et quelques heures de liberté. Je crois que je vais opter pour la liberté. Il y a un livre sur les étagères dans lequel j'aimerais me plonger.

— Je te déteste.

— Après ça, on montera en œuf jusqu'en haut de la montagne pour le déjeuner.

— En œuf ? C'est-à-dire ?

— Un œuf est une télécabine.

— Et y a-t-il quelque chose de prévu après le repas ? Ou est-ce la fin de notre seconde lune de miel ?

Elle vit son expression changer.

— Nick ?

— La suggestion est un après-midi de *tranquillité* dans la cabane.

Maggie faillit s'étouffer.

— Tu crois que Catherine veut parler de sexe ?

— Je présume que c'est ce qu'elle a à l'esprit, oui.

— Et s'il y avait une caméra cachée quelque part ? Est-ce que quelqu'un va nous espionner ? Prêt à rayer cette activité-là de la liste ?

Elle ferma les yeux.

— Je ne dirai plus jamais de mensonges. À partir de maintenant, c'est la vérité à cent pour cent, peu importe qui ça dérange.

— On pourra en parler plus tard. Dans l'immédiat, on doit se préparer pour la balade en traîneau. D'après ce qui est écrit là, c'est quelque chose qu'on n'oubliera jamais.

Maggie n'avait aucun mal à le croire.

Passer du temps en tête à tête avec Nick n'était pas compris dans son programme.

Ce n'est pas réel, se répéta-t-elle. Tout cela faisait partie de la comédie qu'ils jouaient.

Katie

Katie resta immobile, mal à l'aise, pendant que la femme se déplaçait autour d'elle, inspectant la robe qu'elle était en train d'essayer.

— Ça flotte un peu. Vos mensurations ont changé depuis que vous les avez envoyées à Rosie.

Katie lissa le tissu sur ses hanches.

— J'ai peut-être un peu maigri. Parfois, j'oublie de manger quand je travaille.

Rosie secoua la tête d'un air incrédule.

— Quand j'entends les gens dire ça, je ne comprends pas. Je n'ai jamais sauté un repas de ma vie. Explique-moi comment ça peut arriver ?

— Soit je suis trop occupée, soit les choses que je vois me dégoûtent de la nourriture.

— Katie est traumatologue, expliqua Catherine à la couturière. Cette jeune femme est une héroïne.

— Je ne suis pas une héroïne, protesta Katie, gênée par le tour que prenait la conversation. C'est un boulot.

— C'est beaucoup plus que ça. Ta mère m'a dit que tu avais voulu devenir médecin dès la première crise d'asthme de Rosie. Elle est fière de toi. Heureusement qu'il y a des gens comme toi sur terre.

Catherine se pencha pour pincer le tissu en trop au niveau de sa hanche.

— Je pense qu'on pourrait la reprendre ici.

Katie ne se trouvait absolument rien d'héroïque.

Je suis un imposteur. Un véritable imposteur.

— Vraiment, cette robe est très bien comme ça. Elle est superbe. Beaucoup plus jolie que tout ce que je possède, je vous le garantis.

Elle avait du mal à tenir en place.

— On n'a plus le temps de faire des retouches, ajouta-t-elle. Le mariage est dans quatre jours. Sauf si tu as envie de le repousser ?

Rosie écarquilla les yeux.

— Tu plaisantes ?

— Ha ! Bien sûr que je plaisante.

Elle ne plaisantait pas du tout.

— Je suis surprise que tu aies décidé de tout ça aussi vite, c'est tout. Ça met beaucoup de pression sur Catherine.

— C'était son idée, justement, répondit Rosie.

Katie cessa de gigoter.

Pourquoi n'y avait-elle pas pensé avant ? C'était peut-être Catherine qui avait fait pression sur Rosie. De façon bien intentionnée, mais tout de même…

— J'aime les mariages hivernaux, déclara Catherine, et je n'ai jamais vu deux personnes aussi amoureuses que Rosie et Dan. À mes yeux, c'était une évidence.

Ah oui ? Ça ne l'était pas pour elle. Pourquoi était-elle la seule à remettre en question cette décision hâtive ? Elle voulait lever la main et crier : *Stop ! Stop !*

Était-ce vraiment ce que souhaitait Rosie ?

D'accord, jusqu'ici, elle n'avait rien appris sur Dan qui lui fournisse une excuse pour intervenir et mettre le holà à cette mascarade. Ça ne signifiait pas pour autant qu'il n'y avait pas de problèmes cachés.

Elle découvrirait peut-être quelque chose sur son enfance qui la renseignerait sur sa personnalité.

— Les parents parlent toujours de ce qui les rend fiers de leur enfant. Ils évoquent rarement les choses qui les ont embarrassés par le passé. Ma mère a-t-elle mentionné la fois où le directeur l'a appelée parce que Rosie avait libéré le lapin de l'école d'une vie d'emprisonnement ?

Catherine se mit à rire.

— Ça lui ressemble bien !

— Il n'y avait pas que moi, riposta Rosie. Une fois, maman a dû aller à l'école parce qu'on t'avait accusée d'avoir triché à un contrôle. Tu as dit que c'était faux, et ça a déclenché une grosse dispute. Tu as enguirlandé l'institutrice parce qu'elle te traitait de menteuse. Ils ont dit que tu avais besoin d'apprendre le respect, et aussi à ne pas tricher.

— Je m'en souviens. Je n'ai jamais supporté l'injustice.

— Ils ont appelé maman, expliqua Rosie à Catherine. Ils voulaient que papa vienne aussi, mais il travaillait sur un chantier de fouilles en Égypte.

Katie haussa les épaules.

— De toute façon, papa ne s'occupait jamais de ce genre de choses. Il les laissait à notre mère.

— Oui, et elle a demandé à voir le devoir. Ensuite, elle a dit : « Ça ne vous a pas traversé l'esprit que ma fille connaissait les réponses ? » L'enseignante a répondu que ce n'était pas possible d'obtenir une note parfaite à ce devoir, alors maman lui a demandé de t'en donner un autre. Et là aussi, tu as eu la note maximale.

Rosie lui fit un grand sourire.

— Elle a toujours su que tu étais super intelligente… et elle a veillé à ce que tout le monde le sache. Comme tu lui avais dit que tu voulais devenir médecin, elle tenait à faire tout son possible pour t'encourager dans cette voie et t'aider à exploiter pleinement tes capacités.

Et voilà qu'à présent elle envisageait de jeter tout ça aux orties. Tout ce travail accompli. Toutes ces années d'études. Ce métier qu'elle avait passé un tiers de sa vie à exercer.

Elle allait décevoir toute sa famille, sa mère en particulier.

Elle devait leur parler, mais ignorait par où commencer. *Salut, m'man. Je sais à quel point tu es fière de dire aux gens que ta fille est médecin. Eh bien, tu vas devoir leur annoncer que ta fille a renoncé à la médecine. Désolée.*

Non, elle ne pouvait pas. Et si ce mariage suivait son cours, elle ne voulait pas être celle qui allait gâcher l'ambiance en parlant de ses propres problèmes.

— Et Dan ?

Katie tourna lentement sur elle-même tandis que la couturière vérifiait l'ourlet. Elle était tellement à fleur de peau que ses jambes tremblaient.

— Est-ce qu'il vous a déjà mise dans l'embarras ?

— Non, mais il m'a donné quelques cheveux blancs. Je suppose que c'est le lot des mamans avec leurs petits garçons.

Reculant de quelques pas, Catherine plissa les yeux.

— Je me demande… Peut-être une fleur dans les cheveux ?

— Il était turbulent ?

— Plus aventureux que turbulent. Quand il était petit, il était du genre à grimper partout, peu importe la hauteur. À l'adolescence, il n'y avait pas de pente trop raide pour lui. Et il était têtu. Quand il voulait quelque chose, rien ne pouvait se mettre en travers de son chemin. Ce garçon était capable d'avoir n'importe qui à l'usure.

Avait-elle enfin la réponse à ses questions ? La détermination de Dan à obtenir ce qu'il voulait avait-elle fait céder Rosie ? Sa sœur avait horreur des affrontements. Elle aurait trouvé difficile de s'exprimer dans cette situation.

Katie scruta Rosie. Cette dernière n'avait d'intérêt que pour sa robe.

— La couleur te plaît ? dit-elle. C'est ce que tu avais imaginé ? J'avais peur que tu ne l'aimes pas.

— Je l'adore.

La robe était d'un gris pâle argenté qui chatoyait à la lumière. Sobre et élégante, elle ressemblait tout à fait à ce que Katie aurait elle-même choisi, si elle avait eu besoin de ce genre de tenue. Ce n'était pas la robe qui la souciait. Elle s'inquiétait parce que le mariage avait lieu quatre jours plus tard, et rien ne l'avait convaincue que Rosie ne commettait pas une grosse erreur.

Et si c'était elle qui se trompait ? Ce ne serait pas la première fois. Tout de même, l'attitude de sa sœur la préoccupait : Rosie se servait de l'exemple de leurs parents comme d'une preuve qu'un coup de foudre pouvait se prolonger dans le temps. On n'avait besoin de preuve que si l'on essayait de prouver quelque chose. On n'avait besoin de prouver quelque chose que si l'on avait des doutes.

Or, Rosie ne devrait pas avoir besoin de preuve, n'est-ce pas ? Elle aurait dû *savoir*. Et si elle était vraiment ravie à l'idée de se marier, pourquoi était-elle aussi tendue ? Ça ne pouvait pas être à cause de la charge de travail due à l'organisation du mariage, puisque Catherine semblait s'occuper de tout. D'ailleurs, c'était un autre élément qui la dérangeait. Sa sœur était quelqu'un de romantique. Elle avait joué au mariage avec ses poupées. Elle avait fait des bouquets de mariée avec les marguerites du jardin. N'aurait-elle pas dû avoir envie de participer davantage aux préparatifs de son grand jour ?

— Le chatoiement du tissu lui donne quelque chose en plus, je trouve, déclara Catherine.

Tout en prenant des notes sur son téléphone, elle ajouta :

— Au lieu de l'étole en soie, tu devrais regarder ce que ça donne avec celle en fausse fourrure. Ce sera plus chaud.

Sans réfléchir, Katie ôta l'étole. Et entendit aussitôt Rosie émettre un hoquet de surprise.

— Qu'est-il arrivé à ton épaule ?

À force d'être obnubilée par la pertinence de ce mariage, Katie en avait oublié sa blessure.

— Rien.

— Rien ? Katie, tu as une énorme cicatrice. Tu t'es fait mal ?

— Je suis tombée, c'est tout, et ça guérit bien.

Katie saisit l'écharpe de fourrure que lui tendait Catherine avec un sourire de remerciement.

— Pas la peine d'en faire tout un plat.

Bien entendu, Rosie ne comptait pas lâcher l'affaire aussi facilement.

— Tu es tombée ? Comment ? Où ?

— Je suis passée à travers une porte vitrée. Une vraie cruche. Laisse tomber, c'est trop embarrassant. J'aime bien cette fourrure.

Se tournant de profil, elle observa son reflet dans les grands miroirs qui ornaient les murs de la boutique.

— C'est chaud et ça apporte une touche glamour, tu ne trouves pas ?

Rosie ne regardait pas l'étole.

— Pourquoi es-tu passée à travers une porte vitrée ?

— J'ai perdu l'équilibre. Je portais des escarpins. Tu sais comment je suis avec des talons hauts. Un danger public.

— Non, je ne sais pas, répliqua sa sœur, les sourcils froncés. Je ne t'ai jamais vue galérer avec des talons hauts. Pas plus que je ne t'ai vue perdre l'équilibre. Ça ne te ressemble pas.

— J'étais fatiguée… Ça s'est produit après une longue garde.

— Alors pourquoi portais-tu des escarpins ? Tu avais un rencard ?

Katie ravala un rire hystérique.

— Pas vraiment. On peut arrêter de parler de ça ? Ça n'a pas franchement été mon heure de gloire.

C'était sans doute la première déclaration sincère qu'elle faisait à propos de cette nuit-là.

— Je crois que cette fourrure est parfaite, n'est-ce pas, Catherine ?

— Ça me plaît.

Catherine la fixa longuement, puis sourit.

— On doit décider ce qu'on va faire de tes cheveux. Ta coupe est… originale.

Katie toucha ses pointes, soulagée de ce changement de sujet.

— C'est parce que je me suis servie des ciseaux de cuisine.

Elle vit la mère de Dan tressaillir violemment.

— Je sais, c'est un crime, mais… mes cheveux m'énervaient et je n'avais pas le temps d'aller chez le coiffeur. Les ciseaux étaient propres, je le jure.

— Encore heureux que tu n'aies pas utilisé un scalpel, commenta Catherine. La coiffeuse de l'hôtel n'aura aucun mal à rattraper ça. Je vais l'appeler pour qu'elle s'occupe de toi cet après-midi. J'ai pensé à un chignon lâche pour le mariage.

Ce disant, elle lui releva les cheveux et les torsada doucement.

— Quelque chose de subtil et de joli. Rosie, à présent, montre ta robe à ta sœur.

Rosie ne trouvait-elle pas étrange de faire cela en l'absence de leur mère ? Et, justement, qu'en pensait Maggie ?

Katie sentit sa gorge se serrer quand Rosie ressortit de la cabine d'essayage avec prestance, vêtue de sa robe de mariée.

Une bouffée d'émotion l'envahit, lui coupant la parole. L'amour. Il avait envahi son cœur dès l'instant où sa mère avait placé avec précaution sa petite sœur dans ses bras. « Fais attention. Tiens-lui bien la tête. Ne la lâche pas. » Elle avait grandi en sachant que l'amour s'accompagnait d'anxiété. Elle avait reconnu l'inquiétude sur le visage de sa mère pendant la première crise d'asthme de sa sœur, puis chaque fois que Rosie commençait à avoir la respiration sifflante. Elle avait tout vu en travaillant aux urgences, mais rien n'était plus effrayant que de ne pas pouvoir faire pénétrer de l'air dans des poumons. Petite, elle avait observé sa mère avec attention, remarquant combien elle restait calme même quand elle ne l'était pas. Elle l'avait imitée, sans se douter que ce talent, elle l'utiliserait maintes fois à l'avenir avec des patients effrayés et des proches angoissés. Elle avait attendu, assise à côté du lit de sa sœur, sans comprendre les termes médicaux, mais déchiffrant sans mal les expressions graves de l'équipe soignante. À certains moments, son corps ne lui avait pas paru assez grand pour contenir tout l'amour qu'elle éprouvait pour Rosie. Elle n'avait pas seulement senti le poids de ce petit être fragile dans ses bras, elle l'avait senti dans son cœur.

Était-ce pour cette raison qu'elle trouvait aussi difficile d'avoir une relation stable avec quelqu'un ?

Inconsciemment, s'était-elle empêchée d'éprouver des sentiments d'une profondeur aussi terrifiante ?

Elle avançait dans la vie avec une telle détermination qu'elle prenait rarement le temps de la réflexion.

Avait-elle, à un moment donné, rejeté l'amour ?

Peut-être pas l'amour, mais la vulnérabilité. Oui, c'était ça qu'elle avait rejeté. Elle en était constamment témoin au travail : la peur sur le visage d'un proche, la panique sur celui d'un patient qui sent sa vie lui échapper.

Ses expériences en tant que médecin avaient conforté le sentiment d'impuissance qu'elle avait éprouvé enfant. Sans le décider véritablement, elle avait entouré son cœur d'enveloppes protectrices contre les coups.

Elle n'aimait pas se sentir vulnérable, mais c'était ce qu'elle éprouvait à présent en regardant sa sœur.

— Waouh, tu es…

Elle déglutit péniblement.

— … tu es magnifique. Cette robe est magnifique.

— Moi aussi, je l'adore.

Rosie fit une pirouette, et la soie ivoire captura la lumière tandis que ses cheveux glissaient sur ses épaules en vagues brillantes.

Catherine plissa les yeux.

— Quand je te vois avec les cheveux lâchés, je me demande si tu ne devrais pas les porter ainsi. Ça te ressemble plus qu'un chignon structuré. Qu'en dis-tu, Katie ?

— Rosie préfère quand ils sont détachés.

Elle repensa à toutes les fois où elle avait coiffé sa sœur avant l'école. Nattes, queues de cheval… Elle avait tout appris.

Catherine enroula une mèche de Rosie autour de ses doigts, visualisant sûrement toutes les options.

— Pour ce qui est des fleurs, on opte pour la simplicité. Des feuillages cueillis dans la nature, des orchidées blanches. Ça pourrait être sympa d'en mettre dans tes cheveux.

— J'aime bien l'idée, déclara Rosie. Oh ! j'ai oublié de te dire, Katie, s'écria sa sœur en se tournant vers elle. On aura un bar à chocolat chaud, pour les invités qui souhaiteront se réchauffer.

— C'est là que vous me trouverez, répondit Katie. Là, ou à côté du champagne. Catherine, vous voulez bien prendre une photo de nous deux, pour que je l'envoie à ma mère ?

Une fois la photo prise, Katie resta immobile pendant que la couturière faisait une dernière retouche à l'ourlet de la robe.

Enfin, ce fut terminé. Rosie et elle marchèrent dans la neige fraîche jusqu'à la voiture pendant que Catherine s'attardait dans la boutique pour discuter des ultimes détails. Rosie passa le bras sous le sien.

— Ça fait mal ?

— Qu'est-ce qui fait mal ?

Poussant un grognement de frustration, sa sœur déverrouilla le véhicule.

— Il y a des fois où j'ai envie de t'étrangler !

Katie la dévisagea.

— De quoi tu parles ?

Elle monta en voiture, à la suite de Rosie. Le véhicule lui offrit une protection contre le froid, mais pas contre sa sœur.

Après avoir ôté ses gants, celle-ci souffla sur ses mains.

— Je trouve ça blessant, Katie. Je te raconte quasiment tout, et ça me fait de la peine que tu estimes ne pas pouvoir te confier à moi.

Et comme Katie faisait mine d'ouvrir la bouche :

— Ne me dis pas que tu n'as rien à raconter, sinon je vais vraiment t'étrangler. En réalité, tu ne me vois pas comme ton égale, n'est-ce pas ?

Stupéfaite, Katie garda un instant le silence. Rosie avait horreur des affrontements. Elle était prête à faire n'importe quoi pour les éviter.

— Je ne vois pas du tout où tu veux en venir, finit-elle par répondre.

— Tu ne me traites pas comme une sœur ou une amie, tu me maternes. Tu m'as toujours maternée.

« Fais attention. Tiens-lui bien la tête. Ne la lâche pas. »

— Je suis protectrice, c'est vrai.

— Moi aussi, j'ai envie de te protéger, mais il y a une grosse différence entre être protectrice et être maternelle. C'est normal de cacher des choses à ses parents, tout le monde agit ainsi en entrant dans l'âge adulte. On n'a pas envie de les inquiéter avec nos histoires de la vraie vie, mais ce n'est pas naturel de les cacher à sa sœur. On devrait partager nos secrets, or tu me tiens à distance. Pourquoi ? Tu ne me fais pas confiance ?

Katie n'avait encore jamais eu à se justifier auprès d'elle.

— Bien sûr que si !

— Vraiment ? Alors pourquoi est-ce toujours toi qui m'interroges : est-ce que j'utilise mon inhalateur ? est-ce que je suis allée à l'hôpital ? est-ce que je suis sûre de vouloir épouser cet homme ? À quel moment est-ce que moi, j'ai le droit de te poser des questions ?

— Je…

— Quand est-ce que tu te reposes sur moi ?

Katie avala sa salive, puis admit :

— Je ne me repose jamais vraiment sur qui que ce soit.

— Exactement ! Pourquoi ne le fais-tu pas ? On est sœurs, Katie. Je ne suis pas n'importe quelle inconnue à qui tu ne peux pas te fier.

— On parle tout le temps.

Rosie haussa les épaules.

— Quand on parle, c'est toujours la même rengaine : tu essaies de résoudre mes problèmes alors que, la plupart du temps, je ne veux même pas que tu t'en occupes. Je n'ai pas besoin que tu te mêles de tout.

Elle prenait soin de Rosie. Ce n'était pas de l'ingérence, n'est-ce pas ?

Katie s'obligea à réfléchir à son comportement, et conclut qu'en effet on pouvait interpréter ses interventions comme autre chose que de la sollicitude affectueuse.

— Je suppose que si je ne te confie pas mes problèmes, c'est toujours pour la même raison : je te protège.

Rosie ne sourit pas.

— Tu n'as pas à me protéger de la vie, Katie. Je la vis, de la même façon que toi. C'est quand, la dernière fois qu'on a fait quelque chose d'amusant, toutes les deux ?

Catherine les rejoignit avant que Katie n'ait pu formuler de réponse. Elle ne savait pas si ce sursis la frustrait ou la soulageait. Elle était surtout inquiète. Ça ne ressemblait pas à Rosie de chercher la confrontation.

Et rien n'indiquait que sa sœur était sur le point de s'excuser ou de se radoucir. Elle ne lui prit pas la main et ne chuchota pas « désolée », ni aucune des choses auxquelles Katie se serait attendue.

Et c'était vrai… Quand s'étaient-elles amusées ensemble pour la dernière fois ?

Sur le chemin de l'hôtel, Rosie garda le silence.

— J'espère que vos parents s'amusent bien, déclara Catherine. En général, les balades en traîneau tiré par des chiens sont très appréciées par nos clients.

Katie avait du mal à les imaginer à la tête d'un attelage, mais après tout, pourquoi pas ? Pour l'instant, elle ne pensait pas à eux, mais à sa sœur. Sa sœur qu'elle avait déçue et qui la trouvait ennuyeuse.

Elle répondit poliment à Catherine, puis observa les montagnes par la vitre. Même si c'était désagréable, elle se força à analyser ses rapports avec Rosie. Il était faux de dire qu'elle ne la voyait pas comme son égale, mais une chose était vraie : il y avait un déséquilibre dans leur relation. Elle avait dix ans à la naissance de Rosie. Et seize lorsque Rosie en avait eu six. Elles avaient vécu chaque phase de leur vie en décalage l'une par rapport à l'autre.

— Les filles, je vais vous déposer à Snowfall Lodge, parce que j'ai rendez-vous avec le décorateur floral à 15 heures, annonça Catherine. Katie, Becca ne pourra pas te coiffer avant 17 heures, mais je me suis dit qu'entre-temps Rosie et toi pourriez aller vous baigner ou vous faire masser. Un petit moment entre sœurs.

Un petit moment entre sœurs... À quoi était-ce censé ressembler ?

Katie s'agita sur son siège. C'était à elle d'amorcer un changement dans leur relation, et dès maintenant.

— Une baignade, ça me dit bien, mais je n'ai pas de maillot.

Est-ce qu'aller à la piscine pouvait être considéré comme une activité amusante ? Elle n'en était même pas sûre.

— On en vend à l'hôtel. Les loisirs aquatiques tiennent une place importante à Snowfall Lodge.

Catherine tourna dans l'allée de l'hôtel.

— Ce soir, vos parents ont leur dîner romantique. De mon côté, j'assiste à une réunion de mon club de lecture. Comme c'est la dernière de l'année et que je m'occupe de la nourriture, je ne peux pas la manquer. Ça ira, toutes les deux ?

Rosie hocha la tête.

— J'ai prévu un repas tranquille avec Dan. Ça ne te dérange pas, Katie ? Tu pourrais demander qu'on te livre quelque chose à la cabane et te détendre devant un film.

Non, ça ne lui convenait pas. Soudain, elle jugeait urgent que Rosie et elle trouvent une façon de s'amuser ensemble.

— On devrait peut-être s'offrir une dernière sortie en tant que sœurs célibataires et aller danser. Il doit bien y avoir un endroit où danser à Aspen ?

— Danser ?

Rosie la dévisageait comme si elle avait suggéré de cambrioler une galerie d'art.

— Je suis d'humeur festive, poursuivit Katie. Et ce serait super qu'on aille s'éclater toutes les deux.

Sa sœur soutint son regard.

— D'accord.

— Je trouve que c'est une excellente idée, renchérit Catherine. Ces derniers temps, tout a tourné autour du mariage. Ça te donnera l'occasion de te détendre avec ta sœur, Rosie. Dan n'y verra pas d'inconvénient. Lui et toi, vous avez toute la vie pour être ensemble.

Katie se concentra sur sa respiration. L'idée que Rosie passe le reste de sa vie avec un homme qu'elle connaissait à peine la faisait paniquer ? Elle était prête à tout tenter – méditation de pleine conscience, médication… – pour faire taire son angoisse. Elle ne dirait rien de plus sur ce mariage. Rosie était une adulte, capable de prendre ses propres décisions.

Sa sœur avait peut-être raison : elle se montrait trop protectrice. Que connaissait-elle de l'amour, après tout ? Rien. Elle n'était pas sûre de savoir s'amuser non plus, mais elle était bien décidée à s'attaquer au problème.

Elles passèrent l'après-midi à nager dans la piscine chauffée construite sur le toit de Snowfall Lodge. Grâce à son dôme vitré, c'était comme d'être à l'extérieur, en pleine montagne.

Elles étaient les seules à en profiter. Lorsque Katie se glissa dans la piscine, l'eau réchauffa sa peau et soulagea en partie la tension de ses muscles.

Gardant les épaules sous la surface, elle admira les pics dentelés et le sommet des arbres enneigés. C'était comme si le monde avait été peint en blanc.

En d'autres circonstances, elle aurait presque réussi à se détendre.

Rosie flotta jusqu'à elle, les yeux fermés.

— Tu es encore fâchée contre moi ? lui demanda Katie.

Sa sœur souleva les paupières.

— Non. Mais je trouve un peu frustrant que tu me traites toujours comme une enfant.

Katie essuya l'eau de son visage.

— Peut-être, mais c'est parce que tu es ma petite sœur.

— J'ai vingt-deux ans.

— Tu seras toujours ma petite sœur, peu importe l'âge que tu as, comme on sera toujours les filles de maman même quand on aura cinquante ans.

Comment réagirait Rosie si elle se confiait à elle ? Pas seulement à propos de l'agression, mais aussi de ses doutes au sujet de sa carrière ?

Remarquant que Rosie observait à nouveau son épaule, elle se remit à nager. Elle enchaîna les longueurs jusqu'à ce que le soleil se couche et qu'on vienne la prévenir que le salon de coiffure était prêt à la recevoir.

Elle se doucha et se changea rapidement, puis prit place dans le fauteuil, prête à laisser le champ libre à la coiffeuse.

— Je peux vous faire un léger balayage sur les mèches de devant, suggéra Becca.

— Faites ce que vous voulez. Si vous estimez que ça me mettra en valeur, allez-y.

— C'est moi qui vous coifferai le matin du mariage, alors j'apprécie d'avoir l'occasion de travailler vos cheveux avant. Y a-t-il quelque chose que vous aimez ? Que vous détestez ?

— Elle est classique, répondit Rosie en dévissant le bouchon de sa bouteille d'eau. Ne faites rien de radical.

— Ce serait peut-être bien de faire quelque chose de radical, au contraire, lança Katie en se regardant dans le miroir.

Était-elle vraiment aussi pâle ? Elle devrait se maquiller plus. Ou trouver une façon de dormir davantage.

Rosie but une gorgée.

— Tu as quelque chose à te mettre pour aller danser ?

— Non. Je vais dévaliser ta garde-robe et faire semblant d'être encore une adolescente.

Une heure plus tard, toute trace de coups de ciseaux de cuisine avait été effacée, et ses cheveux encadraient son visage en un dégradé subtil.

— Tu es superbe, affirma Rosie avec enthousiasme comme elles quittaient le salon de coiffure. Maintenant, il ne te reste plus qu'à cesser de froncer les sourcils.

— Je fronce les sourcils ?

— En permanence. Tu es toujours sérieuse.

Rosie l'enlaça.

— C'est mon mariage. Tu n'as pas le droit de froncer les sourcils à mon mariage.

— Où va-t-on, ce soir ? Je ne tiens pas à tomber sur nos parents et à les déranger en pleine seconde lune de miel.

— Aucun risque. On ira dans une boîte qui emploie le meilleur DJ de la région. Elle est super cool. Et j'ai la robe idéale pour toi. Je l'ai achetée pour aller à une fête, l'été dernier.

— Chouette, une robe courte et décolletée ! J'ai besoin de préciser qu'il y a un mètre de neige sur le sol ?

— J'ai envoyé un message à Dan. Il va nous conduire sur place et reviendra nous chercher. Comme ça, on ne sera pas longtemps dehors. Et tu porteras ton manteau.

De retour à la cabane, Rosie se plongea dans la valise qu'elle avait hâtivement préparée à l'hôtel.

— Tiens, fit-elle en brandissant la fameuse robe. J'ai eu le coup de foudre dès que je l'ai vue.

— Comme avec Dan ?

Sa sœur rit.

— On peut dire ça. Sauf qu'il tient beaucoup plus chaud.

Katie l'enfila.

— Je suis trop vieille pour la porter !

— Non. Tu penses que tu l'es et tu te comportes comme telle, mais, ce soir, ça se passera pas comme ça. Tu vas oublier ton sens des responsabilités surdimensionné et te déchaîner sur la piste de danse, comme la nana jeune et sexy que tu es.

— Et si on ne me laisse pas entrer ?

— C'est un club sélect, c'est vrai, mais tout le monde connaît la famille Reynolds, dans le coin.

— On n'est pas de la famille Reynolds.

— On le sera bientôt, répondit Rosie en se glissant dans une combinaison-pantalon écarlate. « Rosie Reynolds », ça sonne bien, tu ne trouves pas ?

— Tu l'épouses pour son nom de famille ? Je rigole ! s'exclama Katie en croisant le regard d'avertissement de sa sœur. Tu es canon. On dirait une décoration tombée du sapin de Noël.

— Je vais le prendre pour un compliment.

— *C'est* un compliment. Tu as un style fou. Je l'ai toujours dit.

— Attends le jour du mariage. Ça va être parfait.

— Catherine semble avoir tout organisé, et ce n'est même pas notre mère.

Katie s'était beaucoup interrogée à ce sujet. Maggie était-elle contrariée de n'avoir pas pu participer à l'organisation du mariage de sa fille ? Suivait-elle les projets de loin, attristée d'être reléguée au rôle d'observatrice ? Pendant que Catherine choisissait la soie, les fleurs et réfléchissait aux menus, leur mère éprouvait-elle de la reconnaissance… ou de la jalousie ? Elle était tellement aimante et impliquée qu'elle était forcément bouleversée, non ? À cette idée, Katie éprouva un respect renouvelé à son endroit ; Maggie ne faisait jamais pression sur aucune de ses filles. Elle avait toujours apporté son soutien à Rosie.

— En parlant de maman, je vais lui envoyer la photo de tout à l'heure. Elle va adorer.

Et demain matin, première chose à l'ordre du jour : Katie irait la voir et lui donnerait l'occasion de parler de ce qu'elle ressentait à propos de ce mariage.

— Catherine est épatante, déclara Rosie. Quelle femme ne voudrait pas que son mariage soit organisé par une professionnelle ?

Sa sœur n'avait pas l'air de penser que leur mère pouvait avoir un avis sur la question.

— Toi. Tu passais ton temps à rêvasser sur les mariages.

Katie fouilla dans son sac, à la recherche de son mascara.

— Normalement, tu devrais être en train de dire : « Je veux vraiment de l'eucalyptus… Oh non, j'ai changé d'avis… Plutôt du lierre… » Mais pour ce qui est de ce mariage, tu ne dis pas grand-chose. Tu es satisfaite de tout ? J'ai peur qu'elle te force la main.

Même sans regarder le visage de sa sœur, Katie comprit qu'elle était retombée dans ses travers.

— Oublie ce que je viens de dire. Elle t'adore, c'est évident.

— Tu ne peux pas t'en empêcher, hein ? commenta Rosie, les joues empourprées. Pourquoi es-tu aussi convaincue que ce mariage est une erreur ? Tu es exactement comme mamie !

— On ne l'a jamais rencontrée.

— Je sais, mais maman nous a dit à quel point elle avait critiqué leur mariage inopiné. Et regarde le résultat.

Katie revit ses parents en train de s'ébattre dans la neige comme des enfants, puis les imagina en plein rendez-vous romantique.

— Tu as raison. Je suis ridicule.

Elle devait arrêter. Elle devait cesser de chercher en permanence les preuves du pire, au lieu de s'intéresser aux preuves du meilleur.

Elle devait cesser de protéger sa sœur pour mieux la soutenir.

Elle traversa la pièce et la serra dans ses bras.

— Dis-moi que tu es heureuse. C'est tout ce que je veux entendre.

— Je suis heureuse.

— C'est la seule chose qui m'importe. À part danser, bien sûr. J'ai très envie de danser. Est-ce que Dan est arrivé ?

Elle prit son manteau et son sac.

— C'est parti. Allons nous éclater !

À partir de maintenant, elle ne se concentrerait que sur le positif.

Dès qu'une pensée pessimiste l'envahirait à propos des risques des histoires d'amour précipitées, elle penserait à ses parents s'ébattant dans la neige. À ses parents s'embrassant comme des adolescents.

Ça avait marché pour eux. Il n'y avait pas de raison que ça ne marche pas pour Rosie.

Maggie

— Quand Catherine a dit que le restaurant était situé en pleine montagne, je n'avais pas compris qu'on devrait prendre une autoneige pour y aller.

Maggie monta les marches qui menaient à l'entrée du chalet, puis entra. À l'intérieur, il faisait agréablement chaud.

— Fines herbes et ail, commenta-t-elle en humant l'air. Ça sent bon !

— Et le retour se fera en traîneau tiré par un cheval. Je ne sais pas si ce sera mieux ou pire.

Nick tendit son manteau et son écharpe à un employé du restaurant, éparpillant de la neige partout au passage.

— Tu as froid ?

— Non. Les couvertures qu'ils nous ont données m'ont bien tenu chaud.

Elle avait dû en outre se serrer contre lui sur le siège pour laisser de la place aux autres occupants, la cuisse pressée contre la sienne, le bras collé au sien. Deux moitiés fondues l'une dans l'autre comme si elles ne faisaient plus qu'une. Pourtant, ce n'était plus le cas, comme elle avait dû se le répéter. Leurs pièces bien emboîtées s'étaient scindées. Mais son esprit avait refusé de coopérer, la ramenant à nouveau vers ce moment troublant, dans la cabane. Réchauffée de l'intérieur, elle avait à peine remarqué le froid.

Même maintenant, alors que Nick l'aidait à ôter son manteau, elle nota le frôlement de ses doigts sur sa nuque. C'était comme si son corps était brusquement devenu hyper sensible au moindre effleurement.

— Apparemment, on peut aussi monter jusqu'ici en raquettes, précisa Nick.

— Je suis contente qu'on ait choisi l'option autoneige. Il y a des limites à mon besoin d'aventure, et je ne veux pas faire autant d'efforts pour mériter mon dîner. On va vraiment redescendre en traîneau ? Tu crois que le cheval sera gentil ?

— Du moment qu'il nous ramène en bas de la montagne en un seul morceau, je me contrefiche de son caractère.

— Tu vas sûrement me dire que les chameaux sont pires.

— Les chameaux sont pires, c'est indéniable.

Le serveur les guida jusqu'à leur table, et Maggie se glissa sur la chaise près de la fenêtre. Bien que troublée et plutôt déstabilisée par ce qu'elle ressentait, elle était charmée par l'atmosphère du lieu.

Pendant l'ascension en autoneige, elle s'était demandé si le trajet en vaudrait la peine. À leur arrivée, il lui avait suffi d'un coup d'œil pour conclure que oui. Le restaurant, de style alpin, était niché au milieu des arbres, à mi-hauteur de la montagne. Il se trouvait dans un chalet en bois douillet, aux murs ornés de fines guirlandes lumineuses, parfait pour s'abriter du froid. L'air sentait bon la fumée de bois et la cuisine maison.

Comme il faisait nuit, la vue était limitée, mais les lumières de l'établissement éclairaient la forêt et les pistes environnantes.

— C'est très joli.

De l'autre côté de la vitre, la neige tournoyait en un ballet lent mais incessant.

— Tu crois qu'on va se retrouver piégés par les éléments ?

Nick mit ses lunettes, puis ouvrit le menu.

— Je l'ignore, mais ce ne serait pas une calamité d'être coincés ici. Ils ont une belle carte des vins et on ne mourra pas de faim.

Elle jeta un coup d'œil autour d'elle. Toutes les tables étaient occupées.

— Ça semble l'endroit idéal pour les soirées romantiques.

— C'est sûrement pour ça que Catherine l'a choisi.

Une fois encore, Maggie ressentit – et de manière accrue – l'impression de ne pas être à sa place. Ils étaient entourés de couples qui appréciaient leur relation. Or, Nick et elle feignaient seulement d'en avoir encore une.

— Champagne, de la part de Mme Reynolds.

Le serveur plaça deux coupes devant eux, ainsi qu'une petite assiette de canapés. Maggie attendit qu'il soit parti pour croiser le regard de Nick.

— Ne le dis pas.

— Quoi ?

— Tu allais faire allusion à ce qui s'est passé la dernière fois que j'ai bu du champagne, non ?

— Pas du tout. C'est une coupe, Mags. Dans l'avion, tu as vidé le bar à toi toute seule. À cette heure, la France est peut-être à court de champagne à cause de toi.

— Merci pour ton tact et ta délicatesse, et merci de respecter mon souhait d'oublier tout ça.

— Pourquoi voudrais-tu l'oublier ?

— Parce que j'ai fait honte à toute ma famille. Enfin, pas à Katie, puisqu'elle n'a pas assisté à la scène, mais Rosie lui a sûrement raconté le désastre.

Elle avait toujours été contente que ses deux filles soient là l'une pour l'autre. Elle-même aurait tant aimé avoir un frère ou une sœur.

Après avoir étudié la carte, elle la reposa. Elle s'aperçut alors que Nick la regardait en souriant.

— Quoi ?

— Eh bien, moi, je t'ai trouvé adorable.

— Adorable ?

— Quand tu as bu ce champagne. Tu as perdu tes inhibitions.

— Je t'ai presque agressé sexuellement devant ma fille et son futur mari, oui ! Et j'ai prétendu que c'était une seconde lune de miel. Sans le champagne, on ne serait pas assis ici en ce moment.

— Je n'aimerais être nulle part ailleurs, répondit-il en levant son verre. À nous.

Son cœur manqua un battement.

— Il n'y a pas de « nous », Nick. On divorce, tu te rappelles ?

— Pas ce soir. Ce soir, on profite de notre seconde lune de miel. Je me sens obligé de préciser que lors de la première, on n'avait pas d'argent, alors la nourriture et les boissons étaient loin d'être aussi impressionnantes. Cette deuxième mouture est nettement supérieure en qualité.

Tout chez lui semblait léger, alors qu'elle se sentait lourde et accablée.

C'était une chose de jouer la comédie devant les gens qu'elle aimait, mais, là, c'était différent. Ça semblait si réel !

— Personne ne nous regarde, dit Nick.

— On l'ignore. Tu veux que ça revienne aux oreilles de Catherine, qu'on l'a remerciée de son hospitalité en se disputant ?

— On ne se dispute pas.

Elle se sentait épuisée. C'était peut-être à cause de l'activité physique, ou bien il s'agissait d'autre chose. Une chose à laquelle elle ne voulait pas penser.

— Non, on ne se dispute pas, répéta-t-il.

Il l'étudia pendant quelques secondes, avant de demander :

— Pourquoi ?

— Je suppose qu'après toutes ces années ensemble on sait ce qui fonctionne et ce qui ne fonctionne pas.

Le mariage était comme une danse : on essayait de suivre le rythme de la vie, en cherchant une allure et une trajectoire qui conviennent aux deux personnes. Certains s'empêtraient dans les pas, mais pas eux. Ils avaient simplement valsé loin l'un de l'autre.

Elle leva sa coupe. Elle ne voulait pas trinquer à « nous ». Elle ne voulait pas non plus le faire à propos de l'avenir parce que, pour l'instant, elle n'était pas sûre d'aimer l'aspect qu'il prenait. Porter un toast au passé risquait de l'attrister. La seule chose à célébrer était le présent.

— Je bois à maintenant, à cette soirée. Puisse le cheval ne pas nous faire dévaler la montagne au galop !

— On dirait une métaphore de la vie.

Il fit tinter son verre contre le sien.

— À une soirée pleine d'amusement.

— D'amusement feint.

— Pas feint, non…, répliqua-t-il en refermant le menu. Il n'y avait rien de simulé dans notre bataille de boules de neige. J'ai adoré. Probablement parce que j'ai gagné.

Maggie avala son champagne de travers.

— C'est moi qui ai gagné !

— Ce n'est pas ce que ma mémoire me dit.

— Alors, tu as une mémoire sélective.

— Le dernier tir qui t'a atteinte en plein buste ? C'était le point de la victoire.

— La prochaine fois, je ne t'épargnerai pas. Préparez-vous à une défaite cuisante, professeur !

— Tu ne vises pas assez bien pour me battre.

Quand il repoussa ses lunettes sur son nez, Maggie sentit son cœur se serrer tant le geste lui était familier.

Ça lui manquait. Tous ces petits échanges autour d'un repas. Ces gestes qui faisaient partie de lui et qu'elle connaissait si bien…

Il poussa l'assiette de petits-fours dans sa direction.

— Pourquoi me regardes-tu comme ça ?

— Je planifiais ma stratégie pour notre prochaine bataille de boules de neige.

Après avoir posé le menu, elle s'empara d'un petit canapé au saumon fumé et à la ciboulette.

— Peu importe ta stratégie, je t'attends de pied ferme, et tu vas perdre, affirma Nick. Ça y est, tu as choisi ?

— Je vais prendre le fromage de chèvre.

— Tu ne peux pas. C'est moi qui le prends.

— On a le droit de manger la même chose.

Il fronça les sourcils.

— Jamais, au restaurant. On partage toujours. Comme ça, on découvre le double de plats.

Cette habitude datait de leur jeunesse, lorsqu'ils n'avaient pas les moyens de manger souvent au restaurant. C'était une façon d'essayer autant de mets que possible. « Vas-y, goûte. Sers-toi. »

— Pas toujours. Tu te souviens du homard ? demanda Maggie.

— Bien sûr. Ce repas demeure comme une cicatrice dans mon âme. Tu as refusé de partager. C'est la seule et unique fois.

— Ce homard était délicieux.

— Et tu me dis ça maintenant ? Tu n'as donc pas de cœur ?

Si, elle en avait un. Il était contusionné et endolori, comme si l'on avait fouillé dans sa poitrine pour le frapper. Loin d'être un répit, cette soirée empirait la situation.

— Si tu veux partager, pourquoi ne prendrais-tu pas le poisson fumé ? suggéra-t-elle.

— Excellente idée.

Ils commandèrent leurs plats, puis elle but une nouvelle gorgée de champagne.

— Ça a un goût de célébration, ce qui est peut-être ironique, étant donné les circonstances. Qu'est-ce qu'on célèbre ?

— Notre talent pour le spectacle vivant, peut-être. Certainement pas ta façon de viser avec une boule de neige !

La touche d'humour était bienvenue.

— Ma façon de viser est tout à fait correcte, protesta-t-elle. Je faisais preuve de délicatesse. Je ne voulais pas que tu sois trempé pour rentrer.

— Je te crois. Tu n'as pas une once de méchanceté en toi. La gérante m'a dit que tu as été la première cliente à te demander si tu ne pesais pas trop lourd pour les chiens de traîneau.

— Je trouvais que c'était une question pertinente. Ces chiens ne sont pas si gros.

Elle suivit de son doigt le bord de son verre.

— J'ai passé un bon moment.

— Moi aussi. Je n'oublierai jamais la tête que tu as faite quand les chiens ont démarré. Ils n'ont pas eu l'air d'avoir de mal à te tirer, termina-t-il en riant.

Elle ne put s'empêcher de l'imiter.

— Ils n'ont pas démarré tout seuls. J'ai contrôlé la situation tout du long.

Une femme, assise à la table voisine, leur jeta un coup d'œil.

— On fait trop de bruit.

— Je m'en fiche. C'est chouette de t'entendre rire.

Après un temps d'arrêt, il reprit :

— On s'est bien amusés, cet après-midi.

— Oui. C'était relaxant. Être dans la forêt, juste avec le bruit des chiens et l'air froid sur nos visages…

Et être avec Nick. L'homme qu'elle avait aimé, et qu'elle aimait toujours autant. Malgré les morceaux brisés.

Cette constatation lui occasionna un choc.

Il soutint son regard.

— Quand avons-nous cessé de nous amuser, Mags ? Quand avons-nous arrêté de faire des choses ensemble ?

Leurs entrées furent servies avant qu'elle ne puisse lui répondre. Elle saisit sa fourchette tandis qu'il se penchait vers elle.

— Laisse-moi te poser une autre question : *pourquoi* avons-nous arrêté de faire des choses ensemble ?

— Je ne sais pas. Les aléas de la vie, je suppose. Tu étais occupé. Avec ton travail, tes voyages. J'étais concentrée sur nos filles. Ça arrive.

— S'amuser, ça compte aussi. On aurait dû trouver le temps.

Faire preuve de créativité. Franchement, est-ce qu'on aurait envisagé toutes ces sorties, si Catherine ne les avait pas organisées pour nous ?

— Non. Parce que ce sont des activités de couple, et qu'on n'est pas un couple. Ça fait un moment qu'on ne l'est plus. On est ensemble ici parce que notre fille se marie.

— C'est bien ce que je dis. On n'a rien fait de tout ça quand on était en couple.

Son téléphone vibra. Soulagée par l'interruption, Maggie attrapa son sac. Voulait-elle vraiment disséquer le passé ? En quoi cela les aiderait-il ?

Nick soupira.

— Tu es obligée de regarder ton portable ? C'est censé être un dîner romantique.

— Un faux dîner romantique. Et il est peu probable que Catherine nous surveille, n'est-ce pas ? L'une des filles a peut-être besoin de moi, conclut-elle en baissant les yeux sur l'écran.

— Elles sont adultes, Mags. Elles peuvent se débrouiller cinq minutes sans ton intervention. S'il s'agissait d'une crise d'asthme, elles appelleraient plutôt que d'envoyer un SMS.

Maggie l'ignora. Katie lui avait envoyé une photo sur laquelle sa sœur et elle, vêtues de leurs robes pour le mariage, se tenaient par les épaules en souriant. *Ses filles.*

— Elles avaient un essayage, cet après-midi.

Pendant qu'elle se trouvait sur un traîneau avec Nick. Elle ressentit un pincement au cœur, comme si elle avait perdu quelque chose qu'elle ne récupérerait jamais.

— Catherine a dû prendre la photo. Regarde.

Elle tourna le téléphone vers lui. Il eut un bref sourire.

— Elles sont superbes. Elles ont l'air heureuses.

— Oui. Et elles s'apprêtent à aller danser. C'est une bonne idée. Katie m'inquiète. Quelque chose ne tourne pas rond.

— Elle est sûrement fatiguée. Il y a le décalage horaire. Et elle fait un boulot difficile.

— Je sais, mais ce boulot difficile, elle le fait depuis dix ans. Non…

Elle s'interrompit, incapable d'expliquer l'instinct maternel.

— … je sens que qu'il y a autre chose.

— Tu t'inquiètes trop. Ce n'est sans doute rien.

Pourvu qu'il ait raison et que rien ne tracasse Katie…

Ses pensées se tournèrent vers sa cadette.

— J'aime beaucoup Dan. Il est gentil et attentionné, il a le sens de l'humour et l'air de bien connaître Rosie. Est-ce que tu penses qu'ils font une erreur en se mariant aussi jeunes ?

— Je me suis marié une seule fois dans ma vie et ensuite j'ai tout gâché, alors je ne crois pas être qualifié pour répondre.

Elle remit son portable dans son sac.

— Tu n'as pas tout gâché, Nick. Les mariages se terminent. C'est une réalité.

— De même qu'il y a forcément une raison pour qu'ils se terminent.

Il vida son verre d'un trait.

— Ces derniers temps, je me demande si les choses se seraient passées autrement, si j'avais eu un métier différent.

— Nick, c'est de la folie ! Qu'est-ce que tu aurais fait d'autre ?

Il haussa les épaules.

— Peut-être un poste dans un musée, avec de meilleurs horaires.

— Les postes dans les musées ont généralement des horaires horribles, sans parler du salaire de misère. Et tu aimes ton job.

— Mais j'ai tellement été absent que j'ai fini par vivre en marge de ma propre famille.

Maggie fronça les sourcils.

— De quoi parles-tu ?

— Même maintenant, en plein repas, tu prends les appels des filles. Vous êtes comme un trio inséparable auquel je me joins une fois de temps en temps.

Leurs plats arrivèrent, mais ils n'y touchèrent pas.

Il la regarda tandis qu'elle le fixait en retour.

— Tu veux dire que tu t'es senti exclu ?

Un sentiment de frustration l'envahit, ainsi qu'une pointe de culpabilité.

— Je ne me suis jamais plainte à propos de ton travail, Nick. Je ne me suis jamais plainte quand tu t'absentais pendant des semaines, ni quand tu revenais avec la moitié du sable du désert dans ton sac. Je comprenais que c'était ce que tu avais besoin de faire. C'était la vie que tu voulais. Mais tu ne peux pas me reprocher de m'être construit une vie qui fonctionnait pour moi. Une vie que je voulais. Tu connais l'enfance que j'ai eue. Stérile. Solitaire. Mes parents étaient distants. À une époque, je pensais qu'ils m'aimaient, mais ignoraient comment me le montrer. Maintenant, je ne suis même plus sûre que ce soit vrai. Je crois que je préfère me raconter ça, parce que c'est plus facile à supporter que l'autre possibilité. Notre foyer n'avait rien de douillet, de chaleureux ou d'accueillant. C'est pourquoi j'ai souhaité qu'il en soit autrement pour notre famille. Et je suis fière de ce qu'on a créé, de ce qu'on a eu pendant si longtemps.

— De ce que *tu* as créé, répliqua-t-il en prenant sa fourchette. Tu as fait de notre famille ce qu'elle a été.

Son utilisation du passé lui fit l'effet d'un coup dans le ventre.

— Toi aussi, tu faisais partie de cette famille.

— Je me contentais de m'y pointer de temps en temps.

— Je ne te reproche pas ton métier, Nick. Je ne te l'ai jamais reproché. Tu suivais ta passion, et moi, la mienne.

— Mais la tienne était de faire fonctionner notre famille.

— Tu sembles penser que je me suis sacrifiée… Ce n'est pas le cas. Je voulais créer l'environnement familial que j'avais rêvé d'avoir quand j'étais petite. Je voulais de la chaleur et de l'amour, de la bonne nourriture, des rires. Je l'ai fait pour moi.

— J'ai été égoïste. Je le vois bien, maintenant.

Il reposa sa fourchette.

— Je n'arrête pas de penser à ce jour où je préparais mes

bagages pour un voyage et que Rosie a fait une crise d'asthme. Tu t'en souviens ?

Oh oui… ! Elle pouvait en sourire aujourd'hui mais, le jour en question, elle n'avait pas du tout eu envie de rire.

— Tu m'as demandé où étaient tes boots.

— Et tu m'as indiqué où tu les mettrais, si tu savais où je les avais laissées.

Elle cligna des paupières d'un air innocent.

— Je suis sûre que je n'ai jamais été aussi grossière !

— Je le méritais. Et même beaucoup plus que ça. Notre fille n'arrivait pas à respirer, et moi, je me préparais à partir en voyage.

Il se frotta le visage.

— Ce n'était pas que je m'en moquais, ni que je n'étais pas inquiet.

— Je le sais.

Vraiment ? N'avait-elle pas été quelquefois exaspérée et furieuse que ses priorités soient mal placées ?

Il laissa retomber sa main.

— Tu gérais ce qui se passait avec plus d'habileté, de grâce et de calme que je n'aurais jamais pu le faire. Non seulement tu calmais Rosie quand elle ne pouvait pas respirer, mais tu nous calmais aussi. Tu ne paniquais jamais.

— Je paniquais constamment. À l'intérieur, j'étais une loque.

— Je ne l'ai jamais vu.

— Je n'osais pas le montrer à qui que ce soit.

— Ça me donnait l'impression d'être inapte.

— Moi aussi, je me sentais inapte.

— Quand ? demanda-t-il. Quand as-tu jamais été inapte ? Donne-moi un exemple, parce que je n'en ai aucun en tête.

— La majeure partie de ma vie, je suppose.

Elle termina son champagne.

— Je n'ai jamais été telle que mes parents le voulaient. Ensuite, au début de notre relation, tout allait si bien que plus rien d'autre n'importait. Puis, quand tu as commencé à grimper les échelons, les choses ont changé. On est toujours jugé d'après ce qu'on fait, Nick. Toutes ces réceptions où j'étais présentée comme « la femme du Pr White »... Comme si, sans toi, je n'existais pas en tant que personne. Même si élever les filles a probablement été la chose la plus importante de ma vie, je me sentais...

Elle eut du mal à trouver le mot juste.

— ... inférieure. Oui, voilà...

Il fronça les sourcils.

— Pas une fois je n'ai pensé ça à propos de toi ! Te l'ai-je fait ressentir ?

— Toi, non. Tes collègues, oui. Dès qu'ils ont découvert que je n'étais pas des leurs, je n'ai plus mérité leur attention, hormis comme moyen d'avoir accès à toi.

— Les universitaires sont parfois bizarres.

— Les gens sont parfois bizarres, rétorqua-t-elle.

Ses orteils s'étaient réchauffés, et tout son corps était détendu.

— Quand on me demandait ce que je faisais, je parlais d'édition universitaire comme si ça me donnait les références nécessaires pour être acceptée dans le cercle. Mais mon travail ne servait qu'à rapporter plus d'argent à la maison. C'était toi qui étais encensé.

— Comme je te l'ai dit l'autre jour, j'ai peut-être réussi dans certains domaines, mais je n'ai pas réussi notre mariage.

— Je ne te reproche rien, Nick. Et un mariage n'est pas quelque chose du style « ça passe ou ça casse », fit-elle d'une voix douce. On n'a peut-être pas trouvé le bon équilibre. Je ne voulais pas que les filles souffrent de ton absence, alors j'ai redoublé d'efforts pour qu'on s'amuse bien quand tu n'étais pas là. Il n'était pas question que je passe mon temps à compter les jours jusqu'à ton retour.

Était-ce pour cette raison qu'ils s'étaient éloignés ? Était-ce sa faute à elle ?

Au début, ses voyages ne l'avaient pas dérangée plus que ça. Au contraire, ils avaient ajouté du piment à leur relation. Ses retours à la maison étaient toujours accompagnés de passion et d'une appréciation mutuelle renouvelées.

Elle reprit sa fourchette.

— Je suppose que la vie est devenue plus dure. Les demandes plus exigeantes. Mon but a toujours été de préserver la stabilité et le bonheur de notre famille. On était trois, parfois quatre, mais rarement deux. À vrai dire, ça demandait des efforts d'être deux, et je n'avais plus beaucoup d'énergie.

— Pareil pour moi. Le travail et la famille passaient en premier, et il ne restait plus grand-chose pour nous deux. Peut-être que si on avait partagé plus d'activités, comme aujourd'hui, on serait toujours un couple.

Elle ne voulait pas y penser. Elle ne *pouvait* pas y penser. Si c'était vrai, c'était déchirant.

— C'est plutôt compliqué de faire une bataille de boules de neige à Oxford. Et traverser la Bibliothèque bodléienne en traîneau à chiens serait très mal vu.

Le regard de Nick s'adoucit.

— On s'est bien amusés aujourd'hui, Mags.

— Oui.

— On s'est amusés *ensemble*. On a été un couple.

— On a fait semblant.

— On a peut-être feint d'être en couple, mais on s'est réellement amusés, affirma-t-il d'une voix rauque. Rosie est partie de la maison il y a quatre ans. Ces quatre dernières années offraient l'occasion de renouer le lien, de nous réserver du temps rien qu'à nous. On aurait dû se rapprocher, pas s'éloigner davantage.

Elle mangea la moitié du fromage de chèvre sans en sentir le goût, puis ils échangèrent leurs assiettes.

— Je suis sûre qu'on n'est pas le premier couple à qui ça arrive.

Il reposa sa fourchette.

— Est-ce que tu me détestes, Mags ?

— Quoi ? !

La question la stupéfia.

— Non ! Comment peux-tu me demander ça ?

— Parce que tous les couples divorcés que je connais se détestent. John et Pamela ne communiquent pas du tout. Ryan et Tracy ne vivent même plus dans le même pays.

— Elle a déménagé ?

— Il a déménagé. Il a trouvé un poste à Francfort.

— Oh…

Elle réfléchit à cette nouvelle information.

— J'imagine que certaines personnes trouvent plus facile de partir.

Pas elle. Elle aimait la vie qu'elle avait construite, et son nid douillet rempli de souvenirs, son refuge contre les coups durs. Était-ce le bon moment pour lui avouer qu'elle ne voulait pas vendre Honeysuckle Cottage ? Non. Mieux valait repousser cette conversation à plus tard. Peut-être quand elle aurait trouvé un moyen de se le permettre financièrement. Elle pourrait louer une chambre à un étudiant. Il y avait de la demande pour ça.

— Je me sens responsable, déclara Nick.

— Du fait que Ryan a pris un boulot à Francfort ?

Il la regarda, les yeux brillants.

— De la mort de notre mariage.

Elle prit une bouchée de sa moitié de poisson.

— Les torts sont partagés, Nick. Il y a deux responsables.

— Vraiment ? Parce que je vois beaucoup de choses que j'ai faites de travers, des choses que je regrette, mais je ne trouve rien de ton côté.

— Tu as sous-entendu que je t'avais exclu.

— Non. Je t'ai dit que je me suis senti en marge de la famille. Ce n'est pas pareil. Je changerais certains éléments, si on revivait notre histoire.

— Hmm ?

Elle essayait d'avoir l'air désinvolte. Souhaitait-elle entendre l'autre scénario ? Celui qui n'aurait peut-être pas fini par un divorce ? Non. Le temps d'avoir cette conversation était passé depuis longtemps.

— Pour commencer, je me rendrais compte que tu n'aimes pas ton travail. Quand j'y repense, c'est plutôt évident. Tu aimes être dehors. Tu as toujours aimé ça. Tu adores la nature. J'aurais dû comprendre qu'un métier qui t'obligeait à rester enfermée n'était pas le bon.

— J'ai fait mes choix. Et je ne suis pas comme toi. Je n'avais pas de passion dévorante. J'ai postulé pour de nombreux emplois différents, puis j'ai pris le premier qu'on m'a offert. Je suis sûre que des millions de personnes font ainsi. On atterrit quelque part autant par hasard qu'intentionnellement.

Ils terminèrent leurs assiettes.

— Au lieu de prendre le dessert et le café ici, pourquoi on ne retournerait pas à la cabane ? suggéra Nick. On pourrait s'asseoir devant le feu et terminer cette conversation sans que la moitié du monde nous écoute.

Elle réfléchit un instant.

— Je suppose que le cheval qui tire le traîneau sera moins fatigué si on part plus tôt.

Ils remirent leurs manteaux et sortirent dans le froid.

Ils eurent le traîneau pour eux seuls pendant le court trajet jusqu'au village. De là, ils prendraient une voiture pour retourner à Snowfall Lodge.

Maggie se pelotonna sous l'épaisse couverture, puis Nick passa le bras autour d'elle pour la rapprocher de lui. Elle aurait peut-être dû s'écarter, mais elle n'en avait pas envie.

C'est pour la chaleur, se dit-elle. Pour la chaleur, rien d'autre.

C'était tellement rare de voyager de cette façon, sans gaz d'échappement, sans chauffeurs impatients, sans embouteillage. C'était presque magique.

Ils auraient pu être seuls au monde. Les sons environnants étaient le bruit étouffé des sabots du cheval dans la neige et le bruissement occasionnel de sa queue. Blottis l'un contre l'autre sous la couverture, ils observaient la neige qui tombait en silence autour d'eux.

Elle était contente de porter plusieurs épaisseurs de vêtements. Elle appréciait aussi la force et la chaleur de Nick.

La tête appuyée sur son épaule, elle admira les arbres qui bordaient le sentier, tout en savourant l'air pur et glacial.

Le trajet ne dura pas assez longtemps à son goût. Quand ils montèrent dans la voiture qui les attendait, elle en éprouva une pointe de déception.

Une fois dans la cabane, Nick se dirigea vers la cuisine tandis qu'elle ôtait son manteau et s'approchait de la cheminée.

— Tiens, fit-il en lui tendant un mug rempli de café brûlant. Ça va te réchauffer. Il neige toujours. C'est dingue, non ? Et la météo annonce du blizzard pour demain.

— Toutes ces années où j'ai rêvé d'un Noël blanc, et, maintenant, il y a tellement de neige qu'on va peut-être se retrouver coincés dans cette cabane.

— Ça te déplaît d'être ici ? Est-ce que Honeysuckle Cottage et nos traditions de Noël te manquent ?

Maggie marcha jusqu'à la fenêtre et regarda les arbres à l'extérieur. Les arbres la calmaient toujours.

— Non. J'adore. C'est un endroit parfait.

— Tu en profites bien ?

— Oui. La vie réelle me semble à mille lieues d'ici.

— Mais, dans une semaine, on reprendra cette vie. Et tu retourneras faire un travail que tu n'aimes pas. Démissionne, Mags. Fais-le dès que tu rentres à la maison.

— Sans avoir trouvé un autre emploi avant ?

Il avait toujours été plus impulsif et aventureux qu'elle.

— Heureusement que l'un de nous a la tête sur les épaules !

— Je ne suis pas certain d'être d'accord. Pas si ça t'emprisonne dans une vie que tu n'aimes pas. N'hésite pas, offre-toi un nouveau départ.

Elle souffla sur son café pour le refroidir.

— J'ai déjà reçu une cinquantaine de refus. Il est clair que je n'ai ni les qualifications ni la formation professionnelle nécessaires pour obtenir le type de poste qui m'intéresse. Si je démissionne, tout ce que je m'offrirai, ce sera des inquiétudes financières. C'est loin d'être motivant.

— Tu aimerais devenir paysagiste, n'est-ce pas ?

— Certains de mes souvenirs les plus heureux sont liés à notre jardin, et je suis fière de ce que j'ai créé. Je pense que perdre le jardin sera l'une des pires conséquences de la vente de la maison. Un jardin n'est pas quelque chose qui arrive en un instant. Il mûrit et évolue au fil du temps.

Elle tourna les yeux vers lui.

— Comme un mariage, je suppose.

— Fais une formation, déclara-t-il en soutenant son regard. Obtiens les qualifications.

— Je suis trop vieille.

Il haussa un sourcil.

— Si tu peux apprendre à conduire un traîneau tiré par des huskies, je suis sûr que tu peux te former au paysagisme. Ce chien de tête était un vrai phénomène.

— Il était adorable.

Nick s'assit sur le canapé et posa son mug sur la table basse.

— Tu n'as plus à tenir compte des filles, Maggie. Elles vivent leur vie. Katie mène une belle carrière. Quant à Rosie, elle vient de commencer son doctorat et est sur le point de se marier. Il est temps de penser à toi.

— Il faut réfléchir à l'aspect financier. Non seulement je perdrais mes revenus, mais je serais fauchée. Ce genre de formation doit coûter une fortune.

— On a de l'argent, Mags. On peut se le permettre.

Devait-elle préciser qu'ils n'étaient plus ensemble ?

— Un divorce, ça coûte cher. Les avocats. Deux logements. Deux lots de factures.

Les yeux de Nick s'assombrirent.

— On trouvera. Tout est une question de priorités.

Maggie sentit son cœur s'attendrir. Un autre homme se serait peut-être acharné à conserver le plus de biens possible pour lui. Nick, lui, l'encourageait à entreprendre une formation dont il ne tirerait aucun avantage.

— Et si j'obtiens la qualification mais qu'ensuite je ne trouve pas de travail ? Ce serait avoir jeté l'argent par les fenêtres.

— Tu apprécieras peut-être le processus, auquel cas ce ne sera pas de l'argent gaspillé. Et peut-être que tu trouveras du travail. Il n'y a aucune garantie. Sauf si tu ne le fais pas : là, il est certain que tu ne deviendras pas paysagiste. Promets-moi que tu vas y réfléchir.

— D'accord, répondit-elle avant de finir son café. On devrait aller se coucher, maintenant, si on veut réussir à se lever pour le défi romantique de demain.

Il vida son mug, puis se leva.

— J'ai vraiment apprécié la soirée, Mags.

— Moi aussi.

— Je vais préparer le canapé, dit Nick. Sauf si tu penses que les filles risquent de nous rendre visite inopinément avant qu'on se couche. Tu crois qu'on devrait partager le lit, au cas où ?

Il y eut une pause tendue, gênante, et, pendant un instant, il la regarda dans les yeux. Sa peau la picota, et elle songea à ce moment ambigu, après la bataille de boules de neige.

Quelques jours plus tôt, l'avenir lui semblait clair, de même que ses sentiments, puis tout était brusquement devenu confus et embrouillé. S'ils partageaient ce lit, ça compliquerait les choses. Et ça ne paraissait pas prudent.

C'était elle qui avait commencé. Elle avait insisté pour qu'ils jouent la comédie… Au début, ça n'avait pas semblé difficile. Mais elle n'avait fait que penser aux filles, alors que, soudain, elle ne parvenait à penser qu'à elle.

Quelque chose avait changé en elle.

— Je ne crois pas que ce soit nécessaire, balbutia-t-elle. On a déjà prévu de se retrouver à l'hôtel pour le petit déjeuner, à 10 heures. Elles n'ont aucune raison de venir ici. Je vais aller chercher les draps. Je les ai rangés dans le panier, là-haut, pour qu'elles ne les voient pas.

Elle s'affaira autour du canapé, gonflant les oreillers et bordant les couvertures. Ça, c'était son élément. Les choses pratiques étaient faciles. Elles l'apaisaient et la calmaient.

— Bonne nuit, Nick.

Elle lui sourit. Elle espérait avoir l'air plus sereine qu'elle ne l'était.

Quand elle ressortit de la salle de bains, il avait éteint la lampe dans le salon.

Depuis la mezzanine, elle distinguait sa silhouette étendue sur le canapé.

Elle en ressentit un frémissement d'émotion qu'elle ne comprit pas entièrement. En deux jours, ils avaient eu plus d'échanges sincères qu'au cours des dernières années. S'ils avaient eu ces conversations plus tôt, les choses auraient-elles été différentes ?

Ça n'avait pas d'importance, pensa-t-elle en se glissant sous la couette. Elle plaça un autre oreiller sous sa tête pour pouvoir regarder la neige tomber. Il y avait quelque chose de calmant et d'hypnotisant dans cette lente valse des flocons, qui effaçait les contours du monde.

Ses yeux finirent par se fermer, et elle rêva qu'elle marchait dans la neige, main dans la main avec Nick.

Quand elle se réveilla, la cheminée était éteinte et il avait cessé de neiger. Les rayons du soleil se frayaient un chemin à travers les arbres. À en juger par l'arôme délicieux du café, Nick était déjà debout.

Après avoir enfilé un peignoir, Maggie descendit à la cuisine et versa du café dans deux mugs.

Quand Nick émergea de la salle de bains, elle lui en tendit un.

— Tu as bien dormi ?

— Pas aussi bien que je l'aurais cru, après tout cet exercice. Merci, fit-il en prenant la tasse. Et toi ?

— Pas mal. Qu'est-ce qui t'a gardé éveillé ?

— Notre conversation. Cette situation.

Il marcha jusqu'au canapé, posa son mug sur la table basse et alluma le feu.

— Ça ne me paraît pas correct.

Parlait-il de leur séparation ?

Son cœur manqua un battement. Nick allait-il suggérer qu'ils retentent un nouveau départ ?

Il y avait toujours autant d'alchimie entre eux. Elle s'en était rendu compte ces derniers jours. Leur amour aussi était toujours là. Mais pouvaient-ils vraiment se donner une deuxième chance ?

Il avait choisi de s'asseoir sur le canapé qui faisait face à la bibliothèque plutôt qu'à la fenêtre. Comme cette conversation semblait trop importante pour la tenir à distance, elle vint prendre place à côté de lui, le dos à la porte.

S'il suggérait qu'ils essaient à nouveau, quelle serait sa réponse ?

Elle serra les mains autour de son mug pour se donner contenance.

— Qu'est-ce que tu veux dire, exactement ?

— Je ne sais pas.

Il semblait aussi perdu qu'elle.

— Mais je pense qu'on devrait parler de notre divorce aux filles, tu ne crois pas ?

C'est alors que Maggie entendit un léger bruit derrière elle, quelques secondes avant que la voix de Katie ne résonne :

— Divorce ? Vous allez divorcer ?

Horrifiée, Maggie se tourna et aperçut sa fille à quelques mètres d'eux, un sachet de viennoiseries à la main. Elle les dévisageait comme s'ils étaient des inconnus.

Pas la peine de demander depuis combien de temps elle se

tenait là et ce qu'elle avait entendu. À en juger par son expression bouleversée, elle n'avait rien raté de leur échange. Ni Nick ni elle n'avaient entendu la porte s'ouvrir.

Maggie s'obligea à se lever. Ses jambes tremblaient. Ses mains tremblaient. Du café gicla de son mug et lui aspergea la cuisse, mais elle ignora la sensation de brûlure. Elle avait des choses plus importantes à gérer. Elle avait passé des mois à réfléchir à la meilleure façon d'annoncer la nouvelle aux filles. Elle s'était torturée en tentant de trouver comment et où le faire. Ce scénario ne lui avait pas traversé l'esprit une seule fois.

Elle voulut en rejeter la faute sur Nick, mais il n'était pas responsable. Si elle l'avait écouté, ils leur auraient parlé depuis longtemps, et ensemble.

Au fond d'elle, elle se demandait ce qu'il avait voulu dire exactement avant l'interruption de Katie, mais elle ignora sa curiosité. Pour l'instant, sa priorité était sa fille.

Katie semblait véritablement sous le choc. Comme si elle avait assisté à quelque chose qu'elle ne parvenait pas encore à assimiler.

Maggie n'oublierait jamais son expression.

— Tu aurais dû nous prévenir que tu allais passer.

— Pourquoi ?

Katie jeta un coup d'œil sur les draps amassés sur le canapé.

— Pour que vous puissiez filer dans la chambre pour donner le change, c'est ça ?

— Il faut qu'on parle. Assieds-toi, Katie.

— Je ne veux pas m'asseoir.

Sa fille sérieuse, fiable, calme et imperturbable, était toute chamboulée.

— Je veux savoir ce qui se passe. Vous racontez à tout le monde que ce séjour est une seconde lune de miel. Vous êtes collés l'un à l'autre depuis votre arrivée ici, au point que c'en est presque embarrassant. Et voilà que, tout à coup, vous allez divorcer ? Je ne comprends pas.

Elle paraissait tellement blessée et perdue que Maggie se précipita vers elle pour la prendre dans ses bras.

— Katie…

— Non ! s'exclama-t-elle en la repoussant. Je ne veux pas de câlins, je veux des réponses ! C'était de la comédie, c'est ça ? Tout votre côté « on est tellement amoureux », à papa et toi. Du cinéma ?

Maggie sentit son visage s'empourprer. Il devait être de la couleur d'un costume de Père Noël.

— On aurait probablement dû vous le dire avant, mais ce n'était pas si facile. J'ai essayé de trouver le bon moment et, à mes yeux, ce n'était pas juste avant le mariage de ta sœur.

— Comment ai-je pu être aussi stupide ? Je trouvais un peu bizarre que vous soyez aussi démonstratifs, mais j'ai cru que c'était parce que vous profitiez à fond de ces vacances ensemble.

— On…

Maggie jeta un coup d'œil à Nick, avant de corriger :

— *J'ai* pensé que ce serait mieux d'attendre que le mariage soit passé pour vous l'annoncer.

— Est-ce que Rosie est au courant ? Non, bien sûr.

Katie marcha à grands pas vers le coin cuisine et posa les viennoiseries sur le plan de travail.

— Vous êtes sa source d'inspiration. Pour elle, vous êtes l'exemple du mariage parfait. Alors, c'est quoi, votre plan ? Papa va déménager ? Ou avez-vous partagé Honeysuckle Cottage en deux ?

Maggie déglutit.

— Ton père a déjà déménagé. Il occupe une chambre à l'université. On vit séparément depuis un moment.

— C'est-à-dire ?

— Depuis cet été.

Katie la fixa.

— Cet été ? Oh ! je n'y crois p…

Elle s'étrangla sur les mots.

— Je ne peux pas…

— Katie…

Maggie fit un pas vers elle, mais sa fille se dirigea vers la porte.

— Ne me touche pas ! J'ai besoin d'air. D'espace. De temps pour réfléchir.

Maggie sentit son cœur se fendre en deux.

— Je t'en prie, Katie…

Mais sa fille était déjà en bas des marches et s'élançait sur le sentier enneigé comme si quelqu'un la pourchassait.

Maggie pivota vers Nick, qui se tenait debout près du canapé, muet, le regard rivé sur la porte.

— Pourquoi n'as-tu rien dit ? Pourquoi n'as-tu rien fait ?

— Tu l'as entendue. Elle veut de l'espace. C'est mieux de la laisser tranquille pour l'instant, ensuite on pourra parler comme il faut.

Elle avait envie de lui adresser des reproches, mais c'était elle la responsable. Elle qui avait insisté pour attendre.

— Tout est ma faute. Tu voulais le leur dire il y a des mois de ça.

— Et tu voulais attendre.

— Une mauvaise décision.

— Je ne crois pas, en fait, répliqua-t-il en secouant la tête. Ces derniers jours, on s'est plus amusés qu'au cours de toutes ces dernières années. On a parlé plus qu'on ne l'avait jamais fait. J'ai l'impression de te connaître mieux à présent. Je suis désolé que Katie soit arrivée à ce moment précis, mais je ne suis pas désolé pour le reste.

Il avait raison. Mais quelle conclusion en tirer ? Et qu'est-ce que ça changeait ?

— Où veux-tu en venir ?

— Je ne sais pas.

Il passa les doigts dans ses cheveux et répéta :

— Je ne sais pas.

Elle comprenait sa confusion, parce qu'elle était en proie à la même.

— Ça n'a pas d'importance, de toute façon. Ce qui compte, c'est Katie.

Un éclair de frustration passa sur le visage de Nick.

— Tu penses vraiment que ce qui compte en ce moment, c'est Katie ? Et nous ? Il faut qu'on parle de nous, Mags…

— … On le fera mais, d'abord, on doit savoir où est notre fille. Je me fais du souci pour elle.

Elle prit son téléphone et l'appela. Elle tomba évidemment sur la messagerie.

— Je ne pourrai pas me concentrer sur quoi que ce soit tant que je ne serai pas sûre qu'elle aille bien. Tu le comprends, Nick ?

Il garda le silence un instant.

— Oui.

À en juger par son ton, il comprenait, mais n'approuvait pas. Elle le vit soudain se diriger vers la porte. Il marchait d'un pas lourd et avait les épaules voûtées.

Elle eut un moment d'angoisse, suivi de panique.

— Où vas-tu ?

— Chercher Katie. C'est ce que tu souhaites, non ?

Il mit son manteau, puis saisit son écharpe. Pendant qu'il s'harnachait, elle lutta contre la culpabilité et remit ses priorités en question.

— Elle a dû retourner dans sa cabane pour prévenir Rosie, balbutia-t-elle.

— Non, Katie n'est pas du genre à se lamenter sur l'épaule de quelqu'un, répliqua Nick. Elle ne l'a jamais été. Et elle voudra protéger sa sœur. C'est ce qu'elle a toujours fait. À mon avis, elle est partie marcher pour se défouler.

Ils parlaient de leurs filles, mais elle pensait à lui. À eux. À leur soirée. Leur complicité avait disparu, et elle en était responsable. Elle voulait la retrouver de tout son cœur, mais ignorait comment.

Elle se sentait paralysée. Si Katie n'était pas arrivée à cette seconde-là, de quoi Nick et elle parleraient-ils en ce moment ? Auraient-ils continué à avoir la même intimité ?

Y avait-il jamais eu meilleur exemple de mauvais timing ?

Et qu'allait-il dire à Katie quand il l'aurait retrouvée ?

Ils allaient divorcer. C'était un fait qui ne changerait pas, quelles que soient les personnes au courant.

— Nick…

— Je sais, tu es inquiète et tu veux que je me dépêche.

Quand il passa le seuil, elle éprouva une bouffée de détresse. Elle pouvait encore l'arrêter. Si elle le retenait, ils parviendraient peut-être à reprendre la conversation qu'ils avaient avant l'arrivée de Katie.

Mais, dans ce cas, qu'adviendrait-il de leur aînée ?

Elle ouvrit la bouche… Avant qu'elle ait décidé quoi dire, la porte claqua, et Nick s'enfonça dans la forêt enneigée.

Katie

Elle s'était perdue.

Elle se tourna pour regarder derrière elle, puis de chaque côté. Elle avait commencé par suivre la piste, avant d'apercevoir deux randonneurs en raquettes devant elle. Comme elle avait pleuré, qu'elle avait les joues humides, les yeux rouges et aucune envie de parler à un autre être humain, elle avait obliqué sur le sentier non balisé qui s'enfonçait dans la forêt. Elle n'avait pas l'intention d'aller loin, mais elle avait marché longtemps et tourné deux ou trois fois. Pas de doute, elle était bel et bien perdue.

Le chemin pentu était bordé d'arbres immenses. La forêt, très dense par endroits, était drapée dans un manteau de neige fraîche.

Grâce à ses après-ski, elle n'avait pas eu de mal à progresser sur la piste, mais, ici, c'était plus difficile : la neige était plus profonde et moins tassée, faute de passage. Le soleil dardait ses rayons à travers les branches, faisant étinceler la surface blanche.

Les yeux fermés, elle prit une inspiration et s'imprégna de la paix qui l'entourait. Elle était perdue, et alors ? Ça lui convenait. C'était une métaphore de sa vie. Elle l'était autant physiquement qu'émotionnellement. Ses parents, deux personnes qu'elle pensait vouées à être ensemble pour toujours, allaient divorcer.

Si eux n'y arrivaient pas, quelles étaient les chances de réussite des autres ?

Elle aurait aimé se convaincre que rien de tout ça n'était vrai, mais il était inutile de se voiler la face. Elle s'obligea à répéter le mot dans sa tête.

« Divorce. »

De toutes les choses auxquelles elle s'était attendue à Noël, celle-ci ne figurait pas sur la liste.

Sa vie entière partait à vau-l'eau. D'abord son travail, puis le couple de ses parents.

Le plus ironique, c'était qu'elle était allée les voir sans prévenir pour s'assurer que sa mère allait bien. Elle craignait que Maggie ne soit contrariée par la mainmise de Catherine sur l'organisation du mariage. À travers les fenêtres de la cabane, elle les avait vus assis côte à côte sur le canapé, en pleine conversation. Elle les avait trouvés adorables. Elle avait envié leur proximité et s'était sentie coupable de les déranger dans ce moment d'intimité.

Ils ne l'avaient pas entendue frapper.

C'est alors, une fois entrée, qu'elle avait compris que la discussion qui les absorbait autant portait sur les détails de leur divorce.

Tout n'avait pas toujours été rose à la maison, bien sûr. La maladie de Rosie avait dû mettre leur couple à rude épreuve, Katie était bien placée pour le savoir. Mais ces tensions dataient de nombreuses années, et elle en avait conclu qu'ils avaient franchi le cap. Que ce ne soit pas le cas la rendait encore plus pessimiste sur les relations amoureuses.

Elle avait cru sa famille indestructible, pourtant voilà où ils en étaient…

Pourquoi maintenant ? Ça n'avait aucun sens !

Et pourquoi était-elle aussi bouleversée ? Ça n'avait aucun sens non plus.

Elle était une adulte, pas une petite fille. La façon dont ses parents choisissaient de vivre leur vie ne devrait pas avoir d'impact sur elle. Mais elle avait soudain à l'esprit tous les bons moments vécus à quatre. Toutes ces années idylliques passées à Honeysuckle Cottage. Ses parents qui lui lisaient des histoires à tour de rôle, allongés sur le lit à côté d'elle, en la laissant tourner les pages. Son père qui les emmenait au musée pour voir les momies égyptiennes.

Noël.

Noël avait toujours été sa période préférée. Dès qu'elle voyait les bougies à la fenêtre et les arbres décorés de guirlandes lumineuses en arrivant au cottage, toutes les tensions accumulées pendant l'année s'évaporaient.

Ce qui rendait Noël aussi spécial n'était pas tant les guirlandes ou les bougies, ni même les fabuleux petits plats de sa mère… C'était le fait d'être chez elle, avec sa famille.

Pantelante, elle continua à gravir la pente raide. Ses parents lui procuraient un sentiment de sécurité, même si elle ne les voyait pas si souvent que ça.

Sa vie était tellement trépidante qu'elle courait partout en permanence, sans contrôler grand-chose. La plupart du temps, elle avait l'impression d'être une feuille emportée par le vent. Elle partageait une maison avec Vicky depuis dix ans, mais cela demeurait un endroit où elle dormait et mangeait, rien de plus. Ce n'était pas son foyer. Honeysuckle Cottage l'était. Allaient-ils le vendre ?

Elle cessa de marcher. Elle n'arrivait plus à respirer et ne voyait plus où elle allait.

Furieuse contre elle-même, elle essuya ses larmes.

Ses parents étaient tous les deux vivants et en bonne santé. Elle était bien placée pour savoir que c'était ce qui comptait. Et bien sûr qu'ils allaient vendre le cottage. Ils ne pouvaient pas garder une maison devenue trop grande pour une seule personne, uniquement pour accueillir le reste de la famille deux fois par an. Pourquoi cette idée la rendait elle aussi triste ?

Peut-être parce que, en dehors de ces fêtes de famille, son existence manquait de stabilité. Elle avait eu des relations, au cours des dix dernières années, mais aucune n'avait duré plus de deux ou trois mois, et elle avait à peine versé une larme quand elles s'étaient achevées. Elle voyait peu ses amis, car elle était souvent trop fatiguée à cause de son travail. Travail qu'elle n'était même plus sûre d'apprécier.

Sa vie entière se trouvait dans un équilibre précaire. Elle avait été convaincue de vouloir être médecin ; à présent, cette certitude était bien entamée.

Elle plongea la main dans sa poche et en sortit son portable.

Elle ne devrait pas penser à elle-même, mais à ses parents. Sa mère avait dû être très malheureuse, et l'était probablement encore. Pourquoi Maggie n'avait-elle rien dit ?

Elle agita son portable avec frustration, dans l'espoir de trouver du réseau.

En repensant à toutes les fois où elle avait évité d'appeler à la maison, elle sentit la culpabilité l'envahir. Si elle avait fait un effort pour rester en contact, sa mère aurait peut-être eu moins de mal à se confier à elle.

Et Rosie ? Rosie, qui ne cessait de prendre leur mariage en exemple. Rosie, avec sa nature impétueuse et impulsive, qui croyait toujours aux fins heureuses.

Elle devait lui dire la vérité. Pas maintenant, hélas, parce que son téléphone ne fonctionnait pas.

Après l'avoir rangé dans sa poche, elle resta immobile, les yeux dans le vague. Elle avait cessé de crapahuter dans la neige, et se rendait soudain compte de la température glaciale. Son souffle formait des nuages de vapeur devant sa bouche.

Elle se remit à marcher. Le chemin était parsemé de cônes et de branches de sapin.

En arrivant à une intersection, elle s'arrêta. À gauche, à droite ou demi-tour ? Elle décida de continuer tout droit, dans l'espoir de trouver un panneau.

La forêt tout autour d'elle était paisible et parfumée. Elle n'entendait que le bruit étouffé de la neige tombant d'un arbre, le cri d'un oiseau, le craquement d'une branche rompant sous le poids de son fardeau. Les pics enneigés s'élevaient au-dessus du sommet des arbres. Le bouillonnement de la rivière, au loin, en contrebas, était audible. C'était beau. Tellement beau que c'en était presque une leçon d'humilité.

Elle pensa à Londres, à ses rues bondées de voitures. Quand elle y avait emménagé, elle avait trouvé la ville enthousiasmante et stimulante. Ces derniers temps, elle la trouvait énergivore. Tout le monde était pressé, compressé, énervé.

Ici, elle avait l'impression d'être la seule créature sur la planète.

Elle n'aurait su dire ce qui la poussa alors à lever la tête mais, quand elle le fit, son regard croisa une paire d'yeux d'un jaune doré.

Pour la seconde fois en un mois, elle éprouva une terreur indescriptible.

Elle n'était pas la seule créature sur la planète.

Qu'est-ce que c'était que *ça* ? C'était énorme. Et ça la regardait droit dans les yeux, et pas de manière amicale.

Pouvait-elle courir avec ces stupides après-ski aux pieds ?

Étant donné qu'elle avait déjà eu du mal à marcher, la réponse était non, forcément.

Quelques secondes plus tôt, elle grelottait de froid ; elle tremblait désormais pour une tout autre raison.

Elle pourrait peut-être se faufiler au milieu des arbres. Avec un peu de chance, cette bête sauvage ne lui trouverait aucun intérêt et ne la suivrait pas.

Mais, dès qu'elle fit un pas, l'animal descendit de l'arbre en une série de sauts fluides et athlétiques. Et atterrit sur le sentier devant elle.

Ça y est, songea-t-elle. *Voilà comment je vais mourir.*

On ne retrouverait jamais son corps, parce que personne ne savait où elle était.

Une voix masculine familière résonna soudain derrière elle :

— Ne bouge pas.

Le soulagement faillit lui couper les jambes. Elle n'aurait jamais cru être un jour heureuse de voir Jordan, mais c'était bien ce qu'elle ressentit lorsqu'il s'avança à côté d'elle. Il lui fallut toute sa volonté pour ne pas se jeter sur lui.

— C'est quoi, ce… cette… ?

— Un puma.

— Un *puma* ?

Elle regretta soudain de ne pas être à Londres. Jamais plus elle ne se plaindrait de la ville !

— On devrait courir.

— Surtout pas ! lui ordonna-t-il en refermant la main sur son épaule. Est-ce que tu vas m'accuser d'être un gros macho si j'interviens ?

— Je t'en prie…

Elle avait la bouche tellement sèche qu'elle avait du mal à parler.

— Interviens où tu veux, de préférence devant moi.

Elle le vit ouvrir les bras, puis l'entendit crier. L'animal resta figé un instant, tout en muscles et en puissance, puis disparut dans la forêt.

Mon Dieu… Ses jambes allaient céder sous elle.

Jordan pivota et posa les mains sur ses bras, comme s'il comprenait qu'elle avait besoin d'être soutenue.

— On a eu de la chance.

— Oui.

Elle essaya de sourire, sans succès.

— Je suis soulagée que tu sois arrivé au bon moment.

— Je voulais dire qu'on a eu de la chance de le voir. En général, les pumas évitent les humains.

— Alors pourquoi celui-ci a-t-il décidé de faire une exception ?

— Tu étais une randonneuse solitaire, ça t'a rendue intéressante à ses yeux. Il était probablement fasciné par tes difficultés à marcher dans la neige.

— Tu veux dire qu'il attendait que je tombe pour me manger ?

— Je ne pense pas qu'il t'aurait mangée.

Il la lâcha, mais en profita pour remonter la fermeture Éclair de son blouson jusqu'à son menton.

— Garde ça bien fermé. Pas étonnant que tu frissonnes. Qu'est-ce que tu fais ici ?

— Je me promène.

— Ce sentier n'est pas balisé. Tu étais perdue.

— Pas exactement. Disons que je marchais en toute liberté là où l'envie me menait.

— Cette envie t'a fait croiser le chemin d'un puma. Et si tu avais continué à marcher dans cette direction, tu aurais fait une chute vertigineuse : ce sentier se termine par un promontoire abrupt.

— C'est bon à savoir.

Elle s'humidifia les lèvres.

— On devrait peut-être s'en aller, au cas où ce puma aurait des amis… Il n'est pas censé hiberner, d'ailleurs ?

— Les pumas n'hibernent pas, mais c'est rare d'en voir un au milieu de la journée. Ils se montrent plus actifs au crépuscule et à l'aube. Les grosses chutes de neige de ces dernières semaines ont dû pousser celui-ci à descendre des montagnes. Ou il a peut-être suivi sa proie, un cerf ou un élan, avant de tomber sur toi.

— Super.

Katie frissonna. Elle avait déjà été une proie dans sa vie, et ce n'était pas une expérience qu'elle était pressée de revivre.

— Ils ne sont généralement pas intéressés par les humains, poursuivit Jordan. Ils cherchent seulement à manger. Cela dit, il vaut mieux être sur le qui-vive. Tu n'as pas répondu à ma question. Que faisais-tu ici, aussi loin de tout ?

Elle ne s'était même pas aperçue qu'elle avait parcouru autant de chemin. Elle était si bouleversée qu'elle avait marché sans réfléchir.

— J'avais besoin d'être seule. Je ne m'étais pas rendu compte que c'était dangereux.

Il ajusta son sac à dos.

— Le puma n'était pas le seul danger. Tu aurais pu te retrouver enterrée jusqu'au cou dans la neige, ou glisser sur la glace et te cogner la tête. La prochaine fois que tu veux faire une rando, pars avec quelqu'un. Et si tu tombes de nouveau sur un puma, rends-toi plus impressionnante. Regarde-le dans les yeux pour lui montrer que tu n'as pas peur.

— Je n'avais pas peur. Qu'est-ce qui te fait croire que j'avais peur ? demanda-t-elle, voyant une lueur apparaître dans ses yeux.

— Génial. Dans ce cas, je te dis au revoir.

Il fit volte-face et commença à remonter le sentier, tandis qu'elle le suivait du regard, incrédule.

Allait-il vraiment la laisser là ? Non, il essayait de l'irriter. Il avait quelque chose à démontrer. Il allait revenir vers elle d'une seconde à l'autre.

Mais non. Il continuait à marcher, ses longues jambes puissantes donnant l'impression que c'était facile.

— Jordan !

Elle fut gênée d'entendre sa voix trembler.

Il se retourna.

— Quoi ?

Elle faillit s'étrangler sur les mots.

— Ne me laisse pas.

Silence. Enfin il fit demi-tour et la rejoignit d'un pas beaucoup plus lent.

— Par souci de clarté, histoire qu'il n'y ait pas de malentendu : tu me demandes mon aide ?

Elle grinça des dents.

— Oui, je te demande ton aide.

— Tu admets que tu es perdue et que tu ne peux pas t'en sortir toute seule ?

Cet homme était exaspérant !

— Oui, je l'admets.

— Waouh, fit-il en croisant les bras. Je suis sûr que c'est une première pour toi.

Une pointe d'humour était audible dans sa voix. Normalement, elle aurait répondu par une réplique assassine, mais aucune ne lui vint à l'esprit. Elle était en plein désarroi, confuse et triste. Elle ne voulait pas retourner à Snowfall Lodge, mais ne pouvait pas continuer à errer dans la forêt.

— Indique-moi la bonne direction, je rentrerai toute seule.

— Et si tu rencontres un autre puma ?

— Je me débrouillerai.

Il tendit la main et lui enleva doucement ses lunettes de soleil.

— Tu as pleuré.

— Pas du tout. C'est le froid qui me fait larmoyer.

Toute trace d'humour disparut de son expression. Il glissa les lunettes dans sa poche, ôta son gant et lui caressa la joue du bout des doigts.

— Si tu préfères mourir plutôt que montrer ta vulnérabilité, alors ça doit être grave. Il s'est passé quelque chose ? Qu'est-ce qui ne va pas ?

Il étudia son visage, puis tourna les yeux vers le sentier.

— Qu'est-ce que tu fais ici ?

— Je te l'ai dit : je marchais.

— Parce que tu es bouleversée. Tu voulais t'éloigner et tu te moquais complètement de ton trajet.

Il s'était remis à neiger, et de gros flocons plats se déposaient sur elle.

L'univers la détestait, c'était évident.

Jordan fronça les sourcils.

— Tu étais au courant pour la tempête annoncée ?

— Je ne pensais pas à la météo. Le ciel était dégagé quand je suis partie.

— Il ne l'est plus. Il neige, et ça ne va pas s'arranger. On devrait y aller.

Au lieu de revenir sur ses pas, il continua à grimper le long du sentier.

— Il me semble que ce n'est pas la direction de Snowfall Lodge, hasarda-t-elle.

— On ne retourne pas là-bas.

— Où va-t-on, alors ?

Quand elle trébucha dans la neige, il fit une pause et lui tendit la main.

— Chez moi, c'est plus près.

Après une seconde d'hésitation, elle accepta sa main. C'était ça, ou tomber tête la première dans la poudreuse.

— Il y a des maisons aux alentours ?

— Non, aucune. Mon chalet est à dix minutes de marche. On pourra s'y abriter et attendre que la tempête passe.

Son chalet…

Elle s'arrêta.

Elle était au milieu de nulle part, avec un homme qu'elle connaissait à peine. Était-ce vraiment une sage décision de le suivre ? À une époque, elle avançait dans la vie avec assurance mais, à présent, elle ne se fiait plus à son jugement. Elle était en proie à des doutes surgis de nulle part, qui lui faisaient remettre en question la moindre de ses décisions. Était-ce prudent ? Faisait-elle une erreur ?

Elle respira profondément. Parfois, la vie vous poussait à choisir entre deux options imparfaites. Avec la tempête qui arrivait, si elle essayait de retrouver son chemin toute seule, ça finirait mal. Alors que cet homme savait où ils étaient et où trouver un refuge. En outre, il n'était pas un inconnu pour elle. Dan et lui étaient amis depuis toujours.

Il attendit sa décision avec une patience étonnante.

— Tu es anxieuse, mais tu n'as pas besoin de l'être.

C'était embarrassant.

— Tu me trouves bête ?

— Non.

Malgré sa réponse, elle se sentit obligée de se justifier.

— Je n'ai pas toujours…

Elle se frotta le visage pour en ôter la neige.

— J'ai fait une erreur de jugement dernièrement… Ça ne s'est pas bien terminé.

— Et, à présent, tu ne te fais plus confiance, parce que tu as peur de mal évaluer une situation.

Il lui lâcha la main, puis rabattit davantage sa capuche sur sa tête pour la protéger du froid et de la neige.

— Ce n'est pas une de ces situations, Katie. Tout va bien se passer. À condition qu'on y aille maintenant, avant de geler sur place tous les deux.

Elle s'attendait de sa part à du sarcasme, ou à l'un de leurs échanges pleins de piques. Sa gentillesse la surprenait. Il avait le regard doux. Pourquoi ne l'avait-elle pas vu avant ?

— Allons-y, décida-t-elle.

Cette fois, elle lui prit la main et s'y accrocha tandis que la neige devenait plus profonde et que le sentier se rétrécissait. Les arbres étaient à peine discernables, voilés par des flocons denses que le vent faisait tourbillonner. La visibilité était de plus en plus réduite, et Katie frissonna. En partie à cause du vent glacial, en partie à la pensée de ce qui lui serait arrivé, si Jordan ne s'était pas trouvé là. Elle aurait été piégée dans la tempête, seule et sans protection.

Elle lui était reconnaissante de sa poigne et de sa présence solide, mais ne comprenait pas comment il pouvait s'orienter. Le monde n'avait plus rien de distinct.

— On est perdus ?

— Non. Fais attention ici…

Il retint une branche pour elle, et elle avança en trébuchant, consciente du poids de la neige sur les branches au-dessus d'elle.

— On se croirait à Narnia, commenta-t-elle en lui jetant un coup d'œil. Tu sais, le monde magique dans *Le Lion, la Sorcière blanche et l'Armoire magique*.

Il esquissa un sourire.

— Ce n'est pas parce que je vis dans les montagnes que je suis totalement inculte.

— Je ne voulais pas être impolie. Tout le monde ne lit pas la même chose, c'est tout.

— Attention… Ça ressemblait presque à une excuse.

— C'en était une.

Elle marchait à ses côtés, la neige collant à ses semelles. C'était épuisant, même avec des après-ski. Elle fut soulagée quand il s'arrêta au bord du sentier et qu'elle vit des lumières tremblotantes à travers les arbres.

— On est arrivés, déclara-t-il.

La neige étouffait tous les sons, mais les lumières étaient toujours visibles. Soudain, la forêt s'ouvrit, et Katie aperçut le chalet.

— Oh…

Elle s'arrêta et contempla la bâtisse à travers les flocons.

— Quoi ? demanda-t-il. Ce n'est pas chic comme Snowfall Lodge, mais c'est chez moi.

Il tira sur sa main, et ils parcoururent les derniers mètres en direction du chalet.

— C'est incroyable, s'exclama-t-elle. On dirait qu'il sort tout droit d'un conte de fées !

Il ouvrit la porte.

— C'est le genre d'histoire où il y a toujours quelqu'un qui meurt, non ? Tu crois qu'une sorcière maléfique va te faire ingurgiter des cookies ?

— J'espère bien ! Là, tout de suite, je serais prête à me battre contre une sorcière pour en avoir un.

Surprise par la chaleur de son sourire, elle ne put s'empêcher de l'imiter. Elle le suivit à l'intérieur, impatiente de se mettre à l'abri.

— Ce n'est pas un peu dur de vivre ici en solitaire, au beau milieu de nulle part ?

— Il se trouve que, pour moi, cet endroit *est* quelque part. Et j'apprécie ma propre compagnie.

Il l'aida à défaire son manteau.

— Tu trembles. Assieds-toi près du feu, je vais te préparer une boisson chaude.

Elle ôta ses après-ski, se frotta les bras, puis passa sous une arche pour entrer dans le salon. Elle tomba aussitôt sous le charme. Du tapis doux et épais qui couvrait le parquet. Des étagères chargées de livres qui occupaient trois murs sur quatre. Une paire de vieux skis était accrochée au mur au-dessus de la cheminée de pierre. L'endroit ne semblait pas sortir d'une revue de décoration ; c'était un véritable lieu de vie. Les livres étaient usés, les skis éraflés et usagés.

— Ils appartenaient à mon arrière-grand-père, lui expliqua Jordan.

Tout se dirigeant vers la petite cuisine, il lui jeta un coup d'œil.

— Ça le ferait bien rire s'il voyait ce qu'on utilise aujourd'hui. Tes vêtements sont mouillés. Tu veux prendre une douche et te changer ?

Et mettre quoi à la place ?

— Ça ira, merci.

Elle n'avait pas l'intention de rester longtemps.

— Tu as faim ? demanda-t-il.

Elle avait apporté des viennoiseries à ses parents, avec l'intention de passer un moment avec eux, mais rien ne s'était passé comme prévu.

— Oui, seulement, je m'en veux de m'imposer comme ça.

— Hier encore, tu aurais pris plaisir à me déranger, alors je me déclare officiellement inquiet. Je vais me changer. Ensuite, je nous préparerai quelque chose à manger.

Il quitta la pièce, puis revint une minute plus tard avec une serviette.

— Tiens… Sèche-toi au moins les cheveux.

Elle la prit en le remerciant d'un signe de tête. Lorsqu'il s'éloigna à nouveau, elle le suivit du regard. Se retrouver seule avec lui la mettait un peu mal à l'aise. Si elle n'avait pas été dans un tel état de faiblesse, elle aurait montré plus d'allant.

Elle entendit le bruit d'une porte qui s'ouvrait et se fermait, suivi de celui de la douche. Elle s'efforça de ne pas penser comme ce serait bon de se tenir sous un jet d'eau chaude.

Tout en se frottant distraitement les cheveux, elle s'assit sur le canapé.

Quand il la rejoignit, il portait un plateau chargé de nourriture. Ses cheveux humides bouclaient au-dessus du col de son gros pull en laine.

— Sers-toi.

— Merci.

Elle tenta de ne pas remarquer la manière dont son jean lui moulait les cuisses. Son pantalon à elle lui collait aussi à la peau, mais uniquement parce qu'il était humide et inconfortable. Seulement, pourquoi l'enlever alors qu'elle devrait le remettre pour retourner à l'hôtel ? Sans oublier le fait qu'elle ne voulait pas se retrouver en petite culotte dans le chalet de Jordan.

Après avoir posé le plateau, il reprit la serviette.

— Pour la douche, c'est toujours non ? Tu en es sûre ?

— Ça va, merci. Ça a l'air délicieux.

Il y avait une miche de pain et une plaque de beurre crémeux. Des tomates charnues, du jambon de montagne et des morceaux de fromage.

Essayant d'oublier ses vêtements humides, Katie s'empara d'une assiette.

— Ce pain a l'air délicieux. Tu l'as acheté ce matin ?

— Je l'ai fait moi-même.

Il sourit devant son regard surpris.

— Quoi ? Tu crois que je ne suis bon qu'à secourir les femmes en détresse ?

— Je n'avais pas besoin d'être secourue.

— Voilà qui est mieux. Ton esprit de contradiction me manquait.

Il coupa quelques grosses tranches, en piqua une avec le couteau et la posa dans son assiette.

Consciente d'être désagréable, elle arrondit le dos.

— Tu as raison. J'avais besoin d'aide. Et je te suis reconnaissante. Merci. Pas seulement pour la nourriture, mais de m'avoir sauvée.

Il lui servit du jambon et du fromage.

— Est-ce que tu vas me dire ce qui ne va pas ?

Elle beurra une tranche de pain, mordit dedans et gémit de plaisir.

— C'est *bon* ! Je n'ai pas mangé de pain fait maison depuis mon dernier retour chez mes parents, c'est-à-dire il y a des mois.

Alors qu'elle prenait un morceau de fromage, elle surprit son regard et reposa l'assiette.

— Je suppose que je te dois une explication.

Il allongea les jambes.

— Réflexion faite, ça peut attendre. Mange. Arrête de t'inquiéter cinq minutes.

C'était plus facile à dire qu'à faire. Elle n'en mangea pas moins avec appétit. Elle aurait besoin de carburant pour le trajet jusqu'à Snowfall Lodge.

Elle jeta un coup d'œil à sa montre. Cinq heures s'étaient écoulées depuis qu'elle avait quitté la cabane de ses parents.

— Je n'avais pas idée qu'il était si tard ! s'exclama-t-elle en se levant d'un bond. Il faut que j'y aille.

Jordan coupa une autre tranche de fromage et la posa dans sa propre assiette.

— Où as-tu l'intention d'aller comme ça ?

— Je retourne à Snowfall Lodge. Où veux-tu que j'aille ? Ma famille doit se demander où je suis. Mes parents, ma mère en particulier, vont se faire du souci.

Et, pour une fois, elle en serait la cause. Elle qui essayait de ne jamais les inquiéter, était sortie en trombe de leur cabane sans même leur laisser le temps de s'expliquer. Elle n'avait prévenu personne de sa destination, étant donné qu'elle l'ignorait elle-même.

Que pensaient-ils, en ce moment ? Ils avaient peut-être déjà appelé les secouristes.

— Ils ne vont pas s'inquiéter, répondit Jordan. Ils savent que tu es avec moi.

— Comment pourraient-ils le savoir ?

Il se remit à couper du pain.

— J'ai envoyé un SMS à Dan, tout à l'heure, quand je t'ai vue sur le sentier. Tu veux encore du fromage ?

— Non, merci. Tu as pu ?

Elle fronça les sourcils.

— Je n'avais pas de réseau.

— C'est variable. Tu peux te détendre. Personne ne va s'inquiéter.

— J'aimerais quand même leur parler moi-même.

Que leur avait-elle dit exactement ? La totalité de la conversation était floue dans son esprit. Avait-elle fait de la peine à sa mère ? C'était la dernière chose qu'elle voulait, mais elle était sous le choc.

— Je peux utiliser ton téléphone ?

— Il n'y a pas de réseau dans le chalet. Il faut remonter un peu le sentier, et c'est impossible par ce temps. Détends-toi, Katie. On va devoir rester ici un long moment, alors tu ferais aussi bien de te calmer.

— Tu sais, bien sûr, que demander à quelqu'un de se calmer est le meilleur moyen de le stresser et de l'énerver ?

— Oui, répondit-il en étalant du beurre sur sa tranche. Je te préfère quand tu es en colère. Toute cette vulnérabilité pleine d'obligeance commence à me perturber.

Elle ne sut pas du tout quoi répondre à ça.

— Je dois vraiment y retourner. Même si mes parents ne sont pas inquiets, je dois parler à ma sœur. Et de toute urgence. J'ai mes raisons.

— Ces raisons sont-elles en rapport avec le fait que tu errais sans but dans la forêt quand je t'ai retrouvée ?

Elle se rapprocha de la cheminée.

— Ce matin, j'ai découvert que mes parents allaient divorcer.

Si la nouvelle le surprit, il n'en montra rien.

— Et ça a été un choc ?

— Oui ! Tu as vu comment ils sont l'un avec l'autre. Ils se comportent comme des adolescents. On pensait tous qu'ils vivaient une seconde lune de miel.

Elle vit son expression changer légèrement.

— Ce n'est pas ce que tu croyais ? s'enquit-elle.

Il se resservit du fromage.

— Je trouvais qu'ils avaient l'air d'un couple qui en faisait trop. Juste pour la galerie.

Elle le dévisagea, puis se rassit.

— Mince… tu as raison. Pourquoi est-ce que je n'ai rien vu ?

Elle prit son visage entre ses mains, avant de les laisser retomber.

— Encore une fois, j'ai très mal évalué une situation.

— Encore une fois ?

— Laisse tomber.

Les yeux rivés sur le feu, elle se mordilla les lèvres.

— Ils en faisaient trop, tu as raison. Ça ne leur ressemblait pas du tout.

Le fait qu'elle ne se soit pas posé plus de questions la troublait. Elle était formée pour être observatrice, pourtant elle n'avait rien remarqué.

— Je suis vraiment en colère contre eux. Et triste. Et…

Elle s'interrompit et lui jeta un coup d'œil.

— Désolée. Pas la peine que tu entendes tout ça.

— Parle-moi, Katie, répondit-il en repoussant son assiette. On dirait que tu en as besoin.

Serait-elle soulagée de se confier à lui ? Elle en doutait. Elle n'était sûre que d'une chose : elle se sentait profondément malheureuse.

— Je n'arrive pas à croire qu'ils ne nous aient rien dit. C'est un vrai gâchis. Ça change tout. Si je me suis perdue dans la forêt, c'est parce que je les ai surpris en train d'évoquer leur divorce, et ça m'a bouleversée. Je les avais rejoints pour le petit déjeuner pour savoir comment ma mère allait. C'est à ce moment-là que je les ai entendus. Je suis partie. Ce qui n'était pas très adulte de ma part, mais je n'avais pas les idées claires.

— Tu n'es pas allée voir ta sœur ?

— J'avais besoin de temps pour digérer l'information et décider quelle était la meilleure façon de la soutenir.

— Et qui te soutient, toi ? Est-ce que ça t'arrive de te reposer sur quelqu'un ?

— Non, répliqua-t-elle, les sourcils froncés. Je n'en ai pas besoin.

Il la contempla un moment.

— Alors, tu es partie, sans vraiment savoir où tu allais.

— Au début, j'ai suivi la piste mais, en essayant d'éviter des randonneurs, je me suis engagée sur un chemin plus étroit. J'ai vite compris que je m'étais perdue. Et puis, il y a eu le puma…

Croisant les jambes en tailleur, elle essaya de ne pas songer au tour tragique que sa balade aurait pu prendre.

— Tu dois me trouver stupide et irresponsable.

— Non, je pense que tu étais perturbée. C'est toujours un choc d'apprendre que ses parents se séparent.

— Ce n'est pas comme si j'étais une petite fille ou une adolescente. Ça ne devrait pas avoir d'importance.

— Ils restent tes parents. C'est naturel d'être bouleversé. Moi aussi, je l'ai été quand mes parents ont divorcé, ce qui n'avait aucun sens étant donné la façon dont ils se comportaient l'un envers l'autre.

Les parents de Jordan étaient divorcés. Elle n'était pas la seule personne au monde à traverser ça.

Ses yeux s'embuèrent de larmes à nouveau. Pleurer devant Jordan ? Vraiment ? Elle battit des paupières.

— Je m'en veux d'avoir laissé mes émotions affecter ma capacité à prendre des décisions.

La dernière fois, cela avait été lourd de conséquences.

— Si tu as envie de pleurer, pleure, dit-il. Ne te retiens pas à cause de moi.

— Je ne pleure jamais.

— Tu es un robot ?

— Pardon ?

— Depuis que je t'ai rencontrée à l'aéroport, tu te comportes comme si quelqu'un t'avait programmée. Tu es furieuse que des émotions affectent ta capacité à prendre des décisions, mais c'est ce qui te rend humaine. Franchement, je suis soulagé de constater que tu as toujours des émotions. J'avais peur que tu ne les aies complètement étouffées, à force de les réprimer à ce point.

— Mon travail exige de moi que je les contrôle. Je ne peux pas m'effondrer chaque fois que je vois quelque chose de triste ou de stressant.

— Tu n'as pas besoin de te défendre contre moi. Je ne t'attaque pas.

— C'est l'impression que ça donne.

— Parce que tu n'aimes pas admettre que tu es faillible, comme tout le monde. Tu t'en veux quand tu n'arrives pas à atteindre la perfection que tu vises. Je parie que tu t'attribues une note à la fin de chaque journée.

C'était exactement ce qu'elle faisait.

— Tu es l'homme le plus agaçant que j'aie jamais rencontré !

— Mon ex-femme serait d'accord avec toi.

Elle en resta bouche bée.

— Tu as été marié ?

— Difficile à imaginer, je sais.

Il semblait fatigué.

— J'essayais d'être sympa, mais j'imagine que je suis plus doué avec les arbres qu'avec les mots. Je suis sûr que tu es un excellent médecin, mais tu as le droit de déconnecter par moments. Accorde-toi une pause, Katie.

Elle renversa la tête contre le dossier du canapé et contempla le plafond.

— Je ne suis pas un excellent médecin. Et depuis ce matin, je suis sûre de ne pas être une très bonne fille non plus. Ça laisse le rôle de sœur. Ça, je ne sais pas. Je fais de mon mieux, mais je ne crois pas être la sœur que Rosie a envie d'avoir, ni celle dont elle a besoin. Tu sais qu'on est allées en boîte, hier ? Rosie m'a dit qu'on ne s'amusait jamais, alors je suis allée m'amuser avec elle. J'ai dansé.

— C'est rare ?

— À peu près aussi rare qu'un puma au milieu d'Oxford. Tu aurais dû me voir ! J'ai été la boute-en-train de la soirée. Je ne dis pas que je n'ai pas été aidée par deux ou trois margaritas.

Elle se leva à nouveau. Tous ses muscles lui faisaient mal.

— Je dois y retourner. Il faut que je sois là pour Rosie. À cette heure-ci, nos parents lui ont sûrement annoncé la nouvelle, et elle doit être dans tous ses états.

— À cause du divorce ?

— Pas seulement. Elle n'a pas cessé d'utiliser le coup de foudre de mes parents et la longévité de leur mariage pour se convaincre que son union avec Dan allait marcher. Quand elle va apprendre qu'ils se séparent, elle ne va plus voir les choses de la même façon.

Elle croisa son regard.

— Tu penses que je me mêle de ce qui ne me regarde pas, mais tu ne connais pas Rosie comme moi. Elle est impulsive, spontanée. Je ne serais pas étonnée qu'elle ait été séduite par le romantisme de la situation mais que, au fond d'elle, ce n'est pas ce qu'elle veut.

D'un autre côté, son propre jugement était peut-être aussi erroné sur ce sujet qu'il l'avait été sur d'autres.

— Tu ne crois pas que c'est à elle d'en décider ? demanda Jordan.

— Si. Mais la nouvelle à propos de nos parents pourrait influer sur sa décision.

— Un mariage est aussi unique que les deux personnes impliquées. La relation de tes parents ne devrait pas avoir d'incidence sur celle de ta sœur. Si elle a des doutes, c'est avec Dan qu'elle doit les partager, pas avec toi.

— Je la connais depuis vingt-deux ans. Il ne la connaît que

depuis trois mois. Peu importe, fit-elle en levant la main. Restons-en là. C'est ma sœur. Je ne veux pas qu'elle souffre.

— Quoi qu'il en soit, ta conversation avec elle va devoir attendre.

Pas question !

— Tu penses protéger ton ami, mais Dan n'a sûrement pas envie d'épouser une femme qui a des doutes. Je te dis que j'ai besoin de parler à Rosie !

— Et moi, je te dis que cette conversation devra attendre demain. Tu ne peux pas partir.

— Bien sûr que si. Qu'est-ce que tu suggères ? Que je reste ici cette nuit ?

— Je ne suggère pas. C'est ce qui va se passer.

— Tu essaies de me provoquer ? Tu rejoues les gros machos ?

Les bras croisés, elle tapota le sol du pied. Tout en s'efforçant d'ignorer les yeux d'un bleu intense qui suivaient le moindre de ses mouvements, elle enchaîna :

— Je suis dans ta tanière, et c'est là que je dois rester, c'est ça ? Pourquoi tu ne me jettes pas sur ton épaule comme tu l'as déjà fait pour m'emmener dans ta chambre ? Ou tu as peut-être l'intention de verrouiller la porte et de m'attacher au canapé ?

Ils se dévisagèrent un long moment. Chaque seconde se fondit dans la suivante, jusqu'à ce que Katie perde toute notion du temps. Son cœur se mit à tambouriner dans sa poitrine.

Ils étaient enveloppés par la chaleur du chalet, la neige qui tombait, la force de leur alchimie.

Il fut le premier à rompre le silence.

— Quand as-tu regardé par la fenêtre pour la dernière fois ? demanda-t-il d'une voix douce. Ça s'appelle un blizzard.

— Il neige, je sais, mais si tu m'indiques la bonne direction, ça ira.

Elle marcha jusqu'à la fenêtre, convaincue qu'il exagérait. Il lui suffit d'un regard pour comprendre que ce n'était pas le cas. À un moment donné, la tempête avait empiré. Les arbres près du chalet n'étaient plus visibles. Le monde qui les entourait avait perdu toute définition. Elle ne discernait qu'une masse de blanc tourbillonnante. Elle était piégée, comprit-elle, et elle sentit la panique monter en elle.

— Tu dois bien avoir une motoneige ou quelque chose comme ça, que je peux emprunter. Un engin avec des phares. Une façon de redescendre le sentier.

— Tu serais morte avant même de trouver le bord du chemin, et tu mettrais en danger la vie des secouristes. Je ne peux pas te laisser faire ça.

Non, évidemment qu'il ne pouvait pas, parce que, en plus d'avoir les yeux les plus bleus qu'elle ait jamais vus, il était aussi un être humain respectable.

Une bouffée de détresse l'envahit.

— Combien de temps va durer cette tempête ?

— Aussi longtemps que la nature le voudra.

Son calme l'agaça.

— Ça t'amuse, hein ?

— Ne te méprends pas. Jusqu'ici, tu n'as pas été une hôte très agréable, même si je pense que ça changerait si tu arrivais à te détendre.

Elle ressentit une pointe de culpabilité. Sans lui, elle aurait été attaquée par un puma ou se serait perdue dans la tempête.

— Je suis un peu stressée.

— Je m'en rends bien compte.

— Je dois voir Rosie. Tu as forcément un moyen de contacter quelqu'un. C'est une urgence.

— On a des opinions différentes sur ce qui constitue une urgence

— On a des opinions différentes sur beaucoup de points. Tout est question de perspective. Être bloquée par la neige sans la moindre possibilité de communication est une urgence, en ce qui me concerne.

— Sauf que là, tu n'es pas la seule concernée. Le chalet est bien approvisionné. J'ai un générateur en cas de coupure de courant. J'ai quasiment tout ce dont j'ai besoin pour survivre dans une situation comme celle-ci. Tu ne mourras pas de faim et tu ne gèleras pas.

— Ça arrive souvent ?

— Deux ou trois fois par hiver. Parfois plus. On est dans les montagnes.

Elle se frotta les bras, puis retourna près de la cheminée. Cette situation était surréaliste. Qu'est-ce qui lui avait pris de s'élancer dans la forêt ? Pourquoi n'était-elle pas allée au bar de Snowfall Lodge pour se commander une vodka et réfléchir à ses problèmes en étant bien au chaud ?

— Il doit bien y avoir du réseau quelque part.

Il sortit son portable de sa poche.

— Vérifie par toi-même. Et pendant que tu y es, lis les SMS.

J'ai trouvé Katie. Je la garde ici avec moi pour la nuit.

Dan avait répondu :

Merci. Je préviens la famille.

Katie fut consternée, mais également soulagée. Au moins, sa mère ne l'imaginerait pas morte quelque part dans la forêt. Elle lui rendit le téléphone.

— Alors, qu'est-ce qui se passe, maintenant ?

— Eh bien, je n'ai pas l'intention de te jeter sur mon épaule pour t'emmener dans ma chambre, alors je suppose qu'on va devoir trouver une autre façon de passer le temps.

Mal à l'aise, elle demanda :

— Tu veux… qu'on se raconte nos vies ?

Je vais mettre deux autres bûches dans la cheminée. Tu devrais t'asseoir et te détendre.

— Tu devrais savoir maintenant que je ne sais pas me détendre.

— Essaie.

Il sortit de la pièce et referma la porte.

Elle adressa une grimace au battant, puis regretta aussitôt son immaturité. Sans lui, elle serait toujours sur le sentier, et le blizzard aurait effacé la moindre chance pour elle de retrouver son chemin.

Toujours inquiète pour sa sœur, elle s'approcha des bibliothèques. À l'évidence, Jordan lisait beaucoup. Il avait plus d'ouvrages généraux que de romans, notamment de nombreux livres sur l'exploration arctique et l'escalade. Plusieurs rayonnages étaient consacrés aux biographies.

Quand il revint dans le salon quelques minutes plus tard, elle était pelotonnée sur le canapé, absorbée par le récit de l'exploration funeste d'Ernest Shackleton en Antarctique.

Il lâcha les bûches qu'il portait dans le panier à côté de la cheminée.

— Ce n'est pas ce livre qui va te réchauffer.

Elle ferma le volume.

— Si j'en crois ta collection, tu aimes la vie au grand air.

— En effet.

Il ajouta avec précaution une bûche dans le feu.

— J'imagine que toi, tu as plutôt un mode de vie urbain.

— Je travaille dans un hôpital en ville, alors c'est inévitable. La plupart des gens ne choisissent pas leur carrière en fonction du milieu environnant. Mais je parie que toi, tu l'as fait.

— Je ne voudrais pas vivre ailleurs que dans ces montagnes.

— Tu désapprouves ce que je suis. Tu trouves que je veux toujours tout contrôler et que je me mêle des affaires des autres.

Il se releva.

— Je pense que tu aimes ta sœur.

— Tu es fils unique ?

— Oui.

— Et tes parents ?

— Ma mère vit dans la vallée voisine. Personne ne sait où est mon père depuis le divorce.

— Il n'est pas resté en contact avec toi ?

Elle n'imaginait pas ne plus avoir son père dans sa vie.

— Je suis désolée de l'apprendre.

— Ces choses-là arrivent. Tu as assez chaud ?

— Oui. Merci. Je suis vraiment gênée que tu sois obligé de m'héberger.

Un jour, elle serait peut-être capable de parler du divorce de ses parents avec le même ton posé que lui. Pour se calmer, elle se leva et déambula dans la pièce, observant le moindre détail. Les bibliothèques construites sur mesure. Le magnifique escalier en bois sculpté qui menait à la mezzanine.

— Cet endroit est extraordinaire. Comment a-t-on réussi à construire une maison pareille au beau milieu de la forêt ?

— Il y a eu des défis à relever, c'est sûr, répondit-il en s'asseyant sur le canapé.

Elle fit courir ses doigts sur la rampe.

— C'est de la belle ouvrage.

— Merci. À l'époque, le travail m'a presque tué.

— C'est toi qui as fait tout ça ?

— Pourquoi as-tu l'air aussi surprise ?

— Eh bien, parce que…

Elle étudia à nouveau l'escalier.

— … parce que c'est impressionnant. Tu as beaucoup de talent et de savoir-faire. Pour être honnête, je n'avais jamais pensé aux gens qui fabriquent des escaliers.

Il sourit.

— Tu es le genre de personne qui vit dans une maison sans se demander qui l'a faite.

— Je n'ai aucune admiration pour celui qui a construit mon logement actuel. En fait, si jamais je le rencontrais, j'aurais du mal à ne pas le tuer. La chaudière tombe en panne tous les hivers, et il y a de l'humidité dans ma chambre. La seule chose positive à propos de mon travail est qu'il m'empêche de voir trop souvent l'intérieur de ma maison.

— Tu n'aimes pas ce que tu fais ?

— Si, mais c'est dur, parfois.

Elle se ferma comme une huître, comme toujours quand elle ne voulait pas parler de quelque chose. Elle gérait ses problèmes seule. Elle était le Dr Kathryn Elizabeth White, et elle avait sa vie bien en main.

Du moins, c'était le cas avant. Pour l'instant, elle voulait se cacher, mais Jordan la regardait comme s'il lisait en elle.

— Tu ne m'as pas l'air d'une femme ayant du mal à gérer ce qui est difficile.

— Je suppose que tout le monde a ses limites.

Les bras serrés autour de son buste, elle s'approcha de la fenêtre, lui tournant le dos. Elle pouvait prendre sur elle. C'était ce qu'elle faisait toujours.

Alors qu'elle respirait lentement, son souffle forma de la buée sur la vitre. Elle résista à l'envie d'y dessiner un cœur. Ce serait frivole, et elle ne l'était pas.

Dehors, la neige continuait à tomber sans interruption. Un rideau d'un blanc immaculé, qui donnait l'impression que le reste du monde était distant et irréel. Elle passait la majeure partie de son existence dans un environnement stérile. De longs couloirs. Des machines qui bipaient. Le rythme était toujours urgent. S'il y avait un mot qui n'apparaissait jamais dans son vocabulaire, c'était « lenteur ».

— J'aime cet endroit, reprit-elle. Est-ce que ça me surprend ? Oui, un peu.

Elle appuya le front contre la vitre froide.

— J'apprends peut-être quelque chose de nouveau à propos de moi-même.

Ces derniers temps, ça arrivait souvent. C'était comme de vivre dans le corps d'une inconnue.

— Où pars-tu en vacances, en général ? lui demanda Jordan. Tu m'as l'air du genre à séjourner dans une grande ville. Culture, galeries…

— Je ne prends pas de vacances.

Il fronça les sourcils.

— Jamais ?

— Presque jamais. Je travaille. Si j'ai l'énergie d'aligner deux phrases, je vois mes amis ou ma famille. Si j'ai un jour de congé, je le passe à dormir pour rattraper tous les autres où j'étais à l'hôpital. Tu veux que je te dise, franchement ? Je ne suis pas sûre d'aimer mon job.

Les mots s'étaient détachés de ses lèvres sans sa permission, comme s'ils étaient restés piégés en elle depuis trop longtemps.

— Je n'arrive pas à croire que j'ai dit ça à voix haute !

— Pourquoi ?

— Parce que ça rend les choses plus réelles, et l'idée que je n'aime pas mon métier me terrifie. J'ai décidé d'être médecin depuis que je suis toute petite. Dès que j'ai vu ma sœur malade, en fait. Dès son premier instant à l'hôpital, j'ai su que c'était ce que je voulais faire. Développer les compétences qui me permettraient de la soigner. Ôter cette expression effrayée du visage de ma mère. Alors j'ai travaillé. J'ai travaillé tellement dur. Tous les contrôles que j'ai eus, tous les livres que j'ai lus… C'était une échelle, et j'en ai gravi chaque barreau. Quand j'ai commencé la fac de médecine, mes parents ont été très fiers, et moi aussi. Je suis devenue le premier médecin de la famille.

— Alors tu n'oses pas avouer que tu n'es plus sûre de souhaiter poursuivre. Ce n'est pas facile de renoncer à un métier pour lequel on a tant donné. Tu leur as parlé ?

— Non. Je ne veux pas les inquiéter.

— J'ai l'impression que vous passez beaucoup de temps à protéger votre famille, docteur White.

Il se leva pour se rendre dans la cuisine. Il en revint avec une bouteille de vin et deux verres.

— Ça te tente ?

— En général, je ne bois pas pendant la journée.

— Fais une exception. Ça te détendra de renoncer momentanément à ces règles strictes que tu te fixes. De toute façon, il fait presque nuit.

Après avoir rempli les verres, il lui en tendit un.

— Viens t'asseoir.

Elle prit le verre, puis s'installa sur le canapé. Un canapé en cuir, incroyablement confortable. Grâce à lui, allait-elle réussir à lâcher du lest ? se demanda-t-elle en se renversant en arrière.

— C'est dingue d'envisager de renoncer à la chose pour laquelle j'ai travaillé toute ma vie, non ?

— Tu crois ? Est-ce que tu apprécies toujours ce que tu fais ?

— Ce n'est pas aussi simple que ça.

Il s'assit à côté d'elle.

— La vie l'est rarement.

— Une fois qu'on s'engage dans une voie comme la médecine, ce n'est pas facile d'en changer. Et plus on reste sur cette voie, plus ça devient difficile. J'ai toujours voulu être médecin. Je pensais que c'était réglé : voilà, c'est moi, point barre.

— Les gens changent. Et ils en ont le droit. Il n'y a pas de manuel qui dit qu'on doit faire la même chose toute sa vie.

— Je ne peux pas abandonner.

Il la regarda.

— Pourquoi ? Tu as des personnes à charge ? Des enfants que tu aurais omis de mentionner ?

— Non.

— Des emprunts, alors… Un gros crédit immobilier ?

— Je loue ma maison avec une amie. J'économise pour me constituer un apport et acheter un appartement, mais je suis toujours trop fatiguée pour regarder les annonces. Et j'aime bien me plaindre de notre chaudière. Ça fait partie de ma routine.

— Alors tu as un coussin financier ?

— Je suppose.

Elle ne l'avait jamais vu de cette façon.

— Qu'est-ce que je devrais faire ?

Elle but une gorgée de vin, puis une autre.

— Il est bon ! J'aurais dû en avaler un verre pour me calmer, ce matin, au lieu d'aller marcher et de me perdre.

— Alors tu aurais dit, et fait, des choses que tu aurais regrettées par la suite. Le vin au petit déjeuner a tendance à avoir cet effet-là sur les gens, affirma-t-il, une lueur amusée dans les yeux.

Il se mit à tripoter le pied de son verre.

— La raison pour laquelle tu veux abandonner… a-t-elle un rapport avec le mauvais jugement que tu crois avoir fait ?

Elle n'en avait parlé que lors du rendez-vous avec la spécialiste de la médecine du travail. Elle fut surprise de découvrir qu'elle avait envie de se confier à lui. Peut-être parce qu'il était un quasi-inconnu. Il n'était pas Vicky, pleine de bonnes intentions mais maladroite. Ou ses parents, qu'elle avait besoin de protéger. Inutile, pour elle, de se préoccuper de ce qu'il ressentait. Il était ce qui se rapprochait le plus d'un observateur impartial.

Elle but une autre gorgée.

— Oui, même si, en toute honnêteté, je crois que j'ai des doutes depuis un certain temps déjà. Mais je me persuadais que ce n'était rien. La médecine est une voie sur laquelle on s'engage à vie. Je n'ai jamais envisagé que je pourrais avoir envie d'en changer un jour. Seulement, quand un événement aussi grave arrive…

Elle fit une courte pause.

— … on commence à se demander si on est à sa place. Si on ne rendrait pas service à tout le monde en changeant de travail.

— Est-ce une autre de ces occasions où tu es trop dure envers toi-même ? Je ne connais pas grand-chose à la pratique de la médecine, mais j'imagine que la réponse n'est pas toujours évidente.

— La moindre décision qu'on prend a des conséquences.

Les yeux rivés sur le feu, elle poursuivit :

— Nous n'avons pas su sauver une jeune fille. Elle s'appelait Emma. Elle avait quatorze ans et elle était sortie avec ses amies pour fêter son anniversaire. Elles étaient quatre, riant et marchant dans la rue, bras dessus bras dessous. Elles parlaient sûrement de vêtements et des garçons qu'elles aimaient bien. La voiture a surgi de nulle part. Le type est monté sur le trottoir…

Sa respiration s'accéléra.

— Il a percuté Emma, l'a projetée en l'air comme une poupée de chiffon et a continué sans s'arrêter. Tu imagines ? Il a renversé une fille, un être humain, et ne s'est pas arrêté.

Même après tout ce qu'elle avait vu au cours de sa vie, Katie était révoltée par la lâcheté, la bassesse de l'espèce humaine. Elle jeta un coup d'œil à Jordan : il avait l'air choqué. Ça la rassurait. Il comprenait pourquoi elle ne considérait pas cet accident comme de la routine.

— Elle nous a été amenée. L'équipe de traumatologie, les chirurgiens… tout le monde était prêt, mais c'était…

Pourquoi trouvait-elle aussi difficile d'en parler ?

— Son père est arrivé à l'hôpital. Un père veuf. Il s'occupait d'elle depuis la mort de sa femme. Elle était toute sa vie. Son bébé. Il m'a suppliée de la sauver. Il nous a suppliés. « Pitié, ne la laissez pas mourir. »

Jordan lui prit son verre, puis couvrit sa main de la sienne. Elle ne la sentit même pas. Elle était de retour là-bas, avec le sang d'Emma sur ses gants chirurgicaux et l'espoir d'un père désespéré entre les mains.

— On n'a pas réussi. Ses blessures étaient… catastrophiques.

— Je suis désolé.

Il resserra sa prise et, cette fois, elle sentit la pression protectrice de ses doigts sur les siens.

— Son père était éperdu de douleur. J'ai dû le lui annoncer. C'était mon boulot. Et il était tout seul. Elle était tout ce qu'il avait au monde. Sa petite fille.

L'amour et le chagrin de ce père étaient si palpables qu'elle avait partagé sa souffrance. Elle avait détesté son travail en cet instant. Elle avait détesté les limites de son travail. Ses limites à elle.

— Je ne peux pas imaginer à quel point cette conversation a dû être dure, murmura Jordan.

— Ça fait partie du boulot. C'est l'aspect le pire.

Elle s'accrocha à sa main.

— Il n'arrivait pas à comprendre, et je ne pouvais pas dire grand-chose. Comment expliquer ce qui n'a aucun sens ?

— Ça a dû être particulièrement difficile.

— On parlait, il me demandait des détails. La police est arrivée. Ils avaient retrouvé la voiture. Une des jeunes filles l'avait décrite et…

Katie ferma les yeux.

— … il y avait… Ils ont pu identifier le véhicule parce que… de l'ADN… des traces de sang… Peu importe. Tu ne veux pas savoir.

Elle rouvrit les yeux et le regarda.

— Tu dois te dire qu'un bon médecin devrait être capable de prendre du recul.

— Ce n'est pas ce que je pense.

— Il était ivre. L'homme qui l'a tuée. Ils l'ont retrouvé et arrêté. Je crois que ça a poussé le père à bout. Son bébé, tué par un homme qui n'aurait jamais dû prendre le volant. Absurde. Évitable.

Elle perçut sa compassion.

— Les policiers sont allés parler aux autres filles. Moi, je suis restée seule avec le père. Je ne sais pas ce qui s'est passé. Tout a basculé en un instant. Il a… perdu l'esprit à cause du chagrin. Il m'a attrapée par la gorge, m'a soulevée et m'a plaquée contre la fenêtre de la salle d'attente des familles. Il n'arrêtait pas de dire : « Pourquoi vous ne l'avez pas sauvée ? Pourquoi » ?

Elle avait vu des étoiles, puis tout était devenu obscur. Elle n'avait plus entendu que la voix de ce père, qui hurlait : « Putain, tu te prends pour un médecin ? » Une infirmière était arrivée et avait tenté d'intervenir, mais il était trop fort. Elle était sortie de la pièce pour aller chercher de l'aide.

— Il t'a lâchée ?

— La vitre derrière moi a explosé. Je crois que ça l'a surpris. Il m'a lâchée, les collègues sont arrivés à la rescousse, et c'était fini.

Jordan jura tout bas, se passant la main sur le visage. S'il avait paru choqué avant, il semblait à présent secoué.

— Tu as été gravement blessée ?

— L'épaule entaillée. Ce n'était rien. Lui a perdu un enfant. Son bébé. Je voulais qu'ils montrent à cet enfoiré de chauffard bourré le corps ensanglanté d'Emma. Je voulais qu'il voie ce qu'il avait fait mais, bien sûr, ça ne fonctionne pas comme ça.

Elle reprit son verre de vin et but une gorgée. Sa main tremblait. Elle le lui avait dit. Elle en avait parlé à quelqu'un.

— Quand on est médecin, on essaie de laisser les choses glisser sur soi. Si je m'autorise à ressentir des émotions, je ne peux pas travailler correctement. Ça ne fait pas de moi quelqu'un d'indifférent, ça me rend efficace.

— Mais tu es humaine.

C'était une affirmation prononcée avec douceur, qui lui mit du baume au cœur. Pour la première fois depuis des semaines, elle se demanda si elle était vraiment aussi nulle qu'elle le croyait. Elle était peut-être humaine, tout simplement.

Elle vida son verre d'un trait.

— Cet incident… cette mort… n'a pas glissé sur moi. Ça s'est enfoui en moi comme un des morceaux de la vitre. À l'extérieur, j'ai guéri.

Ses collègues avaient enlevé les éclats de verre, l'avaient recousue et l'avaient prévenue qu'elle conserverait une cicatrice. Elle n'y avait pas attaché d'importance. Une partie d'elle-même avait pensé qu'elle le méritait peut-être.

— Je voulais sauver sa fille. C'est pour ça que je suis devenue médecin. Je n'ai pas arrêté de me demander si on aurait pu tenter autre chose pour la sauver, même en sachant qu'on avait fait le maximum. Mon cerveau imagine sans cesse des scénarios où elle aurait été amenée aux urgences plus tôt, où l'ambulance aurait mis cinq minutes au lieu de dix… J'ignore si ça aurait fait une différence, mais je n'ai pas réussi à tourner la page.

— Tu as des flash-back ?

— Constamment. *Si seulement... Et si…* Est-ce qu'on a vraiment fait tout ce qu'on pouvait ? Est-ce qu'on a tout essayé ?

— Bien sûr, mais la vraie question, c'est : pourquoi ce conducteur a-t-il pris le volant en ayant bu ?

— Tu as raison, évidemment. Mais la logique ne me remonte pas le moral.

Jordan, en revanche, si. Il l'apaisait, comme si ses mots attentionnés et choisis avec soin réparaient ces parties d'elle qui avaient été réduites en charpie.

— Techniquement, il t'a agressée.

Il lui lâcha la main pour attraper la bouteille de vin.

— Te connaissant, je suppose que tu n'as pas porté plainte.

— Non. Il était dans un état second. Il…

Ses yeux s'embuèrent.

— Ce n'était pas le premier cas triste et difficile dont je me suis occupée. Je ne sais pas pourquoi celui-là m'a touchée, mais ça a été le cas. Je crois que… j'ai perdu confiance.

— Parce que tu n'as pas pu sauver cette jeune fille ?

— Pas seulement. J'aurais dû voir à quel point son père était bouleversé. J'aurais dû me rendre compte des risques. J'ai mal évalué la situation. Il aurait pu s'en prendre à un membre de mon équipe. Ça aurait pu être pire. Et en plus du chagrin, il aurait dû gérer une plainte pour agression ?

Il garda le silence un instant.

— Tu exiges beaucoup de toi-même, n'est-ce pas ? Tu es humaine, Katie. Tu éprouves des sentiments. Tu as de la compassion.

— J'ai été tellement distraite par ces sentiments que j'en ai délaissé ma faculté de discernement. Cet homme était anéanti, de façon bien compréhensible. Il était aussi furieux. J'aurais dû anticiper qu'il pouvait devenir violent.

— Tu es voyante ? Tu es censée prédire le comportement humain ?

— Dans une certaine mesure, oui. Je ne cesse de m'interroger : est-ce que j'étais fatiguée ? Est-ce que j'étais assez concentrée sur ma tâche ? Peut-être que je ne suis pas assez bonne ? Maintenant, je n'arrive plus à démêler le vrai du faux.

Il lui resservit du vin.

— Tu es perfectionniste. Je parie que tu as été première de la classe tout au long de ta scolarité.

Elle parvint à sourire.

— Tu es psychologue ?

— Non, je suis simplement réaliste : on ne peut pas appliquer ce genre d'exigence à une situation de la vie réelle, Katie. Tu as du mal à rester détachée dans ton travail. Et tu penses, pour une raison que je ne comprends pas, que ça fait de toi un mauvais médecin.

— Je pense que je doutais de moi-même, de toute façon, et ça n'a fait qu'empirer les choses. Je suis à bout de nerfs depuis des semaines. Je suis en congé maladie, je te l'avais dit ? Ma famille l'ignore. Ils ne sont au courant de rien. J'essaie de ne jamais leur causer d'inquiétude. C'est horrible pour un parent de s'inquiéter pour son enfant. J'ai vu cette angoisse sur le visage de ma mère chaque fois que Rosie atterrissait à l'hôpital. Je l'ai vue sur le visage de mon père.

— Alors, tu t'obliges à gérer tes sentiments toute seule. Ça n'est pas une honte de se reposer sur les gens. Tout le monde a besoin de soutien.

Qui le soutenait, lui ? se demanda-t-elle. Dan, probablement. Et d'autres amis. Sa mère.

— Ça va aller, murmura-t-elle. Enfin, à part la migraine, demain, à cause de tout ce vin.

Elle poussa un soupir et reposa son verre.

— Qui aurait cru que ce serait toi qui m'aiderais à me sentir mieux ?

Jordan esquissa un sourire.

— Quoi ? Moi ? L'homme le plus agaçant au monde ?

— Tout compte fait, tu n'es pas si mal.

Reprenant son sérieux, il s'empara à nouveau de sa main.

— Ce n'est pas ta faute, Katie. Rien de tout ça ne l'est.

Elle ferait mieux de se dégager, mais elle aimait le contact de sa main sur la sienne.

— Tu n'en sais rien. Tu ne peux pas le savoir.

— Je suis sûr d'une chose, en tout cas : si jamais j'étais blessé, j'aurais de la chance d'avoir quelqu'un comme toi pour me soigner. Tu trembles.

Il lui serra la main, puis se leva et remit une bûche dans la cheminée.

— Je suis persuadé que tu es un bon médecin, mais ça ne signifie pas que tu dois continuer à faire un métier qui ne te convient plus.

— Renoncer, alors que je travaille depuis aussi longtemps et aussi dur…

Elle se mordit la lèvre, avant de conclure :

— … ce serait plutôt stupide de ma part, tu ne crois pas ?

Il attendit que les flammes commencent à lécher la bûche, avant de se rasseoir à côté d'elle.

— J'aurais plutôt dit courageux.

— Courageux ?

— La voie la plus simple serait de continuer à faire la même chose sans rien remettre en question.

— C'est l'option qui présente le moins de risque.

— À mes yeux, le risque, c'est que, dans vingt ou trente ans, tu regardes en arrière et regrettes d'avoir passé ta vie à faire un métier que tu n'aimais plus. Mais tu peux aussi t'accorder une pause. Au lieu de prendre une décision tout de suite, prends le temps d'y réfléchir.

C'était une option qu'elle n'avait pas envisagée. Son cerveau avait jonglé avec des scénarios du genre tout ou rien. Pourquoi n'avait-elle pas pensé à un compromis ? Pourquoi n'avait-elle pas pensé à s'octroyer une pause ?

— Je n'arrive pas à croire que je dis ça mais, de temps en temps, ça t'arrive d'énoncer des choses sensées, Jordan.

Ils étaient assis très près l'un de l'autre. Les seuls bruits étaient le crépitement du feu et le hurlement du vent battant contre les murs du chalet. Ce qui lui avait paru confortable semblait désormais intime. Sa jambe était pressée contre celle de Jordan, et elle ressentit une bouffée de désir qui faillit lui couper le souffle.

Elle lui jeta un coup d'œil, puis détourna vivement la tête, pas avant d'avoir vu la même chose dans ses yeux, cependant.

— Et toi ? Tu aimes ce que tu fais ?

— La plupart du temps. Et puis, parfois, j'ai les doigts et les orteils qui gèlent pendant un blizzard…

— Et tu songes alors que tu aimerais un boulot tranquille dans un bureau bien chauffé ?

L'ambiance avait changé, et elle sentait qu'il en était conscient, lui aussi.

Il émit un petit rire.

— Ça n'a jamais été mon rêve. Je voulais vivre et travailler dans les montagnes. C'était la chose la plus importante pour moi.

Elle enviait le fait qu'il soit aussi sûr de ce qu'il voulait.

— Je n'arrive pas à croire que tu aies bâti ce chalet !

Elle se leva, vidée et un peu embarrassée par ses confidences pleines d'émotion, tandis qu'il répondait :

— J'en ai taillé chaque rondin et chaque planche moi-même. J'ai perdu la moitié de la peau des doigts au passage.

Elle pencha la tête en arrière pour regarder le plafond.

— Tu n'as pas de télé ni de wi-fi.

— Exact.

— Alors comment t'occupes-tu ?

Reportant son attention sur lui, elle croisa son regard. Une lueur d'humour y brillait.

— Êtes-vous en train de me faire des avances, docteur White ?

Elle avait la bouche sèche.

— C'est sûrement le vin qui me fait dire n'importe quoi.

Si elle avait mal interpréter l'attitude de Jordan, elle allait se sentir triplement embarrassée.

— Puisque, a priori, je ne vais nulle part ce soir, est-ce que je peux changer d'avis et utiliser ta douche ?

Il se leva à son tour.

— Je te prépare des serviettes. Et je laisserai des vêtements secs sur le lit.

Le lit. Un seul lit. La réalité de la situation la frappa de plein fouet. À cause de la neige, elle était bloquée dans ce chalet avec Jordan.

— Tu as des couvertures pour le canapé ?

— Oui, mais c'est moi qui dormirai dessus.

Il disparut, puis revint quelques instants plus tard avec des serviettes.

— La douche est toute simple, dit-il.

Après s'être déshabillée, elle posa ses sous-vêtements sur le porte-serviettes chauffant. Elle entra dans la douche, qui disposait d'un pommeau à effet pluie, puis se lava les cheveux et se savonna. Elle s'aperçut alors qu'elle se sentait mieux qu'elle ne s'était sentie depuis des années. Peut-être l'effet du vin. Ou peut-être parce qu'elle avait enfin parlé de ce qui la minait. Tout compte fait, Jordan écoutait bien.

Enveloppée dans une serviette, elle récupéra ses sous-vêtements et traversa le couloir pour entrer dans la chambre. Il avait posé sur le lit un survêtement molletonné, un T-shirt et un pull.

Elle noua le cordon du pantalon et retourna le bas des jambes pour ne pas se prendre les pieds dedans. Comme son pull était resté miraculeusement sec, elle le remit.

Elle n'allait pas gagner de concours d'élégance mais, au moins, elle avait chaud et elle était au sec.

La chambre, à l'instar des autres pièces du chalet, était dépouillée, mettant en évidence la qualité du bois et de la finition. Le grand lit était drapé de fines couvertures, et des livres étaient empilés sur les deux tables de chevet. Une lampe projetait sa lumière douce en travers du matelas. Le décor était plus rustique que raffiné, mais il régnait dans la pièce une atmosphère particulière, et douillette grâce au chauffage au sol. Katie avait presque envie de se glisser tout de suite dans ce lit, de se laisser aller contre la pile d'oreillers et de lire jusqu'à ce que ses yeux se ferment.

Elle se contenta de se sécher les cheveux, avant de rejoindre Jordan dans le salon. Il était assis sur le canapé, les jambes tendues devant lui, les yeux fixés sur les flammes.

Elle s'assit à côté de lui et reprit son verre.

— Maintenant, je comprends pourquoi tu tiens à protéger Dan, murmura-t-elle. Il est comme ton frère. Tu penses à lui de la même façon que je pense à Rosie.

— Pas exactement, mais oui…

Il haussa les épaules.

— … c'est un peu similaire, reconnut-il.

— Tu crois que leur mariage va fonctionner ? Est-ce qu'ils ne se précipitent pas ?

— Contrairement à vous, docteur White, je n'évalue pas les risques à chaque situation et je n'essaie pas de supputer toutes les conséquences possibles. J'ai tendance à laisser la vie suivre son cours.

— Je t'envie. Mais si tu devais faire un pronostic ?

— Mon mariage a duré six mois, alors je ne me considère pas qualifié pour faire des remarques ou donner des conseils sur les relations des gens. Cela dit, je sais à quoi ressemble la précipitation, et je ne crois pas que ce soit le cas ici.

— Ta propre expérience ne t'a pas rendu cynique en matière de relation, apparemment. Sinon, tu aurais dégoûté Dan du mariage.

— C'était il y a longtemps. On avait dix-huit ans. Et Dan ne me ressemble pas du tout. Comme je l'ai déjà dit, je ne crois pas que la relation de quelqu'un soit censée avoir d'incidence sur celle de quelqu'un d'autre. On est tous différents. Et toi ? Fiançailles ? Histoire sérieuse ?

— Rien de tout ça. Je ne m'engage jamais à ce point avec les hommes. La fois où tu m'as balancée sur ton épaule ? Ça faisait un bout de temps que je n'avais pas eu droit à autant d'action.

— Il y a une raison particulière à ça ?

Elle s'avança au bord du canapé pour poser son verre sur la table.

— Oui. Je suis lâche. Voilà. Je l'ai dit. Je suis lâche. Lorsqu'on aime quelqu'un, on court le risque d'avoir le cœur réduit en miettes.

— C'est gai !

— Je déteste prendre des risques. Je ne suis pas courageuse. Là-dessus, tu te trompais. Je ne suis pas capable de supporter la profonde anxiété qui accompagne le fait d'aimer quelqu'un. Je ne l'ai compris que récemment. La seule chose pour laquelle je ne sois pas douée, ce sont les relations, mais bon, on ne peut pas être bon partout !

— Tu dois bien avoir des rencards ?

— En général, je sors avec un homme une fois. On ne m'appelle pas une seconde fois.

Jordan haussa un sourcil.

— Pourquoi ?

— Parce que je donne toujours un faux numéro.

— Docteur White, vous me choquez ! lança-t-il, les yeux plissés par l'amusement.

— Je leur donne aussi un faux prénom. Et je ne sais pas pourquoi je te raconte tout ça.

Il se mit à rire.

— Quel prénom ? Attends… laisse-moi deviner… tu te fais appeler « Tiara ». Ou peut-être « Aurora ». « Géranium » ?

— « Karen. »

— Non. Je ne te crois pas ! Tu n'as rien d'une Karen.

— Il reste du vin ? Si c'est le moment des aveux, je vais en avoir besoin.

— Oui, Karen.

Il remplit leurs verres.

— Désolé, mais vraiment, tu n'as rien d'une Karen. Les mecs, à Londres, doivent être stupides.

— Et toi ?

— Je n'utilise pas de faux prénom. Je n'en ai jamais eu besoin.

— Je veux dire, est-ce que tu as des rencards ? Tu as dû avoir des relations, depuis ta femme.

— Je dirais que je suis sur mes gardes, moi aussi.

Ils étaient assis côte à côte, coudes et cuisses en contact. Elle était pleinement consciente de sa proximité.

— Jordan ?

— Quoi ?

— L'autre jour, j'ai menti.

— À propos de quoi ?

— Quand je t'ai dit que la terre n'avait pas bougé.

Elle tourna la tête vers lui. En découvrant qu'il la regardait déjà, elle sentit son ventre se contracter.

— Elle a bougé ? demanda-t-il.

— Un peu.

Il baissa les yeux sur sa bouche.

— Tu n'en es pas sûre ?

— Le vin m'embrouille un peu l'esprit.

Elle s'approcha plus près de lui.

— Si je t'embrassais maintenant, tu serais choqué ?

— Essaie, et je te le dirai.

Les dernières lueurs du jour s'éteignaient, et la seule lumière provenait des flammes. C'était comme si plus rien n'existait au-delà des murs en bois. Le chalet était devenu un cocon.

Elle se pencha pour poser son verre sur la table. Puis elle fit la même chose avec le sien.

— Je vois combien tu es concentrée, murmura-t-il. Une femme déterminée, en quête d'une réponse à la question : la terre va-t-elle bouger ou pas ?

— C'est un essai clinique contrôlé. Rien de plus.

Elle vint tout contre ses lèvres, avant de s'arrêter, son souffle se mêlant au sien.

— Par souci de clarté, si jamais la terre bouge, tu ne comptes quand même pas me demander mon numéro ?

Il glissa les mains dans ses cheveux.

— Ça ne servirait pas à grand-chose, puisque je sais déjà qu'il sera faux, Karen.

Leurs bouches ne s'étaient pas encore touchées, mais elle avait une perception accrue de tout ce qui était lui. Ses yeux bleus, voilés, qui la contemplaient. Ses doigts, forts comme l'acier, qui lui encadraient délicatement le visage.

L'ambiance taquine avait disparu, ne laissant qu'une délicieuse tension.

Était-ce une erreur ? Elle l'ignorait. Une seule chose était sûre : elle en avait plus qu'assez de se sentir mal dans sa peau, et ça lui faisait du bien d'être avec Jordan. D'après Rosie, elle avait oublié comment s'amuser. Elle avait besoin de savoir que cette partie d'elle était toujours vivante.

Elle se rapprocha encore.

— Tu peux encore m'arrêter, murmura-t-elle.

— Pourquoi ?

Ils bougèrent en même temps. Leurs bouches se percutèrent tandis que leurs mains s'égaraient. Elle avait prévu un baiser, rien de plus. Un seul baiser. Mais, dès l'instant où elle sentit la main de Jordan descendre le long de son dos, elle comprit : un baiser ne serait pas suffisant.

Sans rompre le contact, il changea de position pour s'étendre sur le canapé. Sans hésiter, elle l'enfourcha.

Elle s'attaqua aux boutons de sa chemise avec des mains tremblantes. Elle finit par renoncer et tira violemment sur le tissu, faisant voler deux ou trois boutons. Plus tard, elle se demanderait ce qu'il y avait chez lui qui déclenchait une telle sauvagerie en elle, mais, pour l'instant, elle ne pensait plus à rien. Comme il tirait sur son pull, elle leva les bras, et il ne resta plus qu'une barrière de soie et de dentelle entre eux. Il referma la bouche sur un de ses seins, avant de se débarrasser de son soutien-gorge.

Il prit son visage entre ses mains et cessa de l'embrasser pour la regarder. La passion brûlante qu'elle vit dans ses yeux l'excita au plus haut point.

— Quoi ?

Elle effleura de ses lèvres son front, sa joue et sa mâchoire râpeuse, avant de demander :

— Quelque chose ne va pas ?

— Oui.

Elle se figea, puis recula légèrement, interrogative.

Il lui adressa un lent sourire.

— Tu es trop habillée.

Elle sourit à son tour, puis frissonna lorsqu'il passa les mains sur ses bras nus.

— Je vais arranger ça, dit-il.

Elle se redressa, toujours à califourchon sur lui, et son cœur se mit à battre plus fort quand Jordan glissa les doigts dans la ceinture du survêtement et le baissa le long de ses cuisses. Sa culotte suivit le même chemin. Elle changea alors de position pour que ses vêtements tombent par terre. Elle sentit les yeux de Jordan sur elle, mais ne fit pas un geste pour se couvrir. Tendant la main, elle défit le bouton de son jean, puis descendit la fermeture Éclair.

— Me voilà tout intimidée.

En le voyant froncer les sourcils, elle rit doucement.

— Tes abdos. On dirait que tu passes ta vie à faire de l'exercice.

— C'est une séance spéciale levé-de-gros-troncs.

Glissant la main derrière sa nuque, il guida sa bouche vers la sienne.

— Ne sois pas intimidée. Je vous admire, toi et ton petit corps sexy, depuis que tu as débarqué de cet avion en ayant l'air prête à tuer quelqu'un.

— Le seul sport que je fais, c'est la danse du médecin surmené.

Elle lui taquina les lèvres, sentit le bout de sa langue toucher la sienne, puis il l'embrassa avec passion, et elle eut l'impression de tomber, *tomber*…

Il passa les mains le long de son dos, lui empoigna les fesses, puis lui caressa les cuisses, sans jamais cesser de l'embrasser. Elle l'embrassa en retour jusqu'à ce que tout son corps soit douloureux, en proie à un désir violent et délicieux. Elle lui effleura la joue de ses lèvres, lui mordilla le cou et s'attaqua à son torse. Et tandis que sa bouche le séduisait, ses doigts descendaient le long de son corps, l'explorant et le tourmentant jusqu'à ce qu'il se mette à haleter. Il l'empoigna par les hanches et la fit pivoter sous lui. La manœuvre n'était pas évidente sur un canapé, et elle s'agrippa à ses épaules, hésitant entre un gémissement et un éclat de rire.

— Je sais y faire, hein ? demanda-t-il.

Il avait les doigts dans ses cheveux, la bouche sur la sienne, et ses baisers étaient ponctués de son propre rire étouffé.

— Je suis peut-être un peu impatient.

— Ça me va tout à fait.

Elle gigota sous lui et enroula la jambe autour de la sienne.

— Quoi que tu fasses, ne t'arrête pas.

Il n'en avait visiblement pas l'intention. Il bougea pour trouver un meilleur accès à son corps tremblant. Il l'embrassait comme s'il savait déjà tout ce qu'il y avait à savoir sur elle, comme s'il connaissait déjà tous ses secrets. Le désir qu'elle ressentait se transforma en plaisir lorsqu'il la toucha intimement, remuant les doigts avec lenteur et fermeté. Elle se délecta de sa chaleur, de son poids sur elle, jusqu'à ce qu'il commence à descendre le long de son corps. Elle ferma les yeux, savourant le talent de sa bouche et de sa langue.

Elle perdit toute notion du temps, seulement consciente de l'instant présent. De cet homme. Il se détacha brièvement d'elle pour fouiller dans la poche de son jean, désormais abandonné sur le sol.

Frustrée par l'interruption, elle suivit de ses mains la courbe de ses épaules, sentant ses muscles rouler sous ses doigts. Il murmura son nom dans ses cheveux, détailla dans un murmure tout ce qu'il comptait lui faire, puis la pénétra. Capturant dans sa bouche les gémissements qu'elle laissait échapper, il lui empauma les fesses et la souleva. À chaque va-et-vient, lent et mesuré, il s'enfonçait davantage. Elle était tellement excitée qu'elle en avait du mal à respirer. Elle essaya de parler, de lui dire ce qu'elle ressentait, mais les mots ne venaient pas. Puis elle s'arrêta enfin de penser et sombra dans un monde de chaleur, de mouvement et de sensation.

Elle jouit, secouée par un flot de spasmes délicieux, et sentit qu'il la rejoignait dans l'extase après un dernier coup de reins. Bouches collées l'une à l'autre, corps entrelacés, ils savourèrent l'explosion de plaisir jusqu'au bout, chaque pulsation renforçant l'intimité de l'instant.

Lorsque son corps se calma enfin, elle ouvrit les yeux et contempla le plafond avec incrédulité.

Jordan s'effondra à moitié sur elle, à bout de souffle.

— C'était…

— C'était.

Il y eut une pause pendant qu'il s'efforçait de récupérer. Puis il releva la tête.

— Tu ne connais peut-être pas ton propre numéro de téléphone, Karen, mais tu es très douée pour ébranler le monde d'un homme. Si je devais te noter, je te décernerais un A.

Sourire aux lèvres, elle pivota sur le côté pour le regarder. Comment pouvait-elle se sentir aussi à l'aise avec lui ? Ça n'avait aucun sens mais, pour l'instant, elle n'était pas d'humeur à analyser quoi que ce soit.

— « A », c'est tout ?

Il ferma les yeux.

— C'est la meilleure note, chérie.

— Pourquoi pas « A avec une étoile » ? Ou « A+ » ?

Elle glissa la main le long de son corps et l'entendit grogner.

— Sérieusement ?

Il ouvrit les yeux, puis tourna la tête vers elle.

— Tu es optimiste, là. Je commence à comprendre pourquoi on ne te rappelle pas après une nuit avec toi. Tu crois que c'est le faux numéro qui les tient à distance, mais c'est sûrement parce qu'ils sont dans le caniveau, quelque part, à essayer de rassembler assez d'énergie pour bouger.

— Que veux-tu que je te dise ? J'ai toujours été une élève brillante. Tu veux que je te le prouve ?

Il l'attira contre lui.

— Si c'est nécessaire pour renforcer ta confiance en toi, je suis carrément partant, Karen !

Rosie

Rosie avait posé la tête sur le torse de Dan.

— C'était…

Elle pressa la bouche sur sa peau brûlante.

— … incroyable.

— C'est toi qui es incroyable, répondit-il en la serrant contre lui.

Ils se trouvaient dans sa chambre, à Snowfall Lodge. Comme Catherine assistait à un concert caritatif de chants de Noël, ils avaient disposé de l'appartement pour eux seuls toute la soirée. Dan avait fait griller du poulet, et Rosie préparé une salade. Ils avaient partagé une bouteille de vin, puis avaient décidé de se coucher tôt.

Allongée à côté de lui dans le grand lit, à regarder la neige tomber dehors, elle se sentait plus détendue qu'elle ne l'avait été depuis des jours. C'était tout ce dont elle avait besoin : du temps avec lui, à l'écart du reste du monde.

Elle sourit.

— Tu m'as manqué.

— Toi aussi, tu m'as manqué.

Se tournant sur le côté, il fit lentement courir la main sur elle.

— J'en étais arrivé au stade où j'allais t'enlever pour te prendre sauvagement derrière la première cabane venue. Un petit coup vite fait…

— On aurait surtout attrapé un paquet d'engelures vite fait !

Elle se pencha pour l'embrasser.

— Je culpabilise un peu d'être secrètement contente que Katie soit bloquée avec Jordan à cause de la neige.

— Pourquoi ?

— Parce qu'ils ne s'entendent pas. Elle va détester chaque instant de sa soirée là-bas. J'imagine que lui aussi. Ils se tapent mutuellement sur les nerfs.

— Ce n'est pas ton problème, mon ange.

Comme il l'attirait plus près, elle se lova contre lui.

— Si, ça l'est. C'est ma sœur. Je l'aime. Et je m'en veux. Elle est venue à cause de moi et, maintenant, elle se retrouve piégée avec un homme qu'elle n'aime pas. Je suis sûre que cette situation va les rendre fous ! À ton avis, qu'est-ce qu'ils font ?

— Connaissant Katie, elle doit le cuisiner pour lui soutirer des informations sur moi.

— C'est une possibilité. On ne peut pas dire qu'elle soit très détendue depuis son arrivée. Je te jure que, d'habitude, elle n'est pas aussi pénible. Est-ce qu'elle t'a contrarié ?

— Non, la rassura-t-il en lui caressant les cheveux avec douceur. Mais ça n'a pas été facile de trouver du temps pour nous deux, pas vrai ? Elle s'est ingéniée à nous tenir à distance.

— Ce n'était pas intentionnel.

Ou peut-être que si ?

— Ça fait un moment qu'on ne s'est pas vues, Katie et moi. À Noël, on en profite toujours pour rattraper le temps perdu. À la maison, on a chacune notre chambre mais, pendant les fêtes, on dort ensemble et on discute jusqu'à 3 heures du matin.

— Je comprends.

— C'est important pour moi que tu n'aies pas une mauvaise opinion d'elle. Je n'y avais pas réfléchi auparavant, mais c'est évident qu'un mariage n'est pas seulement l'union de deux personnes. C'est la fusion des amis et de la famille. Je veux que tu l'aimes, elle aussi.

— Détends-toi. Je l'apprécie beaucoup.

Il n'avait passé que quelques jours avec Katie, qui avait été en mode « grande sœur ultra-protectrice » tout du long. À présent, c'était elle qui se sentait protectrice. Avait-elle été trop dure avec sa sœur ? Rosie savait à quel point celle-ci l'aimait. Se montrait-elle déloyale ?

— Il lui est arrivé quelque chose, Dan. Elle a une cicatrice sur l'épaule.

— Tu lui en as demandé la cause ?

— Oui, et elle a botté en touche, affirmant que ce n'était rien. Mais ce n'est vraiment pas l'impression que ça m'a donnée. J'aimerais qu'elle me parle. C'est agaçant. Ou peut-être que « frustrant » est le mot juste ?

— Tout le monde n'aime pas parler de ses problèmes.

— C'est ma sœur, Dan ! Je lui parle tout le temps. Je l'ai toujours fait. Elle est là pour moi, contre vents et marées. Notre relation me semble… Je ne sais pas…

Elle fronça les sourcils.

— … déséquilibrée. J'aimerais être là pour elle à mon tour.

— Je suppose qu'au sein d'une famille, une fois les rôles attribués, il n'est pas facile d'en changer. Elle est l'aînée. Celle qui est forte, qui t'apporte son soutien. Elle n'est pas du genre à en chercher pour elle. Se confier à toi modifierait votre relation de manière fondamentale.

Elle se releva sur un coude pour le regarder.

— Tu as raison. C'est exactement ça.

— Sans compter votre grosse différence d'âge. J'ai l'impression qu'elle agit un peu avec toi comme une seconde mère.

— Oui, c'est vrai. Et je n'ai sûrement pas arrangé les choses en me tournant vers elle chaque fois que j'avais un problème plutôt que de m'adresser à nos parents.

Elle réfléchit un instant.

— Tu crois vraiment que ces rôles sont figés ? Ou est-ce que je peux essayer de bouger le curseur ?

— J'imagine que seule Katie peut en décider.

— Je dois la persuader de me laisser être la grande sœur quelquefois.

Il fit la moue.

— Je ne vois pas comment ça marcherait. Le mieux que tu puisses espérer, c'est que vous soyez sur un pied d'égalité.

— Comme des jumelles ?

— Pourquoi pas…

Il baissa la tête pour l'embrasser. Elle se pressa contre lui, avant de s'écarter.

— Si Jordan et elle s'entre-tuent dans ce chalet ?

— Ça va aller.

— Si elle le cuisine, est-ce qu'il va lui révéler quoi que ce soit qu'elle pourra utiliser contre toi ?

— On verra bien. Si elle débarque ici en te conseillant de t'enfuir à toutes jambes, on saura qu'il a divulgué mon secret le plus sombre et terrible.

Il écarta une mèche de cheveux de son visage.

— Je t'aime, Rosie White. J'aime ton petit froncement de sourcils inquiet. J'aime la façon dont tes cheveux se balancent quand tu traverses une pièce. J'aime le fait que tu te soucies autant des autres.

— J'ai un froncement de sourcils inquiet ?

— Oui, et c'est adorable.

— Je t'aime aussi.

C'était vrai. Comment avait-elle pu en douter ?

— Ça fait du bien d'être ensemble. Et de pouvoir parler.

Ses doutes s'étaient envolés, chassés par le bonheur d'une soirée tranquille avec celui qu'elle aimait.

Tout allait bien se passer.

D'une main sur sa nuque, il la guida jusqu'à lui et l'embrassa. Son baiser, doux, savant, lui liquéfia l'esprit et le corps. Quand il abandonna ses lèvres, elle émit un murmure de protestation et se trémoussa contre lui.

— Dan…

— Tu as été un peu silencieuse, cette semaine. Tu n'étais pas tout à fait toi-même.

Son cœur se mit à tambouriner dans sa poitrine. Si elle voulait lui parler de ses doutes, c'était le moment. Mais à quoi bon ? Elle était désormais certaine de ce qu'elle voulait. Elle le voulait, *lui.*

— Ce n'est rien. C'est sûrement dû à une combinaison de facteurs : la présence de mes parents, l'attitude de ma sœur et l'organisation du mariage.

— C'est dingue, hein ? La robe, les invités, « est-ce que ce sont les bonnes fleurs »…

Il lui encadra le visage de ses mains et la regarda dans les yeux.

— Je comprends, mon cœur, je t'assure. Ma mère est un peu envahissante, et tu as été très patiente. C'était vraiment gentil de ta part de la laisser prendre les rênes et tout planifier.

— Ça lui a donné tellement de travail… Je culpabilise un peu.

— Ne te sens pas coupable. Elle aime avoir de quoi s'occuper. Depuis qu'on a perdu mon père, elle est ainsi. Comme si elle avait peur de lever le pied. Ça la rend heureuse de faire tout ça pour nous, et tu es un ange de lui avoir permis de tout prendre en main. Ta gentillesse est une des nombreuses choses que j'aime chez toi.

Et que pensait-il de son indécision ? De sa tendance à s'éparpiller ? Aimait-il aussi ces défauts ?

Oui. Il les aimait. Il avait *vu* cet aspect-là de sa personnalité. Il l'avait vue trouver un million d'excuses pour ne pas sortir du lit ou pour ne pas faire de sport. Il l'avait vue tergiverser pour choisir une robe et se tourmenter sur l'intérêt de ses études.

— Je trouve que ta mère est une source d'inspiration, Dan. C'est une fonceuse. Elle va toujours de l'avant, même quand elle a le cœur brisé et qu'elle a sûrement mal aux pieds.

— Ouais, c'est bien elle. Mais ça peut être épuisant de la côtoyer. Je vais te faire une promesse, madame Reynolds…

— Je ne suis pas Mme Reynolds.

— Plus que deux jours, et tu le seras.

Il roula sur le dos en l'entraînant avec lui.

— On ira au bout de ces préparatifs en gardant le sourire, et, l'été prochain, je t'emmène à Hawaï. Plages de sable blanc, palmiers, soirées tranquilles à boire des cocktails. Ça va être incroyable !

Une agréable sensation de bien-être l'envahit.

Ça, c'était le vrai bonheur, songea-t-elle. L'un de ces moments qu'on avait envie de mettre en bouteille pour pouvoir s'en servir en cas de coup dur.

— J'ai toujours peur qu'il y ait des choses qu'on ignore l'un sur l'autre. Par exemple, je t'ai déjà dit qu'à huit ans je voulais être journaliste ?

Il la serra contre lui.

— Je croyais que tu voulais devenir une fée.

— Oui mais, ensuite, j'ai découvert que les perspectives de carrière d'une fée étaient limitées.

— Était-ce la veille du jour où tu avais décidé de devenir ballerine ?

Une bouffée d'affection l'envahit. Oui, il la connaissait.

— Es-tu en train de suggérer que je vogue d'une passion à l'autre ?

— C'est le cas, et c'est une chose de plus que j'aime chez toi. Ton cerveau fourmille de possibilités et d'options.

— Ça ne t'agace pas ?

— C'est amusant. Je sais qu'en étant avec toi je ne m'ennuierai jamais.

— Ça ne te dérange pas que je change d'avis ?

— Du moment que tu n'en changes pas à mon propos, non.

Elle ressentit une pointe de culpabilité. Heureusement qu'elle n'avait rien dit… Oui, elle avait eu des doutes, mais c'était normal. Le mariage était une grande étape de la vie. Elle avait le droit d'y réfléchir et de s'inquiéter un peu. Ce n'était pas quelque chose que Dan avait besoin de savoir.

— Je suis contente qu'on soit tout seuls ce soir.

— Moi aussi.

Il déposa une succession de baisers sur sa joue et le long de son cou.

Elle ferma les yeux.

Elle avait eu des relations auparavant, mais aucune ne lui avait fait cet effet. Aucune n'avait réussi à l'ancrer ni ne l'avait poussée à réfléchir à ses choix et à son avenir. Dès l'instant où elle avait rencontré Dan, tout avait été différent, et pas seulement parce qu'il lui avait fait aimer le sport. Ils s'étaient plu d'une façon inédite et spéciale. Ses autres relations lui avaient semblé parfaites, à l'époque, mais ce n'était qu'en sortant avec Dan qu'elle avait compris : elle n'avait jamais connu avant lui de véritable intimité. En étant avec lui, elle avait gagné en force et en assurance à tous points de vue.

Se sentant aimée et très satisfaite de sa vie, elle s'endormit.

Elle ne se réveilla que lorsque Dan revint dans la chambre, portant leur petit déjeuner sur un plateau.

Elle se redressa en bâillant.

— Quelle heure est-il ?

— 9 heures. Tu étais crevée.

— À qui la faute ?

Il lui fit un clin d'œil, puis posa le plateau sur ses genoux. Il y avait une corbeille remplie de croissants chauds, du jus d'oranges fraîchement pressées et du café.

— Tu me gâtes, dit-elle, avant de tapoter le matelas à côté d'elle. Ça ne ressemble pas à la nourriture saine que tu me fais ingurgiter d'habitude.

— Je pense qu'on a dépensé assez de calories, hier soir, pour pouvoir se le permettre.

Il l'embrassa et vola la moitié d'un croissant.

— La bonne nouvelle, c'est qu'il ne neige plus et que le soleil brille. Jordan m'a envoyé un SMS. Katie et lui sont en chemin, ils viennent ici. Apparemment, elle veut te parler.

Rosie se figea, le verre de jus d'orange à mi-chemin de ses lèvres.

— De quoi ?

— Aucune idée. Elle a peut-être décidé qu'elle ne pouvait pas être demoiselle d'honneur, si Jordan était le témoin.

— Elle serrerait les dents et le ferait quand même. Elle veut peut-être m'expliquer pourquoi elle a foncé dans la forêt toute seule, parce que ça, je t'assure, ça ne lui ressemble pas du tout.

Elle l'observa mâcher.

— Tu comptes me laisser manger un peu de ce petit déjeuner que tu m'as préparé ? Ou tu l'as fait pour me torturer en ne m'en laissant pas une miette ?

— Quand on s'aime, on partage.

Dan arracha un autre morceau de croissant mais, cette fois-ci, il le lui tendit.

— Je sais qu'on a du pain sur la planche aujourd'hui, mais essayons de nous réserver une heure rien qu'à nous cet après-midi.

— Ça marche.

Après avoir terminé le croissant et le jus d'orange, Rosie se leva.

— Si Katie est en chemin, je ferais mieux d'aller me doucher. Je boirai le café ensuite.

Dan la suivit jusqu'à la salle de bains.

— Tu as besoin d'aide ?

— Non !

Elle posa les mains sur son torse et le repoussa.

— Je ne veux pas être toute nue quand ma sœur arrivera.

Cinq minutes plus tard, après la douche la plus rapide qu'elle ait jamais prise, elle était habillée et se dirigeait vers la cuisine.

Dès l'instant où elle vit le visage de Katie, elle comprit qu'il ne s'agissait pas du mariage.

— Tu as l'air si sérieuse ! Comment étaient les routes ? C'était compliqué ? Vous êtes ici, alors j'en conclus que vous avez réussi à vous en sortir ?

— Oui. Jordan a géré la situation, répondit Katie en lui prenant la main. J'étais inquiète pour toi.

— Moi ? Ce n'est pas moi qui me suis perdue dans le blizzard. Heureusement que Jordan t'a trouvée… Ça semblait vraiment effrayant. Pourquoi es-tu partie comme ça, sans dire à personne où tu allais ?

— Je…

La main de Katie se resserra sur la sienne.

— Je pensais que tu serais bouleversée. Je m'attendais à ce que tu n'aies pas dormi de la nuit.

Rosie croisa le regard de Dan et rougit.

— Eh bien, je n'ai pas beaucoup dormi, mais… À vrai dire, on n'a pas passé beaucoup de temps ensemble, ces derniers temps…

— Je voulais dire, à cause de papa et maman.

— Papa et maman ?

Katie la fixa.

— Tu ne leur as pas parlé, hier ?

— On a petit-déjeuné ensemble. Ils s'inquiétaient pour toi, jusqu'à ce qu'on reçoive le SMS de Jordan.

Elle se tourna vers lui en souriant.

— C'était très attentionné de ta part.

— Pas de souci.

Il semblait crispé. Vigilant. Il suivit Katie des yeux lorsqu'elle marcha vers la fenêtre.

— Alors… que ressens-tu à propos de ce qu'ils t'ont dit ?

Rosie lança un regard perplexe à Dan. Avait-elle manqué quelque chose ?

— Ce qu'ils m'ont dit ? Heu…

Elle réfléchit.

— Ils m'ont dit qu'ils s'étaient vraiment amusés pendant la balade en traîneau. Apparemment, maman est tombée amoureuse du chien de tête. Et ils ont adoré le restaurant.

Elle sourit à Dan.

— Ça avait l'air romantique. Il faut qu'on fasse ça…

— Attends, la coupa Katie. C'est tout ? Vous n'avez parlé de rien d'autre ?

— De quoi était-on censés parler ?

Katie prit une profonde inspiration. Et se retourna vers la fenêtre pour regarder dehors.

— Katie ? Qu'est-ce qui ne va pas ?

Sa sœur ne répondit pas.

Le silence s'étira pendant une longue minute. Rosie jeta un nouveau coup d'œil à Dan, mais il haussa les épaules, semblant aussi surpris qu'elle.

Y avait-il un rapport avec l'épaule de Katie ? Avec le secret qu'elle cachait ?

Après l'avoir rejointe, Rosie posa la main sur son bras. Dehors, le ciel était bleu clair, et la neige fraîche immaculée.

— Je t'aime. Tu peux tout me dire, tu le sais, n'est-ce pas ?

Katie déglutit.

— Je… je pensais qu'ils te l'auraient dit. Je ne m'attendais pas à devoir le faire.

— Faire quoi ? Dire quoi ?

— Ils vont divorcer, Rosie.

La voix de sa sœur était si basse que les mots étaient à peine audibles.

— Quoi ?

— Ils divorcent.

Katie se frotta le front, et Rosie vit à quel point elle semblait fatiguée.

— Je pensais qu'ils te l'auraient annoncé hier.

Rosie réfléchit aux derniers moments qu'elle avait passés avec ses parents. Ils s'étaient inquiétés à propos de Katie. Elle avait vu son père prendre la main de sa mère et la serrer. Il s'était montré rassurant et affectueux avec elle.

— Tu te trompes. Ils s'aiment. Ils sont heureux en ménage. Ces derniers jours, ils se sont comportés comme de jeunes mariés.

— C'était une mise en scène. Ils vivent séparément depuis des mois.

Katie paraissait épuisée.

— Ils ne sont pas heureux en ménage.

— Je ne sais pas pourquoi tu penses ça. C'est de la folie !

Rosie sentit Dan lui passer le bras autour des épaules pour la réconforter. Pourquoi estimait-il qu'elle avait besoin d'être réconfortée ?

— Il doit y avoir un malentendu, affirma-t-elle.

— J'ai conscience que c'est bouleversant et que ça tombe mal. C'est sûrement pour cette raison qu'ils ne t'ont rien dit hier. Ils ont l'intention de jouer la comédie jusqu'au bout.

— Ils t'ont *dit* qu'ils divorçaient ?

— Je les ai surpris en train d'en discuter, hier. Ça m'a permis de comprendre pourquoi il ne faut jamais passer chez quelqu'un à l'improviste. Ils étaient tellement concentrés sur les détails de leur divorce qu'ils ne m'ont pas entendue arriver.

— Ils parlaient peut-être du divorce de quelqu'un d'autre.

— Réfléchis, Rosie.

La voix de Katie laissait transparaître une pointe d'exaspération.

— Admets qu'ils agissent de façon étrange depuis qu'ils sont arrivés.

— Ils sont démonstratifs, mais c'est sympa.

— Ils font semblant ! Ils se donnent en spectacle pour nous.

Ses genoux se mirent à trembler.

— Je ne te crois pas.

— J'aimerais vraiment que ce ne soit pas vrai, mais ça l'est. Et comme tu ne me crois pas, il n'y a qu'une façon de régler ça.

Katie l'attrapa par la main et l'entraîna vers la porte.

— Où va-t-on ? demanda Rosie.

— À leur cabane. Si on débarque sans prévenir, ils n'auront pas le temps de se préparer à donner le change. Il est temps qu'ils te disent la vérité !

Katie

Mue par la contrariété, Katie s'engagea sur le chemin enneigé qui menait à la cabane de ses parents. Si elle avait marché en talons hauts sur un sol en marbre, ses pas auraient résonné avec force et détermination. Les têtes se seraient tournées, et les personnes présentes se seraient posé des questions. Mais, ici, la neige étouffait l'émotion qui accompagnait chacune de ses enjambées. Les quelques oiseaux qui cherchaient en vain de quoi manger ne lui prêtèrent aucune attention.

— Katie !

La voix de Rosie retentit derrière elle.

— Ralentis. Ou mieux encore, arrête-toi !

Le soleil brillait. La seule trace du blizzard était la couche de poudreuse sur les arbres, qui captait la lumière avec une beauté aveuglante.

Pour une fois, Katie ne remarqua pas cette beauté. Comment ses parents avaient-ils pu cacher la vérité à Rosie ? Pourquoi s'était-elle retrouvée à devoir lui annoncer la nouvelle… et à lui faire de la peine ? Ils avaient eu toute la journée de la veille pour lui parler. Pourtant, ils avaient poursuivi leur comédie de la « seconde lune de miel ». Ils semblaient résolus à continuer leur mascarade. Et en plus, ils s'attendaient à ce qu'elle soit leur complice ? Hors de question ! C'était mal. Pourquoi ne pouvaient-ils pas être ouverts et honnêtes ?

Elle ignora la petite voix dans sa tête qui lui rappelait qu'elle-même n'était ni ouverte ni honnête avec sa famille. C'était différent. Complètement différent.

Chassant cette pensée de son esprit, elle gravit les marches d'un pas lourd, s'accrochant à la rampe en bois pour ne pas glisser. Cette rampe lui fit penser à Jordan et à leur nuit ensemble.

Pendant le trajet jusqu'à l'hôtel, il avait gardé le silence. Elle n'avait pas pipé mot non plus. Elle n'avait pas la moindre idée de ce qu'elle devait dire, après une nuit pareille. En quelques heures, ils étaient passés de vagues connaissances à intimes.

Ignorant son trouble, elle ouvrit la porte de la cabane de ses parents.

Il était 10 heures du matin, pourtant il n'y avait aucun signe de vie.

Étaient-ils déjà sortis ? Avaient-ils prévu une autre activité de couple ?

Une fois à l'intérieur, elle ôta ses après-ski. Quelques instants plus tard, Rosie apparut sur le seuil, pantelante, les joues roses. Dan et Jordan la suivaient de près. Katie n'avait pas prévu leur présence, mais ce serait peut-être mieux si tout le monde apprenait la vérité en même temps. Ça éviterait de devoir répéter les explications.

Le salon semblait vaguement abandonné. Un coussin gisait au sol. Il n'y avait pas de couvertures sur le canapé. Rien qui indique que son père y avait couché.

Les guirlandes du sapin de Noël scintillaient. Comment pouvait-il paraître toujours aussi festif et joyeux ? La tristesse de la situation aurait dû le rendre terne et morne.

Une bouteille de vin vide et deux verres étaient posés sur la table.

En tournant la tête, elle aperçut quelque chose par terre. Un bout de tissu. De la lingerie. Un soutien-gorge en soie et en dentelle qui semblait avoir été arraché et abandonné là dans le feu de l'action. Katie l'observa fixement, puis suivit du regard les vêtements éparpillés sur le sol jusqu'à la chambre.

Un son se fit alors entendre. Comme un gémissement guttural.

Tous les mots que Katie avait préparés restèrent figés sur ses lèvres. Son cerveau se déconnecta un instant.

Rosie posa la main sur son bras.

— Il faut qu'on reparte, murmura-t-elle en jetant un coup d'œil vers la chambre.

Katie se dégagea. Leurs parents les avaient-ils entendus arriver ? Était-ce une autre de leurs mises en scène ?

— On leur parle maintenant !

— Quoi ? Non !

Le visage de Rosie s'empourpra.

— Je n'ai absolument aucune envie de les surprendre en train de faire l'amour !

— Ils ne font pas l'amour. Ils font semblant.

Katie monta l'escalier menant à la mezzanine. Sa mère poussa aussitôt un couinement horrifié : « Nick ! Oh non… » Et elle entendit son père jurer pour la première fois de sa vie.

— On est vraiment désolées, lança Rosie en la tirant par la manche. On reviendra plus tard.

— Non, s'exclama Katie, complètement désorientée. Je ne comprends pas. Vous divorcez.

— Katie…

Sans lâcher les draps qu'elle avait ramenés précipitamment sous son menton, sa mère tendit sa main libre vers elle.

— Je sais à quel point tu as été bouleversée hier. On a essayé de te joindre.

— Il n'y avait pas de réseau.

Elle était avec Jordan, et… Elle n'allait pas y réfléchir maintenant.

Son père se redressa, tout en maintenant les couvertures devant lui.

— On était inquiets, grommela-t-il.

— On est vraiment désolées, répéta Rosie en la tirant à nouveau par la manche. Katie, *je t'en prie…*

Mais Katie ne bougea pas. Elle était tellement frustrée par la situation qu'elle se sentait sur le point d'exploser.

— Vous ne pouvez pas faire ça ! Il faut que vous soyez honnêtes. On est adultes.

— Katie…

Sa mère tenta de se recoiffer d'un geste paniqué.

— Ton père et moi devons te parler. Ce serait mieux qu'on le fasse juste avec toi.

— Pas de problème, dit Rosie.

Elle se détourna, visiblement soulagée, mais Katie l'attrapa par le bras. Les yeux rivés sur ses parents, elle leur asséna :

— Non ! Vous devez être honnêtes. Rosie n'arrête pas de se servir de l'exemple de votre couple pour se convaincre que sa relation avec Dan va durer.

Rosie poussa une exclamation horrifiée, mais Katie enchaîna :

— Elle a des doutes, et voilà comment elle les gère : comme vous avez eu un coup de foudre et que vous vous êtes mariés aussi vite qu'elle compte le faire, que vous êtes toujours heureux en ménage au bout de trente-cinq ans, elle pense que sa relation avec Dan va bien tourner. Alors vous devez lui dire la vérité. Vous devez lui avouer que vous divorcez, pour qu'elle comprenne ce que ça signifie pour ses propres sentiments et son propre couple.

Il y eut un long silence tendu. Katie s'aperçut que ses parents ne la regardaient pas. Ils fixaient Rosie.

Tout comme Dan.

Ce dernier la dévisageait comme s'il ne l'avait jamais vue auparavant.

— Tu as des doutes ?

— Non ! s'exclama Rosie d'un ton atterré. Je veux dire, peut-être quelques-uns, mais c'est naturel et… Ce n'était rien.

— Oh ! ma puce, s'écria leur mère, la mine inquiète. Tu aurais dû nous en parler. Pourquoi ne l'as-tu pas fait ?

— Bonne question.

La voix de Dan était étranglée par l'émotion.

— Pourquoi ne l'as-tu pas fait ? répéta-t-il.

— Et toi, Katie, qu'est-ce que tu as *fait* ? s'écria Rosie en pivotant vers elle.

Qu'avait-elle fait ? Katie se mit à trembler.

— Je ne… Je pensais que tu devais connaître la vérité à propos de nos parents, c'est tout.

Sa mère serrait toujours le drap contre sa poitrine.

— On ne va pas divorcer, Katie.

— Mais…

— Katie…

Cette fois, c'était son père.

— Ta mère dit la vérité. On ne va pas divorcer.

— Pourtant, hier… je vous ai entendus…

— Ta mère et moi, on a eu des problèmes, c'est vrai, mais après ton départ, hier, on a parlé toute la journée et on a compris des choses qu'on aurait dû comprendre depuis longtemps.

Désarçonnée, Katie secoua la tête.

— Vous vivez séparément depuis cet été.

— Et ça nous a donné l'espace nécessaire pour envisager notre relation sous un nouveau jour.

Rosie émit un hoquet de surprise.

— Depuis cet été ?

Katie était à court de mots. Voilà pourquoi elle n'était pas douée pour les relations. C'était trop perturbant.

— Quand vous êtes arrivés ici, vous faisiez semblant. Toute cette histoire de seconde lune de miel était une mascarade.

Ses parents échangèrent un regard.

— En effet, répondit Maggie. Mais, en jouant la comédie, on s'est retrouvés. On a redécouvert tout ce qu'on aimait chez l'autre. On s'est amusés. On a adoré passer du temps ensemble. On ne va pas divorcer. On avait l'intention de vous en parler à toutes les deux ce matin.

— On a déboulé comme ça parce que Katie était persuadée

de détenir les preuves dont elle avait besoin pour annuler mon mariage, maugréa Rosie.

Les joues écarlates, sa sœur se tourna vers elle.

— Dès l'instant où tu es arrivée ici, c'est ce que tu as essayé de faire.

— Non. Je veux dire, oui, peut-être un peu…

Katie se laissa tomber sur une chaise.

— Je voulais m'assurer que tu savais ce que tu faisais, c'est tout.

— C'est tout ? répéta Rosie, les joues baignées de larmes. Tu as interrogé Dan, et tu m'as interrogée, moi. Sans compter que tu as fait exprès de nous tenir à distance l'un de l'autre. On a eu du mal à se ménager un peu de temps rien que pour nous. C'est probablement pour ça que Jordan t'a gardée dans son chalet, hier soir !

Jordan fronça les sourcils.

— Rosie…

— Il y avait le blizzard, répliqua Katie. On a été bloqués par la neige.

— Oui, le blizzard… mais Jordan possède tout l'équipement nécessaire chez lui. Il travaille dans la forêt. C'est son métier. Sa vie. Tu crois vraiment qu'il n'aurait pas pu te ramener, s'il l'avait voulu ?

Était-ce vrai ? Non, ça n'était pas possible. Jordan n'aurait pas fait ça. Leur nuit ensemble était la seule chose authentique à lui être arrivée ces derniers temps. Elle le regarda, s'attendant à ce qu'il nie. Elle comprit aussitôt qu'il n'y avait rien à nier.

— C'est vrai ? Tu aurais pu me ramener ?

Il hésita.

— Techniquement, oui, mais ce n'était pas ce qui…

— Peu importe.

Elle vivait sûrement l'un des moments les plus humiliants de sa vie. Heureusement, elle avait beaucoup d'expérience pour étouffer les émotions inconfortables. Elle se tourna à nouveau vers Rosie.

— J'étais inquiète pour toi. Tu utilisais le mariage de nos parents comme source d'inspiration. Il fallait que tu sois au courant, pour le divorce.

— Ils ont traversé une mauvaise passe, lança Rosie. Ça arrive. Ils en ont parlé et ils ont tourné la page. Honnêtement, je me sens plus inspirée que jamais !

Elle pivota vers Dan.

— Je suis désolée pour ma sœur, mais tu dois me croire : je t'aime. Je t'aime de tout mon cœur.

— Ce n'est pas elle qui m'inquiète, répliqua Dan. Je suis inquiet parce que tu as des doutes et que tu ne m'en as pas parlé. Pourquoi ne pas l'avoir fait ?

— J'ai essayé de te l'expliquer plusieurs fois, mais je n'arrivais pas à trouver les mots justes. Et, franchement, je n'étais pas certaine qu'il s'agisse de véritables doutes. Je suis quelqu'un qui doute beaucoup, tu le sais. Je change d'avis à propos de ce que je veux manger au petit déjeuner, de ce que je veux porter…

— Et de qui tu veux épouser.

Il était blême. Quand Rosie fit un pas vers lui, il recula.

Jordan prit la parole pour la première fois :

— Je crois qu'on devrait laisser Maggie et Nick s'habiller. Retrouvons-nous à Snowfall Lodge pour le déjeuner. Dan et Rosie, allez discuter de ça entre vous. Vous n'avez pas besoin de spectateurs.

Les yeux de Rosie brillaient de larmes.

— Dan, je t'en prie…

— Coucou ? Il y a quelqu'un ?

La voix de Catherine leur parvint du salon :

— Le soleil brille, les montagnes ont l'air de sortir d'une carte de vœux, j'ai des viennoiseries toutes chaudes, et un programme « journée romantique parfaite » prévu rien que pour vous deux. Oh…

En les voyant tous rassemblés sur le seuil de la chambre, elle s'immobilisa.

— Je suis désolée. Je ne savais pas que vous aviez des visiteurs.

— Entrez, déclara Nick d'un ton pince-sans-rire. Plus on est de fous, plus on rit.

Catherine eut l'air stupéfaite.

— Que se passe-t-il ?

En voyant les larmes sur le visage de Rosie, elle s'approcha aussitôt d'elle.

— Oh ! ma chérie, qu'est-ce qui ne va pas ?

Elle est tellement gentille, songea Katie, l'esprit et le corps paralysés. *Et elle semble vraiment tenir à Rosie.*

— C'est en rapport avec le mariage ? Vous devez me dire de quoi il s'agit, et on réglera ça tout de suite.

— Il n'y a rien à régler, rétorqua Dan.

Il dépassa sa mère et récupéra son manteau au passage.

— Il n'y aura pas de mariage.

Maggie

Maggie resta allongée sur le lit, stupéfaite, les couvertures remontées jusqu'au menton.

— Je n'arrive pas à croire à ce qui s'est passé !

— Moi non plus.

Nick regonfla les oreillers, puis s'y adossa.

— C'est plutôt comique, en fait. Les filles ont vécu avec nous pendant plus de vingt ans et ne nous ont jamais surpris en train de faire l'amour. Nous voilà à des milliers de kilomètres de la maison et, soudain, la famille entière et quelques quasi-inconnus surgissent dans notre chambre. C'est la seule fois où j'ai été content de ton insistance à faire l'amour sous les draps.

— C'est tout ce que tu retiens ? Le fait que les filles nous ont surpris en train de faire l'amour ?

Elle se redressa sans lâcher les couvertures.

— Nick, c'est grave ! Rosie avait l'air effondrée.

— Ce n'était rien à côté de Katie.

Maggie grimaça.

— Après ce que Katie a entendu hier, nous trouver dans le même lit ce matin a dû la stupéfier. Je comprends pourquoi elle a rechigné à nous croire. Elle pensait vraiment qu'on irait jusqu'à faire semblant de coucher ensemble, à ton avis ?

— On a fait semblant pour tout le reste, Mags, alors on ne peut pas lui reprocher de ne pas nous faire confiance.

— Je sais.

Elle se couvrit le visage un instant, puis laissa retomber les mains.

— J'ai tout gâché. J'étais si concentrée sur nous et notre mascarade que je n'ai pas fait attention à elles. Rosie avait des doutes. Notre bébé avait des doutes, et je ne l'ai même pas remarqué ! Sans compter que je m'inquiète pour Katie depuis un moment déjà. J'aurais dû insister davantage. Passer plus de temps avec elle. C'est vraiment dur d'être un parent, et ça ne devient pas plus facile avec le temps. Je voulais tellement être une meilleure mère que la mienne !

— Oh ! crois-moi, mon cœur, là-dessus, tu as cartonné.

Il se pencha pour l'embrasser.

— Tu ne peux pas obliger quelqu'un à te parler, Mags. Et comme tu le dis, on était plutôt concentrés sur notre propre relation. Ce qui changeait de d'habitude, pour être honnête.

Un éclair de culpabilité la traversa.

— Tu as raison, et on a vraiment besoin de se concentrer sur nous-mêmes. Mais comment, alors que nos deux filles traversent une phase aussi difficile ?

Le ventre noué, elle se laissa retomber sur le lit.

— Comment réparer ça ? Le mariage a lieu dans deux jours !

— À en croire Dan, il n'y aura pas de mariage.

— Tu penses qu'il était sincère ?

Quelques semaines plus tôt, la nouvelle l'aurait soulagée ; à présent, ce n'était plus le cas.

Elle se sentait responsable. D'accord, il y avait eu un enchaînement tortueux d'événements…

— Quelle idée aussi a eue Katie de nous dire que Rosie avait des doutes à propos de son mariage, alors que Dan était là ! s'écria-t-elle. Tu crois que Rosie et Dan en avaient déjà discuté ?

— Je ne crois pas, non. Dan avait l'air aussi choqué que nous de l'apprendre. Je ne sais pas ce que Katie avait en tête. Ça ne lui ressemble pas. Elle réfléchit toujours à tout dans les moindres détails.

— Elle tient ça de moi. Rosie et toi, vous êtes les impulsifs de la famille.

Elle lui jeta un coup d'œil.

— Pardon. Ça ressemblait à une critique, or ce n'en était pas une. Je… panique, je crois. Toute cette histoire a viré au cauchemar.

Attrapant son peignoir, elle se contorsionna pour l'enfiler sous les couvertures, puis se glissa hors du lit.

— Pas toute l'histoire, corrigea Nick.

Il lui prit la main et tira dessus pour l'obliger à se rasseoir à côté de lui.

— La nuit dernière a été…

— Absolument !

Elle l'embrassa, le cœur comblé, mais la tête ailleurs.

— Je sais qu'on a beaucoup de choses à discuter et à régler, Nick, mais pour l'instant notre priorité doit être nos filles. Cela dit, j'ignore laquelle des deux aller voir en premier.

— Elles n'ont peut-être pas besoin qu'on intervienne. Elles ont besoin d'espace. Tu as entendu Katie. Elles sont adultes. Elles veulent être traitées comme telles. Ça signifie qu'on doit les laisser régler leurs problèmes toutes seules.

— Tu veux dire, ne pas aller les voir ?

— Notre rôle est de soutenir, Mags, pas de réparer.

— Elles souffrent toutes les deux !

Elle ne cesserait jamais d'avoir mal quand ses filles avaient mal. Il y avait indéniablement un lien physique entre elles. Comment pouvait-elle ne pas aller les retrouver dans un moment pareil ?

— Que voulait dire Rosie en déclarant que Jordan avait fait exprès de garder Katie toute la nuit pour que Dan et elle puissent être ensemble ?

— Aucune idée ! On n'est manifestement pas au courant de tout ce qui se passe.

— Maintenant que j'y pense, tu as raison. Katie avait l'air bouleversée. Tu crois qu'il y a eu quelque chose entre Jordan et elle ?

— Jordan ? Que veux-tu qu'il se passe entre eux ?

— Oh ! Nick…, fit-elle en secouant la tête. Tu as bien dû remarquer la tension entre eux.

— Exactement. De la tension. Alors, il ne s'est probablement rien passé. Sauf s'il a vraiment fait exprès de la garder là-haut, auquel cas il va le regretter.

— Comment quelqu'un d'aussi intelligent peut-il être aussi aveugle ?

— Jordan ?

— Toi ! Je ne parle pas de tension nerveuse, je parle de tension sexuelle ! Tu ne vas quand même pas me dire que tu n'as pas remarqué l'alchimie entre eux ?

— De l'alchimie ?

— Disons qu'ils ne sont pas indifférents l'un à l'autre. Je n'arrive pas à croire que tu n'aies rien vu.

— Mon cerveau est déjà bien occupé par mes propres problèmes sentimentaux. Et puis, l'intrigue n'est pas vraiment mon domaine de compétence. J'ai besoin de café. Ça m'aidera peut-être à assimiler tout ça. Va voir les filles.

Il semblait fatigué.

— C'est ce que tu veux faire, pas vrai ? reprit-il. Alors vas-y, et ne t'en fais pas.

Complètement indécise, Maggie le regarda marcher vers la cuisine. Combien de fois avait-elle fait passer les filles en priorité ? La réponse était : tout le temps. Elle n'avait pas entretenu son mariage. Elle avait fait preuve d'une négligence coupable en jugeant qu'elle n'avait pas besoin de s'en occuper et que tout irait bien. À force d'être négligé, leur couple s'était flétri… mais, apparemment, il n'était pas mort. De nouvelles pousses étaient visibles, promesses d'un regain pour leur relation. Seulement, ça ne durerait pas s'ils reprenaient la même voie qu'avant.

Elle voulait voir ses filles. Elle voulait soigner leurs blessures, les serrer contre son cœur et les aider à guérir. C'était un moment de crise et, en tant que mère, elle se devait d'intervenir. La prochaine fois, elle resterait en retrait. Mais il y aurait toujours une nouvelle crise, n'est-ce pas ? C'était ça, la vie. Une succession d'explosions, quel que soit le chemin emprunté.

Nick avait raison. Elles étaient adultes, à présent. Elles devaient se débrouiller pour régler leurs problèmes. Si elles souhaitaient sa présence, elles viendraient.

Elle se releva, ignorant le besoin presque physique de rejoindre ses enfants.

Et puis, les filles n'étaient pas son seul souci, bien sûr. Et Catherine ? Elle avait fait tellement d'efforts pour organiser le mariage parfait. Pour l'instant, tout portait à croire qu'il n'aurait pas lieu.

Elle saisit son portable, avant de le reposer. Catherine aurait probablement besoin de temps pour digérer ce qui s'était passé. Elle l'appellerait plus tard, décida-t-elle en marchant vers le salon.

— Cette fois, je nous fais passer en premier, déclara-t-elle. Si les filles veulent appeler, qu'elles le fassent !

Nick s'immobilisa, la cafetière dans une main.

— Je comprends que tu veuilles aller les voir, Mags.

— Non.

Elle en était sûre désormais.

— Elles sont importantes, mais on l'est tout autant. Je ne veux pas perdre ce qu'on a, Nick. Je ne sais pas de quoi il s'agit exactement, mais je veux y accorder toute l'attention que ça mérite.

Elle était prête à faire tout ce qui était en son pouvoir pour préserver ce mariage auquel elle tenait tant. Comment avait-elle pu laisser quelque chose d'aussi spécial péricliter sans se battre ? C'était à peine croyable.

Il soutint son regard, et elle lut dans ses yeux quelque chose qu'elle n'avait pas vu depuis longtemps. Quelque chose qui n'était que pour elle et que personne d'autre ne pouvait partager. Après tant de mois passés dans l'incapacité à renouer le lien avec l'homme qu'elle avait épousé, elle l'avait enfin retrouvé. Et elle ne comptait pas le laisser s'échapper.

— Je vais prendre une douche pendant que tu prépares le café.

Tout en se dirigeant vers la salle de bains, elle se demanda comment elle pouvait se sentir à la fois joyeuse et abattue. Elle s'inquiétait pour Rosie et Katie, mais ça n'effaçait pas le souvenir de la veille, ni les espoirs pour l'avenir qui l'entouraient comme une tendre étreinte.

Elle pressa ses pieds nus sur le carrelage chaud. Ce serait peut-être une bonne idée de rénover la salle de bains de Honeysuckle Cottage.

Nick et elle n'avaient même pas évoqué la maison au cours de leurs discussions. Ils avaient tant de sujets à aborder ! Ils y viendraient néanmoins, elle le savait. Ce n'était pas la fin, mais un nouveau départ.

Le fait que Katie fasse irruption alors qu'ils parlaient de leur divorce les avait secoués, tous les deux.

Il y avait eu un moment de panique. Pendant un instant, ils n'avaient pensé qu'à Katie et à ses sentiments. Après avoir compris qu'elle n'allait pas répondre à leurs appels, ils avaient été obligés de se parler. Pas un de ces faux échanges qu'ils avaient multipliés depuis leur arrivée à Denver, une discussion honnête. Ils avaient parlé du jour où Nick avait pris la décision de déménager, une décision qu'elle n'avait pas contestée. Ils avaient remonté le fil de leur relation jusqu'au moment où ils avaient identifié les premiers accrocs dans le tissu de leur mariage.

Ils avaient constaté qu'ils en étaient arrivés là à cause d'une succession de mauvaises décisions, qui leur avaient semblé anodines à l'époque. Le repas tardif qu'elle avait décliné à l'un de ses retours de voyage parce qu'elle était fatiguée. Le fait qu'il ait choisi de dormir dans la chambre d'amis quand elle passait la nuit à se lever et à se recoucher à cause de Rosie. Les dîners au restaurant qu'elle avait refusés parce qu'elle avait peur de laisser leur cadette avec une baby-sitter. Le jour où ils avaient synchronisé leurs emplois du temps pour s'assurer que toutes les obligations domestiques et familiales seraient prises en charge, mais n'avaient pas prévu de temps pour eux-mêmes.

Chacun de ces choix apparemment insignifiants avait érodé leur relation. À un moment de leur discussion, Nick lui avait pris la main, puis ils avaient continué à parler. Elle avait reconnu s'être laissée dévorer par les filles, et que les fréquentes visites de Rosie à l'hôpital lui avaient causé plus d'angoisse qu'elle ne l'avait montré. Il avait avoué se sentir coupable qu'elle ait supporté cette angoisse seule, avant d'admettre avoir laissé son travail prendre le pas sur sa vie de famille.

Au cours de leur conversation, ils avaient commencé à se toucher. Des doigts entrelacés, une main posée sur une cuisse, un bras autour d'une épaule, et puis, enfin, le contact s'était fait plus intime. Lèvres, mains, corps. Le passé avait battu en retraite tandis qu'ils se concentraient sur l'instant présent, retissant tous les fils qui s'étaient dénoués.

À la lueur des guirlandes de Noël, Nick l'avait emmenée vers la chambre en la déshabillant tout au long du chemin. La façon dont il l'avait caressée lui avait paru familière et nouvelle à la fois.

Cela serait-il arrivé, si Katie n'avait pas débarqué inopinément et surpris leur discussion ? se demanda Maggie en s'avançant sous le jet.

Elle était soucieuse et un peu triste, alors comment pouvait-elle être aussi heureuse en même temps ?

Elle pensait aux mains de Nick sur son corps lorsqu'elle entendit un bruit. Elle sentit alors ces mêmes mains se poser sur elle.

Avec un hoquet de surprise, elle ouvrit les yeux et faillit se noyer.

— Qu'est-ce que tu fais ? Tu es censé préparer le café.

Tout sourire, il lui essuya l'eau du visage.

— Il est en train de couler. Ça ne rime à rien de prendre deux douches. J'opte pour la version écolo.

— Non, pas en plein jour.

— À ton avis, pourquoi je suis là ? Tu es mignonne quand tu es mouillée, je te l'ai déjà dit ?

— « Mignonne », c'est bon pour les filles de vingt ans, répliqua-t-elle, se sentant extrêmement complexée.

— Je te promets que non.

Il baissa la tête et lui embrassa le cou, puis l'épaule.

Son rythme cardiaque s'accéléra mais, cette fois, elle garda les pieds sur terre.

— Nick, on ne peut pas… Les filles… Vraiment… Après ce qui vient de se passer ?

— Il n'y avait pas de verrou sur la porte de la chambre, mais heureusement pour moi – et pour toi –, il y en a un sur celle de la salle de bains. Et je l'ai fermé. Détends-toi.

Il fit glisser sa bouche sur son épaule, et elle sentit ses jambes se dérober.

— Si je me détends, je vais me noyer. Je suis trop vieille pour faire l'amour dans une douche.

— D'où ça sort, ce « je suis trop vieille » ?

— Peut-être parce que je suis trop vieille… Et toi aussi.

— Là, tu blesses mon amour-propre !

Il l'embrassa lentement, délibérément, en prenant tout son temps.

— Maintenant, je vais devoir te prouver le contraire.

— On n'a jamais fait l'amour dans une douche.

— Parce que la salle de bains de Honeysuckle Cottage a un toit en pente et qu'un moment coquin sous la douche aurait sûrement fini par un traumatisme crânien, mais *cette* douche…, fit-il en la soulevant sans peine.

Avec une exclamation choquée, elle enroula les jambes autour de lui.

— Qu'est-ce que tu fais ?

— Je te fais décoller. Je profite à fond de ma seconde lune de miel. Et je dois dire, madame White, que pour l'instant, c'est aussi plaisant que la première.

— Tu ne peux pas faire ça !

Embarrassée, elle se trémoussa.

— Je suis trop lourde.

— Tu me traites de gringalet ? Tu dénigres ma virilité ?

— Non, je dis que je pèse trop lourd pour que tu me soulèves ! Je ne veux pas avoir à appeler à l'aide parce que tu te seras déclenché une hernie et que tu seras allongé tout nu dans la douche. Nos filles ne nous adresseraient plus jamais la parole. Enfin, en admettant qu'elles nous parlent encore. Quant à Catherine… Va savoir quelle opinion elle a de nous. C'est de la folie, Nick. Repose-moi.

— Tu n'es pas au courant ? demanda-t-il en lui embrassant le coin de la bouche. Les couples qui manquent de se tuer ensemble sous la douche restent ensemble. C'est un rituel amoureux recommandé par les thérapeutes du monde entier.

— Je n'en ai jamais entendu parler ! Nick, je suis sérieuse. On ne peut pas…

Il l'embrassa.

Avec douceur, il l'encouragea à entrouvrir les lèvres. Le contact de sa langue et la caresse ferme de ses doigts sur sa peau nue étaient profondément érotiques.

Elle se pressa contre lui, étonnée par l'intensité de sa propre réaction.

Les vieux couples ne ressentaient pas ça, si ? Cette excitation frénétique, le cœur qui battait la chamade et le bas-ventre brûlant de désir, tout ça était forcément lié à la jeunesse et à l'inconnu. Cela ne pouvait plus exister après deux enfants et plus de trente ans de vie commune.

Ou peut-être que si. Il la *connaissait*. Il savait exactement comment et où la toucher. Il n'y avait pas d'hésitations, ni d'explorations maladroites. Seulement une impatience qu'elle ne reconnaissait pas, une passion qu'ils n'avaient pas éprouvée depuis longtemps. Ils vivaient séparément depuis des mois et, avant ça, ils avaient fait chambre à part. D'une certaine façon, ce qui se passait était nouveau.

Elle l'embrassa à son tour et glissa les mains sur ses épaules. Elle les avait toujours aimées. Elle avait aimé dormir la joue pressée contre son torse, elle avait aimé le regarder faire le tour du jardin au galop en portant les filles sur ses épaules. Les années avaient passé, mais ses épaules étaient toujours larges, toujours puissantes. Comme son métier avait un aspect physique, Nick continuait à s'entretenir.

Elle sentit ses muscles jouer sous ses doigts lorsqu'il la reposa, pas parce qu'il ne pouvait plus la tenir, mais parce qu'il voulait avoir pleinement accès à son corps. Lorsqu'il referma la bouche sur son sein, elle aspira de l'air et faillit inhaler l'eau qui continuait à couler.

Il la fit reculer légèrement pour que le jet ne lui tombe plus sur le visage, puis commença à vagabonder le long de son corps.

Ses mains n'avaient rien perdu de leur talent. Sa bouche non plus. Et Maggie savait, au plus profond de son cœur, ce que cela signifiait. Il ne lui montrait pas seulement qu'il savait comment lui donner du plaisir. Il lui montrait qu'il l'aimait. Chaque caresse, chaque contact intime, était source de plaisir. Quand il finit par la pénétrer, elle cria son nom et s'agrippa à lui. Il imposa un rythme, mais elle s'y adapta, en harmonie avec lui, jusqu'à ce que les sensations deviennent presque insupportables. Puis ils basculèrent tous les deux dans l'extase.

Après, ils restèrent immobiles, serrés l'un contre l'autre dans la chaleur de la douche.

Son cœur battait follement, et elle avait du mal à retrouver une respiration normale. Elle appuya la tête contre le torse de Nick et écouta les battements tout aussi rapides de son cœur tandis qu'il posait la main sur sa nuque.

— Je n'arrive pas à croire que j'ai failli te perdre, déclara-t-il d'une voix presque gutturale. Ni que je t'ai presque laissée partir. Je t'aime, Maggie. Bon sang, je t'aime tellement !

Elle serra les paupières. Elle avait peur de rouvrir les yeux et que ce moment disparaisse.

Elle voulait parler, mais s'en trouvait incapable. Tout en gardant les bras autour d'elle, il poursuivit :

— Je n'oublie pas qu'on doit toujours discuter de certaines choses.

Il la lâcha, puis écarta les cheveux mouillés de son visage.

— De beaucoup de choses. Et j'ai besoin de savoir qu'on va trouver un moyen. J'ai besoin de savoir que tu *veux* trouver un moyen. Tu voudras bien le chercher avec moi ?

— Oui, répondit-elle, posant la main sur sa joue râpeuse. On trouvera. C'est aussi ce que je veux.

Elle n'allait pas les laisser s'éloigner à nouveau l'un de l'autre.

Hors de question que ça arrive.

— On devrait s'habiller, maintenant, déclara-t-il avant de l'embrasser sur les cheveux. Au cas où on ait à nouveau des visiteurs. Je trouve qu'on en a pas mal, ces derniers temps.

— Je suis d'accord avec ta suggestion. Passe-moi une serviette.

— D'abord, laisse-moi te regarder. Tu sais depuis combien de temps je ne t'ai pas vue nue ?

Elle était très consciente de la lumière du soleil sur elle.

— Nick…

— Plus de déshabillage dans la salle de bains et de sexe dans l'obscurité. Promets-le-moi.

— Ça me met mal à l'aise de déambuler toute nue. J'ai des vergetures. Ce corps a donné naissance à deux enfants.

— Nos enfants.

Il murmura les mots contre sa bouche, puis enfouit le visage dans son cou et respira son odeur.

— On les a faits ensemble. Et j'aime ton corps. Je crois que je l'ai déjà prouvé, à en juger par mon endurance d'adolescent.

Elle appuya le front contre lui.

— Ça me paraît étrange. Différent. Comment est-ce que ça peut être différent ? Comment puis-je me sentir intimidée, alors qu'on se connaît depuis si longtemps ?

— Je ne sais pas, répondit-il en la serrant à nouveau contre lui.

C'est peut-être parce qu'on recommence à zéro. C'est peut-être *normal* que ça semble différent. D'ailleurs, on veut que ce le soit.

— Je culpabilise d'avoir menti aux filles, mais je ne peux pas m'empêcher de me demander si ce serait arrivé… si on n'était pas venus ici et qu'on n'avait pas été obligés de passer tout ce temps ensemble ?

— J'aime à songer que oui, mais tu as raison, ça nous a rapprochés. Ça, et ton moment alcoolisé.

— Tu ne me laisseras jamais l'oublier, n'est-ce pas ?

— Jamais. En fait, si on devait renouveler nos vœux, je te ferais promettre de consommer une bouteille de champagne tous les soirs jusqu'à la fin de nos jours.

— On ne vivrait sûrement pas très longtemps, si on buvait autant tous les soirs.

Dire qu'ils n'en seraient peut-être pas là sans le mariage de Rosie… et que ce mariage risquait d'être annulé. Pourquoi la vie était-elle si compliquée ?

— Il faut qu'on s'habille.

— Oui.

Il l'embrassa, puis sortit de la douche. Après avoir noué une serviette autour de sa taille, il lui en passa une.

— Je vais servir le café.

— Je serais prête à tuer pour un café, mais habille-toi d'abord. On a déjà assez traumatisé nos filles comme ça.

Il fléchit le bras pour contracter le biceps.

— Tu ne crois pas que ça leur ferait du bien de voir leur père dans une forme physique aussi éblouissante ?

— Habillez-vous, professeur ! lui ordonna-t-elle avec un regard sévère.

Il lui adressa le même sourire en coin malicieux dont elle était tombée amoureuse bien des années auparavant, puis sortit de la salle de bains.

Tout en s'enveloppant dans la serviette, Maggie se tourna vers la fenêtre et contempla la forêt enneigée.

Elle ne divorçait pas. Nick et elle allaient rester mariés.

Merci, merci, merci.

En fait, c'était ce qu'elle désirait inconsciemment depuis le début. Nick ui avait manqué. Pas la relation sèche, stérile et polie qu'ils avaient eue ces deux dernières années, mais la chaleur, l'amitié et la passion qu'ils avaient partagées avant ça.

Elle essuya ses larmes d'un geste impatient. Pourquoi pleurait-elle ? Elle l'ignorait. Le soulagement, sans doute. À moins que ce ne soit d'être libérée de la tension émotionnelle et physique. Ou peut-être l'angoisse pour ses filles…

Éperdue de gratitude, elle se sécha les cheveux, s'habilla rapidement et rejoignit Nick dans la cuisine.

— Alors, qu'est-ce qu'on va faire ?

Après avoir pris le café qu'il lui tendait, elle referma les mains autour du mug.

— On va commencer par parler de ton travail, et de ce que tu feras quand on rentrera à la maison, répondit-il.

— Je te l'ai déjà dit, je suis trop vieille. Et je n'ai pas la bonne formation.

— On peut s'occuper de la partie formation. Et je ne pense pas que l'âge joue un rôle.

— Je crois que si. Je ne peux pas renoncer à un emploi stable, dépenser de l'argent et du temps dans une formation pour découvrir que personne ne m'embauchera.

— Une fois la formation faite, ils t'embaucheront peut-être.

— On n'en sait rien.

— Il n'y a pas de certitudes dans la vie, mais je suis sûr d'une chose : on a besoin de changements. Et, pour une fois, tu devrais entreprendre quelque chose rien que pour toi. Sans compromis. Sans penser à la famille.

— Tu me conseilles d'être égoïste ?

— Faire quelque chose pour soi-même ne signifie pas être égoïste. D'après mes étudiants, ça s'appelle « la prise en charge de soi ». Tu as faim ? Je pourrais faire du bacon.

— Vous ne garderez pas ce corps sexy si vous continuez à manger du bacon, professeur.

— J'ai besoin de toutes mes forces pour continuer à te satisfaire.

Il lui remplit son propre mug.

— Et en parlant de ça, on devrait ramasser ton soutien-gorge.

— Mon…

Elle tourna la tête et poussa un gémissement.

— Ils ont dû le voir quand ils sont entrés !

— Ça aurait dû leur servir d'indice. Heureusement que Katie est médecin, et pas enquêteuse. Sinon, les criminels seraient tranquilles avec elle.

— Ce n'est pas drôle.

Elle traversa la pièce à la hâte pour rassembler leurs vêtements.

— C'est un peu bizarre qu'elle n'ait pas deviné ce qui se passait.

— Elle croyait qu'on faisait semblant. Elle imaginait probablement que ces sons de pur plaisir qui sortaient de ta bouche étaient simulés, alors que tu les émettais en réponse à mes prouesses sexuelles.

Maggie lui jeta son soutien-gorge à la figure, et il l'attrapa d'une main.

Elle se sentait bizarre, à la fois adolescente surexcitée et mère angoissée. C'était la vie dans toute sa splendeur : elle distribuait du bon et du mauvais dans le même plat, et il fallait tout manger. Maggie savait d'expérience qu'il était possible de sourire et de pleurer simultanément. D'avoir du chagrin et de se réjouir dans le même souffle.

Son portable vibra, et elle fit volte-face.

— Ça doit être l'une des filles. Où est-ce que je l'ai fourré ?

— Regarde derrière les coussins du canapé.

En suivant son conseil, elle trouva l'appareil.

— C'est Catherine. Elle me propose d'aller petit déjeuner avec elle en ville. Et tu es invité.

— Je ne sais pas. Je peux mettre au jour des vestiges anciens… Le reste, c'est ton domaine.

— C'est clairement une réunion de crise. Elle souhaite discuter du mariage. Ce serait peut-être plus facile si j'y allais seule. Mais j'aurais aimé voir les filles avant.

— Rosie est sûrement en train de parler avec Dan. En tout cas, j'espère que c'est le cas.

— Mais Katie ? demanda Maggie.

— Je vais la rejoindre. Et lui parler.

— Toi ? Tu n'as jamais…

Elle se mordit la lèvre.

— Pardon. C'est sûrement sur la liste des choses qu'on ne doit pas dire à son compagnon, n'est-ce pas ? « Tu n'as jamais », « Tu fais toujours »… Je ne voulais pas formuler ça comme ça. C'est juste que, d'habitude, c'est moi qui leur parle en cas de problème.

— Il serait temps de changer ça, non ? Je n'ai peut-être pas autant d'expérience que toi et je vais sûrement être à côté de la plaque, mais, au moins, elles sauront que je tiens à elles. Je veux qu'elles le sachent.

— Oh ! Nick, bien sûr qu'elles le savent !

— J'ai toujours assumé les aspects faciles de la parentalité, en te laissant les parties difficiles. Je m'occupe de la conversation avec Katie. Et si elle s'emporte, au moins ce sera après moi.

Maggie était peut-être en partie responsable du fait que les filles se soient systématiquement tournées vers elle. Elle avait toujours estimé qu'elle s'en sortirait mieux. Elle avait pris ce rôle en main sans se demander s'il ne devait pas plutôt être partagé.

— Tu as raison, fais-le. Laisse-la parler, Nick. N'essaie pas de tout réparer.

— Est-ce que je devrais frapper Jordan ?

— Tu n'as jamais frappé personne de ta vie. Pourquoi commencerais-tu avec ce pauvre Jordan ?

— Pour avoir fait du mal à ma fille ?

Il y avait une lueur féroce dans son regard qu'elle ne se rappelait pas avoir jamais vue.

— On ignore s'il lui a fait du mal, répliqua-t-elle. Tu es en bonne forme physique, Nick, mais il risquerait de prendre le dessus. Et puis, n'oublie pas que je ne partage pas ton avis à ce sujet. D'après moi, ce Jordan n'est pas indifférent à Katie. Si jamais on a démoli la relation de Rosie, je préférerais qu'on n'en fasse pas autant avec celle de sa sœur. Non, une conversation avec elle suffira. Une conversation où elle parlera et où tu écouteras.

— Je m'en sens capable. Bonne chance avec Catherine !

— Je ne sais pas ce que je redoute le plus : admettre que notre relation était fausse, ou expliquer pourquoi Dan est parti en trombe en annulant le mariage.

— Notre relation a cessé d'être fausse. Tu n'as peut-être pas besoin d'y faire allusion.

— Si je ne lui avoue pas qu'on a fait semblant, le reste n'a aucun sens, répondit-elle en se frottant le front. Non, je lui dois la vérité. C'est notre seule chance de réparer les choses.

Elle soupira.

— J'angoissais à l'idée de la rencontrer, tellement j'étais intimidée. Mais, à vrai dire, je l'aime bien. Je l'aime beaucoup.

— Moi aussi. Va lui parler. Je range ici, ensuite j'irai retrouver Katie.

Maggie s'harnacha contre le froid, puis fendit la neige jusqu'au sentier menant à Snowfall Lodge.

Quand elle vit Catherine dans la voiture, Maggie sentit bouffée de stress l'envahir.

Elle était consciente du travail accompli par cette femme pour organiser ce mariage, et savait à quel point elle souhaitait qu'il se fasse. Catherine était probablement furieuse.

Se préparant à une conversation difficile, Maggie ouvrit la portière et se glissa sur le siège.

Les yeux dissimulés derrière des lunettes de soleil XXL, Catherine paraissait aussi pomponnée que d'habitude.

— Je suis vraiment contente que vous ayez pu vous libérer !

Elle attendit que Maggie ait attaché sa ceinture pour démarrer et prendre la direction de la ville.

— Il faut qu'on parle.

— Je sais. Écoutez, Catherine…

— Attendons d'arriver au café. Je ne voulais pas qu'on risque d'être dérangées à l'hôtel. Dan a pris une motoneige pour aller je ne sais où, mais je suppose qu'il va finir par revenir et je ne souhaitais pas qu'on soit interrompues.

— Il a pris une motoneige ? demanda Maggie en s'affaissant sur son siège. J'espérais que Rosie et lui étaient en train de discuter de leurs problèmes.

— Il va revenir. Quand il a de la peine ou doit réfléchir, il a tendance à s'éclipser. Son père faisait pareil. J'ai beaucoup de choses à dire, mais j'ai besoin de me concentrer et les routes sont horribles après le blizzard d'hier. Et puis, je meurs d'envie de boire un *latte* au soja.

Hum ! Elles allaient avoir besoin de quelque chose de beaucoup plus fort qu'un *latte* au soja pour se sentir mieux, mais Maggie n'allait pas la contredire. Et comme Nick l'avait indiqué, l'alcool était en partie responsable de la position dans laquelle ils se trouvaient maintenant.

Elle était mal à l'aise. Impatiente de dire la vérité et de présenter ses excuses, mais Catherine avait nettement montré son désir de surseoir à la conversation. En plus de tout ça, elle s'inquiétait toujours autant pour ses deux filles. Avec un peu de chance, Nick réussirait à parler à Katie sans manquer de tact, mais qu'en était-il de Rosie ? Était-elle seule quelque part, complètement bouleversée ?

— Comment s'est passée votre journée avec Nick, hier ? demanda

Catherine tout en conduisant avec assurance. La balade en traîneau vous a-t-elle plu ? Le dîner a-t-il été romantique ?

Maggie frémit. Chaque mot prononcé lui rappelait tout ce que cette femme avait fait pour elle. Et tout ce qu'elle allait devoir lui expliquer.

— Tout a été parfait, merci.

— Tant mieux.

— Le retour en traîneau du restaurant était magique.

— C'est une activité merveilleuse. J'ai déjà eu un client qui a demandé l'amour de sa vie en mariage sur ce traîneau.

Comme Catherine lui jetait un coup d'œil, Maggie remarqua sa pâleur. Comme si elle avait pleuré.

Une pointe de culpabilité la transperça.

— Catherine…

— Voyez-vous ça… une place de parking libre, juste devant mon café préféré. C'est le destin.

Elle se gara prudemment, puis toutes deux marchèrent jusqu'à l'établissement.

Catherine choisit une petite table près de la fenêtre, non loin de la cheminée.

— Qu'est-ce que je vous prends ?

— Un cappuccino, s'il vous plaît, répondit Maggie en saisissant son sac pour payer.

Catherine lui fit signe de laisser tomber, avant de s'approcher du comptoir pour passer la commande. Maggie essaya de récapituler ce qu'elle pouvait dire, puis finit par renoncer. Il n'y avait pas de bonne façon d'avouer qu'on avait menti. Elle devait le faire sans ambages.

Quand Catherine revint s'asseoir en face d'elle, Maggie prit une profonde inspiration et se lança.

— Je suis contente qu'on ait l'occasion de parler en tête à tête. J'ai plusieurs choses importantes à vous dire.

— Moi aussi. Puis-je commencer par vous remercier d'avoir au moins accepté de m'écouter ? Je pensais que vous seriez furieuse.

Vous l'êtes sûrement, et je ne vous en veux pas. Je suis furieuse contre moi-même. Merci de bien vouloir m'accorder cet entretien.

Maggie la regarda, perplexe.

— Un entretien ? Je ne comprends pas.

— J'imagine que non, reprit Catherine. J'ai tant de choses à vous expliquer… Tout d'abord, je suis désolée d'être entrée comme ça chez vous, ce matin… Je comptais juste glisser sous la porte l'enveloppe avec mes suggestions du jour pour votre journée romantique et laisser les viennoiseries sur le seuil. Mais comme c'était ouvert et que j'ai vu tout le monde à l'intérieur, j'ai cru que vous étiez levés.

— C'est le cadet de nos soucis.

Maggie préférait oublier que la moitié du Colorado l'avait vue au lit avec Nick.

Catherine saisit sa cuillère et remua son café.

— C'est ma faute. Je ne sais même pas par où commencer.

— Commencez par me dire en quoi ça peut être votre faute. S'il y a des responsables, c'est Nick et moi.

Catherine fronça les sourcils.

— Quoi ?

Pas étonnant que Catherine réagisse de cette manière étant donné qu'elle n'était pas au courant de tout, songea Maggie.

— Mais allez-y, proposa-t-elle. Ensuite, ce sera mon tour.

— D'accord, répondit Catherine en se renversant dans sa chaise. Quand mon mari est mort, je… Eh bien, disons que ça a été très dur. Certains jours, je ne sortais pas du lit. J'en étais incapable. Je restais allongée, éperdue de chagrin, et dans l'auto-apitoiement le plus total. Pourquoi lui ? Pourquoi moi ? Toutes les pensées habituelles qu'on ne veut pas admettre, parce qu'on n'en est pas fier. Dan était à l'université et s'inquiétait pour moi. Je faisais donc semblant d'aller bien. Je lui parlais d'une voix guillerette, joyeuse. Je lui disais que je m'occupais.

— Mais ce n'était pas vrai.

— Non, et je crois qu'il l'a senti. Quand il a insisté pour revenir à la maison, j'ai compris que je devais me ressaisir. Je lui avais menti en disant que j'étais occupée, alors je devais trouver une façon de transformer ce mensonge en réalité. J'en ai parlé avec une amie, qui m'a suggéré de l'aider à organiser sa cérémonie de mariage. C'était son second mariage, elle travaillait à plein temps et détestait l'idée de consacrer la moindre minute aux préparatifs. J'ai tout pris en main. Je l'ai fait pour que Dan ne s'inquiète pas pour moi, mais, au bout de quelques semaines, je me suis sentie mieux. J'avais une raison de me lever le matin. Quelque chose à faire. Je me disais que je permettais ainsi à mon amie de continuer son activité en toute sérénité mais, en réalité, je le faisais pour moi-même. Je n'avais jamais imaginé que le travail puisse être une thérapie, mais c'est devenu exactement ça. Il se trouve que je m'en suis très bien sortie. C'était un gros mariage. La nouvelle s'est répandue. On m'a invitée à en organiser d'autres. Ce qui a débuté comme un passe-temps est devenu un métier. J'ai vite eu besoin d'un assistant. J'aimais ce que je faisais. Je n'avais pas véritablement eu de vie professionnelle avant ça. J'ai rencontré Jonny à la fac, et on a eu Dan presque tout de suite. Jonny était très pris par la création de son entreprise, et je voulais le soutenir de mon mieux. Bien des gens estimeraient que c'était une approche vieux jeu.

— C'était votre choix, répondit Maggie, pensant à sa propre vie jusqu'ici. C'était ce que vous vouliez.

— Oui. Je ne souhaitais rien d'autre qu'être la mère de Dan. De la même façon, quand Jonny est mort, mon seul souci était de montrer à mon fils que j'allais bien. Il est très protecteur. Je redoutais qu'il s'inquiète pour moi, et fasse quelque chose de stupide comme tout laisser tomber pour rentrer à la maison. On élève son enfant pour qu'il soit indépendant. On l'élève pour qu'il parte, même si son départ vous brise le cœur.

Catherine fouilla dans son sac, en sortit un mouchoir et se moucha.

— Désolée.

— Ne vous excusez pas. J'ai pleuré pendant des semaines quand Rosie est partie, mais ne le lui dites pas.

Maggie tendit le bras par-dessus la table et lui prit la main.

— Je pense que vous êtes une source d'inspiration et que vous êtes courageuse.

— Ça, je n'en sais rien. Quoi qu'il en soit, quand Dan a amené Rosie à la maison pour la première fois, j'ai tout de suite vu à quel point il l'aimait. La mort de son père l'avait anéanti. J'ai vraiment été soulagée de le trouver à nouveau aussi heureux. J'étais pleine d'enthousiasme, comme si tous les problèmes étaient derrière nous.

Catherine libéra sa main pour prendre sa tasse.

— Je vous raconte tout ça parce que ça a peut-être influé sur mon comportement.

— Je ne comprends pas.

— Dès l'instant où Dan a fait sa demande, j'ai pris les rênes. C'est moi qui ai suggéré qu'ils se marient à Noël. Et je l'ai fait au cours d'un grand repas de famille animé, sans penser que notre douce Rosie ne pourrait pas exprimer son point de vue sur le sujet.

— Si elle avait eu des doutes, elle l'aurait dit.

— On sait probablement toutes les deux que non. C'est une jeune femme gentille et généreuse. Et je suis persuadée qu'elle aime Dan, sinon je n'aurais jamais insisté comme ça. J'ignore pourquoi j'ai agi ainsi. Sans doute parce qu'un mariage à Noël me semblait romantique, et que je désirais qu'ils commencent immédiatement leur nouvelle vie pleine de bonheur.

Ses yeux se remplirent à nouveau de larmes.

— Je l'ai presque traînée dans cette boutique nuptiale. Quand j'y repense, j'avais bien remarqué qu'elle paniquait un peu, mais est-ce que je me suis calmée ? Non. Je me suis dit que c'était normal d'avoir le trac avant de se marier. J'ai refusé de penser que tout ça allait peut-être un peu trop vite pour elle. Et je n'ai pas pensé à vous. C'est votre fille, votre bébé. Or, je faisais tout ce qu'une mère est censée faire avec sa fille !

— Catherine, je vous en prie ! s'exclama Maggie en se penchant en avant. Arrêtez de vous torturer. Je n'étais pas là pour m'en occuper, alors je vous en suis reconnaissante. Ainsi que pour la gentillesse dont vous avez fait preuve envers ma fille.

— Je l'adore. La question ne se pose même pas. Mais mon affection débordante a probablement contribué au fait qu'elle se soit sentie obligée d'accepter.

Ce n'était vraiment pas facile d'avoir des enfants, songea Maggie. Ce n'était pas évident de trouver le bon équilibre. Elle le voyait beaucoup plus clairement maintenant. L'amour et l'affection pouvaient vite devenir étouffants. Où fixer la limite ?

Elle se redressa.

— Je pense que vous êtes trop dure envers vous-même. Si Rosie avait eu des doutes, que ce soit à propos de sa relation avec Dan ou de la vitesse à laquelle se préparait ce mariage, elle aurait dû lui en parler.

Catherine renifla.

— Vous le croyez ?

— Oui, répondit Maggie avec fermeté, autant pour se convaincre que pour convaincre Catherine. S'ils sont assez grands pour se marier, ils sont assez grands pour résoudre les problèmes qu'ils rencontrent.

— Vous êtes tellement mûre et rationnelle !

Maggie éclata de rire.

— J'aimerais bien ! Disons que j'ai eu une illumination récemment.

— Dan est aussi déterminé et obstiné que moi. Quand il veut quelque chose, il fonce. C'est une force, mais c'est aussi une faiblesse. Rosie a peut-être essayé de lui parler, mais il n'aura pas écouté. Et maintenant, il est sous le choc.

Maggie termina son cappuccino.

— J'aime beaucoup Dan. Je suis sûre que Rosie et lui vont régler ce différend.

— Et si ce n'est pas le cas ?

Maggie essaya d'ignorer le nœud qui s'était formé dans son

ventre. Perdrait-elle un jour le réflexe de se jeter sur son téléphone pour vérifier comment allait sa fille ?

— Alors ils en auront tous les deux tiré une leçon. On les aidera à s'en remettre et on les soutiendra.

— Mais je ne comprends pas pourquoi tout le monde était dans votre chambre, ce matin. Et pourquoi toute cette tension ? Personne ne m'a rien dit.

Maggie tritura sa tasse.

— C'est la partie de la conversation où vous allez être fâchée contre moi.

— Je ne vois pas comment ce serait possible.

C'était ce qu'elles allaient découvrir.

— À propos de notre seconde lune de miel…

— Je trouve ça tellement romantique !

— Ce n'est pas romantique. C'est faux. Enfin, *c'était* faux. Nick et moi vivons séparés depuis des mois.

Elle raconta tout à Catherine, depuis la lente extinction de leur mariage jusqu'à leur décision de poursuivre la mascarade un peu plus longtemps, pour ne pas gâcher la cérémonie.

— Alors vous vous êtes remis ensemble grâce à moi ? murmura Catherine, émue.

— Oui. Ça faisait des années que Nick et moi n'avions pas partagé de moments en tant que couple, à profiter de la vie. Notre relation était devenue une espèce d'arrangement administratif. Comme on jouait la comédie de la seconde lune de miel, on s'est sentis obligés de faire toutes ces choses que vous aviez si gentiment organisées. Le traîneau. Le dîner romantique. On n'avait rien fait de ce genre depuis longtemps.

— Et c'est devenu réel. Vous êtes retombés amoureux ! s'exclama Catherine en pressant la main contre son cœur. Vous n'avez pas idée de la joie que ça me procure ! Mais quel rapport avec ce qui s'est passé ce matin ?

— Hier, Katie nous a surpris en train de parler divorce. Naturellement, ça l'a bouleversée. Elle est partie en courant, et c'est comme ça qu'elle s'est retrouvée à passer la nuit dans le chalet de Jordan. Elle avait pensé qu'on en aurait parlé à Rosie dans l'intervalle. Quand elle a découvert que ce n'était pas le cas… Eh bien, disons que c'est une grande sœur poule.

— Bien sûr, murmura Catherine. Une sœur, c'est fait pour ça, non ?

— Elle avait l'air de penser que Rosie avait des doutes et qu'elle se servait de notre mariage pour se convaincre qu'un coup de foudre pouvait durer dans le temps. Je suppose que Rosie ne l'a pas crue quand Katie lui a parlé de notre divorce, alors cette dernière l'a traînée jusqu'à notre cabane pour qu'on ait une conversation honnête.

— Mais vous étiez au lit, à profiter de votre nouvelle relation.

Catherine se mit à rire, tandis que Maggie rougissait.

— Je vous assure que voir débarquer vos enfants adultes quand vous êtes en train de faire l'amour n'a rien de drôle !

— Je sais, je sais.

Catherine s'essuya les yeux, avant de remarquer :

— Franchement, une histoire pareille, ça ne s'invente pas. Katie doit être ravie que vous soyez à nouveau ensemble, non ?

— Je ne sais pas. On n'a pas eu l'occasion de lui parler depuis. Le problème, c'est que Dan l'a entendue essayer de convaincre Rosie de ne pas utiliser notre mariage pour se rassurer. Il en a été très contrarié, ce qui peut se comprendre. C'est à ce moment-là que vous êtes arrivée.

— Les filles savent-elles que vous vous êtes remis ensemble, Nick et vous ?

— Elles devraient le savoir. On a essayé de le leur dire. Mais c'était plutôt chaotique, et puis Katie semble ne plus nous faire vraiment confiance depuis un peu. Elle ne croira sûrement plus jamais un traître mot sortant de ma bouche. Vous pensez que c'est votre faute, moi, j'estime que c'est la mienne. Si j'avais dit la vérité aux filles dès le début, Katie ne se serait pas précipitée chez nous ce matin, Rosie ne l'aurait pas suivie, et Dan n'aurait pas découvert qu'elle avait des doutes.

— Mais Nick et vous ne vous seriez peut-être pas remis ensemble. Je pense que c'est une bonne chose que Dan l'ait appris. Ils ont besoin de mieux communiquer, lui et Rosie. Si on ne peut pas être honnête avec la personne avec qui l'on choisit de passer le reste de sa vie, comment un couple peut-il fonctionner ? Dan peut être très têtu et sûr de lui ; il a besoin d'apprendre à mieux écouter.

Catherine termina son *latte*.

— Je dois des excuses à Rosie pour avoir pris les rênes. Pour l'avoir mise sous pression. Je l'ai empêchée de s'exprimer. Toute cette histoire m'a également fait comprendre des choses sur moi-même. Je dois laisser aux gens de l'espace pour respirer, bouger et prendre leurs propres décisions.

Elle se redressa et jeta un coup d'œil à l'heure.

— On devrait y retourner. J'ai peut-être une cérémonie à annuler. Sauf si Nick et vous avez envie de renouveler vos vœux ?

Maggie esquissa un sourire.

— Je ne crois pas que ce serait très délicat de notre part, étant donné les circonstances.

— Ou alors, ce serait exactement ce dont tout le monde a besoin. Et ça convaincrait vraiment Katie que, cette fois, vous dites la vérité.

Elle se leva.

— Est-ce qu'on va vraiment renoncer à ce mariage ?

— C'est à eux deux d'en décider, répondit Maggie. Je ne vais pas intervenir, même si ça me tue de ne pas le faire.

— Je m'efforce, de mon côté, de ne pas me jeter sur mon téléphone pour appeler Dan.

— On doit trouver quelque chose à faire de nos mains.

En voyant le sourire suggestif de Catherine, Maggie se sentit rougir.

— Catherine Reynolds, vous n'avez pas honte ?!

— Pas du tout. En fait, je suis assez fière de moi. J'ai contribué à remettre votre couple sur les rails. C'est drôle, le destin, non ? J'ai peut-être trop insisté pour que le mariage de nos enfants se fasse rapidement mais, si on avait attendu l'an prochain, Nick et vous auriez été divorcés.

Maggie sentit son cœur se serrer à cette idée. Elle aimait à penser qu'ils auraient trouvé un moyen de se rapprocher, mais peut-être n'y seraient-ils pas arrivés. Elle serra Catherine dans ses bras.

— Quoi que Rosie et Dan décident, j'espère qu'on restera en contact.

— Bien sûr ! répondit Catherine, avant de se dégager. J'étais tellement nerveuse à l'idée de vous rencontrer.

— *Vous* étiez nerveuse à l'idée de me rencontrer, *moi* ?

Maggie se mit à rire.

— Moi, j'étais terrifiée. Vous êtes à la tête de votre propre entreprise et vous avez un tel succès !

— J'ai ma propre entreprise parce que je ne pourrais jamais travailler pour quelqu'un. Je suis trop compliquée, personne ne m'embaucherait. Pourquoi me regardez-vous comme ça ?

— Parce que… je n'avais jamais envisagé cette option… pour moi-même.

Pourquoi n'y avait-elle pas pensé ? Pourquoi laisser les autres décider de sa capacité à faire quelque chose ?

— Vous devriez y songer, reprit Catherine. Il n'y a rien de tel que d'être la patronne. Vous pouvez vous accorder une augmentation et faire des pauses dès que vous en avez envie.

Elle prit son manteau et son sac.

— On y va ?

Alors qu'elles marchaient vers la porte, Maggie marqua un temps d'arrêt.

— Ça vaut ce que ça vaut, s'écria-t-elle, mais je suis sûre qu'ils sont amoureux.

— Moi aussi.

— Rosie a changé. Elle est plus confiante. Grâce à Dan, elle a gagné en assurance.

Elle tint la porte ouverte.

— Ils vont bien ensemble. Il faut espérer qu'ils s'en rendront compte.

— Et si ce n'est pas le cas ?

— Alors ce ne sera pas un très joyeux Noël.

Rosie

— Rosie, attends ! *Attends !*

Reconnaissant la voix de sa sœur, Rosie continua à marcher. C'était à Dan qu'elle avait besoin de parler, pas à Katie, qui en avait déjà trop dit.

— Je t'en prie…

À bout de souffle, Katie la rattrapa et posa la main sur son épaule.

— Il faut qu'on discute.

Rosie se dégagea.

— Tu t'es déjà exprimée, et je t'ai entendue.

Il fallait qu'elle voie Dan. Où était-il passé ? Le fait qu'il ait disparu aussi vite la souciait plus que tout le reste. Il ne voulait pas être retrouvé. Elle n'allait même pas avoir l'occasion de réparer ce désastre.

— Rosie… J'ai besoin de t'expliquer…

— Non ! s'exclama Rosie en faisant volte-face. Qu'est-ce qui débloque chez toi ? Tu es jalouse ? C'est ça ? Tu m'envies, parce que j'ai enfin trouvé quelqu'un que j'aime et qui m'aime ?

Katie recula comme si elle l'avait frappée.

— Bien sûr que non. Ce n'est pas ça du tout.

— Alors quoi ? Parce que je ne crois pas que tu aies agi pour me protéger. Tu ne m'as pas protégée du chagrin, en tout cas : tu m'en as causé. Je l'aime, Katie.

— Mais tu avais des doutes…

— Je ne t'ai pas dit une seule fois que j'en avais ! C'est toi qui l'as affirmé.

Sa sœur parut accablée.

— Tu te servais de nos parents comme exemple. J'ai pensé…

— Tu as pensé que tu savais mieux que moi ce que je faisais, même s'il s'agissait de *ma* relation, de *mes* sentiments.

Elle se rapprocha de Katie.

— Et tu sais quoi ? Si j'avais eu des doutes, ça aurait été ma responsabilité, et ma façon de les gérer aussi. C'est ma vie, j'ai le droit de ressentir les choses à ma manière. Si je fais une erreur et que je me plante, c'est moi que ça concerne. En quoi es-tu qualifiée pour penser que tu sais tout mieux que moi ? Quand es-tu tombée amoureuse pour la dernière fois ?

Elle éprouva une certaine culpabilité en surprenant l'éclair de souffrance dans les yeux de sa sœur.

— Tu as raison, répondit Katie d'une voix à peine audible. Je ne sais rien de l'amour, mais je te connais.

— Tu connais une facette de moi, celle que tu juges vulnérable et nécessitant protection. Tu es partie du principe que ce mariage précipité était une énorme erreur et tu m'as posé une tonne de questions pour étayer ta conviction. Mais tu ne m'as pas demandé une seule fois pourquoi j'aimais Dan. Je suis une adulte, Katie, et oui, j'ai tendance à souvent changer d'avis, ça fait partie de ma personnalité. D'ailleurs, en parlant de ça, je change beaucoup moins d'avis depuis que je suis avec Dan, parce qu'il ne me fait pas constamment douter de moi-même. Être avec lui est la meilleure chose qui me soit arrivée. Je l'aime, et je ne vais pas changer d'avis là-dessus. Même si ça arrive un jour, ça ne te regardera en rien. Je n'ai pas besoin que tu prennes les décisions à ma place. Ni que tu remettes en question celles que je prends !

— Tu as raison. Je suis désolée. Mais nos parents…

— Je me fiche de ce qui se passe entre nos parents ! Leur relation les concerne. Je les aimerai et les respecterai quoi qu'ils décident.

De même que *ma* relation *me* concerne, et j'attends de vous que vous m'aimiez et que vous me respectiez quoi que je décide. Tu veux savoir pourquoi j'ai laissé Catherine organiser le mariage ? Parce que ça la rend heureuse et que j'aime la voir heureuse. La seule chose qui m'importe, c'est d'épouser Dan. Où et comment, ça m'est égal. Tu t'inquiètes à l'idée que Dan et Catherine m'aient forcé la main, mais tu as fait bien pire ! Et avant que tu ne clames que ta seule intention était de veiller sur moi, laisse-moi te dire que « veiller » ne signifie pas « surveiller et étouffer ». À partir de maintenant, si tu veux mettre ton grain de sel dans des histoires de couple, débrouille-toi pour que ce soit le tien.

Elle tourna brusquement les talons et s'éloigna. Après cette diatribe, ses jambes tremblaient tellement qu'elle avait du mal à mettre un pied devant l'autre.

Elle était au bord des larmes. Elle ne s'était jamais fâchée contre Katie. C'était sa sœur, sa grande sœur qu'elle aimait de tout son cœur, même si elle lui avait fait mal. Mais elle aussi avait mal. En général, elle évitait les confrontations, seulement sa relation avec Dan lui avait donné la confiance de croire en elle et de défendre ses opinions. Une partie d'elle-même voulait retourner auprès de Katie pour lui demander pardon, mais elle ne le ferait pas. Sa sœur devait respecter ses décisions et, pour l'instant, sa priorité était Dan. Sa relation avec Dan. Elle était prête à se battre pour la préserver, même si elle souffrait de devoir le faire.

Elle fondit en larmes. Cependant, comme pleurer l'empêchait de marcher vite et de respirer, elle s'obligea à se calmer. Hors de question de faire une crise d'asthme maintenant, à ce moment crucial de sa vie.

Il lui fallait parler à Dan, sinon même sa dispute avec Katie n'aurait servi à rien.

En arrivant à l'hôtel, Rosie apprit qu'il était monté sur une motoneige et s'était engagé sur l'un des sentiers.

Elle avait espéré pouvoir lui parler tranquillement, dans un endroit chaud et intime tel que la cuisine de Snowfall Lodge, mais, apparemment, ça n'allait pas être possible.

Il n'aurait pas pu trouver mieux pour lui signifier que tout était fini entre eux.

Les larmes lui brûlaient les yeux. Comment pouvait-il ne pas vouloir lui parler ?

Ils étaient censés se marier dans quarante-huit heures ! Elle avait quand même droit ne serait-ce qu'à l'aumône d'une conversation, non ?

Elle ignora la petite voix dans sa tête qui lui rappelait que c'étaient ses soucis de communication à *elle* la cause de leurs problèmes actuels.

Elle devait le lui expliquer, et sans attendre. Elle ne voulait pas qu'il prenne de décision sans avoir écouté sa version des choses. Or, pour lui parler, elle allait d'abord devoir le retrouver.

En quelques phrases, elle enjôla Rob, qui s'occupait des motoneiges pour l'hôtel et emmenait parfois les clients en promenade.

— Vous voulez prendre une motoneige ? demanda-t-il en se grattant la tête. Toute seule ? Vous ne devriez pas…

— Je ne serai pas seule. Je serai avec Dan. On était censés partir ensemble, mais j'ai été retenue.

Elle lui adressa son plus charmant sourire, enfila une combinaison spéciale et monta sur l'engin avec autant d'assurance que possible.

Elle essaya de se rappeler ce que Dan lui avait appris. La motoneige était orientée dans la bonne direction, la clé en place et le bouton d'arrêt d'urgence relevé.

Avec une confiance feinte, elle commença à s'éloigner de l'hôtel en cahotant sur le sentier.

Dan avait probablement suivi le même itinéraire que la dernière fois. Il aimait la zone autour des Maroon Bells. Son hypothèse se confirma lorsqu'elle aperçut des traces dans la neige. C'étaient forcément les siennes.

Elle mit les gaz. La neige fraîche se souleva, formant un nuage autour d'elle qui réduisit sa visibilité. Elle sentit le stress l'envahir. Elle allait finir dans un fossé, ou peut-être passer à travers la glace et se noyer. Ce sentier croisait-il un cours d'eau ? Elle essaya de ne pas penser au fait qu'elle avait raté l'examen du permis de conduire à cinq reprises.

Il n'y avait aucun signe de Dan, ce qui ne la surprit pas. Il conduisait toujours trop vite. Si elle voulait le rattraper, elle devait l'imiter.

Elle accéléra à nouveau, et la motoneige fendit la neige. Le ciel était bleu au-dessus du sentier désert. Un autre jour, elle aurait été au comble du bonheur.

Elle parvint enfin au lac gelé. Dan y était bien, debout au bord de la rive.

Il dut l'entendre approcher, mais ne se tourna vers elle que lorsqu'elle arriva derrière lui.

— Dan ?

— Je suis venu ici pour avoir de l'espace. J'avais besoin de réfléchir.

— Je sais, et je suis désolée. Mais…

Elle lui toucha le bras, et une douleur presque physique la traversa lorsqu'il recula.

— Il faut qu'on parle, reprit-elle. S'il te plaît. Tu me dois bien ça.

Elle avait froid. Elle était glacée, et ça n'avait rien à voir avec la température extérieure.

— Tu veux qu'on parle ? demanda-t-il. Tu es consciente de l'ironie de la chose ?

Quand il tourna la tête vers elle, elle remarqua sur son visage une dureté qu'elle n'avait jamais vue auparavant.

— Bien sûr que oui.

Sa poitrine était comprimée. Était-ce dû à la tristesse et à l'angoisse ? Ou s'agissait-il des premiers signes d'une crise d'asthme ? Parfois, l'un entraînait l'autre. Elle aurait dû glisser son inhalateur dans sa poche. Elle remonta son écharpe devant sa bouche.

— Je comprends pourquoi tu es en colère, mais j'ai besoin que tu saches que je t'aime. Je t'aime vraiment, Dan.

Le regard de Dan ne s'adoucit pas.

— Si ce n'était pas le cas, tu ne me le dirais pas.

Elle repensa aux paroles de sa sœur.

— Si, je te le dirais.

— Alors pourquoi ne m'as-tu pas confié que tu avais des doutes ?

— J'ai essayé, plusieurs fois, mais tu… tu m'as mal comprise et…

— Donc c'est ma faute ?

Il ne cédait pas. Il ne reculait pas d'un pouce ; elle ne comptait pas le faire non plus.

Elle avait beau détester les confrontations, elle était prête à monter au créneau pour qu'il comprenne au moins ce qu'elle ressentait.

— Je ne dis pas que c'est la faute de qui que ce soit. Je dis seulement que je trouvais difficile d'en parler. Chaque fois que j'essayais, tu croyais que je disais autre chose. Finalement, j'ai gardé le silence. Pour être franche, je n'étais même pas sûre que mes doutes soient réels. Je doutais de mes propres doutes.

Elle essaya de rire, mais son corps refusa de coopérer. Elle avait l'impression de se battre pour sa vie. En tout cas, elle se battait pour son amour. Pour leur amour.

Il se détourna à nouveau, comme s'il trouvait trop dur de la regarder.

— Ça n'a plus d'importance, maintenant.

— Alors… quoi ? demanda-t-elle d'une voix étranglée. C'est fini ? Tu ne m'aimes plus ?

Il fit entendre un rire dépourvu d'humour.

— Tu crois que je peux allumer et éteindre mes sentiments en claquant des doigts ? Si seulement… Je t'aime toujours, oui.

— Alors…

Elle tendit les mains devant elle.

— Je ne comprends pas. Pourquoi ne peut-on pas en parler et tourner la page ?

— Que se passera-t-il la prochaine fois, Rosie ? demanda-t-il d'une voix rauque. La prochaine fois que tu auras un problème, quelque chose qui t'inquiète, quelque chose qui menace peut-être notre mariage, est-ce que tu m'en parleras ? Ou le garderas-tu pour toi jusqu'à ce que ça fasse progressivement pourrir notre relation ? Je ne peux pas épouser quelqu'un qui n'a pas l'impression de pouvoir me parler. La communication est fondamentale dans un couple.

Elle ne pouvait pas respirer.

Ses larmes l'empêchaient de le voir. Elle éprouvait une sensation étrange. S'il avait affirmé ne plus l'aimer, elle aurait peut-être accepté sa décision, mais l'entendre lui assurer qu'il l'aimait et rompre quand même… C'était comme de recevoir un coup de pied en pleine poitrine. Elle se sentait brisée.

— Je n'arrive pas à croire que tu sois aussi têtu !

— Je fais ce qui me semble le mieux.

Elle fit une dernière tentative pour comprendre.

— Est-ce que c'est en rapport avec ton père ? Tu as peur ?

— Ça n'a rien à voir avec lui. C'est nous, le problème.

Impossible. Il y avait forcément autre chose, non ? Mais s'il ne voulait pas lui en parler, que pouvait-elle faire ?

Sous l'immense chagrin qu'elle ressentait, une vague de colère commença à émerger. De la colère face à son refus de dialoguer avec franchise. De la colère face à sa capacité à tirer un trait aussi facilement sur leur histoire.

— Ne fais pas ça, Dan. Je suis sérieuse. Ne fais pas ça. Tu as dit que tu me connaissais. Si tu me connais vraiment, tu sais que j'ai du mal avec les confrontations et les conversations difficiles. Je travaille là-dessus. J'ai probablement fait plus de progrès en un jour qu'au cours des dix dernières années, mais il faut que tu sois patient.

Elle déglutit.

— Je te le demande.

Il se détourna.

— C'est fini, Rosie.

En cet instant, la colère éclipsa le chagrin.

— Ah ouais ? C'est chouette de constater que ce qu'on partageait ne valait même pas la peine de se battre ! Tu dis que tu ne peux pas épouser quelqu'un qui ne te parle pas ? Eh bien, moi, je ne peux pas épouser quelqu'un qui n'écoute pas et qui se montre aussi inflexible !

S'éloignant à grands pas, elle réussit par miracle à retourner à la motoneige. Elle s'essuya les yeux, remit son casque et s'engagea sur le sentier à toute allure. Elle voulait trouver un endroit chaud où sangloter tranquillement. Les larmes gelées n'avaient rien de drôle. Et elle sentait que sa respiration était sifflante. Si elle allait à l'hôtel, elle courait le risque de croiser Catherine. Quant à ses parents, inconcevable de leur faire face pour l'instant. Sa seule option était la cabane dans les arbres qu'elle partageait avec sa sœur.

Avec un peu de chance, Katie ne serait pas là.

Après avoir rendu la motoneige à Rob, elle marcha jusqu'à leur logement.

La première chose qu'elle vit en entrant fut le sapin de Noël étincelant. La seconde fut sa sœur. Vêtue de son manteau et de son écharpe, elle faisait les cent pas dans le salon.

La chance n'était pas de son côté, songea Rosie en soupirant.

Dès qu'elle entra, Katie se jeta sur elle et l'étreignit.

— J'étais morte d'inquiétude ! Tu ne répondais pas au téléphone.

Elle n'avait même pas entendu la sonnerie.

— J'étais occupée. Pourquoi portes-tu ton manteau à l'intérieur ?

Elle remarqua alors la valise.

— Tu t'en vas ?

— J'ai… j'ai tout gâché, répondit Katie en la lâchant et en reculant. Tu m'en veux, et c'est bien compréhensible. Papa et maman sont sûrement fâchés eux aussi, à cause de mon numéro de tout à l'heure. Et je préfère ne pas imaginer ce que Dan et Catherine doivent penser. C'est mieux que je m'en aille, mais je ne pouvais pas partir avant de te voir. Comment vas-tu ?

— Ton vœu a été exaucé. Le mariage n'aura pas lieu.

Le visage de Katie devint de la même couleur que la neige.

— Ce n'était pas mon vœu. Je voulais que tu sois sûre de toi, c'est tout. Je ne voulais certainement pas que ça se passe comme ça. Je suis vraiment, vraiment désolée. Tu n'as pas trouvé Dan ?

— Si, mais la conversation n'a pas tourné comme je le souhaitais.

Rosie enleva son manteau, puis le suspendit.

— Je devrais peut-être prendre l'avion avec toi. On pourrait tous rentrer à la maison et passer Noël à Honeysuckle Cottage.

Avant, cette idée lui aurait beaucoup plu, mais, étrangement, ce n'était plus le cas. Elle se sentait nauséeuse et un peu paniquée. Elle avait perdu quelque chose qu'elle ne récupérerait jamais. Elle était frustrée et encore en colère, mais, surtout, elle était triste.

— On ne va pas rentrer à la maison ! s'exclama Katie d'un ton horrifié. On va réparer tout ce bazar. Tu vas te marier. Tu veux toujours te marier ?

— La question ne se pose plus, c'est trop tard.

— Ça ne peut pas être trop tard. Il va changer d'avis.

— Non. Et, de toute façon, tu ne penses pas que je devrais l'épouser.

— Si. Tout ce que je souhaitais, c'était vérifier que tu étais sûre de toi. Ce soir-là, au téléphone, j'étais à l'hôpital, et quand tu m'as dit qu'il était parfait… j'ai flippé. Je venais de soigner une femme tabassée par un conjoint violent. Au début, elle a cru que le type était parfait. Il a su l'en convaincre, jusqu'à ce qu'il l'ait attrapée dans ses filets. Je suppose que je ne crois pas à la perfection chez les gens. Quand tu as utilisé ce mot, ça m'a vraiment inquiétée.

— Je n'ai jamais dit que Dan était parfait. Personne ne l'est. J'ai dit…

Rosie fronça les sourcils. Qu'avait-elle dit, exactement ?

— Je crois que j'ai dit qu'il était parfait *pour moi*. Ce n'est pas la même chose.

Katie parut troublée.

— Tu as raison. Ce n'est pas du tout la même chose. Ce qui prouve que je ne devrais jamais prendre d'appels personnels quand je suis au travail, parce que, une fois de plus, j'ai mal jugé les choses.

— C'est fait, alors changeons de sujet. J'ai froid et j'ai besoin de me réchauffer.

— Tu es en colère et bouleversée, et…

Katie posa la paume sur sa joue.

— … tu as la peau froide. Tu es glacée. Où étais-tu ?

— Je suis allée parler à Dan. En motoneige.

— En motoneige ?

Katie ôta son écharpe pour la lui enrouler autour du cou.

— Qui peut avoir une conversation sur une motoneige ?

— Je commence à croire qu'on ne peut avoir de conversation avec personne, dit Rosie en haussant les épaules.

— C'est ma faute.

— Non, je t'assure.

Rosie s'affala à plat ventre sur le canapé, et poursuivit :

— C'est moi la responsable, parce que je ne me suis pas fiée à ma décision. Je suis désolée de t'avoir crié après.

— Je méritais chaque décibel. Et je me sens super mal. Qu'est-ce que je peux faire ?

— Rien, répondit-elle d'une voix étouffée par les coussins. J'ai essayé de lui parler, mais il est resté inflexible.

— C'est ridicule…

En sentant Katie lui caresser doucement le dos, Rosie repensa à son enfance. Quand elle était souffrante, elle se couchait sur les genoux de sa sœur et l'écoutait lui raconter une histoire.

— Si je te demande d'aller chercher mon inhalateur dans mon sac, tu vas paniquer ?

— Ton… ? Bien sûr…

Katie se redressa aussitôt et plongea la main dans la poche arrière de son jean.

— Tiens. Assieds-toi. Respire. Avec la bonne technique, tu te souviens ? Pourquoi tu n'en avais pas un avec toi ? Peu importe, utilise celui-là, c'est tout ce qui compte.

— Tu as un inhalateur dans ta poche ?

Rosie le lui prit des mains.

— Depuis quand es-tu asthmatique ?

— Je ne le suis pas mais, comme toi tu l'es, je préfère être prête. Arrête de parler. Je n'arrive pas à croire que tu es sortie dans le froid comme ça. Mais je ne vais pas m'inquiéter et te materner. Tu es une adulte.

— J'avais une écharpe, seulement il faisait plus froid que je ne m'y attendais.

Et elle n'avait pas pensé à sa respiration. Elle n'avait pensé qu'à Dan.

Les yeux fermés, elle appuya deux fois sur l'inhalateur.

Katie s'en empara à nouveau, puis s'agenouilla devant elle.

— Ne bouge pas pendant une minute, n'essaie pas de parler. C'est moi qui vais le faire. Je suis vraiment désolée pour tout, encore une fois… Je traverse une mauvaise passe depuis quelques semaines.

— Arrête de te flageller.

Sa poitrine lui faisait vraiment mal. Elle aurait dû utiliser son inhalateur plus tôt.

— Tout ce que tu as dit était vrai. Je change d'avis constamment. Je suis comme une sauterelle, à bondir d'une chose à l'autre. Et Dan a raison. J'aurais dû être capable de lui parler. Mais, parfois, il a tendance à dominer la discussion sans même s'en rendre compte.

— Quand il se calmera, tu pourras le lui dire, répliqua Katie en lui caressant les cheveux. Il faut deux choses pour avoir une conversation : quelqu'un qui parle et quelqu'un qui écoute. Il est contrarié que tu ne te sois pas confiée à lui, et toi, tu es mécontente qu'il ne t'ait pas écoutée. C'est cinquante-cinquante, Rosie. En tout cas, tu dois m'en vouloir à mort.

— Je ne t'en veux pas.

— Je suis une mauvaise sœur. Je t'ai trop couvée, je le sais bien, mais dès que tu es née, j'ai décidé de tout faire pour qu'il ne t'arrive rien. Je suis tombée amoureuse de ta drôle de petite bouille dès l'instant où je t'ai vue.

— Je n'ai pas une drôle de bouille.

— Tu devrais revoir tes photos de bébé.

Katie lui prit la main.

— Je vais cesser d'être la grande sœur hyper protectrice. Je ne peux pas te promettre d'y arriver du jour au lendemain, mais je te promets d'essayer. Si jamais tu veux me parler en tant qu'amie, je serai là, mais je ne t'abreuverai pas de conseils. Il s'avère que je ne suis pas très douée pour ça, de toute façon. Il n'y a que pour l'inhalateur que j'assure. Continue à ne pas parler.

— Tu es une super sœur. Et un merveilleux médecin.

— Je ne suis ni l'un ni l'autre.

Angoissée, Rosie plaqua la main sur sa poitrine. Il n'y avait rien de plus effrayant que de ne pas réussir à respirer.

— C'est… Il y a un bon hôpital ici, n'est-ce pas ?

— Tu n'auras pas besoin d'y aller, déclara Katie calmement. Je suis ici, et tu vas bien.

— Distrais-moi.

— Tu veux que je te distraie ? D'accord… Tu voulais que je me confie à toi, alors c'est ce que je vais faire. J'ai toujours voulu être médecin, comme tu le sais. Ça a été le cas tout au long de mon parcours scolaire. Pendant mes études, j'estimais faire exactement ce que j'avais décidé de faire. C'était moi. C'était ma vocation.

Katie avait les yeux rivés sur sa poitrine, observant sa respiration.

— Jusqu'à ce que ça ne le soit plus. J'ignore ce qui s'est passé. Lentement, sans que je m'en aperçoive, mon amour pour mon métier a commencé à se vider de sa substance. Rien de spectaculaire. Ça s'est fait goutte à goutte. Une lente hémorragie d'enthousiasme. Je ne l'ai même pas remarqué. Je me suis dit que j'étais fatiguée.

Stressée. Montre-moi un seul médecin qui ne soit pas fatigué et stressé. Je ne me suis pas arrêtée là-dessus.

Elle fit une pause, puis demanda :

— Comment va ta poitrine ? Mieux ?

Rosie hocha la tête. Elle ne se rappelait pas avoir jamais entendu Katie lui parler comme ça. Elle agita la main pour l'inciter à continuer, et sa sœur reprit :

— Il y a deux mois, il y a eu un… incident au travail. Ça a été… perturbant. En général, on essaie de rester détaché, c'est une exigence du métier, mais aucun de nous n'a vraiment réussi à l'être, ce soir-là. Je n'ai pas besoin de te donner les détails…

— Si, donne-les-moi.

Si Katie avait vécu cet incident en personne, le moins qu'elle puisse faire était de l'écouter le lui relater, songea Rosie. Elle avait besoin de comprendre. Et aucune envie de parler de sa respiration !

Après quelques secondes d'hésitation, Katie commença son récit. Et, à chaque mot prononcé, Rosie sentit son respect augmenter à l'égard de sa sœur. Comment ne pas être affectée par un tel drame ? Katie pensait-elle vraiment qu'il était possible de rester détachée ?

— Il t'a agressée !

— C'était compréhensible.

— Et effrayant.

— Oui, répondit Katie en se frottant le front. Et effrayant.

— Tu t'es fait aider ?

— Pas jusqu'à la semaine dernière, où je suis enfin allée consulter un médecin, qui m'a mise en congé maladie. Eh oui, fit-elle avec un sourire désabusé. Je suis officiellement en congé maladie, ce qui est susceptible d'expliquer mon comportement. Et maintenant, tu vas me demander pourquoi je ne t'en ai pas parlé avant. Je ne sais pas pourquoi je ne l'ai pas fait, peut-être parce que tu es tellement fière d'avoir une sœur médecin. Je pensais que ça gâcherait l'opinion que tu as de moi.

— Je suis ta sœur. Je t'aime. Comment pourrais-je avoir une moins bonne opinion de toi ?

Rosie se pencha pour la prendre dans ses bras.

— Oh…, murmura Katie. C'est gentil. Ça veut dire que je suis pardonnée ? Ne me fais pas le coup de la compassion. J'irai mieux si je…

— Tout va bien, Katie. C'est normal d'être au trente-sixième dessous après un événement pareil.

— Je vais bien, vraiment, je ne…

Rosie la serra plus fort et la sentit soudain s'effondrer contre elle.

— Non, je ne vais pas bien, marmonna Katie. Je ne vais pas bien.

Les larmes jaillirent de ses yeux, et elle se mit à pleurer à gros sanglots saccadés. Rosie, bouleversée, songea que sa sœur n'avait encore jamais pleuré devant elle. Ses propres joues étaient humides, et elle s'aperçut qu'elle pleurait également. Elle ne savait pas quoi dire – que pouvait-elle dire ? –, alors elle se contenta de la tenir contre elle en lui murmurant des mots de réconfort.

Au bout d'un moment, Katie se calma.

— Et maintenant, j'ai mal à la tête. Dire que je n'ai même pas bu…

Rosie émit un rire étranglé.

— On pourrait arranger ça.

Après avoir reniflé, Katie s'écarta.

— Je parie que tu me préférais dans mon rôle de sœur poule.

— Pas du tout, protesta Rosie sans pouvoir s'empêcher de rire. J'ai l'impression de te connaître enfin un peu. Et ça explique beaucoup de choses sur ton attitude de ces dernières semaines.

Katie se moucha, puis se laissa tomber à côté d'elle sur le canapé.

— J'ai des décisions importantes à prendre, mais je n'arrive à en prendre aucune… C'est la leçon à tirer de cette triste histoire. On pourrait croire qu'il existe une petite fée de la décision, dont la baguette magique rendrait chaque choix limpide, mais ce n'est pas le cas. On avance dans l'existence en tâtonnant et en faisant du mieux qu'on peut. On prend des décisions en fonction d'une multitude de facteurs et, parfois, ça peut conduire à un sacré bazar. Ma vie en est le parfait exemple.

Katie la regarda.

— La tienne aussi, peut-être, mais c'est ma faute. J'ai trouvé le moyen de te gâcher la vie aussi.

Rosie était toute remuée de découvrir que sa sœur, qui lui avait toujours semblé très déterminée, était à ce point assaillie de doutes. C'était un choc et un réconfort à la fois.

— Tu es un médecin formidable.

— Je ne sais pas. J'essaie de l'être… mais ça ne veut pas dire que je ne regrette pas de ne pas avoir choisi une autre profession.

— C'est vraiment ce que tu ressens ?

— Je crois, oui. Et j'ai mis du temps à l'admettre, parce que le seul fait d'y songer me fait paniquer. J'ai consacré toute ma vie d'adulte à la médecine. C'est difficile de tourner la page sans me demander si je n'ai pas fait tout ça en pure perte.

— Quoi que tu décides, le passé n'est jamais perdu, affirma Rosie en appuyant la tête contre son épaule.

— Jordan a dit quelque chose de similaire.

— Tu en as discuté avec lui ?

— Il sait écouter. Et ça m'a aidée qu'il ne soit pas impliqué émotionnellement. Parfois, quand on a une décision importante à prendre, on a besoin que quelqu'un nous conforte dans notre choix.

— Je sais. Une des choses que j'aime, chez Dan, c'est qu'il est confiant dans tous les domaines. Il m'a transmis un peu de son assurance. Il n'a pas peur de la vie. En étant avec lui, je suis devenue plus courageuse. Il ne se décourage pas quand il se trouve face à un obstacle. Il l'observe. Ensuite, soit il le surmonte, soit il le contourne. Grâce à lui, je pense à toutes les choses que je peux faire, plutôt qu'à celles que je ne peux pas faire.

Katie l'attira contre elle.

— Continue à me dire ce que tu aimes chez lui.

— Je ne sais pas. Il y a un millier de petites choses, tu vois ?

Comme sa façon de me faire du thé, parce qu'il sait que j'aime ça, même s'il n'en boit jamais. Et le fait qu'il regarde des comédies romantiques, parce que c'est ce que j'ai envie de voir à ce moment-là.

— Il regarde des comédies romantiques ? Est-ce qu'il fait la grimace ?

— Non.

— Il jette des coups d'œil sur son téléphone pendant les moments cucul ?

— Jamais !

— Waouh… Ça, c'est de l'amour ! Il se débrouille mieux que moi, dans ce domaine. Si Vicky nous met un film romantique, je râle tout du long. Quoi d'autre ?

— Il est incroyablement calme et patient. La première fois que je l'ai rencontré, dans la salle de sport, j'ai fait une crise d'asthme.

Rosie sentit Katie se crisper.

— Tu ne me l'as jamais dit.

— Parce que je savais que tu réagirais mal. J'étais sur le tapis roulant et…

Elle agita la main.

— Peu importe. Dan s'en est rendu compte, et il m'a rejointe en une seconde. Ensuite, il m'a accompagnée à l'hôpital et s'est occupé de tout, parce que ça ne faisait pas longtemps que j'étais aux États-Unis. Il était calme, tellement calme ! Tu as pu le remarquer quand tu lui as fait subir ton interrogatoire.

Katie tressaillit contre elle.

— C'est vrai, il aurait pu m'en coller une et il ne l'a pas fait.

— Il ne ferait jamais ça. Il pense que si on a quelque chose à dire, il faut le dire.

Elle soupira.

— Et je ne l'ai pas fait.

— Je suis désolée de t'avoir poussée à douter de toi-même. À vrai dire, je ne crois pas que ces doutes venaient de toi. J'ai créé ce problème et c'est à moi de le régler.

— C'est mon problème, Katie. J'aurais pu faire la sourde oreille. J'aurais pu dire à Dan ce que je ressentais.

Rosie ne voulait pas y penser.

— Tu as aussi discuté de ça avec Jordan ? reprit-elle.

— On est restés coincés ensemble pendant presque quinze heures. E c'est vite devenu ennuyeux de parler de la météo.

Katie semblait ne pas prendre ça au sérieux mais, pour elle, c'était capital que Katie ait parlé à Jordan.

— De quoi d'autre avez-vous discuté, tous les deux ?

— De beaucoup de choses. Y compris de mon instinct de protection surdéveloppé.

— Il est carrément sexy.

— Rosie White, tu es sur le point de te marier !

— Il semblerait que ce ne soit plus le cas… et quand bien même, ça ne m'empêcherait pas de remarquer un beau gosse. Ça m'empêcherait seulement de passer à l'acte. Jordan est canon.

— C'est vrai.

Quelque chose dans le ton de sa sœur l'interpella.

— Tu n'as pas eu trop froid, coincée dans ce chalet ?

— Non. J'étais bien au chaud. Il y avait un bon feu dans la cheminée.

— Pas de chaleur corporelle, alors ?

— Je n'ai pas dit ça.

— Katie ! s'exclama Rosie.

Elle se redressa et la dévisagea.

— Vous avez… ?

— Oui. Plusieurs fois, même. On aurait sûrement recommencé, mais il était à court de préservatifs. Voilà. C'est bien la première fois que je déballe des trucs sur ma vie intime. Un trophée de plus sur mon incroyable tableau de chasse…

Vu les circonstances, Rosie n'aurait pas imaginé être enthousiasmée par quoi que ce soit, mais cette nouvelle la réjouit.

— Ça fait combien de temps que tu n'as pas eu de relation avec un homme ?

— Qui dit qu'il s'agit d'une relation ? On a passé une nuit très agréable ensemble, c'est tout.

— Si ce n'est que tu lui as raconté des choses sur toi que tu n'avais jamais dites à personne.

— Ça aussi.

— Et il connaît ton vrai prénom.

— Là, tu commences à m'inquiéter. Mais, heureusement, ainsi que tu me l'as indiqué, il ne m'a gardée là-haut que pour vous ménager du temps ensemble, à Dan et toi. Je ne crois pas qu'on ait à redouter l'éventualité d'une relation durable entre nous.

— Tu ne lui en veux pas d'avoir fait ça ?

— La seule personne à qui j'en veuille pour l'instant, c'est moi. Je vais appeler la compagnie aérienne, puis un taxi. Et je profiterai du long vol pour réfléchir à ma vie, conclut Katie en se levant. Mais, d'abord, j'ai besoin de café. Et maintenant que ta respiration semble s'être calmée, toi, tu as besoin d'une bonne douche pour te réchauffer.

— Je t'en prie, ne t'en va pas ! Si tu pars, on part ensemble.

Sa sœur se figea.

— Je croyais que tu en avais assez de moi.

Rosie se leva à son tour et la prit dans ses bras.

— J'en ai assez que tu me protèges, mais je n'en ai pas assez de toi.

— Bon, d'accord, répondit Katie en la serrant contre elle. Je ne partirai pas sans toi. C'est promis.

— Et papa et maman ? Ils se séparent ou pas ? Je suis un peu perdue.

— Tu n'es pas la seule. Ils y pensaient, c'est sûr, mais une fois que je me suis calmée, j'y ai réfléchi : ils ne pouvaient pas savoir qu'on allait tous débarquer ce matin, alors le coup du lit ne pouvait pas faire partie de la mascarade.

— On pourrait ne pas parler du coup du lit ?

— Excellente idée !

Katie l'étreignit encore une fois, puis la lâcha et se dirigea vers la cuisine.

— Tu crois que c'est ma faute s'ils ont eu des problèmes ? demanda Rosie.

— Pourquoi est-ce que ce serait ta faute ?

— Mon asthme a mis toute la famille à rude épreuve.

— Tu n'y es pour rien, affirma Katie en lui tendant un mug. C'est compliqué, les relations.

— À qui le dis-tu…

Rosie but une gorgée de café. Elle se sentait épuisée, vide d'énergie. Et au bord des larmes. Sachant que pleurer devant sa sœur ferait de la peine à Katie, elle reposa son mug.

— Tu as raison. J'ai besoin de prendre une douche. Qu'est-ce que tu vas faire ?

— D'abord, je vais aller présenter mes excuses à papa et maman, pour avoir lancé des accusations et envahi leur vie privée. Après…

Elle haussa les épaules.

— … Je ne sais pas. On devrait rentrer à la maison, en fait. Quoi qu'on décide, ça a été intéressant, en tout cas.

Rosie parvint à sourire.

— Rien ne vaut un Noël en famille chez les White.

Katie

Après avoir revêtu sa tenue d'extérieur, Katie s'arrêta un instant près de la porte.

Elle entendait l'eau couler et se doutait que sa sœur pleurait sous la douche.

Elle serra les poings, résistant à l'envie d'enfoncer la porte de la salle de bains pour serrer Rosie dans ses bras.

Mais à quoi bon la réconforter ?

Rosie n'avait pas besoin de réconfort. Elle avait besoin de l'homme qu'elle aimait. Et comme elle-même était entièrement responsable de ce qui s'était passé, c'était à elle de réparer les dégâts. Pour une fois, il ne s'agissait pas d'ingérence. Vouloir réparer une erreur ne pouvait pas être classée comme telle, non ?

C'était remettre les choses en ordre.

Elle avait semé une belle pagaille. Aurait-elle réagi différemment si Rosie ne l'avait pas appelée au milieu d'une garde difficile, si elle n'avait pas eu à l'esprit Sally, la femme battue qu'elle avait soignée, si elle n'avait pas été absorbée par ses propres problèmes, ou si les mots « parfait » et « coup de foudre » n'avaient pas déclenché son instinct de protection ? Ça ne servait à rien de jouer au jeu des « et si ». Tout ça appartenait au passé. L'important, c'était de s'occuper du présent.

Elle referma la porte derrière elle, puis se dirigea vers Snowfall

Lodge. Il faisait très froid. Si Dan était toujours dans la nature, c'était fichu, songea-t-elle.

La marche jusqu'à l'hôtel lui permit de réfléchir. Lorsqu'elle entra dans l'élégant vestibule, elle savait exactement ce qu'elle dirait.

Profitant du fait que les employés de la réception étaient en pleine discussion avec des clients, elle se faufila dans l'escalier privatif et monta jusqu'à l'appartement.

Elle n'avait volontairement pas prévenu Dan de sa visite. Quand elle frappa à la porte et qu'il lui ouvrit, elle comprit aussitôt qu'elle avait bien fait.

— Je me doute que tu as envie de me refermer la porte au nez, et je le comprends tout à fait, déclara-t-elle. Accorde-moi dix minutes. C'est tout ce que je demande.

— C'est Rosie qui t'envoie ?

— Si elle savait où je me trouve en ce moment, elle me tuerait.

— Mais tu es prête à prendre ce risque.

— Oui, parce que tout est ma faute.

Il ouvrit la porte en grand pour la laisser entrer.

À en croire son langage corporel, il souffrait intensément. Elle considéra que c'était bon signe.

— Bon, je me lance.

Elle marcha jusqu'à la fenêtre et observa la beauté désormais familière des montagnes.

— Je suis venue ici pour empêcher votre mariage.

— Eh bien, au moins, tu es honnête.

Elle se tourna vers lui.

— Je trouvais cette décision trop précipitée. Pour moi, ça avait l'air d'un coup de tête irréfléchi. Il se passait des choses dans ma vie… Je ne vais pas t'ennuyer avec les détails mais, en ajoutant ça à tout ce que je connaissais déjà de Rosie, j'ai eu l'impression de mieux savoir qu'elle ce qu'elle voulait. J'avais peur pour elle.

Elle enfonça les mains dans ses poches. À force de manger son chapeau en une seule journée, elle en était presque ballonnée.

— À mes yeux, elle a toujours été vulnérable. Toutes ces fois où je l'ai tenue, quand elle était petite, alors qu'elle n'arrivait pas à respirer… J'avoue que c'est une image difficile à oublier.

L'expression de Dan avait changé. Comme elle sentait qu'il l'écoutait, elle continua à tenter sa chance.

— J'étais résolue à en apprendre plus sur toi, parce que j'étais sûre que Rosie ne pouvait pas te connaître réellement après aussi peu de temps. Alors je t'ai interrogé.

— J'ai remarqué.

— J'ai posé beaucoup de questions, et tu t'es montré bienveillant, patient et…

Elle prit une inspiration.

— … et plus poli que je ne le méritais. Tu as répondu à tout. Alors je me dis qu'il est peut-être temps que tu en saches autant à mon sujet.

Il fronça les sourcils.

— Katie…

— Écoute-moi. J'ai besoin que tu comprennes pourquoi je me suis comportée comme je l'ai fait. J'ai besoin que tu comprennes que ça n'avait rien de personnel. J'ai tendance à juger très vite. Trop vite. Je commence souvent par imaginer le pire scénario possible, avant de revenir en arrière. Je sors les griffes pour protéger les gens que j'aime. Je suis perfectionniste, ce qui n'est pas une bonne chose, mais je travaille dessus.

Elle s'assit sur le canapé et baissa les yeux sur ses mains. Elle n'avait pas échafaudé de plan précis, mais elle savait qu'elle devait continuer dans cette voie.

— La première fois que Rosie a fait une crise d'asthme, j'ai cru que j'allais la perdre. Ce jour-là, j'ai ressenti l'incroyable fardeau de la responsabilité.

Elle releva les yeux.

— Pendant ses études à la fac, comme elle ne voulait pas inquiéter notre mère, c'est toujours moi qu'elle appelait quand elle avait des ennuis. Ça ne me dérangeait pas. J'étais contente qu'elle se tourne vers moi…

— Seulement, tu t'es ainsi retrouvée à endosser le rôle de parent. Autrement dit, tu as porté ce fardeau toute seule.

Elle hocha la tête.

— Je ne sais même pas si j'aurais fait médecine, si ça n'avait pas été pour elle.

— Elle dit que tu es un excellent médecin.

Elle n'allait pas se lancer dans un débat sur ce sujet. Ses problèmes personnels n'étaient pas importants pour l'instant. Ce qui comptait, c'était Rosie.

— J'ai continué parce que c'est ce qu'on fait quand on a suivi des études longues et coûteuses, qu'on a choisi une carrière qu'on est censé exercer toute sa vie, aux yeux de la société. On n'est pas sûr d'apprécier ce travail mais, après tout, la plupart des collègues sont épuisés et au bord du burn out eux aussi, alors on finit par trouver ça normal. On parvient à justifier ce qu'on ressent. Parce que, franchement, personne ne lâche la médecine après l'avoir pratiquée pendant dix ans, n'est-ce pas ?

Il s'assit en face d'elle. La lueur méfiante dans son regard avait disparu.

— On a le droit d'arrêter, si l'on n'a plus envie de faire ce métier, commenta-t-il.

— Tu ne trouves pas ça gênant, de changer d'avis ? Tu ne considères pas ça comme une faiblesse ?

— Oui, plutôt comme une force.

— Parfait, lança-t-elle en se levant. Alors va retrouver ma sœur et dis-lui que tu as fait une erreur. Dis-lui que tu l'aimes toujours. Parlez-vous, même si cette conversation n'est sûrement nécessaire qu'à cause de mon ingérence. Après, si tu penses toujours que ce mariage n'a pas lieu d'être, soit.

Ses yeux se remplirent de larmes.

— Je ne peux pas être la cause de votre rupture, Dan.

— Parce que Rosie ne te le pardonnerait jamais ?

— Non. Parce que je vois maintenant que vous êtes faits l'un pour l'autre. Je pense que vous devez améliorer votre façon de communiquer, mais espérons que vous aurez plein d'années pour le faire. Je veux qu'elle soit heureuse et que tu sois heureux. En dépit des apparences, je t'apprécie vraiment beaucoup, et j'espère que tu finiras par m'apprécier. Ou, du moins, par me pardonner.

— Je t'apprécie déjà, Katie, et je respecte à quel point tu aimes ta sœur.

Mais il n'avait pas changé d'avis.

— Il faut que tu la comprennes, insista-t-elle, de plus en plus désespérée. Elle est tellement gentille ! Elle est incapable de faire du mal à qui que ce soit.

— Je le sais bien. Je la connais. À ton avis, pourquoi suis-je amoureux d'elle ?

— Je… Tu utilises le présent !

Elle en ressentit une bouffée d'espoir, qui s'évapora aussitôt lorsqu'elle vit Dan s'assombrir.

— Il se trouve qu'on peut annuler des projets de mariage, répliqua-t-il, mais on ne peut pas faire la même chose avec l'amour.

— Si vous êtes amoureux, pourquoi ne pas vous marier ?

— Exactement pour la raison que tu as dite. Rosie déteste faire du mal aux gens : alors, si elle ne peut pas me parler honnêtement, comment puis-je être sûr qu'elle m'aime vraiment ? Comment allons-nous résoudre les problèmes, dans les années à venir, si elle ne parvient pas à s'exprimer ?

— Tu es sûr qu'elle ne parlait pas ? Ou bien est-ce toi qui n'écoutais pas ?

— Je ne vois pas où tu veux en venir.

— Rosie affirme avoir essayé de te faire part de ses pensées. As-tu entendu ce qu'elle essayait de te dire ?

— Je… Non. Mais…

— Peut-être que ta qualité d'écoute a besoin d'être améliorée.

Peut-être que Rosie a besoin de parler plus fort. Ou de t'envoyer des mails. D'écrire sur un tableau blanc dans la cuisine ou sur des post-it. Peu importe…

Katie tendit les mains en un geste plein de frustration.

— Je ne connais rien aux relations sérieuses, mais le problème me semble réparable. Tu l'aimes. Elle t'aime. Vous devez apprendre à communiquer, c'est tout. Je ne crois pas que tu te rendes compte de votre chance. Dans ce monde si souvent horrible, vous avez trouvé l'amour, l'amitié, la complicité… Toutes ces choses qui comptent vraiment, qui vous permettront d'avoir une belle vie et qui vous soutiendront quand les temps seront durs. Et tu veux tourner le dos à ça ? Au fait, si la réponse à cette question est « oui », alors j'ai trouvé ce qui ne va pas chez toi. Je n'ai rien à ajouter.

— Je croyais que tu étais médecin, pas avocate.

— J'ai dit ce que j'avais sur le cœur, c'est tout.

Elle se leva en reniflant, puis se dirigea vers la porte.

— Maintenant, je m'en vais. Avant que ma sœur ne comprenne que je suis ici et que notre relation ne soit gâchée à jamais.

Elle était à mi-chemin lorsque la voix de Dan l'arrêta.

— Tu voulais que je te parle de moi, alors c'est ce que je vais faire.

Et, d'une traite, il déclara :

— Si ce n'est pas en rapport avec le travail, ou avec l'activité physique, j'ai tendance à remettre les choses à plus tard. J'ai une forte tendance à la procrastination. Il arrive que je paie mes impôts en retard. Mon père me manque tous les jours, et sa mort m'a fait comprendre l'importance qu'il y a à ne pas laisser filer l'amour quand on l'a trouvé.

Elle se tourna vers lui, et il hocha la tête.

— C'est pour cette raison que je voulais épouser Rosie aussi vite. Ce n'était pas un coup de tête. Ce n'était pas parce que ma mère avait suggéré qu'on se marie à Noël. C'était parce que je savais que Rosie était faite pour moi et que je voulais profiter du moindre instant avec elle.

— Arrête…

Katie cligna des yeux en reniflant.

— Tu me fais pleurer, alors que je suis la personne la moins sentimentale que tu rencontreras de ta vie.

— Ah oui ? Alors, tu n'as pas été contrariée que Jordan t'ait gardée chez lui, loin de Rosie et moi ?

Grâce à son expérience en tant que médecin, elle parvint à garder une expression neutre.

— Je ne suis pas contrariée. Il a fait ce qu'il fallait.

Elle redressa les épaules.

— Vous aviez besoin de passer du temps ensemble, et je vous dérangeais. Je dirais qu'il a rempli son rôle de témoin à la perfection. C'est un excellent ami. Rosie et toi avez de la chance de l'avoir à vos côtés.

Pourquoi aurait-elle été perturbée ou triste ? Ils avaient passé une nuit ensemble, et alors ? Ils étaient deux adultes consentants. Ils avaient fait un choix. Oui, elle se sentait complètement bouleversée à propos de ce choix, mais ce n'était pas la faute de Jordan. Elle était émotive par nature. Elle avait même un mot du médecin pour l'attester.

— Pour le moment, je ne suis pas sûr d'avoir besoin d'un témoin, déclara-t-il.

Elle réfléchit un instant.

— Dis-moi, Dan… Si tu sais à quel point c'est important de ne pas laisser filer l'amour, pourquoi le fais-tu ? Tu ne crois pas qu'il y a eu des jours où tes parents ont rencontré des obstacles dans leur relation ? Regarde les miens. Réflexion faite, tu n'as probablement pas envie de les regarder parce que, à chaque fois qu'on les voit, on les surprend à faire quelque chose d'extrêmement embarrassant. Voilà où je veux en venir : rejeter l'amour simplement parce que vous avez tous les deux besoin d'accorder vos personnalités est un immense gâchis.

Comme il ne répondait pas, elle fit une dernière tentative.

— Tu affirmes que vous avez amplement eu le temps de vous connaître mais, pour se connaître vraiment, ça ne suffit pas de découvrir que l'un de vous deux a eu un lapin domestique ou a raté un contrôle de physique. Il s'agit de comprendre comment l'autre réagit. Je le vois tout le temps à l'hôpital. Ceux qui deviennent agressifs lorsqu'ils ont peur. Ceux qui sont tellement paralysés par le chagrin qu'ils ne peuvent même pas parler, encore moins pleurer. Ce n'est pas parce qu'ils n'éprouvent aucun sentiment, mais parce qu'ils gèrent la nouvelle en en éprouvant presque trop. Ce sont des choses de ce genre qu'on a besoin de savoir à propos de quelqu'un. Tu as découvert une caractéristique fondamentale de Rosie : elle ne te criera jamais dessus quand ça n'ira pas. Alors à toi de créer un environnement où elle réussira à te dire ce qu'elle a en tête.

Elle-même avait aussi raté ça, songea-t-elle. Elle n'avait pas laissé à Rosie l'espace de parler.

— Ce n'est pas une raison pour rompre. C'est juste un élément à archiver, et à utiliser pour mieux comprendre l'autre, le moment venu. C'est ça, connaître quelqu'un. Ça s'appelle l'intimité, il me semble.

Elle fit volte-face et sortit de l'appartement sans un regard en arrière.

Ses mots avaient-ils eu un impact ?

Elle n'en avait aucune idée.

Lorsqu'elle arriva à sa cabane, son père l'y attendait.

— Coucou, Katkin.

Entendre son surnom de petite fille faillit l'achever.

— Papa ? Où est Rosie ?

— Elle parle avec ta mère.

— « Diviser pour mieux régner », c'est ça ? Et tu es tombé sur moi. Pas de chance, tu as tiré le mauvais numéro.

— Ce n'est pas comme ça que je le vois.

Il semblait mal à l'aise et un peu dépassé, ce qui n'était guère surprenant. Katie ne se rappelait pas avoir eu une discussion personnelle avec son père de toute sa vie. Leur relation avait toujours reposé sur des activités communes et l'aventure. Jamais sur les émotions.

— Je suis désolée pour ce matin.

— C'est nous qui devrions l'être. Pour ne pas vous avoir dit la vérité.

Il enfonça les mains dans ses poches.

— En réalité, je ne suis pas désolé. Ta mère et moi… Eh bien, on s'était éloignés l'un de l'autre. On ne se voyait plus d'avenir commun. Mais, pour la circonstance, on a fait semblant d'être toujours amoureux. La suite, tu la connais… on s'est pris à notre propre jeu.

— On dirait l'intrique d'un roman sentimental.

Il eut un sourire fatigué.

— C'est peut-être là que je me suis planté. Je n'ai jamais lu de romans sentimentaux. Si je l'avais fait, j'aurais sûrement appris quelque chose. Notre mariage ne serait sans doute pas allé droit dans le mur, à un moment donné.

Katie éprouva un élancement de douleur dans la poitrine.

— Je suis vraiment contente que vous vous soyez retrouvés.

— Ce n'est pas pour ça que je suis là. Je ne suis pas venu pour te parler de ta mère et moi, même si je tiens à dire que notre mariage est toujours une affaire qui roule. Je suis venu pour parler de toi.

— Tu n'as pas à dire quoi que ce soit. J'ai mal agi, je le sais.

— Tu étais bouleversée. Tu étais inquiète pour ta sœur.

Il se passa la main sur la mâchoire.

— Tu n'as pas beaucoup vu ta mère, ces derniers temps.

— C'est vrai, et j'en suis désolée. Ça a été la folie au travail. Je vais essayer de mieux faire.

— Voir ta famille n'est pas un examen pour lequel tu dois obtenir la meilleure note, Katkin. On t'aime. Si tu es occupée, ce n'est pas un problème. Tu parles au type qui a passé la moitié de ton enfance à déterrer des reliques. Je comprends ce que ça signifie d'être occupé, tout comme ta mère. Mais s'il s'agit d'autre chose…

Il marcha jusqu'à elle et posa les mains sur ses épaules.

— S'il y a autre chose qui te pousse à garder tes distances, quelque chose qui te tracasse, j'espère que tu nous le dirais. On est fiers de toi, tu le sais, n'est-ce pas ?

Oui, elle savait à quel point ils étaient fiers. C'était justement la moitié du problème. Elle s'écarta.

— Je vais bien, papa.

— Je n'ai jamais prétendu être un expert en matière de langage corporel, mais j'y travaille. Et je sens que tu ne vas pas bien. Ce que j'ignore, c'est pourquoi ce que je viens de dire t'a contrariée.

— Vraiment, papa… Je ne peux pas… On est obligés de parler ?

— Je ne dis pas ce qu'il faut, hein ?

Il courba les épaules.

— Ta mère va me tuer. Ta sœur et toi, vous lui parlez toujours quand ça ne va pas. Je ne vous le reproche en rien, mais ça signifie que je n'ai pas eu autant de pratique qu'elle. Tu veux que je m'en aille, Katie ? Je ne veux pas empirer la situation.

Il était tellement gentil, tellement intelligent. *Son papa.*

Jordan avait peut-être raison. Il était temps qu'elle se repose sur les gens, plutôt que de les protéger.

— Tu as dit que vous étiez fiers de moi. Du fait que je suis médecin.

— Oui.

— Le problème, c'est que je ne suis pas sûre de vouloir continuer à être médecin.

Voilà, elle l'avait dit.

— Et je suis désolée si je vous déçois. Si vous trouvez que…

— Je t'arrête tout de suite. Pourquoi penses-tu que ça nous décevrait ? Ça te concerne, pas nous. C'est ta vie. Ta décision.

— Je veux être médecin depuis toujours. J'ai passé ma vie à travailler pour en être où je suis maintenant.

— Et alors ? Ça voudrait dire que tu dois continuer à faire un métier qui ne correspond plus à tes attentes ?

Elle déglutit.

— Tu ne me trouves pas folle ?

— Folle d'envisager un changement de carrière parce que ton travail ne te satisfait plus ? Bien sûr que non ! Ce qui serait fou, ce serait de passer le reste de ta vie à faire quelque chose uniquement parce que tu l'as toujours fait.

— J'ai l'impression d'un gigantesque gâchis.

— Rien de ce qu'on fait dans la vie n'est jamais du gâchis. Rien.

Il fit un geste en direction du canapé.

— Viens t'asseoir un instant.

— Tu as dit que vous étiez fiers de moi.

— On l'est. Mais pas parce que tu es médecin. Parce que tu es *toi*. Une jeune femme intelligente, déterminée et dévouée. Peu importe ce que tu décides pour la suite, tu y mettras toujours tout ton cœur, c'est dans ta nature.

Katie décida alors de ne pas lui raconter l'agression. Pas parce qu'elle voulait protéger ses parents, mais parce qu'elle voulait classer cette histoire. Il était temps de se tourner vers l'avenir, de ne plus s'attacher au passé. Mais c'était réconfortant de savoir qu'elle pouvait parler à son père, si elle en éprouvait le besoin.

— J'ignore encore ce que je veux faire.

— Parce que tu ne t'es pas accordé le temps d'y penser de façon constructive. Démissionne. Prends des congés. Réfléchis-y. Donne-toi de l'espace. Si tu décides de revenir à la médecine, très bien. Si tu décides de changer de voie, c'est bien aussi.

Jordan n'avait-il pas suggéré la même chose ?

— Je pourrais, je suppose. J'ai des économies.

— Nous aussi.

— Merci, mais je n'accepterais jamais votre argent. Je suis une adulte et, si je décide de partir, je dois me débrouiller seule.

— Tu es la seule à pouvoir prendre cette décision, mais on peut t'aider pour le côté pratique. Et si tu as besoin de revenir à la maison pour un temps, tu es la bienvenue.

— Pour être dans les parages pendant que vous vous embrassez et que vous vous câlinez ?

Elle sourit et lui donna un petit coup de coude.

— Merci, mais non merci. Et j'avoue que ce n'est pas la réaction à laquelle je m'attendais. Je pensais que tu désapprouverais. Que tu me ferais la morale sur le fait de bazarder ma vie et mon métier. On dirait presque que tu veux que je le fasse.

— Ce que je veux, c'est que tu sois heureuse. J'ai découvert beaucoup de choses, cette semaine. L'une d'elles, c'est que ta mère n'aime pas le travail qu'elle fait depuis tant d'années.

— Rosie m'en a parlé.

Il la regarda.

— Elle réfléchit à d'autres idées.

— Ah bon ? Comme quoi ?

— Elle n'en est pas encore sûre, mais peut-être une activité en rapport avec le paysagisme. La conception de jardins.

— Ça se comprend. Tant mieux pour elle.

— Là où je veux en venir, c'est que tu n'as personne à charge. Tu n'as besoin de te soucier que de toi. Il n'y a pas de meilleur moment pour opérer un changement. Essaie autre chose. Et si tu veux revenir à la médecine dans un an ou deux, personne ne t'en empêchera.

— À t'entendre, ça a l'air tellement simple.

Mais, encore une fois, Jordan n'avait-il pas dit la même chose ?

— Je pense que la complexité est une question de perception, répondit son père. Tu as travaillé dur pour arriver où tu en es. L'idée d'y renoncer t'inquiète. Mais imagine-toi dans vingt ans, si tu restes médecin. Qu'est-ce que tu vois ?

— Rien de très joli.

— Tu as ta réponse. Tu es jeune, Katie. Prends un risque. Et trouve-toi un hobby. Mets-toi au yoga. Inscris-toi à une chorale. Tu étais douée au piano. Pourquoi tu n'en fais plus ? Voyage. Fais quelque chose de fou. Achète un cheval. Tombe amoureuse.

Tomber amoureuse…

Elle repensa à ces quelques heures merveilleuses dans les bras de Jordan. Elle ne les oublierait jamais.

— Je crois que Vicky se plaindrait, si je mettais un cheval dans notre jardin.

Elle ne voulait pas parler d'amour. Mais le reste ? Il était grand temps d'y penser. Si elle avait appris une chose au cours de cette semaine, c'était que sa vie n'était pas équilibrée. Il n'y avait pas de montagnes, ni de sapins. Pas assez de ciel bleu et d'air frais. Elle appuya la tête sur l'épaule de son père.

— Merci de m'avoir écoutée. C'est la première fois qu'on se parle comme ça.

— C'est vrai.

Il lui tapota la jambe avec maladresse.

— Ça s'est plutôt bien passé, je crois. On ne s'est pas trop mal débrouillés.

Elle le serra dans ses bras en souriant.

— Tu as été super. Merci de ne pas m'avoir jugée et de m'avoir soutenue. Merci, papounet.

— Tu ne m'as pas appelé « papounet » depuis tes six ans.

— En ce moment, j'ai l'impression d'avoir six ans.

Il garda le silence un moment, avant de reprendre :

— Je vais peut-être dépasser les bornes, et tu me le diras si c'est le cas, mais s'est-il passé quelque chose entre Jordan et toi ? Ta sœur a dit…

— Tout va bien.

— J'ai vu ton visage. Ça n'avait pas l'air d'aller, Katkin. Est-ce qu'il t'a fait du mal ?

Il se tourna pour pouvoir mieux l'observer.

— Parce que, s'il l'a fait, je vais aller lui parler.

— Oh là là, papa, *non* ! Je n'imagine rien de plus gênant. Sauf peut-être de débarquer dans votre chambre alors que vous êtes en train de faire l'amour. C'était horrible !

— Avoir un rapport sexuel est une activité normale, saine..

— Stop ! Je t'en supplie, arrête.

— D'accord, mais je suis là pour toi. Je peux lui parler. Ou le frapper. Personne ne fait de mal à mes filles.

L'image de son père mettant Jordan à terre aurait dû la faire rire, mais elle lui donna envie de pleurer.

— Je peux prendre soin de moi.

— Tu n'es peut-être pas aussi forte que tu le penses.

Elle commençait à croire qu'elle ne l'était pas du tout. Elle allait fondre en larmes d'une seconde à l'autre.

— Ça va.

— Parfois, c'est sympa de ne pas avoir à se frayer un chemin dans la vie tout seul.

Ces mots résonnèrent en elle. En cet instant, elle se sentait plus seule qu'elle ne l'avait jamais été.

Elle faillit lui parler de Jordan, puis y renonça. Elle trouverait la conversation gênante, et son père éprouverait forcément la même chose.

— Je crois que je vais me reposer pendant quelques heures, dit-elle.

— Bonne idée. Tout le temps que tu as été coincée dans ce chalet, tu n'as pas dû fermer l'œil, à force de t'inquiéter pour ta sœur.

Elle ne lui révéla pas que sa fatigue avait une cause différente. Même si c'était très agréable de pouvoir se confier à son père, il y avait des limites !

— Merci encore de m'avoir écoutée. Et d'avoir trouvé les mots justes.

— C'est ça, être parent.

Après l'avoir embrassée sur le haut du crâne, il se leva.

— Maintenant, va t'allonger, ferme les yeux et rêve à un avenir qui t'enthousiasme. Et si ta mère te demande comment ça s'est passé entre nous, n'oublie pas de lui dire que j'ai assuré.

Elle lui donna une bourrade en riant, puis le regarda partir.

Pourquoi avait-elle redouté cette conversation ? Elle aurait dû parler de tout ça bien plus tôt.

Elle ne savait toujours pas ce qu'elle allait faire, mais elle s'était au moins donné la permission d'y réfléchir.

Et elle était ravie que ses parents soient toujours ensemble. Ravie qu'ils soient heureux.

Une image de Jordan lui traversa l'esprit. Elle ne s'était jamais sentie aussi à l'aise avec qui que ce soit auparavant. Elle ne s'était jamais confiée avec autant de sincérité. Leur proximité physique avait ajouté une couche d'intimité ⊠ quelque chose d'inédit, là encore.

Ses parents éprouvaient-ils ce genre d'émotions, quand ils étaient ensemble ? Et Rosie et Dan ?

Elle sentit un pincement douloureux au fond d'elle. Pendant un instant, elle imagina une vie différente. Une vie variée et équilibrée. Au lieu de rentrer à la maison à moitié morte de fatigue et vidée de toute énergie, elle rentrerait chez elle pour retrouver quelqu'un qui tenait à elle.

Et alors ? Se voyait-elle vivre cette vie avec Jordan ?

Ce qui s'était passé avec lui n'était pas réel.

Il s'agissait d'une seule nuit, pas d'une vie.

Son téléphone vibra, et elle lut le message de sa sœur.

Devine quoi ? JE VAIS ME MARIER !

Katie ferma les yeux. Elle était tellement soulagée qu'elle en avait les jambes coupées. Elle ne connaissait pas les détails, et c'était sans importance. Tout ce qui comptait, c'était que la situation avait fini par bien tourner. Elle n'avait pas gâché la vie de Rosie. Elle en éprouva une bouffée d'émotion tellement forte qu'elle faillit s'effondrer.

Retenant ses larmes, elle répondit au SMS.

Très heureuse pour vous deux.

Le mariage aurait lieu. Autrement dit, elle devait se ressaisir.

Elle avait besoin de sourire et de prendre sur elle pour être heureuse pour sa sœur. Elle réfléchirait au reste plus tard.

C'était Noël. Sa période préférée de l'année.

Alors pourquoi se sentait-elle aussi abattue ?

Elle allait fermer les yeux cinq minutes et voir si ça l'aidait.

Elle était à mi-chemin de la chambre lorsqu'on frappa à la porte.

— Oh ! c'est pas vr...

En se tournant, elle aperçut Jordan.

Son ventre se noua. Elle n'était pas sûre d'être capable de soutenir une discussion avec lui pour le moment.

Mais si elle lui demandait de partir, il croirait qu'elle avait le cœur brisé ou quelque chose de tout aussi embarrassant. Elle avait vécu suffisamment de moments délicats pour la journée.

Elle lui fit signe d'entrer.

— Salut, Jordan. Quelque chose ne va pas ?

— Dan et Rosie ont l'air d'avoir réglé leur différend.

— Oui. Elle m'a envoyé un SMS.

— Je présume que tu y es pour quelque chose, si tout est rentré dans l'ordre ?

— Si tu me demandes si j'ai parlé à Dan, la réponse est oui. En fait, je lui ai plutôt présenté des excuses, étant donné que c'est mon ingérence qui les a presque conduits à rompre. Au bout du compte, ils ont tout réparé eux-mêmes. Il y a autre chose, ou tu étais simplement venu m'annoncer la bonne nouvelle ?

— Il y a autre chose...

Il referma la porte derrière lui.

— J'ai un certain nombre de choses à te dire.

Elle était trop fatiguée pour affronter cela. Alors, d'une traite, elle répliqua :

— Je vais te faire gagner du temps. Je sais que j'ai tendance à me mêler de ce qui ne me regarde pas. Est-ce que je suis désolée ? Oui, un peu, parce que ça s'est mal passé, mais je ne cesserai jamais de veiller sur ma sœur, alors ce serait malhonnête de ma part d'affirmer que je vais changer du tout au tout. Je ne suis pas ta personne préférée, c'est certain, mais on a un mariage sur le feu. Par conséquent, je vote pour qu'on suspende les hostilités jusqu'à la fin de la cérémonie. Après, je rentrerai chez moi, et tu n'auras plus jamais besoin de me revoir.

Il resta immobile.

— Tu as fini ?

— Oui.

— Bien, parce que c'est mon tour. La nuit dernière…

— Je t'arrête tout de suite, l'interrompit-elle en levant la main. Tu m'as prise à mon propre jeu.

— Je ne dirais pas ça.

— Ah bon ?

— Non.

Il fit quelques pas dans la cabane.

— Pour commencer, je m'appelle vraiment Jordan. Et quand tu me demanderas mon numéro, je te le donnerai. Mon vrai numéro. Avec les bons chiffres.

Elle esquissa un sourire. Elle ne pouvait pas faire mieux.

— Pourquoi est-ce que je te le demanderais ?

— Parce que tu auras du mal à me contacter, si tu ne l'as pas.

— Pourquoi aurais-je besoin de te contacter ? Oh ! j'ai compris…

Elle hocha la tête.

— Tu as peur que je sois enceinte ? Détends-toi. Ça n'arrivera pas.

— Ce n'est pas la raison.

Alors quelle était-elle ?

— Tout va bien, Jordan. On a passé une nuit ensemble, on ne se reverra probablement pas après les fêtes, et ce n'est pas grave. En fait, mes relations s'achèvent systématiquement comme ça. Tu n'as pas à t'inquiéter. Tu n'as pas affaire à une princesse rêveuse qui pense que la vie est un conte de fées où tout est bien qui finit bien.

— C'est bon à savoir, parce que les princesses rêveuses, ce n'est pas mon genre.

— Non ?

Elle ramassa quelques-uns des vêtements de Rosie éparpillés à travers le salon. Si elle s'occupait les mains et ne le regardait pas, elle pourrait surmonter cette épreuve.

— C'est le moment où tu dois me demander quel est mon genre de femme, poursuivit-il.

N'avait-il donc aucun tact ?

— Pardon, je n'ai pas mémorisé le scénario, riposta-t-elle d'un ton léger.

Elle veilla aussi à continuer de lui tourner le dos.

— C'est quoi, ton genre de femme ?

— C'est ça qui est bizarre. Si tu m'avais posé la question il y a quelques semaines, j'aurais répondu que je n'en avais pas. Or, il s'avère que j'ai un faible pour un certain médecin caractériel, qui a l'esprit aussi acéré qu'un scalpel et une connaissance impressionnante de l'anatomie.

Elle ne bougea pas.

— Katie ? demanda-t-il d'une voix rauque. Regarde-moi.

Elle se tourna vers lui.

— Je t'ai déjà dit…

— … que tu n'étais pas intéressée par les relations, je sais, mais écoute-moi.

Il avait les yeux rivés sur elle.

— Je ne t'ai pas gardée dans mon chalet parce que je voulais donner du temps à Rosie et Dan, même si je pensais qu'ils en avaient besoin. Je t'ai gardée parce que ce n'était pas prudent d'en partir

— Rosie a dit…

— Rosie s'est trompée. Réfléchis, Katie. Quand est-ce que toi et moi, on s'est retenus de se dire ce qu'on pense ? Pas une fois. Tu le fais sans détour depuis que je t'ai ramenée de l'aéroport, et moi de même. Alors, pourquoi est-ce que j'élaborerais un plan compliqué pour te maintenir à distance de ta sœur ? Si j'avais voulu te retenir au chalet pour cette raison, je ne l'aurais pas caché. Je t'aurais prévenue d'emblée que j'allais t'empêcher de rentrer et de jouer les trouble-fête. J'aurais verrouillé la porte et mis la clé dans ma poche. On se serait disputés. Avec un peu de chance, tu m'aurais attaqué physiquement pour la récupérer.

Il y avait dans son regard un éclat qu'elle n'avait pas vu auparavant.

— On était vraiment bloqués par la neige ? demanda-t-elle.

Il haussa les épaules.

— Est-ce que j'aurais pu nous sortir de là ? Peut-être, mais pas sans risquer nos vies. Je n'ai plus seize ans. Ça ne m'intéresse pas de prendre de tels risques.

— Je croyais que tu étais aventureux.

— Avoir le goût de l'aventure ne signifie pas être stupide. Même si j'avais été prêt à risquer ma vie, ainsi que celle des secouristes qui auraient dû braver le blizzard pour se lancer à notre recherche, je n'aurais pas risqué la tienne.

Il marqua une pause, avant de reprendre :

— Par souci d'honnêteté, je dois aussi admettre que je voulais que tu restes avec moi. Si la neige n'avait pas coopéré, j'aurais trouvé un autre moyen.

Elle eut chaud pour la première fois de la journée.

— Tu… Ah bon ?

— Oui. C'est ton père que j'ai vu partir ?

— Oui.

Que voulait-il dire exactement ? Elle n'était pas sûre de comprendre. Elle n'avait pas assez d'expérience dans ce domaine pour interpréter ses mots.

Il marcha jusqu'à elle.

— Tu lui as parlé ? Tes parents vont bien ?

— Oui. Finalement, ils ne divorcent pas, et la comédie qu'ils ont jouée a contribué à leurs retrouvailles. Ce qui signifie qu'ils faisaient vraiment l'amour, ce matin, quand on a fait irruption dans leur cabane. Et c'est une chose à laquelle j'essaie de ne pas penser.

Elle se frotta le front, puis se raidit lorsqu'il lui prit la main.

— Tu as mal à la tête ? demanda-t-il. C'est le manque de sommeil. Et le stress, bien sûr. Tu as pris quelque chose ?

— Non.

— Tu es médecin. Tu n'es pas censée savoir comment te soigner ?

— Je suis tout au bout de la file d'attente.

— Je vois que prendre soin de toi ne fait pas partie de tes priorités. Vous devriez peut-être réfléchir à ça, docteur White.

— J'en ai bien l'intention. J'ai d'ailleurs prévu de réfléchir à un certain nombre d'autres choses, y compris à ma carrière.

Elle fixa le torse de Jordan.

— Merci de m'avoir écoutée. Ça m'a aidée d'en discuter avec toi.

— Je suis content que tu aies également réussi à parler à ton père.

Il glissa les doigts sous son menton pour lui faire relever la tête.

— Tu as décidé ce que tu voulais faire d'autre ?

— Non. Je vais peut-être démissionner, et prendre le temps de la réflexion. Faire la grasse matinée. Me mettre au yoga. Acheter un cheval.

— Un cheval ?

— Peu importe, répondit-elle en souriant. Je ne sais pas ce qui va suivre. Dans un sens, c'est effrayant mais, étonnamment, c'est aussi une délivrance. Il s'avère que j'aime bien l'idée d'une page blanche.

— Tu vas retourner à Londres ?

— Où irais-je, sinon ? Je pourrais retourner chez mes parents, à Oxford, mais comme ils sont en train de raviver la flamme, ce serait gênant pour tout le monde.

Il a les yeux tellement bleus, songea-t-elle. *Tellement bleus.*

— Je ne suis jamais allé à Londres, mais ça n'a pas l'air d'un endroit très paisible. Ce n'est pas idéal pour réfléchir. Et puis, tu es un rottweiler. Les rottweilers ont besoin d'exercice et de stimulation, sinon ils s'attirent des ennuis.

— Tiens donc ?

— Hmm. Tu apprécierais peut-être un endroit situé en pleine nature. Comme un chalet dans les montagnes, par exemple. Intérieur douillet, murs en bois, vues imprenables, feu de cheminée. Quand la neige fond, il y a des fleurs des champs tout autour. On peut marcher toute la journée sans rencontrer âme qui vive. Et l'air y est pur et propre, pas la moindre pollution.

Katie sentit son cœur battre plus fort.

— Ça a l'air génial. Tu connais un endroit comme ça ?

— C'est dingue, mais oui.

Il lui prit le visage entre ses mains.

— Reste, Katie. Si tu as besoin de réfléchir, fais-le ici. Je te garantis que tu ne trouveras pas mieux ailleurs.

Elle avait la bouche sèche. Elle n'était pas sûre de ce qu'il proposait, et ne voulait pas lui demander de clarifier, parce qu'elle avait peur d'avoir mal compris.

— Tu me proposes d'utiliser ton chalet, c'est ça ? Mais toi, où iras-tu ?

Il se mit à rire, et ses yeux se plissèrent.

— Très drôle !

— Ta maison n'a pas l'air assez grande pour des invités. Tu n'as qu'une seule chambre.

— De combien de chambres a-t-on besoin ?

— *On ?* releva-t-elle, le cœur tambourinant.

— Je te demande de rester. Avec moi. J'ai bien conscience que tu te trouves à un carrefour de ta vie. Ce qui signifie que tu es vulnérable et que tu ne devrais pas prendre de décision sur un coup de tête. Ou alors, c'est le moment idéal pour prendre des décisions sur un coup de tête.

Elle sentait le cœur de Jordan battre sous sa paume.

— Es-tu une de ces décisions prises sur un coup de tête, Jordan ?

— Peut-être.

Il baissa la tête jusqu'à effleurer sa bouche de la sienne.

— Tout ce que je sais, c'est que je n'ai pas envie de te conduire à l'aéroport.

— Parce qu'une fois partie je te manquerai ?

— Un peu. C'est surtout parce que tu es une passagère vraiment agaçante, et que cinq heures de plus en voiture avec toi risqueraient de me tuer.

Elle éclata de rire. Elle aurait continué à rire, s'il ne l'avait pas embrassée. Il pressa la bouche sur la sienne avec passion, lui rappelant toutes les raisons pour lesquelles la nuit dans son chalet avait été spéciale.

Quand il releva la tête, elle passa les bras autour de son cou.

— Je croyais que tu me détestais.

— Tu n'as aucune expérience véritable avec les hommes, n'est-ce pas, Katie ?

Elle lui adressa un grand sourire.

— Tu vas devoir deviner mon numéro de téléphone. Dix chiffres.

— Je n'en ai pas besoin. Je t'ai en personne.

Elle appuya la tête contre son torse. Elle n'avait jamais dit « je t'aime » à un homme mais, si elle devait le dire un jour, elle imaginait que ce serait à quelqu'un comme lui.

— Beaucoup d'options se sont présentées à moi, mais rester ici n'en faisait pas partie.

— Et… ?

— Je peux y réfléchir ? Pas parce que je n'en ai pas envie, mais parce que je dois réfléchir à tout. Je suis comme ça.

— Je sais.

— Un séjour dans un chalet au milieu de la forêt me tente beaucoup. Surtout s'il y a du room service.

Il l'embrassa à nouveau.

— Le meilleur room service que tu pourras avoir !

— Je te crois, répondit-elle avant de l'enlacer. On peut en reparler plus tard ? J'ai des choses à faire, maintenant.

— Comme interrompre un mariage ?

Elle sourit.

— Je pensais plutôt à faire de ce mariage le meilleur qu'il puisse être.

Rosie

Rosie se tenait dans la belle antichambre avec sa famille. Elle avait l'impression qu'une armée de papillons jouaient au volley dans son ventre.

La musique du quatuor à cordes leur parvenait de la salle principale, accompagnée du murmure des conversations.

Tout le monde l'attendait.

— Comment je suis ?

Elle se toucha les cheveux, qui avaient été coiffés avec soin de façon à laisser quelques mèches ondulées retomber sur ses épaules.

— J'ai les mains qui tremblent. Si j'avoue que je suis nerveuse, est-ce que vous allez tous penser que je change d'avis ?

— Nous ? demanda Katie, la paume sur la poitrine. Pourquoi le penserions-nous ? Nous sommes tous des êtres rationnels, ici.

C'était tellement bon de pouvoir en rire ! songea Rosie, qui avait craint un moment qu'un malaise ne subsiste entre elles deux.

— Je n'arrive pas à croire qu'on soit enfin là, après tout ce qui s'est passé.

— Moi non plus, répondit Katie. Je veux dire, j'ai fichu la trouille à cet homme, et il t'épouse quand même ? Une preuve d'amour s'il en est… Mais n'oublie pas : il n'est pas trop tard pour changer d'avis.

Sa sœur esquiva le coup qu'elle tenta de lui asséner avec son bouquet de mariée.

Elles éclatèrent de rire, puis Rosie la serra dans ses bras.

— Tu vas me manquer, quand tu retourneras à Londres.

— Heu, en parlant de ça…

— Quoi ? demanda-t-elle en reculant. Tu envisages de rester ici pour me consoler, si mon mariage périclite ?

— J'envisage de rester, oui, mais pas à cause de toi. Il se trouve que l'endroit me plaît. Beaucoup. C'est joli, l'air est pur, le rythme de vie est plus lent et…

— Et Jordan y vit.

Rosie sourit.

— Tu as enfin accepté un second rencard ?

— Je ne suis pas sûre que « rencard » soit le bon mot, mais oui, j'ai l'intention de séjourner un peu ici. Je ne retourne pas à l'hôpital avant plusieurs semaines. Je me suis dit que j'allais les passer ici et réfléchir un peu. Surtout à ma carrière.

Katie passa le bras sous le sien, puis tendit l'autre vers leur mère. Maggie s'approcha et les serra toutes les deux contre elle.

— Je trouve que c'est une bonne décision, dit celle-ci. Et si tu as besoin d'en parler avec moi, ou ton père, ou si tu as besoin d'espace… Peu importe ce qu'il te faut, on est là pour toi.

Rosie ferma les yeux, savourant ce moment de complicité.

Katie recula en reniflant.

— On va abîmer le maquillage de Rosie. Et puis, le fiancé risque de faire une crise de panique.

Lissant sa robe, Rosie se tourna vers leur père.

— Tu nous trouves comment ?

Il les étudia. Elle aurait pu jurer que ses yeux brillaient.

— Pas mal, pour une paire de dépravées, répondit-il.

Maggie poussa une exclamation désapprobatrice.

— Ignorez-le.

Nick se racla la gorge.

— Je suis fier de mes filles. Vous êtes toutes les deux magnifiques. Vous avez les gènes de votre mère, alors je suppose que c'est normal.

Il fit un clin d'œil à Maggie.

— Comment je me débrouille ? Admets-le, c'était charmant.

Elle leva les yeux au ciel.

— Si tu n'attendais pas de félicitations après chaque compliment, ce serait beaucoup plus charmant.

— Tu es vraiment belle, maman, déclara Katie.

Maggie se tourna vers le miroir pour se regarder.

— Catherine m'a aidée à choisir ma tenue. Tout compte fait, perdre sa valise a vraiment de bons côtés. Et en parlant de Catherine, si vous êtes prêts, tous les trois, j'aimerais la rejoindre sans tarder au premier rang. Elle doit sûrement penser au père de Dan, et à combien il aurait aimé être présent. Je veux lui apporter mon soutien moral. Il faut qu'elle sache qu'on est là pour elle. On appartient à la même famille, maintenant.

Elle les embrassa tous les trois, avant de quitter la pièce.

Rosie inspira longuement pour se calmer.

Elle sentit son père lui prendre la main et la glisser au creux de son bras.

— Tu es prête ?

Hochant la tête, elle resserra sa prise sur son avant-bras. Ensemble, ils franchirent la porte de la grande salle aux baies vitrées qui offraient des vues splendides sur la montagne. Les chaises faisaient face aux fenêtres, à la forêt enneigée et aux pics couronnés de blanc. Le décorateur floral avait collaboré avec Catherine pour créer le mariage hivernal parfait. Les fleurs disposées dans la pièce étaient les mêmes que celles qui composaient son délicat bouquet de mariée : gommier cendré, cinéraire maritime et lisianthus blancs.

Rosie n'aurait pas pu rêver mieux. En outre, elle était contente que Dan et elle aient opté pour une cérémonie très intime, à laquelle n'assistaient que les membres de la famille et les amis proches.

Alors que la musique changeait, toutes les têtes se tournèrent vers elle, et elle sentit le stress l'envahir.

Puis elle vit Dan, debout à côté de Jordan.

Il lui sourit, et elle marcha vers ce sourire, ignorant tout ce qui n'était pas lui.

Ce n'était pas effrayant. C'était comme le début d'une aventure enthousiasmante.

Elle prononça les vœux qu'elle avait préparés, puis écouta ceux de Dan. Plus tard, elle aurait le temps de repenser aux mots qu'il avait choisis. Pour l'instant, tout ce qu'elle avait besoin de savoir se trouvait dans ses yeux.

Elle entendit Catherine renifler derrière elle, à moins que ce ne soit sa mère. Ensuite, Dan l'embrassa, et elle lui rendit son baiser.

— Eh bien, Rosie Reynolds, fit-il contre sa bouche, les yeux rieurs. C'est trop tard pour changer d'avis, maintenant !

Elle passa les bras autour de son cou.

— Je ne changerai jamais d'avis.

— Tu as quelque chose à me dire ? Je te pose la question, comme convenu. J'écoute.

Elle sourit.

— Je t'aime.

— Je t'aime aussi. Et comme je meurs de faim, on pourrait peut-être lancer les festivités ?

Elle avait déjà balayé du regard la pièce où aurait lieu la réception. Les tables étaient décorées de pommes de pin argentées et de bouquets d'anémones blanches. Des guirlandes lumineuses étaient entrelacées avec du lierre. Il y avait une piste de danse, beaucoup de champagne, et le chef de Snowfall Lodge avait préparé un menu sur le thème de l'hiver.

Ce serait une nuit inoubliable, mais cet instant en particulier resterait dans sa mémoire pour toujours.

Elle vit sa mère et Catherine, bras dessus bras dessous, liées par les événements de la semaine qui venait de s'écouler. Son père, rayonnant et fier, et Katie, tenant Jordan par la main.

Elle se tourna vers les visages souriants et avança, impatiente de commencer sa nouvelle vie avec Dan.

Maggie

— Joyeux Noël !

Maggie ouvrit prudemment un œil. Nick était déjà en train de s'asseoir.

— Pourquoi t'es-tu réveillé aussi tôt ? lui demanda-t-elle.

— C'est Noël. Je suis impatient de savoir si le Père Noël est passé.

Même si elle était encore à moitié endormie, il parvenait à la faire sourire.

— Quel enfant…

— … dit la femme qui était la dernière sur la piste de danse, hier soir. Catherine m'a fait promettre de t'emmener danser plus souvent.

— Est-ce qu'elle sait combien tu es empoté ?

— Eh bien, j'ai dansé avec elle, alors je suppose que oui. Je lui ai marché sur les pieds au moins trois fois.

— Tu ne m'emmènes jamais danser.

— C'est probablement pour ça qu'elle m'a conseillé de le faire plus souvent. Tu es prête pour tes cadeaux ?

Il était tellement impatient que c'en était ridicule, et elle se mit à rire.

— La dernière fois que tu as été aussi enthousiaste, tu m'avais offert une tondeuse à gazon.

— C'était une tondeuse haut de gamme ! Mais, là, c'est un million de fois mieux qu'une tondeuse. Selon Catherine, un cadeau est censé être un article de luxe, pas un produit de première nécessité.

— Tu as parlé cadeaux avec elle ?

— Elle est de la famille, maintenant. Ce qui signifie que je peux lui poser toutes mes questions stupides. Et puis, je soupçonne qu'elle se sent en partie responsable de nos retrouvailles et qu'elle a peur que je fasse tout rater, si on me laisse me débrouiller seul.

— Elle a fait un boulot incroyable, hier. C'était un mariage magnifique. Je ne l'oublierai jamais.

— Je ne comprendrai jamais pourquoi les femmes sont aussi émotives à propos des mariages.

— Pardon ? J'ai vu que tu avais la larme à l'œil quand Dan et Rosie se sont embrassés.

— C'était sûrement de la poussière. Bon… ça y est, tu es prête pour tes cadeaux ?

Elle se releva sur un coude.

— Comment peux-tu être aussi frétillant de bon matin ?

— C'est Noël. Il neige, et je suis au lit avec ma femme.

Maggie se sentait attendrie et heureuse.

— Je vais peut-être avoir besoin de café.

— Je t'en ai déjà préparé. Si tu t'assieds, je vais t'en apporter.

Il tapota le matelas à côté de lui. Elle se redressa et ajusta les oreillers dans son dos.

— Est-ce qu'on a vraiment le temps de faire ça ? Tout le monde nous rejoint pour le petit déjeuner et le déballage des cadeaux. À moins de vouloir vivre un autre moment embarrassant, on ferait mieux de s'habiller.

— On a le temps. Et j'ai fermé la porte à clé. Cette fois, personne n'entrera sans prévenir. J'irai la déverrouiller quand tu auras ouvert tes cadeaux.

Il se pencha, récupéra quelques présents sous le lit et les posa sur ses genoux.

En voyant la façon dont ils étaient emballés, elle sourit. C'était toujours elle qui s'attelait à cette tâche, à Noël, et ce pour une bonne raison. Quand Nick s'en chargeait, les cadeaux semblaient toujours prêts à s'échapper du papier. S'ils avaient eu un chien, on aurait pu penser que l'animal s'était fait les dents dessus.

Se sentant ridiculement joyeuse, elle ouvrit le premier… et éclata de rire.

— Un agenda organiseur ?

— Manifestement, tu aspires à être le genre de personne qui en utilise un. Je veux que tu le glisses sous ton bras et que tu marches à grands pas, comme la femme puissante que tu t'apprêtes à devenir.

Il se pencha et ouvrit le carnet.

— Il se peut que j'y aie déjà inscrit deux, trois choses, histoire de lancer la machine.

Baissant les yeux, elle laissa échapper une exclamation.

— « Sexe avec Nick. » Sérieusement ? Maintenant, je vais devoir le tenir hors de portée des filles !

— On a le droit d'avoir une vie privée, Mags. Et je ne parle pas seulement de vie sexuelle.

Il l'embrassa à nouveau.

— Tu vas avoir besoin de cet agenda pour planifier toutes les aventures qu'on va vivre ensemble.

— Oh ! Nick…, fit-elle en reposant le carnet. Je redoutais ce Noël mais, finalement, il a été fantastique.

— Ce n'est que le début. Ouvre le cadeau suivant.

Elle découvrit la brochure d'une entreprise de salle de bains haut de gamme.

— Heu… Je ne comprends pas.

— Il est temps d'ajouter une touche de luxe au cottage. On va s'offrir une nouvelle salle de bains, avec du chauffage au sol pour que tu puisses marcher toute nue sans geler sur place.

Elle serra le catalogue contre sa poitrine.

— Tu sais ce qu'il y a de mieux dans tout ça ?

— Le fait de passer le reste de ta vie avec un professeur sexy qui emballe les cadeaux à la perfection et ne casse jamais rien ?

Elle leva les yeux au ciel.

— Ça aussi, mais je parlais de rester chez nous. Honeysuckle Cottage est comme un membre de la famille. C'est stupide de dire ça ?

— Ça ressemble à une de ces choses que seule une femme est susceptible de dire. Aïe ! s'exclama-t-il lorsqu'elle lui tapa sur la tête avec la brochure. Je te taquinais. Bien sûr que la maison est de la famille. La preuve : elle vide notre compte en banque et nous cause autant de stress que nos filles.

Comme ces arguments étaient irréfutables, elle se mit à feuilleter le document.

— C'est une excellente idée. J'adore.

— Et puis il y a ça…

Il sortit une petite boîte de sous son oreiller. Elle était superbement bien emballée, avec un nœud argenté compliqué qui étincelait à la lumière.

— Ce n'est pas toi qui l'as emballé, celui-là.

— Qu'est-ce qui te fait dire ça ?

— Par où je commence ? Les bords sont droits, et il y a du ruban.

— Tu as raison, ce n'est pas moi qui l'ai emballé.

Ça ressemblait à un bijou, mais Nick ne lui en avait jamais offert, en dehors de sa bague de fiançailles et de son alliance. Leurs cadeaux étaient toujours pratiques. Un nouveau manteau. Des chaussures de randonnée.

Elle ôta le nœud, glissa le doigt sous le papier et contempla la boîte étroite.

— Ça ne peut pas être une machine à laver.

— C'est en rapport avec le jardinage.

Intriguée, elle ouvrit la boîte. Sur un lit de velours bleu nuit se trouvait un pendentif délicat en forme de pomme de pin.

— Oh ! Nick… C'est superbe. Je l'adore ! Et j'adore que tu aies pensé à ça, que tu l'aies choisi, et… Attends… ce sont… des diamants ?

— Oui. C'est la pomme de pin la plus chère qui soit tombée d'un arbre. Je me suis dit qu'elle nous rappellerait Aspen et cette cabane.

Il enleva le bijou de la boîte, puis le lui attacha autour du cou.

— Tu pourrais le porter pour jardiner.

— Tu penses que je devrais porter des diamants pour jardiner ?

Elle prit son visage entre ses mains et l'embrassa.

— Merci.

— Il reste encore un cadeau.

Après avoir repoussé les papiers d'emballage, elle prit l'enveloppe qu'il lui tendait.

— Ne me dis pas… qu'on va refaire une balade en traîneau à chiens ?

— Non, mais peut-être qu'on devrait.

Il l'observa tandis qu'elle ouvrait l'enveloppe et lisait la lettre.

— Une lettre de démission ? demanda-t-elle.

— Un brouillon de lettre de démission. Ce sera mieux de la personnaliser un peu.

Elle prit une brusque inspiration. Le fait de tenir ce feuillet dans sa main rendait la situation réelle et effrayante.

— J'y ai beaucoup réfléchi.

— Si tu comptes me répéter que tu ne peux pas démissionner sans avoir d'abord trouvé un autre travail, je ferai la sourde oreille. Tu détestes ton métier, Mags. Dis-toi qu'en démissionnant tu te comporteras comme une bonne mère. Tu montreras l'exemple à notre Katie, qui a elle aussi horreur de ce qu'elle fait.

Maggie sentit un pincement au fond d'elle. Elle regrettait que leur aînée ait gardé des secrets pour les protéger, mais comment pourrait-elle la critiquer, alors qu'elle avait agi de manière identique ? C'était drôle ce qu'on était capable de faire par amour.

— Ce n'était pas ce que je m'apprêtais à dire.

— Alors quoi ?

— J'ai repensé à quelque chose que Catherine a dit. Comme elle pensait que personne ne voudrait l'embaucher, elle a décidé de s'employer elle-même. Si je faisais la formation, je pourrais peut-être travailler ensuite à mon compte ? Je suis une bosseuse, je réussis avec les plantes et j'ai des dons pour le design. Je n'ai pas besoin de me vendre à moi-même, si tu vois ce que je veux dire.

— Je vois très bien.

Il s'adossa aux oreillers, l'air satisfait.

— Ça veut dire que je suis désormais marié à une femme de pouvoir ? C'est très excitant. Sois franche : est-ce que c'est l'agenda qui a fait son petit effet ? Bon… Même si j'aimerais bien rester ici toute la journée, on devrait s'habiller avant que nos invités arrivent.

— Les cadeaux des filles sont déjà sous l'arbre. Tout comme mon cadeau pour toi.

Elle y avait longuement réfléchi, avant de décider que c'était le cadeau idéal pour leur nouvelle vie. Elle espérait ne pas s'être trompée.

— Je peux l'ouvrir devant tout le monde ? demanda-t-il. Ou c'est un sex-toy ?

Elle lui donna une bourrade taquine, geste qui se transforma en câlin, puis en autre chose.

Une fois douchés et habillés, ils trouvèrent leurs visiteurs sur le seuil de la cabane.

Nick ouvrit la porte en grand, laissant l'air glacé entrer à l'intérieur.

Au milieu du brouhaha des saluts et des vœux de Noël, Catherine fit rouler une valise dans le salon. Sa valise perdue ! découvrit Maggie.

— Elle a été livrée hier mais, dans l'agitation du mariage, la réception ne m'a pas transmis le message.

— Ça veut dire que les filles vont avoir deux séries de cadeaux, s'écria Maggie, parce que j'avais acheté de quoi tout remplacer.

— La vie est dure, commenta Rosie, mais on fera avec.

Tout en attrapant sa valise, Maggie se mit à rire.

— Est-ce que je vais devoir rendre ma nouvelle garde-robe ?

— Non, affirma Nick en s'emparant à son tour du bagage. Mais je suis content qu'elle soit arrivée, parce qu'elle contient quelque chose de très important. Quelque chose dont j'ai besoin.

— De quoi peux-tu avoir besoin qui se trouve dans *ma* valise ?

Intriguée, elle regarda Nick l'ouvrir et fouiller à l'intérieur, avant d'en sortir une boîte en carton familière.

— Oh ! *papa* !

Rosie se précipita dessus et ôta le couvercle.

— Tu as apporté les décorations de la maison. Voici mon ange. Et le chameau en strass ! Maintenant, c'est vraiment Noël. Tu es génial !

Katie riait.

— C'est presque aussi embarrassant que de sortir les photos de bébé. Ma contribution est une étoile de Noël très impressionnante.

Elle passa le bras autour de la taille de Jordan.

— Garde en mémoire que j'avais sept ans quand je l'ai fabriquée. Ne me juge pas.

— Est-ce que j'ai l'air de juger ?

Maggie reporta son attention sur Nick, la gorge nouée par l'émotion.

— Tu avais mis les décorations dans ma valise.

— Non. Elles ont sauté dedans, parce qu'elles ne voulaient pas rater un Noël en famille.

Il haussa les épaules.

— Je me suis dit que tu te sentirais peut-être un peu nostalgique et que ça pourrait aider. Un petit rappel de la maison, voilà tout.

— C'est la chose la plus merveilleuse, la plus attentionnée…

Elle marchait vers lui lorsque Rosie s'interposa.

— Non ! Juste… non.

Elle écarta les bras pour les empêcher de s'approcher l'un de l'autre.

— Je pense parler pour tout le monde en disant qu'on est infiniment soulagés que vous ne divorciez plus, mais on n'a pas besoin d'assister à toutes les secondes de votre réconciliation. On est déjà convaincus, je vous assure !

— Je m'occupe du petit déjeuner, annonça Catherine en emportant plusieurs gros sacs dans la cuisine.

Katie la suivit.

— Je vous aide.

Maggie les regarda vider les sacs. Tout en s'activant, elles riaient et parlaient avec animation. Un changement était déjà visible chez Katie. Elle était plus douce, moins mordante et nerveuse. Les regards qu'elle échangeait avec Jordan indiquaient que leur relation, quelle qu'en soit la nature, la rendait heureuse.

Il y eut un *pan* et un cri de joie à l'ouverture de la première bouteille de champagne, suivis du tintement des verres et du murmure des conversations.

Catherine agita une fourchette.

— Servez-vous à manger, ensuite on ouvrira les cadeaux.

Il y avait du saumon fumé, des œufs brouillés et des viennoiseries encore chaudes, ainsi que du champagne glacé et du jus d'orange à profusion.

Maggie prit une seconde pour embrasser sa famille du regard. Elle avait eu peur de passer les fêtes loin de chez elle, pourtant tout s'était déroulé à merveille, faisant de ce Noël l'un des meilleurs de sa vie. Le changement avait du bon.

On lui avait imposé de venir ici, mais les choses avaient bien tourné, tout compte fait.

Si elle démissionnait, elle aurait peut-être une bonne surprise, là aussi.

— J'aimerais porter un toast, déclara-t-elle en levant son verre. Pour célébrer le courage et la prise de risques.

Tout le monde se joignit à elle, puis Nick s'approcha pour lui remplir son verre.

— J'adore quand tu es courageuse.

— Ne sers pas plus de champagne à maman ! cria Rosie à l'autre bout de la pièce.

— Je ne sais pas pourquoi tu dis ça, Rosie. Il n'y a pas une femme sur terre qui tolère le champagne mieux que votre mère.

— Tiens… pose la bouteille et ouvre ce paquet, papa. Il y a ton nom dessus.

Rosie traversa la pièce pour lui mettre une boîte dans les mains.

— Je vais m'occuper de ça.

Elle s'empara de la bouteille de champagne et la passa à Jordan.

Nick déballa le cadeau tandis que Maggie retenait son souffle. Avait-elle eu une bonne idée ?

Il ouvrit le carton.

— C'est une peluche. Un chien.

Il sortit le jouet et le contempla, interloqué.

— Oui, fit Maggie, incroyablement nerveuse. C'est un symbole, bien sûr. Le véritable chien t'attend à la maison. Il y a une photo de lui dans le carton.

Nick chercha à l'intérieur et en sortit la photo d'une portée de chiots.

— Des labradors noirs ?

— La chienne des Baxter a donné naissance à des petits, le mois dernier. Je lui donne un coup de main avec eux de temps en temps.

Quand elle se sentait très malheureuse et que Nick lui manquait terriblement.

— L'un des chiots m'a prise en affection. Je me suis dit… Je sais que tu aimes les chiens mais qu'on n'a jamais pu en avoir à cause de l'asthme de Rosie, alors maintenant qu'on n'est plus que tous les deux, j'ai pensé qu'il était temps. En le promenant, on gardera la forme. On devra être prudents quand Rosie et Dan viendront à la maison, bien sûr…

Elle sourit à sa fille.

— … Mais les Baxter m'ont promis de s'occuper de lui en cas de besoin. On ne le laissera jamais entrer dans les chambres, et comme on a du parquet au rez-de-chaussée, ça devrait être facile à nettoyer.

Elle attendit, les yeux rivés sur son visage.

— Un chiot, murmura Nick en étudiant la photo. Il a des yeux intelligents.

— Il est très intelligent. Je suis déjà amoureuse de lui.

— Je pourrais l'emmener au travail pour apaiser les étudiants stressés. Quand sera-t-il sevré ?

— Dans quelques semaines, mais les Baxter le garderont aussi longtemps que nécessaire. Qu'en dis-tu ?

— Je pense..., commença Nick lentement, que c'est peut-être le meilleur cadeau qu'on m'ait jamais fait.

— Si vous prenez un chien, intervint Katie, je vais devoir envisager de revenir à la maison.

— J'ai hâte de venir vous rendre visite ! renchérit Catherine. Est-ce que février est un bon mois pour aller à Oxford ?

— Il vaut mieux que tu attendes mai, répondit Maggie. Il fait plus chaud, et tous les jardins seront en fleurs. On marchera le long de la rivière, et je te ferai visiter les collèges. J'ai déjà hâte d'y être.

Elle leva son verre. Il lui semblait incroyable de penser qu'un mois plus tôt elle redoutait cette semaine et angoissait à l'idée de rencontrer Catherine.

— Hier, on a trinqué à la santé du couple de jeunes mariés, alors, aujourd'hui, trinquons en l'honneur de Catherine. Merci de nous avoir accueillis dans ta maison et dans ta vie, d'avoir permis à la famille White de vivre son premier Noël sous la neige et d'avoir organisé ce mariage avec autant de talent. Aux nouveaux amis et à la nouvelle famille !

Ils levèrent tous leurs verres en répétant le toast avec enthousiasme.

— Merci, fit Catherine en rougissant. Je me disais que passer Noël ici pourrait devenir une nouvelle tradition de la famille White-Reynolds. Qu'en pensez-vous ? Le printemps à Oxford et Noël dans le Colorado ?

Nick passa un bras autour de Catherine et l'autre autour de sa femme, manquant de renverser son champagne au passage.

— Je n'en suis pas sûr.

Maggie haussa les sourcils.

— Quoi ?

— Si tu as davantage l'occasion de pratiquer, tu risques de me battre à la bataille de boules de neige.

— Je t'ai déjà battu.

Maggie songea à l'angoisse qu'elle avait ressentie en croyant que c'était son dernier Noël en famille avec Rosie. Elle n'avait alors qu'une pensée en tête : revivre le passé. Elle s'y était accrochée avec l'énergie du désespoir. Quelle perte de temps… Les choses changeaient en permanence. Rien n'était figé. Parfois, la vie qui s'annonçait pouvait être bien meilleure que celle qu'on laissait derrière soi. Et quoi qu'il arrive, elle vivrait cette vie avec Nick. Avec sa famille.

Elle leva à nouveau son verre.

— À Noël dans le Colorado !

Remerciements

J'écris des livres de Noël depuis que j'ai commencé à être publiée, et c'est devenu un élément à part entière de ma manière de célébrer les fêtes de fin d'année – une tradition qui s'étire souvent jusqu'en mars, quand le livre sort en librairie ! À chaque parution, j'éprouve la même joie mêlée d'impatience, ainsi qu'une immense gratitude. La majeure partie de cette gratitude va à mes équipes de publication aux pouvoirs surhumains – HQN aux États-Unis et HQ au Royaume-Uni. Il y a tellement de gens fabuleux (et drôles !) qui travaillent d'arrache-pied pour apporter mes histoires aux lecteurs, et j'apprécie leurs efforts plus que je ne saurais le dire.

Mon éditrice, Flo Nicoll, est une vraie magicienne du livre, toujours prête à donner de son temps et à partager son talent. Elle a la capacité incroyable de tirer le meilleur de chaque histoire. Collaborer avec elle est un rêve devenu réalité.

Un livre publié a besoin de trouver son public. Je suis reconnaissante aux personnes merveilleuses, blogueurs et lecteurs, qui lisent et critiquent mes romans sans relâche, ainsi qu'à mon équipe publicitaire de choc, en particulier Sophie Calder, Lucy Richardson, Lisa Wray et Anna Robinson.

Mon agent, Susan Ginsburg, apporte sa vision, son énergie, son soutien et ses conseils à ma carrière d'auteur. Toute ma gratitude à elle et à l'équipe de Writers House, pour leur appui sans faille.

J'ai la chance d'avoir une famille qui n'a jamais cessé de me soutenir et d'encourager mon amour de l'écriture. Merci de votre compréhension quand je sors un cahier et commence à écrire à des moments peu opportuns.

Comme toujours, je remercie du fond du cœur tous mes lecteurs.

Vous êtes nombreux à prendre le temps de m'envoyer de gentils messages, de me recommander des livres et d'exprimer votre enthousiasme pour mes histoires. Merci d'avoir choisi un autre de mes romans. J'espère qu'il apportera un peu de chaleur et d'esprit festif à vos lectures hivernales.

Avec toute mon affection,

SARAH.

Vous avez aimé *Mariage sous les flocons* ?
Découvrez les autres romans de Sarah Morgan

Harper
Collins
POCHE

From New York with love

de **SARAH MORGAN**

SÉRIE COUP DE FOUDRE À MANHATTAN

SÉRIE SNOW CRYSTAL

Harper Collins
POCHE

Composé et édité par HarperCollins France.

Achevé d'imprimer en septembre 2020.

FIRMIN-DIDOT

à Mesnil-sur-l'Estrée (Eure)

Dépôt légal : octobre 2020.

Pour limiter l'empreinte environnementale de ses livres, HarperCollins France s'engage à n'utiliser que du papier fabriqué à partir de bois provenant de forêts gérées durablement et de manière responsable.

Imprimé en France